林巨正

벽초 홍명희 소설

4

의형제편 1

사계절

일러두기

1 이 책은 본사에서 펴낸 1985년 1판과 1991년 2판, 1995년 3판을
   토대로 하였고, 이미 2판과 3판에서 시행한
   조선일보 신문연재분과 1939년, 1940년에 나온 조선일보사본,
   1948년에 나온 을유문화사본 대조작업을 한번 더 거쳐 나온 것이다.
2 표기는 원문의 느낌을 최대한 살리는 선에서 현행표기법에 따라 바로잡았다.
   지문에서는 표준말을 원칙으로 하였으나 표준말이 없는 것은 그대로 놔두었다.
   대화에서는 방언이나 속어를 살리되 현행 한글맞춤법에 맞도록 표기하였다.
3 원전에 나와 있는 한자 가운데 일반적인 것은 더러 빼기도 하고
   필요한 한자는 더 보충해 넣기도 하였다.
4 독자들이 읽기에 편리하도록 현재 흔히 쓰지 않거나
   꽤 까다로운 말은 뜻풀이를 첨부하였다.

차례

008 박유복이

206 곽오주

박유복이

어머니, 유복이가 아버지 원수를 갚았소.
아버지께 말씀하오. 앞에 놓인 것이 노가의 내가리요.
아버지가 같이 다닐 때는 젊었겠지만
지금은 늙어서 그 모양이오.
아버지가 요전에 내 등에 업혀 오셨으니까
혹시 나를 아실는지, 나는 아버지 얼굴을 몰라요.
아버지 얼굴이 내 얼굴과 같다지요?
노가 놈이 나를 보고 아버지가 왔다구 놀랍디다.
어머니가 전에 나더러 아버지 원수를 잊지 말라구
두구두구 당부하시더니 인제 시원하시지요?

박유복이

1

아침 저녁에 선선한 바람기는 생기었건만 더위가 채 숙지지 아니한 때다. 양주 읍내 임꺽정이의 집에는 반신불수로 누워 지내는 꺽정이의 아비가 더위에 병화가 더치어 밤낮으로 소리소리 질러서 온 집안이 소요스러웠다. 꺽정이가 집에 있으면 그다지 심하지 아니하련만, 딸과 며느리는 만만하게 여겨서 더하는지 시중을 잘 들어도 야단을 아니 칠 때가 드물었다. 꺽정이의 아내 백손 어머니는 길이 들지 아니한 생매와 같은 사람이라 당자가 시아비의 야단을 대수롭지 않게 여길 뿐 아니라, 병자 역시 한손을 접는' 까닭에 꺽정이의 누이 애기 어머니가 말하자면 야단받이 노릇하느라고 머리가 셀 지경이었다.

이날도 애기 어머니가 점심상을 들고 병자 방에 들어가니 병자가 말을 하기 전에 혀를 툭툭 차고 나서 얼버무리는 말소리로

"지금 속이 더부룩해 죽겠는데 무얼 먹으란 말이냐. 내가 돼지냐, 망한년들아?"

하고 생야단을 쳤다. 애기 어머니는 눈살을 찌푸리고

"속이 좋지 않으신 걸 누가 알았소?"

하고 말소리 곱지 않게 대답하고 상을 든 채 돌아서 나오려다가 다시 고개를 돌리어 누운 병자를 바라보며

"그럼 이따 잡숫고 싶은 때 달라시오."

하고 나와서 그 상을 마루 한구석에 베보자기로 덮어놓았다.

꺽정이의 아들 백손이가 반두˚질을 나가서 고기 잡는 재미에 점심 먹을 생각도 아니하고 물속으로 돌아다니다가 낮때가 훨씬 기운 뒤에 집에를 들어와 보니, 저의 어머니는 그 늘진 아랫방 봉당에 멍석 깔고 낮잠을 자고, 저의 반실이 삼촌 팔삭동이는 아직도 볕이 드는 남향 판 마루 위에 웃통을 벗고 누웠고 다른 식구는 눈에 보이지 아니하였다. 백손이가 손에 반두와 고기 종다끼˚를 든 채 안방 앞으로 와서 열어놓은 되창문으로 방안을 들여다보며

"아주머니는 어디를 갔나?"

하고 저의 고모를 찾는 중에

"오빠 왔소?"

하는 소리에 고개를 돌이키니 고모의 딸 애기가 부엌 뒤에서 쫓아나왔다.

"어머니 어디 갔니?"

● 한손 접다 높은 편이 실력을 낮추어 고르게 하다.
● 반두 양끝에 가늘고 긴 막대로 손잡이를 만든 그물.
● 종다래끼 작은 바구니.

하고 백손이는 고모를 묻는데
　"저기 계시지 않아?"
하고 애기는 낮잠 자는 외삼촌댁을 가리켰다.
　"너의 어머니 말이여."
　"할아버지 고의 빨러 가셨어."
　"또 똥을 쌌구나."
　"아니, 어제 싼 거야."
하고 내외종남매 지껄일 때 팔삭동이가 부스스 일어나 앉으며
　"떠들지들 마라. 아버지 잠 깨놓으면 누님에게 경쳐."
하고 크게 흔동하듯이 말하였다. 백손이가 입을 삐쭉하고 마루 끝에 걸터앉으며 손에 들었던 반두와 종다래끼를 마루 위에 놓으니 팔삭동이가
　"고기 많이 잡았니?"
하고 백손이에게로 와서 종다래끼 속을 들여다보면서
　"아이구, 불거지가 많다."
하고 두어 사발이 착실히 되는 고기를
　"한 사발 되겠지."
하고 종다래끼를 애기에게로 기울여 보였다. 애기가 가까이 와서 들여다보고 팔삭동이 말은 대답 아니하고
　"오빠 많이 잡았구려. 두어 사발 되겠네."
하고 백손이에게 말하니 백손이는 저의 삼촌을 보고
　"눈대중 잘하는 체하지 말고 저리 가우."

하고 저의 삼촌이 들고 있는 종다래끼를 빼앗아 한옆에 치워놓고 그다음에 애기를 보고

"배가 고프다, 밥 좀 다우."

하고 말하였다.

백손이가 애기의 갖다 준 밥을 먹기 시작할 때 애기가

"내 우물에 가서 배* 따가지고 올게."

하고 고기 종다래끼를 들고 밖으로 나갔다. 백손이가 밥 한 그릇을 게눈 감추듯 다 먹고 나서 마루 구석에 놓인 밥상에 와서 베보자기를 치어들어보고 저의 삼촌을 돌아보며

"할아버지 밥 안 먹었소?"

하고 물으니 팔삭동이가 고개를 끄덕끄덕하였닥.   ● 불거지 피라미의 수컷.

"할아버지 안 먹은 밥 내나 더 먹을까."

하고 백손이가 그 상을 들고 나앉는 것을 팔삭동이가 우두머니 보고 있더니 아무 말 없이 일어나서 숟갈 하나를 가지고 와서 상머리에 앉으며

"나두 점심 쪼끔 먹었다. 같이 먹자."

하고 대들어서 숙질이 잠시 동안에 반찬 하나 안 남기고 말갛스럽게 다 먹어버리었다.

애기 어머니가 점심 먹고 빨래하러 나갈 때 애기더러

"할아버지 고의 빨러 가니 그동안 밖에 놀러나가지 말고 집에 있다가 오래비 들어오거든 밥을 차려주어라."

이르고 또 백손 어머니에게

"아버지가 밥 달라시거든 갖다 드리고 그러고 얼른 튀어나오지 말고 앉아서 시중 좀 잘 들게."

당부하고 병인의 고의적삼 두어 가지만 자배기에 담아서 머리에 이고 삽작문 밖에까지 나섰다가 생각을 고쳐먹고 다시 들어와서 급한 빨래 몇가지를 더 담아가지고 나갔다.

이때 애기는 부엌에 들어가서 설거지하느라고 저의 어머니가 빨래 가짓수 많이 가지고 가는 것을 모른 까닭에 나중에 어머니 빨래가 너무 늦는다고 속으로 고시랑거리기까지 하였다. 그러나 애기 어머니는 이를 것 일렀고 당부할 것 당부했으니까 별일 없으리라고 맘놓고 빠는 까닭에 빨래가 더 늦어서 빨래터에서 집으로 돌아올 때 벌써 이른 저녁연기가 여기저기 보이었다.

애기 어머니가 집에를 들어오니 백손이가 팔삭동이와 같이 마당에서 어정거리다가

"아주머니 오는군."

하고 소리질러서 부엌에서 저녁하느라고 부산하던 백손 어머니와 애기가 일시에 쫓아나왔다.

애기 어머니는 빨래 자배기를 내려놓으며

"저녁 일찍 시작했네그려."

하고 백손 어머니더러 말하는 것을

"할아버지가 배고프다고 야단이오."

하고 애기가 먼저 가로채어 대답을 하여 백손 어머니는

"야단이면 여간 야단이야."

하고 발을 달았다.

"점심밥을 드리지."

"밥이 없으니까 못 드렸지."

"어째 없어?"

"백손이가 다 먹었다오."

"기막혀 죽겠네."

하고 시누이올케가 서로 말하는 중에 화가 난 병자가 벽을 보고 외치는지

"이년들이 날 굶겨죽인다."

하는 어눌한 말소리가 병자 쓰는 건넌방에서 울리어 나왔다. 애기 어머니가 백손이를 향하여

"이놈아, 그게 무슨 짓이냐!"

하고 나무라니 백손이는

"누가 할아버지가 밥 찾을 줄 알았소? 할아버지 안 먹은 밥이라기에 먹었지."

하고 볼멘소리로 발명하였다.

"할아버지 안 먹은 밥이라고 누가 그러디. 애기란 년이 그러디?"

하고 애기 어머니의 다그쳐 묻는 말에 백손이가 미처 대답하기 전에 애기는

"나는 고기 배 따러 나가서 먹는 것 보도 못했소."

하고 재빠르게 발뺌하고 팔삭동이는 백손이가 저를 대면 제가 혼

이 나려니 생각하고 슬금슬금 뒤를 빼어 밖으로 나갔다. 백손이가 삼촌은 말밥에 얹지 않고 고모의 말을 뒤받아서
"모르고 좀 먹었기루 왜 이렇게 야단이오?"
하고 말대답하니 애기 어머니가 샐룩하여진 눈으로 백손이를 노려보다가 홀제 고개를 돌이켜 백손 어머니를 보고
"자네는 무엇 했나? 자빠져 낮잠 잤나?"
하고 독살스럽게 말하였다.
"형님은 보지도 않은 일을 잘 아는구려."
하는 백손 어머니의 말이 마치 낮잠 아니 잔 사람이 꼬아 말하는 것 같아서 애기 어머니는
"자네가 비꼴 줄을 다 아네그려. 그래 낮잠을 안 잤으면 저놈이 먹는 것을 보고 있었단 말인가? 내가 당부나 안 했을세 말이지."
하고 성을 더 내다가
"왜 누가 안 잤다고 하오? 정말 잤소. 잤으니까 밥을 먹게 내버려두었지. 애기가 와서 할아버지가 밥 달란다고 깨워서 일어났소."
하고 백손 어머니가 낮잠 잔 것을 잘한 일 공치사하듯이 말하는 바람에 어이가 없어져 도리어 웃음이 나왔다.
"내가 아버지를 좀 들여다보구 나올게 어서 가서 저녁 짓게."
하고 말한 뒤에 애기 어머니는 건넌방으로 올라가고 백손 어머니와 애기는 다시 부엌으로 들어갔다. 애기 어머니가 자기가 고의

빨러 나간 동안에 백손이가 모르고 밥을 먹어버렸다고 병인에게 이야기하고 저녁밥이 다 되어가니 조금만 참으라고 병인에게 사정하여 병인의 화가 조금 내렸을 때, 팔삭동이가 열어놓은 방문 앞에 와 서서

"어떤 사내가 밖에 와서 누님을 보자우."

하고 손님이 왔다고 연통하였다.

애기 어머니가

"누가 나를 보자노?"

괴상히 여기는 끝에

'칠장사에서 사람이 왔나?'

하는 생각이 언뜻 머리에 떠올라서 팔삭동이더러

"중이디?"

하고 물으니 팔삭동이가 머리를 가로 설레설레 흔들며

"아니 요전에 왔다간 애기 할아버지가 또 온 줄 아우? 그 늙은 중이면 내가 모를라구. 당초에 못 보던 사람이야."

애기 어머니가 또 말을 묻기도 전에 팔삭동이는 입귀를 실룩거리며 말하였다.

"내가 밖에 가 있다가 집으로 들어오려니까 그 사람이 집 앞에서 기웃기웃하다가 날 보고 '네가 꺽정이의 아들이냐' 하구 욕을 하겠지. 그래 내가 '우리 언니요' 하고 소리를 질렀지."

"그래."

"그러면 '너의 언니보담두 나이 많은 누님이 있지?' 하구 묻기

에 있다구 했지."

"어디서 왔느냐고는 물어보지 못해!"

하고 애기 어머니 말에 나무라는 기색이 보이니까

"물어볼라구 하는데 그 사람이 너의 누님보구 이리 좀 나오시라구 해라 하기에 그냥 들어왔소."

하고 팔삭동이는 제가 가장 똑똑히 한 듯이 발명하였다.

애기 어머니가 팔삭동이보고 더 말을 묻지 않고 일어서서 밖으로 나오며

"그게 대체 누구람?"

하고 혼잣말하니 팔삭동이는 긴한 체하고

"나가 보십시다."

하고 절름절름하며 뒤를 따라나왔다.

애기 어머니가 삽작문 안에 서서 밖에 섰는 사람을 내다보니 알지 못할 낯선 사내다. 머리에 갓을 썼으니 분명 양민이고 몸에 소매 달린 웃옷을 입지 못하였으니 정녕 상사람이고 발에 짚신감발을 단단히 하였으니 근처 사람이 아니고 먼길을 온 사람이다.

"어디서 오셨나요?"

그 사내가 그 말대답은 아니하고 한 걸음 삽작문 앞으로 가까이 들어서며

"당신이 섭섭이 누나요?"

하고 물었다. 섭섭이는 애기 어머니의 아명이다. 밤낮 이년저년 하는 그 아버지까지 부르자면 애기 엄마 하는 때라 섭섭이 당자

보다도 뒤에 따라나온 팔삭동이가 섭섭이 누나 한마디에 눈이 둥그레졌다.
"대체 누구야?"
"나는 누나를 알아보겠는데 누나는 나를 몰라보는구려."
그 사내가 웃으며 말하였다.
"아이구, 괴상스러운 일도 많지. 영 모르겠는데."
"유복이오. 인제 아시겠소?"
"아이구, 이게 누구야!"
하고 애기 어머니가 반가운 결에 내달아 그 사내의 손을 잡았다. 한참 동안 두 사람이 다시 서로 얼굴만 들여다보고 말이 없다가
"저승에나 가야 볼 줄 알았더니."
"하마터면 그럴 뻔두 했소."

● 부지런히 콩을 심다
다리를 절름거리며 걸어가는 모습을 비유적으로 나타낸 말.

팔삭동이가 저의 누님이 사내의 손 잡는 것을 보고 큰일이나 난 듯이 부지런히 콩을 심으며˚ 들어가서 부엌에 있는 백손 어머니와 애기에게 말하고 그때 마침 뒤보러 간 백손이에게까지 쫓아가 말하였다. 맨 먼저 뛰어나온 백손 어머니는 삽작 귀틀에 붙어서 손으로 입을 막고, 뒤쫓아나온 애기는 낯모르는 사내가 저의 어머니를 앗아갈까 겁이 나서 살그머니 어머니 옆으로 나와서 치맛자락을 직신거리며
"어머니!"
하고 불렀다.
애기 어머니가 그제야 그 사내의 손을 놓고

"왜 나왔니?"

하고 애기를 돌아다보며

"네게는 아저씨 되는 이야."

하고 가르쳐주었다. 그 사내가 애기의 손을 끌어당기며 애기 어머니를 보고

"이 애가 누나의 딸이오? 그럼 이 애 아버지두 지금 여기 있소?"

하고 물으니 애기 어머니가

"벌써 저승으로 갔어."

하고 한숨을 짓는데, 이때 애기의 눈에는 눈물이 맺혔다. 그 사내가 허 하고 탄식하더니

"그래 이 애가 지금 몇 살이오?"

하고 물어서 열살이라는 애기 어머니의 대답을 듣고

"열살."

하면서 애기의 얼굴을 들여다보려고 하니, 애기는 눈물을 보이지 않으려고 고개를 돌이켰다. 애기 어머니가 그제야 그 사내를 보고

"어서 집으로 들어가서 앉아 이야기하지."

하고 말하여 데리고 들어올 때 백손 어머니는 살 맞은 뱀같이 내빼어 부엌으로 들어가고 백손이는 팔삭동이와 같이 마주 나오는 중이었다.

유복이가 옆에서 오는 애기 어머니를 돌아보며

"여보 누나!"

하고 부르더니 백손이를 가리키며

"저 아이가 꺽정이 언니의 아들이오그려."

하고 말하였다.

"어디 같아 보이는 데가 있어?"

"같은 게 무어요? 천연하우.˙ 우리 서로 떠날 때 꺽정이 언니의 모습이 눈에 왈칵 끼치는 것 같소."

"저의 아버지와는 딴판인데."

"올에 몇 살이오?"

"열다섯이야."

그동안에 백손이가 앞으로 가까이 왔다. 유복이가 백손이의 손을 잡으려고 하니 백손이는 손을 뿌리쳤다.

"심술스러운 것까지 천연하구나."

하고 유복이가 허허 웃고 나서 백손이를 내려다보며

● 천연하다
생긴 그대로 조금도 꾸밈이 없다.
● 동접(同接)
같은 곳에서 함께 공부함. 또는 그런 사람이나 관계.

"내가 네게는 삼촌이나 다름없는 사람이다."

하고 말하는데 애기 어머니가 옆에서

"너의 아버지의 아잇적 동접˙ 친구다. 그리고 너의 아버지하고 형제의를 맺은 이다."

하고 일러주니 백손이가 다짜고짜로

"그러면 유복이란 이구려."

하고 이름을 불렀다.

"어른의 이름을 그렇게 막 부르는 법이 어디 있느냐?"

하고 애기 어머니는 나무라는데 유복이가 웃으면서

"옳다, 내가 유복이다. 그런데 네가 내 이름을 어떻게 알았니?"

하고 물으니 백손이가

"아저씨 이름을 왜 몰라요? 아버지하구 아저씨하구 이번 전장에 같이 나간 봉학이 아저씨하구 셋이 아잇적에 동접했단 이야기를 귀가 아프도록 들었는데요."

하고 이름 아는 까닭을 말하였다. 유복이가 애기 어머니를 돌아보며

"여기 언니가 봉학이 언니하구 같이 전장에 나갔소?"

하고 물어서 애기 어머니가 그렇다고 고개를 끄덕이니, 유복이가

"제기."

하고 입맛을 다시고

"나두 가까이 있었더면 따라갔지."

하고 다시 한숨을 쉬었다. 애기 어머니가

"암, 그랬겠지."

하고 유복이의 비위를 맞춘 뒤 곧 애기를 보고

"너 어서 마루에 올라가서 좀 훔치고 방에 있는 기직을 내다 깔아라."

하고 일렀다.

애기가 마루를 훔치는 동안에 유복이와 애기 어머니는 마루 끝에 와 걸터앉아서 서로 이야기하였다.

"내가 이번에 교하 낙하원을 들러 오는 길이오. 봉학 언니의 외삼촌이란 자를 만나서 봉학·언니가 전장에 간 것은 들었지만 여기 언니와 같이 간 줄은 몰랐소. 아까 앞 주막에서 요기하면서 집을 묻다가 여기 언니가 요새 집에 없는 줄까지 알구서두 전장에 나갔을 생각을 못했소그려. 봉학 언니 같으면 벌써 짐작했을 테지."

"봉학이 집에 가보니 사는 모양이 어떻디?"

"사는 모양 모르지요. 삽작 밖에서 그의 외삼촌이란 자에게 말 몇마디 물어보구 곧 돌아섰으니까. 집은 조그마합디다. 다른 이야기는 차차 하구, 대관절 선생님이 아직 생존하셨소?"

"생존하시고말고. 올에 여든둘이시건만 근력이 좋으셔서 올봄에 여기를 걸어왔다 가셨어."

"지금 가서 기신 데가 어디요?"

"중이 되셔서 절에 가 기시지."

"중이 되셨다? 내가 소문을 들으니까 지금 어떤 중이 삼정승 육판서를 하인처럼 부린다더니······."

유복이의 하는 말이 미처 끝나기도 전에 애기 어머니가 벌써 말의 의취意趣를 짐작하고

"아니야 아니야, 그건 보우라는 중이야. 우리 시아버지는 죽산 칠장사란 절에 가서 기신데 죽산 근방에서 생불 스님이라면 모르는 사람이 없대."

"그렇지, 우리 선생님 같으신 이가 나서셨으면 세상이 이 꼴이

겠소? 그래 지금 선생님이 죽산이란 산에 가서 기시오?"

"죽산이 무슨 산이야, 경기도 땅 이름이야."

"여기서 가깝소?"

"가까운 게 무어야. 여기서 이백여리라는데."

"내가 올 때 선생님은 다시 뵙지 못하려니 했더니 인제는 뵈어 놓았소."

"죽산을 갈 터이야?"

"가다뿐이오? 내일 곧 가겠소."

"내일이야 어떻게 가나."

"꺽정이 언니두 집에 없구. 못 갈 건 무어 있소."

"나는 사람 축에 못 가나."

"누나를 축에 치기에 언니 없는 줄까지 알구 오지 않았소."

이 말끝에 유복이와 애기 어머니가 서로 웃느라고 끝이 없이 나오던 이야기가 잠깐 동안 그치었다. 애기가 이 틈을 타서

"어머니, 고만 올라오시오. 자리 깔아놓은 지가 언제요?"

하고 올라오기를 재촉하니 애기 어머니가

"내가 이야기에 정신이 팔렸다."

하고 또다시 웃고 나서 유복이와 같이 마루로 올라왔다.

유복이가 애기 어머니가 가르쳐주는 북창문 앞자리에 와서 앉으려고 하다가 아직 서 있는 애기 어머니를 치어다보며

"누나에게 절이나 한번 하여야지."

하고 몸을 구부리니 애기 어머니는 앞으로 대들어서

"새삼스럽게 절은 다 무어야."

하고 그대로 붙들어 앉히고

"너희들이나 와서 절 좀 해라."

하고 애기와 백손이를 돌아보았다. 마루 끝에 섰던 애기는 앞으로 나와서 납신 절하고 마루 아래 섰던 백손이는 올라와서 꾸벅 절하였다. 다리가 불인해서˙ 오래 섰지 못하는 팔삭동이는 이야기들 하는 동안에 아랫방 봉당 멍석 위에 가 퍼더버리고 앉아서 마루 위를 바라보고 있고, 백손 어머니는 부엌에서 빠끔빠끔 내다보고 있었다.

"우리 동생의 댁하고 상면을 해야지."

"아저씨는 보입지 않아두 좋소?"

"우리 아버지 말이지? 풍병으로 누워 기시니 차차 보입지 무어."

애기 어머니가 부엌을 향하여

"여보게, 거기 있나? 좀 올라오게."

하고 백손 어머니를 불렀다.

● 불인(不仁)하다
몸의 어느 부분이 마비되어
움직이기가 거북하다.

백손 어머니가 머리를 쓰다듬으며 마루 끝에 와서 가로 걸터앉았다. 애기 어머니가 그의 걸터앉는 것을 미타히 생각하여 잠깐 눈살을 찡그리고

"왜 거기 걸터앉나? 어서 이리 올라와서 인사하게."

하고 이르니 고지식한 백손 어머니는 어떻게 인사할 것은 배워가지고 올라가려고 걸터앉은 채

"형님, 나도 절하리까?"
하고 물었다.
"누가 자네더러 절하라나?"
"글쎄 절을 할지 안 할지 몰라 묻지 않소?"
"요전 이봉학이 왔을 때 인사를 어떻게 했나. 그대로만 하게그려."
"그 아재 왔을 때 무슨 인사했소? 저 아랫방 앞마당에서 처음 서로 볼 때 그 아재가 허리를 굽실하며 저는 이봉학이올시다 하기에 나도 허리를 굽실하고 저는 운총이올시다 하니까 형님이 웃기까지 하지 않았소."
애기 어머니가
"참말 그랬든가."
하고 웃으니 백손 어머니는
"그랬든가가 무어요."
하고 웃었다.
백손 어머니 올라오기를 일어서서 기다리던 유복이가 역시 웃으면서
"인사가 무슨 별것입니까. 어서 올라오시지요."
하고 말하여 백손 어머니가
"네."
대답하고 올라왔다. 유복이가
"아주머니, 절 받으시오."

말하고 절하는 것을 백손 어머니는 서서 받으려고 하니 애기 어머니가 보다가 딱하여서

"이 사람아, 절을 먼저 하지는 않더래도 맞기는 해야지."
하고 면박주듯 일러주었다. 싹싹한 백손 어머니가 얼른 절을 하였으나 유복이는 벌써 몸을 펴고 일어선 뒤라 유복이가 한번 더 절을 하여 언뜻 보면 백손 어머니의 절을 유복이가 맞는 것 같았다.

백손 어머니가 장관壯觀의 인사를 마치고 자리에 앉은 뒤에 애기 어머니가 면무료˙해주기 겸하여 백손 어머니의 내력을 이야기하였다.

"이 사람의 아버지는 갑산 관노고 이 사람의 어머니는 갑산 관빈데 서로 눈이 맞아서 관가 모르게 도망해서 처음 갑산에 있는 운총내라는 냇가에 가서 자리를 잡고 살았더래. 그때 이 사람이 난 까닭에 이 사람의 아명이 운총이야. 그런데 관가에 염탐이 들어가서 잡으려고 하니까 인간처를 피하느라고 백두산 속으로 들어갔더래. 백두산을 들어가자면 허항령인가 허강령인가 하는 데가 있다는구먼. 그곳서 화전 일어서 서속을 심궈 먹고 사냥해서 고기 먹고 그러고 살았다네. 이 사람 여덟살 적에 사내동생이 하나 생겨서 남매가 부모 외에는 사람을 구경 못하고 자라난 까닭에 시아버지가 우리 동생을 데리고 백두산에 가셨을 때 이 사람이 나이 스물셋이나 된 처녀지만 동생하고 같이 자자고 떼를 쓰고 별일이 다 많았더란구먼. 지금은 사람이 다 되었지. 남매가 처음 집에 왔을 때 꼴이라니 어디가 사람이야. 꼭 들짐승

• 면무료(免無聊) 무료함을 덞.

들 같았지. 동생이 거기서 혼인을 하구 나와서 아버지에게 야단을 몇번 만났다구. 이 사람 아버지는 우리 동생이 가기 전에 돌아갔고 이 사람 어머니는 이 사람이 우리 집에 오던 해에 남편 무덤 앞에서 자결해 돌아가고. 그래 이 사람 남매가 어린 백손이를 번갈아 업고 나왔어."

유복이가 재미가 나서 연해 "그래서요" "그래서요" 하며 이야기를 듣는 중에 별안간 어디서 능구렁이 우는 소리 같은 소리가 들리었다.

"누나, 저게 무슨 소리요?"

하고 애기 어머니에게 물으니 애기 어머니가

"아버지 또 화나셨군. 가보아야지."

하고 자리에서 일어났다.

애기 어머니가 건넌방 되창문으로 마루에 있는 유복이를 내다보면서

"아버지가 보자시니 어서 들어와요."

하고 말하여 유복이가 병자 방에 들어왔다. 병자가 한 다리를 뻗고 벽에 기대어 앉았는데 넓적넓적한 검버섯 박힌 얼굴이 누렇게 떠서 보기가 흉하였다. 게다가 말이 반벙어리라 처음 듣는 유복이는 알아듣기 어려워서 대답을 썩썩 하지 못하니 잘 알아듣는 애기 어머니가 병인의 말을 받아 옮기기도 하고 유복이 대답할 말을 뚱기어주기도 하였다. 병인이 자기 병이 하릴없는 것을 하소연하고 나서 유복이의 경력을 캐어묻기 시작하였다.

"처음에 서울서 이사갈 때 황해도 어디루 갔었지?"

"네, 배천으루 갔었습니다."

"옳아, 그래서 백손 애비가 자네를 찾으러 배천을 갔었어."

"백손이 어른이 그때 어디 배천만 갔었나요? 이 사람의 본고향 강령까지 갔었지요. 이 사람의 종적을 모르고 와서 괴탄도 하더니 오늘날까지도 이 사람의 말만 나면 그 자식 죽었어, 그 자식 죽었어 하면서 언짢아하니까. 아잇적 동무는 정이 특별한 거예요."

애기 어머니가 옆에서 이야기에 쐐기를 쳤다.

"그래 배천 내려가서 어떻게 되었나?"

"어머니가 저를 데리구 배천으루 내려가기는 이모를 의지하구 살 생각이었는데 내려간 뒤 일년 채 못 되어서 이모가 돌아가구, 이모 장사지내구 며칠 안 되어서 어머니가 돌아가셨습니다. 어머니가 저를 유복자루 낳아가지구 갖은 고생을 다해가며 키워서 간신히 열두어살 먹여놓구 돌아갈 때 눈이 잘 감겼겠습니까. 돌아가던 날 식전까지두 정신이 남아서 저의 손을 만지면서 내가 죽어두 눈을 감지 못하겠다. 네가 커서 너의 아버지……"

하고 유복이의 목이 메이고 눈물이 볼에 흘러내렸다. 한참 있다가 병인이

"그래서?"

하고 이야기 끝을 재촉한 뒤에 유복이가 잇대어 이야기하였다.

"제가 어머니 하나 믿구 살다가 그 어머니를 여의구 보니 자연

천지가 아득할 것 아닙니까. 이모부와 동네 사람 덕으루 장사라구 지내구 나서 저는 동소문 안 선생님께 와서 지낼 소견으루 이모부더러 서울루 가겠다구 말하니까 이모부가 자기 집에 와서 이종남매와 같이 있으라구 만류합디다. 그래서 이모부의 집에 가서 얹혀 있게 되었습니다."

"그때 고만 서울루 오지. 그랬더면 이번에 전장에도 같이 갔지."
하고 애기 어머니가 말하니
"글쎄 말이오. 생각하면 모두가 다 내 팔자가 험한 탓이오."
유복이가 대답하고
"사람이 너무 진실해서."
하고 애기 어머니가 말하니
"내가 나를 모르는 줄 아시오? 내가 미련하지."
유복이가 대답하여 이야기가 가닥이 지게 되니 병인이 이것을 좋아하지 아니하여 원 끝을 놓지 않고
"그래 이모부에게루 가서……."
하고 말하여 유복이가 이야기를 또 이어 하였다.

"저의 이모부가 사람은 대단 좋은데 지금 생각하니 기집을 너무 좋아한 모양이에요. 사단은 잘 모르나 하여튼 기집 관계루 동네서 회가출동을 시킨다구 야단이 나서 이모부가 모야무지에 이사를 가는데 저두 이종남매 틈에 묻혀 갔습니다. 그 뒤에두 이사를 몇번 다녔는지 모릅니다. 처음에 황주 땅, 그다음에 자산 땅,

또 그다음에 순천 땅, 나중에 맹산 두메 속으루 들어가서 살게 되었습니다. 제가 열일곱살 되던 해 봄에 맹산으루 이사를 갔는데, 그해 가을부터 제가 시름시름 앓기 시작해서 한 일년 지내니까 뼈에 가죽만 남았지요. 의약두 없는 데구 꼭 죽는 줄 알았습니다. 이모부와 이종남매의 성심으루 살아난 셈입니다. 이십 가까이 되면서 완구히 병줄이 놓여서 사람이 될 만하니까 원수의 앉은뱅이 병이 생겼습니다. 두 다리의 무릎 아래가 힘이 없어서 걸음을 걷지 못합니다그려. 사냥을 하러 갈 수가 있습니까, 나무를 하러 갈 수가 있습니까. 꼭 앉아 먹구 지내게 되니 아무리 이모부는 내색을 하지 않더래두 제가 무안하지 않습니까. 그래서 몇번 자처해 죽으려구까지 했습니다. 그러나 죽을 맘이 날 때마다 죽은 부모 한풀이를 어떻게 하나 생각하구 고만두구 고만두구 했습니다. 그래 십년 동안을 앉은뱅이루 지냈습니다."

이때 애기가 방에 들어와서

"할아버지, 저녁 밥상 가져와요?"

하고 물으니 이야기에 재미 붙인 병인이 배고파 죽는다고 야단칠 때와는 딴판으로

"좀 있다 먹지."

하고 유복이를 향하여

"자네 시장하지 않은가? 과히 시장치 않거든 이야기 마저 하게."

하고 말하는 것을 애기 어머니가

"먼길 온 사람이 어째 시장하지 않겠소. 이야기는 석후에 다시 들으시오."
하고 말하였다.
　백손 어머니가 애기 어머니를 보고
"손님 아재 상을 어떻게 하리까?"
하고 물으니 애기 어머니는
"백손 아저씨하고 겸상하게나."
하고 대답하고 곧 백손이를 불러서
"너의 아저씨 부르러 가거라."
하고 말하였다.
　"왜 밤낮 나더러만 부르러 가라우?"
　"너의 외삼촌이니까 너더러 부르라지."
　"외삼촌은 다른 사람이 부르러 가선 못쓰나요? 삼촌더러두 좀 가라구 하우."
　"다리병신더러 가라는 게 네 맘에 좋겠니?"
　"그러면 애기를 보내구려."
　"네가 가야 얼른 오지야."
　"잘두 얼른 와요?"
　"얼른 안 오거든 요전처럼 장기판을 쓸려무나."
　"요전에 공연히 볼치를 얻어맞구 분해 죽겠는데 또 얻어맞으라구요."
　"그래도 네가 가야 한번에 불러오지, 만일 다른 사람이 가면

두세 번은 헛걸음시킬 게다."

"아따, 내가 가리다."

하고 백손이가 고모의 말에 순종하면서도

"제기, 성가시어 죽겠네."

하고 투덜거리며 밖으로 나갔다.

유복이가 백손이 말할 때 유심히 보고 있더니 애기 어머니더러

"백손이 말할 때 아랫입술 빼무는 것이 천연 저의 아버지로구려."

하고 말하니

"씨야 속일 수 없지."

하고 애기 어머니는 웃었다.

"백손이 외삼촌이 대체 어디를 갔기에 부르러 가는데 그렇게 야단이오?"

"집에서 밤낮 뻔둥뻔둥 놀던 사람이 요 근래 장기에 반해서 집에 잠시를 붙어 있지 아니한다네."

"장기를 가르쳐주는 글방두 있나요?"

유복이의 묻는 말이 우스우나 애기 어머니는 시침 떼고

"그래, 글방이 있고말고. 그 글방이 낮에는 정자나무 밑이고 밤에는 머슴방이야. 그리고 읽는 글은 장이야 군이야."

하고 말끝도 없이 깔깔거리고 웃었다.

한 식경이 지나서 키가 호리호리한 노총각이 들어왔다. 이 총각이 백손이의 외삼촌 황천왕동이다. 마루 위에 손님이 있는 것

을 보고 마루 아래 와서 멈칫멈칫하는 것을 애기 어머니가 어서 올라오라고 재촉하여 올라오며 곧 유복이와 인사를 붙이었다. 유복이가 천왕동이의 얼굴을 보니 살빛이 희고 이목구비가 단정하였다. 모르고 보더라도 백손 어머니의 동생인 것을 알아낼 만큼 전형이 남매 비슷하였다. 나이가 들어 보이지 아니하여 유복이가

"올에 스물 몇인가?"

하고 물으니 천왕동이는

"스물?"

하고 뇌고 나서

"서른하나요."

하고 대답하였다.

"서른이 넘었어?"

하고 유복이가 놀라면서

"이 사람이 내게 삼년 아래라면 누가 곧이듣겠소?"

하고 애기 어머니를 돌아보니 애기 어머니가 새삼스럽게 두 사람의 얼굴을 반반씩 갈라 보다가

"글쎄, 외양으론 한 십년 틀려 보이는군. 대체 백손이 외삼촌이 젊어도 보이지만 동생이 너무 겉늙었어. 고생을 많이 해서 그런 게지."

하고 말하였다.

나이 비교가 끝이 나자 백손 어머니가 저녁상을 가지고 올라왔다. 유복이와 천왕동이가 겸상하여 마주 앉아 먹는데 애기 어머

니는 유복이 가까이 앉아서

"찬이 없어 어떻게 자시나."

하고 상을 들여다보고 백손 어머니는 천왕동이 옆에 앉아서

"이 생선이 아까 백손이가 잡아온 것이야."

하고 지짐이 그릇을 가리켰다. 외삼촌보다 뒤떨어져 들어와서 마루 끝에 섰던 백손이가

"우리는 밥 안 줄라우?"

하고 퉁명을 부리니

"점심을 두 그릇씩 먹고도 어느새 배가 고프냐?"

백손 어머니는 나무라고

"할아버지 상이 나거든 먹으려무나."

애기 어머니는 달래는데

"할아버지 턱찌끼 먹기 싫소. 그대로 주우."

하고 백손이가 고집을 세웠다.

"그러면 너의 삼촌 불러가지고 같이 먹어라."

하고 애기 어머니가 허락하여 백손이와 팔삭동이는 마루 끝에 앉아서 상이 없이 밥그릇들을 들고 먹었다. 외조부의 밥상을 가지고 건넌방에 들어갔던 애기가 나와서 저의 어머니를 보고

"할아버지가 어머니 얼른 밥 먹고 손님 아저씨하고 같이 들어오라세요."

하고 말하니 애기 어머니는

"이야기 듣기가 급해서 재촉이시군."

하고 웃고 백손 어머니를 보며

"또 벼락령 내리기 전에 우리도 얼른 먹어치우세."
하고 말하였다.

저녁밥이 끝난 뒤에 전왕동이는 장기 동무를 찾아가고 유복이는 애기 어머니와 같이 건넌방으로 들어왔다. 병인이 앉았다가 누울 때는 쓰러지듯 혼자 눕지마는 누웠다가 일어나 앉을 때는 부축 없이는 꼼짝하지 못하는 터이라, 누워 있던 병인이 애기 어머니를 보고

"좀 일으켜다오."
하고 말하여 애기 어머니가 부축하여 주려고 병인 앞으로 바싹 들어앉아서 옆구리 밑에 손을 들이밀었다. 손이 닿으면 병인이 아프다고 질색하는 곳이 있는 까닭에 애기 어머니가 극히 조심하였건만 손이 잘못 들어갔던지

"이 망한년이 또 손을 그리 넣네."
하고 병인이 화를 내니

"유착한˚ 몸을 끼어안아 일으키자니 옆구리 밑에 손을 넣지 않으면 어떻게 해요? 인제는 고개만 쳐들어드리다."
하고 애기 어머니도 증을 냈다.

이때 백손 어머니가 유복이의 이야기를 들으려고 설거지를 건정건정 마치고 열어놓은 되창 앞에 와서 앉았다. 병인이 일어나 앉으며 후유 하고 길게 한숨을 쉬고 애기 어머니와 백손 어머니를 갈라 보면서

"백손 아비가 어서 와야 내가 살지 너희들하구만 있다간 병버덤두 지레 말라죽겠다."
하고 책망하니 백손 어머니는 눈을 흘기며 고개를 돌이키고 애기 어머니는 백손 어머니 가까이 와서 앉으면서
"백손이 어른이 얼른 와야 제일로 내가 살겠소. 아버지에게 부대껴 살 수가 있어야지."
하고 말대답하였다.
"백손 아비가 안아 일으킬 때 내가 아프다는 말 하는 것 언제 보았니? 보았거든 보았다구 말해라. 우악스러운 사내 손으로두 그렇게 곰살궂게 다루는데 너희는 여편네 명색에 좀더 곰살궂어야 할 것 아니냐."

● 유착하다 몹시 투박하고 크다.

"백손이 어른은 아버지가 마구 욱대기기 어려우니까 아파도 참는지 누가 아오?"
"이년아, 잘못했다구 나무라거든 주둥이나 닥치구 있어."
"아버지, 제 나이 몇 살인지 아시오?"
"왜 나이는."
"나이 마흔여섯이에요. 오십줄이에요. 아무리 딸이래도 나이 대접이나 좀 하시오. 누가 있든 없든 밤낮 이년저년 망한년 그게 다 무슨 말투요? 아버지 말투가 안됐어요."
애기 어머니가 유복이 보는 데 창피한 맘이 나서 푸념을 내놓으니 병인이
"에라, 고만 지껄여라. 저 사람 이야기나 듣자."

하고 유복이를 보며

"대체 십년 앉은뱅이가 어떻게 해서 이렇게 성한 사람이 되었나?"

하고 말을 물었다.

"하느님 덕택으로 이인 하나를 만나서 약을 얻어먹었습니다."

하고 유복이가 말하니

"어떻게 이인을 만났으며 어떠한 약을 얻어먹었나 자초지종 이야기 좀 자세히 하게."

하고 병인이 벽에 기대었던 몸을 앞으로 일으키었다.

"아까두 말씀하였지만 저의 병이 두 무릎 아래가 힘이 빠져서 걸음을 걷지 못하는 병이라 앉았다가 일어서려면 남이 붙들어주거나 그렇지 않으면 무엇이든지 붙들어야 간신히 일어나구, 두 손으루 벽을 짚구 게걸음을 쳐서 한두 발쯤 걸으면 벌써 다리가 벌벌 떨려서 펄썩 주저앉게 되구 하니까 할 수 없이 토막 둘을 양손에 갈라 쥐구 궁둥이루 다니게 되었었습니다."

"그러면 바루 앉은뱅이는 아니었었군."

"무릎이 붙어서 꼼짝 못하는 것만 앉은뱅이가 아니구 저처럼 무릎 아래 힘이 없어 걷지 못하는 것두 앉은뱅이라구 합디다. 걸음을 걷지 못하니 앉은뱅이지 무엇입니까."

"그렇지."

"궁둥이루 다니는 것이 무슨 일을 할 수 있습니까. 조팝으루 주린 배를 채우면 뜰 앞에 앉아서 해를 보냈었습니다."

"해가 길지, 질감스럽게 길지."

"오뉴월에두 해 긴 줄은 모르구 지냈습니다."

"밖에 나가 앉아서 이것저것 구경하니까 나와는 다르던 겔세. 나는 해가 길어서 고생일세."

"저는 종일 앉아 손장난을 한 까닭에 해 긴 줄을 몰랐습니다."

"무슨 손장난?"

"나무때기루 짜름한 꼬챙이를 깎아서 던지는 장난을 했습니다. 처음에는 심심풀이 장난으루 시작한 것인데 물건을 노리구 던지면 맞는 데 재미가 날뿐더러 그것두 혹시 재주루 쓸데가 있을까 하구 일심 정력을 들여서 익혔습니다. 그래서 긴긴 해두 가는 줄을 모르구 보냈습니다."

유복이가 말을 마치고 나서 애기 어머니를 돌아보며

"누나, 입으루 콩알을 잘 부시더니 지금두 부시우?"

하고 물으니 애기 어머니는 웃기만 하고 대답을 아니하는데

"콩알을 불어서 새를 다 잡으신다오."

하고 백손 어머니가 대신 대답하였다.

"누나는 다 아시지만 봉학 언니는 활을 잘 쏘구 여기 언니는 칼을 잘 부리는데, 나만 아무 재주가 없어서 어머니에게 구박두 많이 맞았더니 꼬챙이 던지기를 익힌 것이 지금은 백 보 이내의 큰 짐승을 맘대루 잡을 수 있소."

"나무 꼬챙이로 어떻게 짐승을 잡나?"

애기 어머니 말끝에

"나무 꼬챙이로 무슨 짐승을 잡아, 새앙쥐나 잡을까."

백손 어머니가 말곁˚을 달고 깔깔 웃기까지 하였다.

"처음엔 나무 꼬챙이를 가지구 익히다가 나중엔 쇠끝으루 꼬챙이를 치어서 익혔는데, 병을 고쳐주신 어른이 조그만 창끝 같은 병장기를 스무 개 한 벌 갖다 주셔서 그 뒤는 줄곧 그걸 가지구 익혔어요."

"지금 가졌거든 어디 구경 좀 하세."

애기 어머니 말에

"보따리에 들었으니 이따 구경시켜 드리지요."

유복이가 대답하는 것을 백손 어머니가 듣기가 무섭게 얼른 가서 유복이의 보따리를 들고 왔다. 병인이 홀제 성한 다리에서 쥐가 난다고 벽에 기대어 앉으면서 애기 어머니더러 주물러달라고 말하여 애기 어머니가 병인의 다리를 주무르는 동안에 백손 어머니는 유복이 가까이 와 앉아서

"어서 좀 보여주셔요."

하고 졸랐다. 유복이가 보따리 속에서 유지에 싼 것을 꺼내서 풀러놓으니 반들반들 길이 든 조그만 창열˚ 스무 개가 드러났다. 백손 어머니가 얼른 손을 내밀어서 한 개를 집어들고

"아이구 이뻐라. 아주 창열 천연해."

하고 말하였다.

"이것을 주신 어른은 진서글두 잘하시구 대국 일두 잘 아시는 어른인데, 이 창을 대국서 표창이라구 한다구 말씀하십디다. 내

이종남매가 이것을 보구 장뺨 한 뼘밖에 안 된다구 뼘창이라구 이름을 지어서 나두 장난으루 뼘창이라구두 부릅니다만 원이름은 표창이랍니다."

"그래 이걸 가지구 짐승을 어떻게 잡아요?"

"골통이나 산멱에 두어 개 들어가 백히면 아무리 큰 짐승이라두 제가 넘어가지 별수 있습니까."

"빗맞으면 큰일 아니에요?"

"왜 빗맞게 던지나요."

"호랑이도 잡아보셨세요?"

"네. 잡아봤습니다."

"우리 남매가 백두산 속에서 사냥할 때 긴 창들을 가지고도 호랑이에게는 여러번 혼이 났는데 요런 조그만 쇠끝을 가지고 호랑이 같은 큰 짐승을 어떻게 어를까요."

● 말결 남이 말하는 옆에서 덩달아 참견하는 말.
● 창열 쇠로 된 창의 끝부분.

백손 어머니의 말이 막 그칠 때에 병인이 애기 어머니더러

"아, 혼이 났다. 인제 좀 나았다. 저리 가 앉아라."

말하고 곧 유복이를 향하여

"창인지 칼인지 이야기는 고만두구 병 고친 이야기나 어서 좀 하게."

하고 말하니 유복이가

"네, 그리하지요."

대답하고 표창을 유지에 싸놓고 나서 병 고친 이야기를 다시 시

작하였다.

"임자년 늦은 봄 일입니다. 제가 뜰 앞에서 나무 꼬챙이를 던지는데 어떤 낯모르는 노인 한 분이 들어오더니 대번 제게루 와서 무엇을 던지느냐구 묻구 나서 무어 잡을 만한 것이 있나 하구 둘레둘레 돌아보다가 나무 끄트럭에 앉은 잠자리 한 마리를 보구 가리키면서 저것두 잡을 수 있겠느냐구 묻습다. 그래서 제가 그것쯤은 누워서두 잡을 수 있다구 곧 드러누워서 꼬챙이 하나를 던졌습니다. 그것이야 안 맞을 까닭이 있습니까. 바로 들어가 맞았지요. 이것이 연분이 되어서 그 노인이 제가 병신인 것을 불쌍히 여기구 약을 해주게 되었습니다. 그 노인은 산속으루 약을 캐러 다니는 어른인데 모르는 것이 없는 이인이에요. 처음엔 그가 몸에 지녔던 환약 두어 줌을 먹어보라구 주구 가더니 그 뒤에 와서 제 다리가 좀 나은 것을 보구 인제는 되었다, 이것 한 제만 먹으면 성한 사람이 될 것이다 하구 환약 한 봉지를 줍다. 그것을 다 먹구는 곧 걸음을 걷게 되었습니다."

병인이 이야기가 끝나기를 기다릴 사이 없이

"나두 어떻게 하면 그런 신통한 약을 얻어먹구 성한 사람이 되어 보나."

하고 길게 한숨을 쉬었다.

"걸음을 걷게 된 뒤 그 어른의 태산 같은 은혜를 만분 일이라두 갚으려구 그 어른을 따라다니며 몸수고를 했습니다. 산속으루 돌아다닐 때 표창으루 짐승두 많이 잡구 강 건너 되땅에 갔을 때는 표창 가지구 되놈들하구 접전까지 해봤습니다. 지지난달에 그 어른이 강계 땅에서 병환이 나셨는데 워낙 노병환이라 약효가 없어서 한 달포 동안 시름시름 편치 않으시다가 마침내 상사가 나서 제 손으루 감장해드리구 맹산 이모부 집에 다녀서 나오는 길입니다."

유복이가 이야기 끝을 마친 뒤에 병인이 피곤하던지 눕혀달라고 하여서 애기 어머니가 병인을 거들어 눕히고 나서 유복이를 보고

"인제 우리는 좀 시원한 데로 나가지."

하고 말하여 유복이는 애기 어머니와 같이 다시 마루로 나왔다. 해진 지가 벌써 오래라 초생달 빛이 마당에 가득하였다. 백손 어머니가 아랫방 봉당에 가서 멍석을 걷어다가 마당 한중간에 깔아 놓고 자기가 먼저 앉으면서

"형님, 손님 아재하구 이리 내려오시오. 침침한 마루보담 여기가 좋소."

하고 소리쳤다. 애기 어머니와 유복이는 마루 북창 앞에 앉아서 서로 이야기하는 중이었다.

"언니가 언제쯤 온다구 말하구 갔소?"

"말 없었어."

"언제 올지 모르는구려."

"요즈음 소문에는 난리가 끝이 났다니까 수이 올는지 모르지."

"언니를 한번 만나보았으면 좋겠는데."

"올 때까지 여기서 기다리게나."

"내일 곧 갈 터인데 언니 올 때까지가 다 무어요."

"참말 내일 떠날 테야?"

"지금 내가 맘이 조조해서 하루두 묵새길 수가 없소."

"무슨 급한 일이 있나?"

"있어요. 누나, 이따가 좀 조용히 이야기할 틈이 없겠소?"

"왜 그래? 다들 잔 뒤에나 조용할까."

어느 틈에 집안 식구가 거지반 다 마당 멍석자리로 모여들었다. 애기와 백손이는 멍석가에 앉아서 서로 웃고 지껄이고 팔삭동이는 멍석 위에 네 활개를 벌리고 자빠졌고, 벗개를 찾아다니느라고 종일 현형 아니하던 검둥이까지 마루 밑에서 기어나왔다. 검둥이가 저를 가장 좋아하는 애기와 저를 제일 구박하는 백손이가 느런히 앉았는 것을 보고 가까이 가다가 말고 꼬리치고 섰는 것을 백손이가

"이놈의 개가 왜 나왔어!"

하고 일어서서 발길질하려고 하니 애기가

"오빠는 개하구 무슨 원수졌소?"

하고 나무라며 백손이를 붙잡아 앉히었다. 백손 어머니가 마루를 치어다보며

"아니들 내려오실라오?"

하고 또다시 소리치니

"저리 내려갈라나?"

하고 애기 어머니가 묻고

"아무러나 합시다."

하고 유복이가 대답하여 두 사람도 역시 마당으로 내려왔다.

멍석자리에 이야기판이 벌어졌다. 이야기에 이야기가 꼬리를 물고 나와서 사람들은 정신이 이야기에 팔린 중에 검둥이는 애기 가까이 엎드려서 멋없이 사람들의 얼굴을 치어다보고 있다가 부엌에서 무슨 새까만 것이 나오는 것을 보고 우르르 쫓아갔다. 키킥 하는 것은 검둥이요, 야옹 하는 것은 고양이다. 개와 고양이의 싸움이 사람들의 이야기를 훼방하였다. 백손이가 짚신짝을 집어 던지니 고양이는 날쌔게 지붕으로 뛰어올라갔다. 검둥이가 치어다보며 키킥 하니까 고양이는 내려다보며 야옹야옹하였다. 애기 어머니가 애기와 백손이를 돌아보고 웃으면서

● 조조(懆懆)하다
마음이 편안하지 못하고
조마조마하다.

"개와 고양이가 어째서 저렇게 원수가 되었는지 너희들 아니?"

하고 물으니 백손이는

"몰라요."

하고 대답하고 애기는

"어째서 원수가 되었어요?"

하고 되물었다.

"예전에 백정이 어떤 양반하고 이웃해 사는데 그 양반이 똥구녁이 찢어지게 가난해서 백정에게서 키를 갖다 쓰고 키값을 주지 않았더란다. 그 백정은 양반을 보면 키값을 내라고 조르고 그 양

반은 양반보고 키값 달란다고 강호령질로 배기다가 나중에 백정도 죽고 양반도 죽었는데 백정의 넋은 개가 되고 양반의 넋은 고양이가 되었단다. 그래서 지금도 개는 고양이를 보면 키값을 내라고 키킥 하고 고양이는 양반이라고 양양 한단다."

애기 어머니의 이야기가 끝이 나자 애기는

"오빠, 인제부터는 개를 구박 마오."

하고 옆에 앉은 백손이를 돌아보고 백손이는

"고놈의 키값 안 준 고양이를 잡아 죽일까?"

하고 지붕에 있는 고양이를 치어다보았다. 애기 어머니가 실없이

"너희 아저씨더러 아까 보이던 창끝으루 잡아보시라구 졸라봐라."

하고 부추겨서 백손이가 조르고 애기가 조르고 백손 어머니까지 졸랐다. 유복이가 졸리다 못하여 주머니 속에서 다른 쇠끝을 한 개 꺼내서 손에 들고 일어섰다. 유복이의 손이 한번 번뜻하며 지붕의 고양이가 양 하고 껑충 뛰더니 곧 마당으로 굴러떨어졌다. 백손이가 쫓아가서 떨어진 고양이를 집어들고 와서 여러 사람에게 보이는데, 고양이 두 눈 사이에 쇠끝이 들어가 박히었다. 도둑고양이가 양반의 넋으로 몰리어 죽는데 백정 넋이란 검둥이는 무슨 까닭에 겁이 났던지 마루 밑으로 기어들어가서 다시 나오지 아니하였다. 유복이가 고양이 잡은 쇠끝을 씻어서 주머니에 넣은 뒤 표창으로 사냥한 이야기를 하는데, 아슬아슬한 이야기가 많아서 애기와 백손이까지 밤이 이슥토록 자지 아니하였다.

유복이와 천왕동이와 팔삭동이는 아랫방에서 자고 애기 모녀와 백손이 모자는 마루에서 잤다. 밤이 깊은 뒤다. 애기 어머니가 아랫방 앞에 와서

"동생."

하고 유복이를 불렀다. 잠꾸러기 팔삭동이는 코를 곤 지가 오래고 늦게 돌아온 천왕동이도 첫잠이 깊이 들었다. 유복이는 천왕동이 돌아올 때 잠이 깨어서 한동안 이리 뒤척 저리 뒤척 하다가 다시 잠이 들려 하던 중이라 대번에 목소리를 알아듣고

"네."

하고 일어났다.

"이리 나오게."

"네."

"멍석 펴놓은 데로 갈까?"

"네."

하고 유복이는 애기 어머니의 뒤를 따라서 마당으로 나왔다. 이때 달은 진 지가 오래고 별빛이 희미할 뿐이었다. 애기 어머니가 조그마치 화톳불을 놓으려고 관솔 가지러 가는 것을 유복이가 자는 사람 잠 깨기 쉽다고 말려서 두 사람이 어두운 속에 앉아서 가만가만 이야기하기 시작하였다.

"조용히 할 이야기가 무엇이야?"

"내가 갚아야만 할 원수가 있는 것은 누나 아시지요?"

"아버지 원수 말이겠지."

"아버지 원수를 갚는 것이 어머니의 한풀이까지 되오. 지금 어머니는 지하에서 원수 갚는 날을 고대할 것이오."

 "원수가 누구인지, 지금까지 살았는지, 살았으면 어디서 사는지, 그것을 다 알아야 할 것 아니야."

 "아버지를 모함한 놈이 성이 노가인 것은 어머니에게서 들었구, 이모부가 배천으루 이사 나올 때까지 강령서 산 것은 이모부에게서 들었으니까 그만하면 종적을 찾을 수가 있겠지요. 단지 그놈이 그동안 죽었을까 보아 근심이오."

 "지금 살았다면 나이 꽤 많을걸."

 "한 칠십가량 되었을 것이오. 그놈이 살아 있어야 망정이지 만일 죽었으면 그놈의 집은 결딴이지요."

 "어째서?"

 "그놈이 살아 있으면 그놈 한 놈만 죽여서 원수를 갚을 테지만 그놈이 죽고 없으면 그놈의 집안을 도륙낼 작정이오."

 유복이의 말소리는 나직나직하지마는 그 말은 말말이 힘차게 들리었다. 애기 어머니가 잠깐 동안 잠자코 있다가 유복이 손을 덥석 잡으며

 "원수 갚고서 붙잡히면 어찌하나?"
하고 물으니 유복이는 수월스럽게

 "죽지요. 죽는 것이 겁이 나서야 원수 갚을 수 있소?"
하고 대답하였다.

 "백손이 어른과 봉학이가 오거든 서로 의논해서 하는 것이 좋

지 않을까?"

"왜요?"

"글쎄 말이야."

"나두 죽기 전에 한번들 만나보구 싶은 생각은 간절하지만 원수 갚는 데 도움받을 생각은 꼬물두 없소."

"자네 재주 가지고 원수 갚기는 염려 없겠지만……."

"누나, 염려 마시오."

"지금 걸음은 잘 걷나?"

"잘 걷는 셈이오. 요새 해에 하루 일백이삼십리는 무난하오."

"십년 앉은뱅이가 약 한 제에 그렇게 되었어?"

"약은 여러 제 먹었소. 내가 그 이인 노인을 따   • 실장정 힘깨나 쓰는 장정.
라다니는 중에 나의 신세와 사정을 자세히 이야기했더니 그 노인이 아버지 원수를 갚도록 사람을 만들어준다고 장담을 합디다. 그래서 다른 약을 얻어먹었소. 그게 차력약입디다. 지금 내 힘이 실장정˙ 사오십여명은 무섭지 않을 만하오."

"그래 죽산 다녀서는 바로 원수를 찾아갈 터인가?"

"아니오. 내가 죽기 전에 할 일이 또 한 가지 있소."

"무어야?"

"아버지와 어머니를 따루따루 둘 수 있소? 아버지를 파다가 어머니와 같이 묻을 작정이오. 그래 죽산 다녀서는 서울루 갈 터이오."

"서울서는 배천으루 갈 터이지?"

"암, 그렇지요."

"그러면 배천 갈 때 좀 돌더라도 우리 집에 다녀가게. 그동안이라도 백손이 어른이 돌아올는지 모르니."

"글쎄요."

"다시 온다면 내일 가게. 하지만 그렇지 않으면 내일은 못 갈 테니 그리 알아."

"보아서 오지요."

"보아서가 아니야. 꼭 온대야 놔보낼 테야."

그 뒤에도 이런 이야기 저런 이야기 하느라고 애기 어머니와 유복이는 먼동이 틀 때까지 마당에 앉아 있었다.

2

유복이가 양주서 떠날 때 생각에는 죽산이 이백여리라니 조금만 욱걸으면 하루 한나절에 댈 수 있으려니 하였더니 모르는 길을 물어가며 오느라고 이틀 만에도 거의 해동갑하여 간신히 죽산 읍내를 대어왔다. 유복이가 어떤 사람을 붙들고 칠장사를 물었다.

"칠장사가 어디 있소?"

"어디 있다니, 칠현산에 있지요."

"칠현산이 여기서 가깝소?"

"삼십리요."

"아이구, 삼십리면 지금 가기 어렵겠네."

"보아하니 초행인데 산길 삼십리를 지금 어떻게 가겠소. 갈 생각 마우."

유복이가 그 사람의 말을 들은 뒤에 읍내서 묵을 작정하고 과객질할 만한 집을 찾느라고 한동안 이집저집 다니며 기웃거리다가 나중에 어느 큰 기와집 하나를 보고 찾아왔다. 대문 앞에서 들여다보니 마당은 넓고 마루는 높은데 마당에는 하인들이 왔다갔다하고 마루에는 양반 두 분이 앉아 있었다. 유복이가 으리으리한 데 눌려서 들어갈까 말까 잠깐 동안 자저하다가 이왕 과객질하는 바에 큼직한 집에서 잘 얻어먹고 가리라 생각하고 대문 안에 들어서니 하인 하나가 쫓아오며 웬 사람이냐고 소리를 질렀다. 유복이가 하룻밤 묵어가자는 뜻을 말한즉 그 하인이 주인양반의 말은 들어보지도 않고

"오늘 우리 댁에는 손님이 오셔서 잘 수 없소. 다른 데나 가보우."

하고 방색하였다.

"손님 온 집에는 다른 사람 재우지 못하우?"

"잔소리 말구 어서 다른 데루 가우."

하고 그 하인이 곧 몰아낼 기세를 보이는데 유복이가 슬며시 골이 나서

"나는 다른 데 못 가겠소."

하고 언성을 높이었다. 주인양반 같아 보이는 사람이 마루에서

내려다보며

"웬 사람이 함부루 소리를 지르느냐?"

하고 말하는 것이 하인에게 묻는 말도 같고 유복이를 꾸짖는 말도 같았다. 유복이가 한두 걸음 앞으로 나서며

"지나가는 과객이 하룻밤 자구 가자구 왔습니다."

하고 소리를 질러 말하니 그 양반은 호령기 있는 언성으로

"자자면 조용히 자자고 할 것이지 무슨 야료˚야!"

말하고 곧 하인더러

"마방馬房에서 재워 보내려무나."

하고 분부하여 유복이는 하인이 지시하여 주는 마방에 들어앉게 되었다. 그 방에 있던 손님의 하인들과 서로 인사하고 수작하는 중에 유복이는 그 집 택호가 안승지 댁인 것을 알고 또 온 손님이 서울 손님인 것을 알았다. 얼마 뒤에 저녁 밥상이 나왔다. 밥이 서흡밥일 뿐 아니라 찬도 망측하고, 하인들은 나중에 사랑 대궁 상을 물려다가 먹는데 그 상은 반상과 조치가 분명하였다. 저녁 밥이 끝난 뒤에 주인의 하인과 손님의 하인이 이야기들 하는 것을 유복이는 한옆에 앉아서 들었다.

"칠장사 경치가 좋소?"

"좋다뿐이오. 내일 가보면 아실 테지만 선경 같지요."

"큰절버덤두 명적암明寂庵이란 암자가 경치가 썩 좋지요."

"철쭉철이나 단풍 때 오셨드면 좋았을 걸 지금은 산수뿐이지 무슨 구경거리가 있어야지요."

고 있었다.

"소승 문안드립니다."

"진사님 행차합시오."

"생원님 오십니까?"

하고 여러 중들이 제각기 합장하고 일행을 맞아들이는 중에 유복이는 뒤에 와서 어떤 젊은 중 하나를 보고 생불 스님 만나기를 청하였다. 젊은 중이

"그 노장의 상좌가 여기 있으니 물어보시오."

말하고 옆에 있는 젊은 상좌를 가르쳐주어서 유복이는 그 상좌를 향하여 온 사연을 말하고 곧 그 상좌의 뒤를 따라 들어갔다.

안진사와 그의 친구들은 한동안 판도방 마루에 걸터앉아 땀을 들인 뒤에 고적 구경을 나서는데, 지도하는 중 하나가 앞을 서고 여러 하인이 뒤를 따랐다.

글자가 완하여져서˙ 군데군데 읽을 수 없이 된 비석 앞에 와서 지도하는 중은 서울 손님을 보고

"이것은 고려 혜조국사慧炤國師의 비올시다. 혜조 스님께서 도둑놈 일곱을 감화시키셔서 정도正道로 끌어들이셨는데, 그 도둑놈 일곱이 모두 신장神將이 되어서 이 절을 수호합니다. 세상에서는 혜조 스님이 이 절을 개창開創하신 줄로 말하옵지만 삼한고찰三韓古刹을 중창重創하신 것이외다."

하고 설명하고 많은 세월에 늙을 대로 늙은 반송 앞에 와서

- 시회(詩會)
시인이나 시 애호가들이 시를 짓거나 시에 대해 토론하고 감상하기 위해 모인 모임.
- 소견(消遣)하다 소일하다. 하는 일 없이 세월을 보내다.
- 청처짐하다 좀 처진 듯하다.
- 완(刓)하다
새긴 글자가 닳아서 희미하다.

"이것은 나옹懶翁 스님이 심으신 반송이올시다. 이 반송의 나이가 지금 육백살이 넘었을 것이외다."

하고 또 설명하고 대웅전大雄殿을 구경시킨 뒤에 그 지도하는 중은 여러 양반들을 보고

"이 절이 본래는 대찰로 유명하던 절이온데 고려 말년 큰 난리에 충화衝火를 당하온 후 이때껏 일신하게 중창하지 못하온 까닭으로 이같이 보잘 것이 없소이다. 백여년간 거의 빈 절이 되다시피 하와 이십년 전까지도 중 한둘이 동냥으로 간신히 향화香華를 받드옵다가 도덕이 갸륵한 노장 한 분이 이 절에 오신 뒤로 근처에서 불공두 많이 드옵고 또 각처에서 공부하는 중도 모여드옵는 까닭에 지금은 겨우 절 모양을 차리고 지내옵네다."

하고 절 사적을 대강 추려 이야기하고 그다음에

"지금도 절의 전답이 한 톨 없사온 까닭으로 소승들이 지내기가 군간하올뿐더러 손님께 지공하옵는 것이 마련이 없사외다."

하고 절의 형편을 잠깐 하소연하였다. 여러 양반들이 고개들을 끄덕이며 듣고 나서 서로 돌아보고

"자네 시주 노릇 좀 아니하려나?"

"자네가 아마 공덕을 쌓을 생각이 나는 모양이지."

하고 실없는 소리로들 지껄이었다. 서울 손님이 지도하는 중에게

"인제 더 구경할 것은 없는 모양이냐?"

하고 묻고 곧 안진사더러

"인제 어디 가 좀 들어앉세."

"내일 일찍 가신답디까?"

"한낮은 더우니까 일찍 가실걸요."

유복이가 주인의 하인 한 사람을 보고

"칠장사에 생불 스님이 있다지요?"

하고 물으니 그 하인이

"있지요. 전에는 생불 스님이라구 해서 근처 양반님네까지 대접해주셨지만 지금은 백정중이라구 대접을 잘 아니합니다."

하고 대답하였다.

옆에 있던 다른 하인이

"여보게 이 사람아, 백정중이라두 생불은 생불이라네."

하고 동무 하인을 나무라고

"칠장사 생불을 만나보러 오신 길이오?"

● 야료(惹鬧) 까닭없이 트집을 잡고 함부로 떠들어댐.

하고 유복이더러 물었다. 유복이가

"네."

하고 그 하인의 말에 대답한 뒤에 먼저 말하던 하인을 보고

"백정중이라두 지금 세상에 단벌 가는 인물이라우."

하고 말하니 그 하인이

"저의 근본이 백정이면 다 알아보았지 인물이면 무엇하우."

하고 불쾌스럽게 말하여 유복이는 다시 입을 열지 아니하였다.

유복이가 안승지 집 마방에서 하룻밤을 지내고 이튿날 아침밥 한술을 남나중 얻어먹은 까닭에 햇살이 다 퍼진 뒤 그 집의 칠장사 가는 일행과 함께 떠나게 되었다. 안승지 집의 당대 주인 안진

사가 서울서 온 친구를 칠장사 경치 구경시켜 주기 겸 시회˚로 하루 소견하려고˚ 동네 친구 두 분을 더 청하여 같이 가는 터이라 그 일행은 양반이 넷이고 말 하나, 나귀 셋, 짐승이 넷이 있고 견마잡이가 넷이고 그외에 또 손님 하인이 하나, 주인 하인이 하나, 사람 수효만 도합 열이었다. 유복이는 양반 행차를 배행할 묘리가 없어서 청처짐하게˚ 뒤에 떨어져 갔다. 그 일행이 길을 차지하고 가는데 마주 오다 만나는 행인들은 말할 것 없고 길 옆에 섰던 농군들도 황망히 길을 비키었다. 읍내서 십여리 나왔을 때 어떤 나무꾼 하나가 앞서가는데 사람이 어리보기든지

"비켜서라, 에라 비켜서라!"

하는 길 잡는 소리를 번연히 들으면서도 얼른 비키지 아니하여 앞에 가는 견마잡이가 사정없이 왈칵 떠다밀어서 지게 진 채 길 옆 도랑에 처박히었다. 일행은 그대로 지나가고 뒤에 오는 유복이가 붙들어 일으키니 그 나무꾼이 유복이를 양반의 일행으로 여기고

"죽을 때라 잘못했으니 살려줍시오."

하고 빌었다. 유복이는 도랑에 처박힌 자의 비는 꼴이 도랑에 처박은 자의 행패보다도 더 불쾌해서

"예끼 순."

하고 다시 돌아다보지도 아니하고 일행 뒤를 멀찍이 따라갔다. 하인 하나가 중간에서 앞서가서 절에 연통하여 일행이 절에 당도하기 전에 여러 중이 장삼을 떨뜨리고 절문 앞에 나와서 기다리

하고 말하여 일행이 대웅전 뒤로 돌아 내려오는 길에 정결한 별당 앞을 지나게 되었다. 지도하는 중은 앞서가고 양반들은 뒤에서 어슬렁어슬렁 오다가 서울 손님이

"여기가 깨끗하고 좋아 보이는군."

하고 지쳐놓은 별당 중문을 열어보니 별당 마루에 풍신 좋은 늙은 중 하나가 책상다리하고 앉았는데, 상좌 하나는 뒤에 서서 부채질하고 속인 하나는 모를 꺾어 꿇어앉아서 무슨 이야기를 하는 모양이었다.

"저 중이 장히 점잖아 보이는군."

하고 서울 손님이 안진사를 돌아보는데 안진사의 하인이 뒤에 와서 빼꼼히 중문 안을 들여다보며

"저 중이 백정중이올시다. 저 속인은 아까 같이 온 과객이로구면요."

하고 손님께 말하고 곧 뒤를 이어

"소인이 들어가서 백정중을 불러내오리까?"

하고 의향을 물었다. 손님이 말없이 잠깐 비켜서니 그 하인은 쭈르르 중문 안으로 들어가서 별당 뜰아래에서 마루를 치어다보며

"양반님네가 문밖에 와 서셨으니 얼른 나와 영접해."

하고 소리를 질렀다. 노인 대사는 빙그레 웃고 말이 없는데 꿇어앉았던 속인이 일어서서 마루 끝으로 나오며

"누구더러 누구 영접하란 말이오?"

하고 말씨 곱지 않게 물었다.

"누가 당신더러 나오라우?"

하고 대번에 목자를 부리리는 것은 어젯밤에 근본이 백정이면 더 볼 것이 없다고 말하던 하인이요,

"그러면 누구 말이야?"

하고 차차 말을 쇠는˙ 것은 어젯밤에 그 하인의 말을 불쾌히 여기던 유복이다.

"저 중더러 말하는데 왜 중뿔나게 나서서 말썽이야."

"저 중이라니, 말을 배운 것이 그뿐인가!"

말이 좋지 않게 왔다갔다하는 중에 대사가 상좌의 손을 잡고 일어서서 몇걸음 마루 앞으로 나서며

"이 사람, 당치 않은 시비 말게."

하고 유복이를 제지하니 유복이가 몸을 돌쳐 대사를 향하여

"대체 양반의 집 종새끼는 사람새끼가 아니라 개새끼예요. 되지 못한 자세나 할 줄 알구."

하고 말을 그치자마자

"너는 백정놈의 첫 벌 새끼냐 두 벌 새끼냐."

하고 그 하인은 주먹을 불끈 쥐고 뜰 위로 올라왔다. 유복이가 다시 돌쳐서서 올라오는 하인의 동가슴을 향하여 한번 발길을 날리니 그 하인이 쿵 하고 마당에 나가떨어졌다.

"그게 무슨 상없는 짓인가!"

하고 대사가 유복이를 책망하는 중에 양반들의 호령소리가 들리며 하인 다섯이 앞을 다투어 몰려들어왔다. 유복이가 이것을 보

고 뜰 위로 뛰어내려가서 두 팔을 쭉 벌리고 서서

"잠깐 내 말 들어라."

하고 소리를 지르니 앞선 하인이 발을 머뭇거리며 다른 여러 하인들도 따라서 멈칫멈칫하였다.

"당신네들이 몇십명이라두 무서울 것이 없지만 우리 선생님이 상없는 짓 말라셔서 고만둘 테니까 저 자빠진 자나 끌어가지구 나가우."

"이 자식이 누구를 씨까스르나.*"

"그 자식이 하늘이 높은 줄을 모르는구나."

이 하인이 이 말, 저 하인이 저 말 하는 중에 먼저 발길에 차인 하인이 어느 틈에 일어나서 앞으로 대들면서

"선생 제자 할 것 없이 두 놈 다 나가자."

하고 눈방울을 굴리었다. 유복이가 저의 선생을 호놈하는 데 열이 나서

"예 이놈들, 순리루 못 나가겠거든 견뎌봐라."

하고 대사가 말릴 사이도 없이 하인들에게로 뛰어내려가서 악 하고 이놈을 치고 응 하고 저놈을 쳤다. 유복이가 날래게 날뛰는 바람에 먼저 하인까지 하인 여섯이 손발도 많이 놀려보지 못하고 엎어지고 자빠졌다. 열에 뜨인 유복이는 하인을 한 사람씩 잡아 일으켜다가 중문 밖에 내치려고 먼저 불공스럽게 굴던 하인부터 꼭뒤를 잡아 일으켜다가 중문턱에 세우고 꽁무니를 제기려고 할 제, 손님을 지도하던 중이 마주 들어오며 팔을 벌리어 막았다. 이

• 쇠다
성질이나 성품이 나빠지고
비틀어지다.
• 씨까스르다
쓸까스르다.
남을 추기었다 낮추었다 하여
비위를 거스르다.

동안에 대사가 상좌의 부축을 받고 마당에 내려와서 유복이를 붙잡고 잠깐 동안 얼굴만 들여다보다가
　"이 사람, 뒷생각 없이 이게 무슨 짓인가!"
하고 꾸짖으니 유복이는 그제야 하인의 꼭뒤 잡았던 손을 놓고 대사 앞에 꿇어앉아서
　"선생님께 누가 미칠 것을 생각 못하구 잘못했습니다. 지금 양반들에게 나가서 자청해서 볼기라두 맞겠습니다."
하고 말하였다.
　"어서 일어나서 저 방에 들어가 가만히 앉아 있게."
하고 대사는 유복이를 자기 침실로 들여보내고 곧 손님 지도하던 중더러 사람들을 데리고 와서 여러 하인을 부축하여 데려다가 큰 방에 눕히라고 이르고 자기는 상좌를 데리고 대웅전 뒤에 몰려가 섰는 양반들에게로 올라갔다.
　안진사 일행 양반 네 사람은 하인들이 허무하게 봉패하는 것을 보고 창피가 몸에까지 미칠까 겁이 나서 멀리 대웅전 뒤에 와 모여 서서
　"이런 소조가 어디 있나!"
　"참말 큰 봉변일세!"
　"망신살이 뻗쳤어."
　"망신이라면 헐후하지.*"
처음에 이렇게 괴탄들 하고
　"분을 어떻게 풀면 좋단 말인가."

"원에게 기별해서 관차*를 보낼까?"

"누구를 시키나?"

"중 시키지."

"한속이 아닐까?"

"우리 중에 누구든지 하나 가세."

"자네 자견할 줄 알지?"

"나는 견마 없이 다녀본 적이 없네."

"지금 점심때가 다 되었으니 읍내 가서 지체할 건 고만두고 내왕 육십리만 하재도 밤이 될 것일세."

"아직 하회*를 좀더 보세."

"그놈이 도타하면 어찌하나."

"중놈들을 잡아다가 채근하지."

"하여튼 좀더 있어 보세."

나중에는 이렇게 작정이 없는 작정을 하고 별당 동정을 살피는 중에 늙은 중이 상좌를 데리고 구부렁거리며 올라왔다. 그 늙은 중이 양반들 앞에 와서는 면면이 합장배례를 공손히 하고 아무 일도 없는 것같이 태연하게

● 헐후(歇后)하다
대수롭지 아니하다.
● 관차(官差)
관아에서 파견하던 군뢰, 사령 따위의 아전.
● 하회(下回)
어떤 일이 있은 다음에 벌어지는 일의 형태나 결과.
● 의려(疑慮)
의심하여 염려함.

"여러분 행차를 빨리 영접하지 못하고 오래 서서 기시게 했으니 미안하기 이를 데 없습니다. 저의 처소가 과히 누추하지 아니하니 잠깐 들어가 앉으셔서 담화들 하시기를 바랍니다."

하고 말하였다. 양반들이 의려*가 있어서 서로 돌아보며 말이 없

으니 그 늙은 중은 다시

"의논하실 일이 있더라도 가 앉으셔서 의논하시고 처치하실 일이 있더라도 가 앉으셔서 처치하시지요. 자 내려들 가십시다." 하고 말하는데 말씨가 부드럽기는 한이 없이 부드러우나 어디에 힘이 있는지 그 말을 듣는 사람이 거역하지 못할 힘이 있어서 양반들이 대사를 따라 별당에 와서 마루에 좌정하였다. 하인들과 과객은 눈에 보이지 아니하고 상좌는 대사가 별당에 돌아오는 길로 무슨 말을 일러서 밖으로 내보내고 대사와 손님 아울러 다섯 사람뿐이다. 저편에는 손님이 네 분 느런히 앉고 이편에는 대사가 홀로 앉았다. 안진사와 읍내 양반 두 사람은 서울서 처음 온 손님과 달라서 대사와 다소 안면이 있는 터이라 전에 본 일 있는 사람의 인사수작들을 간단히 마친 뒤에 안진사가 말을 묻고 대사가 대답하였다.

"하인들을 어디로 데려갔나?"

"큰 방에 갖다 눕히라고 일렀습니다."

"병신 된 것이 많을 터이지."

"과히 상한 사람은 없는 모양이외다. 설혹 상한 사람이 있더라도 절에 의약이 있으니까 염려 마십시오."

"그 행패한 손은 어디로 보냈나?"

"무슨 처분이 내리시기까지 기다리게 하였습니다."

"우리가 데리고 가서 치죄를 할 터이니까 하인들 일어나기까지 대사가 잘 맡아두게."

"네, 잘 알았습니다."

안진사와 대사의 문답이 끝난 뒤에는 양반들끼리도 별로 말이 없어서 자리가 버성길 때에 대사가 입을 열어

"이 늙은것의 소경력이나 한번 이야기하오리까?"

하고 말하니 여러 양반의 눈이 대사의 얼굴로 모여들었다.

"저는 근본이 함흥 백정이올시다. 이장곤 이찬성이 함흥으로 망명하였을 때 저의 형 집에 와서 있었습니다. '백정의 딸 봉단이 정경부인 바쳤다' 하고 아이들 노랫가락에까지 이름이 오른 이찬성 부인이 저의 질녀올시다. 제가 이찬성의 연줄로 서울 와서 동소문 안에서 갖바치 노릇을 하는데 조정암께서 어떻게 아시고 저를 찾아다니셨습니다. 당시 정암으로 말씀하면 여러분이 다 잘 아시다시피 조정에 들어서

● 정의(情誼)
서로 사귀어 친하여진 정.

시면 명망이 높은 재상이요, 선비에게 오시면 학문이 깊은 선생이요, 거리에 나서시면 시정바치들이 우리 상전이라고 떠받들던 양반이올시다그려. 이런 양반이 천한 갖바치를 친히 찾으셔서 교분이 생긴 뒤로 정의*가 점점 두터워져서 나중에는 귀천의 형적을 잊을 만큼 자별하게 지냈습니다. 정암이 누추한 저의 처소에서 유숙하신 일도 한두 번이 아닙니다. 정암의 천분天分과 학문이 저의 미칠 바가 아니건만 정암은 불치하문不恥下問하시는 도량으로 저에게 문의하시는 일도 많았습니다. 그때 사세가 정암의 신상에 화가 미치기 쉬운 것은 저의 말씀이 아니라도 정암이 미리 짐작하셨지만, 임금 사랑하시는 맘이 너무 과하셔서 미치미치

하시다˚가 구경 기묘년에 일을 당하게 되셨습니다. 기묘년에 정암은 귀양가서 후명까지 받으시고 이찬성은 파직을 당하고 솔가하여 낙향하였습니다. 저도 서울 있을 맘이 적어서 팔도로 강산 구경을 다니다가 묘향산에 가서 낙발˚하였습니다."

대사의 이야기가 끝나갈 때에 대사의 상좌와 다른 중 하나가 큰 다담상을 마주 들고 들어왔다. 다담상이 상은 크나 음식 가짓수는 많지 못하고 음식이 정결은 하나 풍성치는 못하였다. 대사가 손님들을 보고

"절이 빈한한 까닭에 잡술 것이 변변치 못합니다."
하고 말하니 우선 서울 손님이
"천만에."
"다담보다도 대사의 이야기나 더 들읍시다."
말하고 안진사도 말을 고치어서
"대사가 범상한 인물이 아닌 줄은 증왕˚ 짐작하였지만 정암 선생과 교분이 두터운 인 줄은 몰랐소그려."
하고 하오로 말하였다. 대사가 여러 손님에게 다담을 권하여 음식들을 자시는 중에 먼저 읍내 양반 두 사람이 번갈아가며 대사에게 말을 물었다.

"이찬성이 망명하셨을 때 연세가 얼마시든가요?"
"이찬성이 갑오생 저와 동갑인데 망명한 것이 갑자년이니까 그때 서른하나든가 보오이다."
"이찬성 부인은 그때 몇이든가요?"

"열여덟이었지요. 그때 형 내외는 나이 너무 틀린다고 혼인 안 하려는 것을 제가 우기다시피 했습니다."

"지금 그 집이 어디서 사나요?"

"처음 낙향할 때 여주로 갔었는데 나중에 경상도 창녕으로 갔습니다. 그동안 내외 구몰˚하고 자제들이 거기서 사는갑디다."

"연신˚이 없으신가요?"

"없습니다."

안진사가 그 친구들의 뒤를 이어 말을 물었다.

"정암 자제와 상종하시우?"

"상종 없습니다."

"만나보신 일도 없으시우?"

"신착립˚ 적에 한번 본 일이 있습니다."

"그후에는 못 만나셨소?"

"용인이 멀지 않건만 한번 찾지 못했습니다."

"그 사람이 찾아와 보여야 할 일 아니오."

"이 절에 있는 줄도 알지 못할 것입니다."

"그 사람이 우리 친구요. 선친이 정암 문하에 다니신 까닭으로 세의˚가 있지요."

안진사의 말이 끝이 나자, 서울 손님이 말 물을 차례를 기다리었던 것같이 곧 수저를 놓고 나앉으며

"김사성장金司成丈과는 친분이 없으셨소?"

하고 물으니 대사가

- 미치미치하다 멈칫거리다.
- 낙발(落髮) 머리를 깎음.
- 증왕(曾往) 이미 지나가버린 그때.
- 구몰(俱沒) 부모가 모두 세상을 떠남.
- 연신(連信) 소식.
- 신착립(新着笠) 관례를 지낸 뒤 나이가 많아져 초립을 벗고 처음으로 검은 갓을 쓰는 일.
- 세의(世誼) 대대로 사귀어온 정.

"별호로 사서沙西 말씀이지요?"

하고 돌이켜 묻고 나서

"정암의 반연으로 사서 영감과도 상종이 있었습니다. 정암과 사서 두 분이 양근 미원으로 낙향을 경영할 때도 제가 옆에서 듣고 두 분의 경영이 경영대로만 되면 작히 좋겠느냐고 말씀하니까 사서 영감께서 우리가 미원 가서 살거든 놀러나 오지 하고 웃던 것이 생각하면 어제 일 같습니다."

"김사성장이 이찬성장의 본을 떠서 망명을 하시려다가 공연히 낙명落名만 하셨지요."

"일이 조금 떳떳치 못하게 되었을 뿐이지요."

"그 자제들이 지금 미원 가서 사는데 더러 상종이 있소?"

"둘째 자제가 올에 여기를 왔다가셨습니다."

"중일仲一이가 여기를 왔었세요? 올봄에 오래간만에 서울 와서 만났는데, 그때 양주 누구를 찾아간다고 했었는데……."

"백정의 아들 임꺽정이를 찾아서 양주 왔다가 거기서 나를 만나가지고 여기까지 같이 와서 달포 묵어가셨습니다."

"백정의 아들을 찾아갔세요? 나더러는 양주에 친한 사람이 있어 찾아간다고 말합디다."

"그 양반이 임꺽정이더러 조카라고 합니다."

"어찌해서?"

"임꺽정이는 이찬성 부인 외사촌의 아들인데, 그 양반이 이찬성 부인과 남매의를 맺은 까닭에 항렬을 따져서 조카라고 하는 모양입디다."

"그러면 대사더러는 삼촌이라고 하겠습니다그려."

"먼 조카는 따져도 가까운 삼촌은 따지지 않습디다."

하고 대사가 웃으니 여러 사람도 다 함께 웃었다. 다담상이 끝이 나서 기다리고 섰던 나이 지긋한 중과 젊은 상좌가 상을 치우는데 대사가

"얼마 잡숫지들 아니하셨으니 점심 진지를 속히 차려서 이리 들여오게 해라."

하고 이르니 둘이 일시에

"네."

하고 대답하였다. 그 중과 그 상좌가 상을 맞들고 옆걸음을 쳐서 향적전˚으로 내려가는 길에

- 향적전(香積殿) 향나무를 땔감으로 하여 법당에 올릴 공양을 짓는 곳.
- 행내기 보통내기.

"나는 절에 큰 탈이 날 줄 알구 속으로 겁이 났었소."

"나는 염려도 아니했다. 스님이 기신데 무슨 걱정이 있니?"

"양반들 말공대하는 것 보니까 맘이 놓입디다."

"대체 야단을 일으킨 사람이 누구라디?"

"스님의 그전 제자랍디다."

"전에 왔던 양주 꺽정이의 동무로구나. 내괴, 행내기˚가 아니더라."

하고 서로 지껄이었다.

안진사가 서울 손님을 보고 말을 물었다.

"중일이가 김덕수의 자인가, 김덕순의 자인가?"
"김덕순의 자야. 김덕수의 자는 경직景直이지."
"자네 집하고 어떻게 과갈간˚이 되지 않나?"
"중일이가 내 사촌매부일세."

서울 손님이 안진사에게 대답하는 말을 대사가 옆에서 듣고 곧 서울 손님을 향하여

"그러면 성씨가 이씨올시다그려."

하고 말하니 서울 손님이

"용하게 아시는구려. 내가 이참봉李參奉이오."

하고 대답하고 곧 뒤를 이어

"기묘년 풍파 중에 청춘에 돌아간 우리 누님의 팔자도 기박奇薄하지만 의초 좋던 내외간에 생리사별한 것이 포원抱寃이 되어서 속현˚ 아니하고 일생을 홀애비로 지내는 중일이의 일도 가엾지요. 우리 여러 종형제는 누님이 없는 까닭으로 그 매부를 더욱 중하게들 여기오."

하고 말한 끝에 한동안 대사와 이참봉이 김덕순 내외 일을 이야기하다가 나중에 김덕순의 처유모의 아들 박연중에게로 이야기가 번져나갔다.

"그자가 본래 중일이 따라서 도망했었는데 중일이와 함께 사赦를 받았건만 지금까지 세상에 나서지 않는다오."

"평산 운달산에서 행호시령˚을 하고 지냅니다. 명화적 노릇을 한답디다. 화적 괴수를 영의정 부럽지 않게 생각하는지 모르지

요."

 이때 안진사가 갑자기 무슨 일이 생각나는 듯이 대사를 보고 새삼스럽게

 "갓바치 노릇을 하셨다지요?"

하고 물어서 대사가

 "네."

하고 고개를 끄덕이니 안진사가

 "내가 전에 들은 말이 있소."

하고 허두를 놓고

 "인종대왕이 동궁에 기실 때 당대 인물로 도목˚을 꾸미어서 병풍 뒤에 붙이신 것이 있는데, 그 도목에 좌의정은 정북창鄭北窓, 우의정은 김하서金河西, 육조판서는 누구누구 유명한 재상들의 이름이 죽 쓰이고 영의정만은 이름이 없이 혜장鞋匠이라고 쓰이었더란 말이 있더니 지금 알고 보니 그 혜장이 곧 대사시구려."

하고 말하였다.

● 과갈간(瓜葛間) 인척간.
● 속현(續絃) 거문고와 비파의 끊어진 줄을 다시 잇는다는 뜻으로, 아내를 여읜 뒤에 다시 새 아내를 맞는 일을 비유적으로 이르는 말.
● 행호시령(行號施令) 호령을 내림.
● 도목(都目) 국가 차원에서 벼슬아치의 성적이 좋고 나쁨을 적어놓은 조목.
● 서연(書筵) 조선시대에 왕세자에게 경서를 강론하던 자리.

 "나도 그런 이야기 들은 법하군."

하고 이참봉이 말하고

 "정암 선생이 혹시 서연˚에서 말씀을 여쭈었던 게지."

하고 읍내 양반 하나가 말하는데 대사는 웃으면서

 "정암이 나더러 환로에 나서 보라고 권하신 일은 있지만 내 말

씀을 동궁에 여쭈셨을 리도 없고 인종대왕께서 동궁으로 그런 실없는 도목을 꾸미셨을 리도 없습니다. 대중없는 여항간 풍설이겠지요."

하고 말하니 여러 양반들이 대사를 갸륵하다고 칭찬하는데 대사가 겸사로 칭찬하는 말에 대답하고 나서

"여러분께 말씀할 일이 한 가지 있습니다."

하고 운을 떼니 안진사가 얼른 미리 알아채고

"행패한 손 용서하란 말씀이오?"

하고 물었다.

"용서하시고 아니하시는 것은 뒤처분을 기다릴 뿐이고 우선 이야기 하나를 들어보십시오."

하고 대사가 웃으며 말한 뒤에 유복이 아버지가 나라에서 조재상趙宰相 같은 이를 죽인 까닭에 연사年事까지 흉년이라고 말 한마디 한 탓으로 무고를 당하여 서울 잡혀와서 죽은 일과, 유복이 어머니가 일점 혈육인 유복자를 기르느라고 서울서 행랑살이로 고생한 일과 또 자기가 그 유복자를 한동안 맡아 가르친 일을 대강대강 이야기하고 나중에

"하인들에게 손찌검한 사람이 곧 그 유복자올시다. 동소문 안에 있을 때 상종하던 양반들이 대접해주시는 것만 본 까닭에 아까 하인이 이 늙은것을 홀대한다고 그렇게 야료한 것입니다. 실상 죄는 제게 있습니다."

하는 말로 그 이야기를 끝막았다. 이참봉이 먼저 말을 내어

"하인은 고사하고 우리라도 대사 같은 이를 홀대했으면 봉변해 싸지 않은가."

하고 안진사를 돌아보니 안진사가 대사를 보고 자기 하인이 대사를 홀대한 것은 모르고 한 일이나 평일에 자기 단속이 부족한 탓이라고 사과하는 뜻을 말하고, 또 여러 하인들에게 행패까지 한 것은 그 사람의 잘못이나 대사의 안면을 보아 용서하겠다는 뜻을 말하였다.

대사가 옆엣방에 있는 유복이를 마루로 불러내서 여러 양반들에게 사과를 시킨 뒤에 한구석에 자리를 주어 앉히면서

"내가 백정으로 갖바치로 중으로 이 나이가 되기까지 양반님네와 대좌하는 것이 버릇이 된 까닭으로 내게서는 반상과 노소를 물론하고 다같이 앉습니다."

말하고 여러 양반들을 돌아보니 이참봉은 싹싹하게

- 입향순속(入鄕循俗) 다른 지방에 들어가서는 그 지방의 풍속을 따름.
- 석연(釋然)하다 의혹이나 꺼림칙한 마음이 없이 환하다.

"절에 와서는 중 하라는 대로 한다면요."

하고 실없는 말 하며 웃고 읍내 양반들은

"암, 입향순속*이 제일이지."

"워낙 같이 앉는 것이 좋지."

하고 다 각각 석연들 하게* 말하는데 안진사만은 종시 오기가 있어서 유복이를 괘씸히 여기는 맘이 다 풀리지 않은데다가 상사람과 한마루에 앉는 것을 불쾌히 생각하여 입을 봉하고 앉았었다.

얼마 동안 뒤에 점심상이 들어왔다. 겸상 둘은 양반들의 상이

고 외상 하나는 유복이의 상이고 대사는 점심을 먹지 아니하였다. 안진사가 상 나르는 중을

"나 좀 보자."

하고 불러가지고

"하인들이 점심이나 먹겠다더냐?"

하고 물으니 그 중이 두 손을 맞잡고 서서

"배가 고프다고 점심 재촉이 야단입니다."

하고 대답하였다. 점심이 끝난 뒤에 읍내 양반 한 사람이 안진사를 돌아보며

"인제 운자韻字나 하나 내보지."

하고 풍월 지을 의논을 꺼내었다가 그날 모임의 주인 안진사가

"일장 풍파에 글 지을 흥치가 없어졌네."

하고 왼고개를 치는 바람에 그 의논이 그만 들어가고 또 안진사가 이참봉을 보고

"명적암 경치나 한번 가보려나?"

하고 구경 나서자고 이끌다가 정작 구경할 손님 이참봉이

"폭양에 나서 다니느니 여기서 대사의 좋은 말씀이나 듣세."

하고 자리를 뜨지 않는 까닭에 암자 구경도 자연 파의되었다.

여러 양반들이 대사와 같이 담화하는 중에 산리山理 말이 나서 이 양반은 선산이 대지大地인 것을 자랑하고 저 양반은 친산면례할 것을 걱정하는데 대사는 덤덤히 앉아 있는 유복이를 돌아보며

"자네 아버지 산소 자리가 좋으니 옮기지 말고 그대로 두는 것

이 좋지 않을까?"
하고 유복이의 말을 자아내었다.

"아무리 산소라두 아버지에게는 어머니 옆버덤 더 좋은 자리가 없을 것입니다."
하고 유복이 대답하는 말이 양반들 귀에 우습게 들리어서 이참봉이 한동안 웃음을 머금고 앉았다가 나중에 유복이의 말본을 떠서

"어머니에게두 아버지 옆버덤 더 좋은 자리가 없을 게니 어머니를 갖다가 아버지와 같이 좋은 자리에 묻으면 더 좋을 것이 아닌가."
하고 조롱으로 말하였다.

"어머니 산소 근처에는 아는 사람이 있어서 풀이라두 깎아달라구 할 수 있지만 아버지 산소에는 그런 부탁 할 데가 없습니다."

● 친산면례(親山緬禮)
부모의 무덤을 옮겨서 다시 장사 지냄.

"산소 밑에 가서 살면 되지."
"그렇게 살 수가 있으면 무슨 걱정이 있겠습니까."
"그러면 할 수 없겠군."
하고 이참봉은 가볍게 수작을 끝마치고 대사가 그 뒤를 받아서

"이번에 자네 아버지 산소에 다녀왔겠지. 봉분이나 있던가?"
하고 유복이더러 물었다.

"다녀는 왔는데 다른 사람 산소에를 다녀왔는지두 모르겠습니다."

"산소 형지(形址)를 모르겠더란 말인가?"

"여남은 살까지 다니던 데니까 잘 알려니 했더니 첫째 전에 없던 무덤이 총총 들어백혀서 이 자린지 저 자린지 잘 모르겠습디다."

"산소도 모르며 면례를 어떻게 하려나?"

"선생님은 아시겠지요."

"내가 그동안 죽었던들 자네는 낭패를 볼 뻔했네그려. 자네 아버지 산소를 쓸 때 뒷날 염려로 내가 자네 어머니와 의논하고 산소 전후좌우에 사기 사발을 하나씩 묻어두었으니 가서 파보면 알 것일세."

하고 대사가 말하는데 유복이 눈에는 눈물이 글썽글썽하였다. 대사는 말을 그치고 여러 양반들을 향하여 앉고 유복이는 여러 양반들이 모두 자기를 바라보고 있는 것 같아서 고개를 돌이키고 주먹 쥔 손등으로 눈물을 눌러 씻었다.

안진사 일행이 다리 팔 접질린 하인들을 조리시키느라고 그날 밤 절에서 묵는데 이참봉은 별당에서 대사와 같이 자려고 하였으나 안진사가 좁은 처소에서 여럿이 자기 불편하다고 말하여 여러 양반들은 판도방에 나가서 자고 유복이만 대사의 별당에서 자게 되었다. 만일에 양반들이 별당에서 자게 되면 유복이는 선생과 이야기할 틈이 없을까 보아 속으로 은근히 걱정이 되던 차에 안진사가 고집을 세워서 판도방으로 나가게 되니 유복이는 안진사가 도리어 고마워서 여러 양반들이 별당에서 나갈 때 특별히 안진사 뒤를 따라나오며

"안녕히 가서 주무시오."

하고 인사까지 하였더니 안진사는 처소가 좁으니보다도 유복이 같은 사람과 한데 굴기가 싫어서 나가는 판이라 흘깃 돌아보고 나가면서

"주제넘은 손이로군."

하고 먼산바라기로 꾸짖었다. 유복이가 처음에는 무료하니 섰다가 나중에는 슬그머니 분이 나서 곧 안진사를 쫓아나가 등줄기를 우려주고 싶었으나 대사가

"자네는 고만 들어가게."

하고 눈짓하는 바람에 고개를 숙이고 들어왔다.

상좌가 마루를 쓸고 자리를 떨어 다시 깔아놓은 뒤에 유복이는 마루에서 대사를 뫼시고 낮에 못다한 소경력 이야기를 다시 시작하였는데 산속은 들녘과 달라서 서퇴˚가 일찍 되고 서퇴된 뒤에는 곧 시원하다느니보다 오히려 선선하였다. 대사가

- 서퇴(暑退) 더위가 물러감.
- 융노인(隆老人) 칠팔십세 이상 되는 노인.

"방으로 들어가서 이야기하세."

하고 말하여 상좌가 먼저 방에 들어가 등잔불을 켜놓은 뒤에 유복이는 대사의 뒤를 따라 방으로 들어와서 밤이 이슥토록 이야기하였다. 유복이는 피곤하지도 않고 피곤하여도 상관이 없지만 대사 같은 융노인˚을 늦게까지 자지 못하게 하는 것이 맘에 미안해서 이야기하는 동안에 몇번

"곤하시지 않습니까?"

하고 물었는데, 그렇게 물을 때마다 대사는

"아직 졸리지 아니하니 어서 이야기하게."

하고 유복이의 이야기를 들어주었다. 유복이는 원수 갚으러 갈 일을 대사에게 말하려고 상좌가 자리 비우기를 기다리었으나 젊은 상좌는 표창질 이야기, 차력 이야기에 재미를 들여서 유복이 옆에 턱살을 치어들고 앉아서 잠시도 자리를 떠나지 아니하였다. 유복이가 지난 일을 대강 다 이야기하고 나서 애기가 대단 똑똑하더란 말, 애기 어머니가 아직도 젊어 보이더란 말, 이런 말 저런 말을 하면서 속으로는 상좌가 오줌이라도 누러 나가기를 바라고 가끔 상좌를 돌아보나 남의 속을 모르는 상좌는 대사를 보고

"주무실 때가 지났습니다. 고만 자리를 펴오리까?"

하고 취침하기를 청하였다. 다행히 대사가 유복이의 맘을 살펴서

"오래간만에 만나기도 했고 더구나 내일 곧 떠난다니 이야기나 좀더 하다 자지."

하고 상좌의 청을 듣지 아니하여 유복이는 어떤 말을 묻기도 하고 어떤 일을 말하기도 하다가 내일 사람들이 일어나면 더욱 대사와 조용히 말할 틈이 없을 것을 생각하고 할 수 없이 들떼놓고

"제가 앞으루 할 일이 한 가지 있는데 저에게는 이 세상에 다시 없는 큰일입니다."

하고 말하고서

"그 일이 소원대로 잘될까 점 하나 쳐주십시오."

하고 청하니 대사가 빙그레 웃으며

"그 일이 점괘가 시원치 못하면 아니해도 좋을 일인가."
하고 말한 뒤

"지금 할까 말까 하는 일이면 점도 치는 것이 좋지마는 좋든 그르든 해야 할 일에야 점이 소용 있나. 그저 하는 것이지. 하면 또 되느니."
하고 사리를 타이르듯 말하였다. 유복이가 한동안 고개를 숙이고 앉았다가 다시 고개를 치어들면서

"선생님을 이번 보입구는 다시 보입지 못할까 보오이다."
하고 대사의 얼굴을 바라보니

"죽지 않으면 또 만나겠지."
하고 대사가 대답하는데 그 입가에는 여전히 빙그레 웃는 빛이 떠돌았다. 그 뒤에도 한동안 앉아들 있다가 밤이 참말 깊은 뒤에 대사가

"인제 고만 자세."
하고 말하였다.

이튿날 식전에 유복이가 일어나 보니 대사는 꼭두새벽에 기침하였는지 벌써 소세하고 마루에 나앉았었다. 조반 뒤에 대사가 상좌를 데리고 양반들을 보러 나오는데 유복이가 뒤따라나오다가 판도방 가까이 와서 대사를 보고

"저는 이 길루 곧 떠나겠습니다. 지체하다가 또 양반들하구 동행이 되면 길에서 비위짱 사나운 꼴을 보기 쉬우니까 먼저 떠나겠습니다."

하고 대사에게 하직하고 상좌까지 작별하고 절 문밖을 나서는데 상좌가 뒤에서 쫓아나오며

"스님께서 부르십니다."

하고 소리를 쳐서 유복이는 다시 돌쳐서 들어왔다.

유복이가 들어오며 보니 대사도 역시 이리 향하고 나오는 중이라 빨리 걸어 앞에 가 서서

"무슨 일러주실 말씀이 있습니까?"

하고 물으니 대사가 고개를 끄덕이며

"내가 정신이 사나워져서."

하고 잠깐 말을 멈추었다가 다시

"자네를 줄 것이 있는데 잊었네. 지금 가지러 보냈으니 잠깐만 기다리게."

하고 말하였다. 얼마 뒤에 중 하나가 피딱지에 싼 물건을 새끼로 동여 들고 나와서 바로 유복이를 주는데 부피도 있고 무게도 있었다. 유복이가 물건을 추썩추썩하여 보며

"이것이 무엇입니까?"

하고 대사에게 물으니 가지고 온 중이 먼저

"무명이오."

대답하고 대사는 그 뒤에

"면례하는 데 쓰라는 부조 셈일세."

하고 유복이가 무슨 말 하기도 전에 다시

"서울이란 데가 시골과 달라서 역군도 얻자면 사야 할 것이구

괭이 하나만 빌리재두 세를 내야 할 것이니 가지고 가서 쓰게."
하고 말하였다.

　유복이가 그 무명을 받아서 피딱지에 싼 채로 보따리와 길양식 자루 위에 얹어서 걸머지고 칠장사에서 떠나왔다. 칠장사서 서울이 이백십리란 말을 듣고 유복이는 생각하기를 하루에는 댈 수 없고 이틀 가야 할 터인데 이틀 길로는 홀가분하다고 하였더니 그날 점심 전, 점심 뒤 두 차례 소낙비에 길을 많이 빼앗기어 간신히 팔십리 와서 잔 까닭에 나머지 일백삼십리가 하룻길로 잔뜩 벅차게 되었다. 이튿날 유복이가 서울을 일찌거니 대어보려고 새벽길 이십리를 걸어서 양지 와서 아침 먹고 다시 칠십리 길을 걸어서 너더리 와서 점심 먹고 다르내재를 넘어올 때 해는 아직 높이 있었다. 유복이가 잿마루에서 새원을 빤히 내려다보며 굽이굽이 돌아 내려오는 중에 한 굽이를 잡아드니 사람 둘이 앞길에 쑥 나섰다. 그자들은 머리를 수건으로 동이고 손에 긴 몽둥이를 짚은 것이 사냥질의 몰이꾼 비슷하였다. 그자들이 사람은 조금 수상해 보이지만 유복이는 그대로 지나 내려가려고 그자들 섰는 곳으로 가까이 나가니 둘 중에 자칫 앞으로 나선 자가 유복이를 향하여

　"이놈, 게 섰거라!"
하고 호령하였다. 유복이는 어이가 없어서 걸음을 멈추고 우뚝 섰다.

　"너 짊어진 것이 무엇이냐?"

"얼른 대답 못하느냐!"

"무명하고 양식이다. 그건 물어 무어할라느냐?"

"물어 무어할라느냐? 이놈 봐라."

하고 앞선 자가 게먹으며˚ 앞선 자 뒤선 자가 일시에 몽둥이를 둘러메었다.

"그까짓 작대기 가지구는 너의 집에 가서 개새끼나 혼돌림˚시켜라, 이 자식들아."

유복이의 씨까스르는 말을 듣더니 앞선 자가

"이놈!"

하고 뛰어들며 유복이의 머리를 정면으로 내리쳤다. 유복이가 언어맞았다면 해골이 바숴졌을 것이지만 유복이는 바른손을 번개같이 쳐들어서 몽둥이를 붙잡았다. 붙잡은 몽둥이를 얼른 꼬숙여다가 왼손에 옮겨 잡고 바른손이 비자마자 뒤선 자의 몽둥이가 마침맞게 들어와서 유복이 바른손에 그 몽둥이가 마저 붙잡히었다. 그자들이 몽둥이를 잡아채면 유복이는 손아귀에 힘을 들여 누르고 그자들이 몽둥이를 잡아당기면 유복이는 팔에 힘을 올려 끌어들였다. 그자들이 그제야 자는 범외 코를 쑤신 줄 깨닫고 눈이 둥그레지기 시작하였다.

"너희들하고 오래 실랑이하다가는 내 길이 늦겠으니 우리 얼른 내기를 하나 하자."

하고 유복이가 그자들의 얼굴을 보니 둘이 다 핏대를 올렸는데 하나는 이까지 악물었다. 이를 악물지 아니한 자가

"무슨 내기냐?"

하고 묻는데 말이 아직도 뻣뻣하였다.

"이 몽둥이가 무슨 나무냐?"

"참나무다."

"이 몽둥이를 끝을 쥐고 분지르면 분질러지겠느냐?"

"생나무라두 굵기가 이만하면 분지르지 못할 텐데 이것은 손때가 먹었어."

"너희들은 둘이 다 이것을 분지르지 못하지?"

이를 악물었던 자가 저의 동무 대답하기 전에

"분지르지 못해. 그래 어째!"

하고 짜개발려 말하였다.

● 게먹다 상대편에게 지근덕지근덕 따지고 들다.
● 혼돌림 단단히 혼냄.

"그러면 된 수가 있다. 내가 이것을 분질러보마. 그래, 내기는 못 분지르면 내 무명을 너희들 주구 분지르면 어떻게 할까?"

하고 유복이가 그자들의 얼굴을 번갈아 보았다.

유복이가 도적놈들과 내기를 정하는데 그자들이 내기 말 낸 사람이 맘대로 정하라고 유복이에게 밀맡겨서 유복이는

"너희들은 가진 것이 이 잘난 몽둥이뿐이지."

말하고 생각하다가

"옳지, 이렇게 하자. 내가 이 몽둥이를 분지르거든 너희들이 날 따라 서울 가서 내일 하루만 내 심부름을 해라."

하고 내기 조건을 정하여 말하니 한 자는

"아무리나 그래 보자."

하고 두말 않고 응낙하고 다른 자는

"글쎄."

하고 고개를 비틀다가 저의 동무가 눈짓하는 것을 보고

"그래 볼까."

하고 두동싸게* 말하였다.

내기가 이렇게 작정된 뒤에 유복이는

"몽둥이들을 이리 내라."

고 말하여 몽둥이 두 개를 한데 가로 들고 서서

"너희들이 하나를 골라다구."

하고 몽둥이 든 손을 앞으로 내미니 그자들이 서로 돌아보며

"자네 것이 단단하지."

"아니, 내 것버덤 자네 것이 단단하리."

하고 두어 마디 수군거리다가 한 자가

"이것을 분질러보아."

하고 몽둥이 하나를 가리켰다.

유복이가 짐을 벗어 돌 위에 놓고 몽둥이 한 개는 짐 옆에 놓고 그 가리키던 몽둥이만 두 손에 가로 쥐었다 한번 지끈 눌러보고서

"망신이나 하지 않을까?"

하고 혼잣말한 뒤에

"자 보아라."

하고 그 몽둥이를 무릎에 대고 전신의 힘을 두 팔에 모아들이며

응 소리를 질렀다. 응 소리 한번에 우직하고 두 번에 우지직하고 몽둥이가 분질러졌다. 유복이가 동강난 몽둥이를 그자들 앞에 내던지며

"인제 어떻게 할 테냐?"

하고 그자들을 바라보니 선뜻 응낙하던 자는

"이런 제기, 내기대루 시행하지 어떻게 해."

하고 머리를 긁적거리고 두동싸게 말하던 자는

"나는 시행 못하겠어. 내일이 우리 처삼촌 아저씨 소상날인데 내일 내가 집에 없다가는 나중 애어머니 잔소리에 머리가 빠지라구?"

하고 딴소리하며 유복이의 눈치를 살폈다.

● 두동싸다
이럴까 저럴까 하고 망설여 확실한 결심이 없다.

"내기 시행 안 할라거든 저 몽둥이루 앞정갱이나 한번 얻어맞고 가거라."

"정갱이 부러지라구?"

"그럼 어떻게 할 테냐?"

"내가 한강 나룻가까지 저 짐을 져다 드리리다."

하고 그자가 공대하는 말로 짐꾼 노릇하기를 자청하였다. 유복이는

"아무러나 그래라."

하고 허락한 뒤 그자는 짐을 지워서 앞세우고 서울까지 간다는 자는 뒤딸리고 유복이 자기는 몽둥이를 들고 중간에 서서 잿길을 내려왔다. 앞에 가는 자가 길에서 참참이 뒤를 돌아보는데 유복

이가 의심이 나서 유심하고 여겨보니 앞에 가는 자의 눈짓과 입짓이 뒤에 오는 자에게 무슨 군호하는 것이 분명하였다. 그자가 눈짓 입짓 할 때마다 뒤에 오는 자가 머리 흔드는 것을 곁눈질하여 보고 유복이는 앞에 가는 자의 군호를 뒤에 오는 자가 받지 않는 줄까지 짐작하였다. 재를 거의 다 내려와서 한참 오다가 앞에 가던 자가 발을 멈추고 돌아서서

"발감개 속에 모래가 많이 들어서 여간 거북하지 아니하니 좀 고쳐 신구 가십시다."

하고 말하는데 유복이는

"그러면 우리는 슬슬 갈 게니 신발 고쳐 신구 곧 쫓아오려나?"

하고 시험조로 말하였더니 그자는

"네, 곧 쫓아가지요. 잠깐 고쳐 신구 쫓아가지요."

하고 현연히 눈웃음을 치고 뒤에 오던 자는

"같이 가는 것이 좋지요."

하고 눈살을 찌푸리었다.

"슬슬 뫼시구 가지 왜 이래."

"어서 신발이나 고쳐 신게."

"걱정 말어. 고쳐 신을 테야. 걱정 되우 하네."

"이 사람이 미쳤나. 물계 모르구 아무 데나 덤비게."

저희들끼리 다투는 말을 듣고 유복이는 웃으면서

"무얼 그래? 해지기 전에 한강을 건너야 할 테니까 한 발짝이라두 어서 가야지."

하고 뒤에 오던 자를 데리고 슬슬 걸어오며 슬금슬금 뒤를 돌아보았다. 그자가 처음에는 주저앉아서 신발을 고치는 체하더니 살금살금 풀섶길로 내려갔다. 유복이가 돌쳐서서

"어디루 가느냐. 어서 이리 오너라."

하고 소리를 지르니 그제는 그자가 장달음을 놓기 시작하였다.

　유복이가 몽둥이를 둘러메고 달아나는 도적놈을 쫓아갔다. 슬슬 걸어갔던 길이 예닐곱 간 동안밖에 아니 되는 까닭으로 유복이는 불과 얼마 아니 쫓아가서 붙잡으려니 생각하였더니 누가 알았으리, 그자가 발이 여간 빠르지 아니하여 짐을 지고도 유복이보다 더 빨리 달아났다. 쫓는 사람과 쫓기는 사람의 사이가 일곱 간이 여덟 간 되고 여덟 간이 아홉 간 되어 차차로 멀어졌다. 유복이가 분이 나서 둘러메었던 몽둥이를 풀섶에 내던지고 두 주먹을 불끈 쥐고 달음질쳤다. 늘어가던 간 수가 뒤쪽으로 줄어들기 시작하여 댓 간쯤 되게 줄었을 때, 그자가 등에 졌던 짐을 벗어버리고 내빼는데, 유복이는 분김에 짐도 돌보지 않고 그대로 그자를 뒤쫓았다. 간 수가 한참 동안 늘도 줄도 못하고 핑핑하게 나가다가 그자가 무슨 풀덩굴에 발이 걸려서 발 빼느라고 지체하여 그동안에 간 수가 바싹 줄었다.

"이놈아 인제두, 이놈아!"

　유복이가 소리지를 때다. 그자가 별안간 몸을 돌쳐 꿇어앉아서 숨이 가빠 말은 못하고 두 손을 내밀어 싹싹 빌었다. 유복이가

"이놈!"

하고 뛰어들어와서 상투를 잡아 앞으로 끄숙였다. 유복이는 분한 품이 그자를 곧 지지눌러 죽이고 싶었으나 참고 참은 끝에 끄숙였던 그자의 얼굴을 뒤로 젖혀 치어들고 빰을 한번 내갈기니 아이쿠 소리하는 그자의 입귀에서 피가 흘러나왔다. 그자가 칵 하고 피를 뱉으려고 하는 것을 보고 유복이가 상투 잡았던 손을 놓으니 그자가 침을 뱉는데 붉은 피 속에 누런 이빨들이 섞여 나왔다. 유복이가 이것을 보고 분이 조금 풀려서

"너 같은 놈은 죽여두 싸지만 인생이 불쌍해서 목숨을 붙여둔다."

말하고 곧 그자를 잡아 돌려앉히고

"인제는 네 기집의 잔소리나 들으러 가거라."

말하면서 발길로 엉덩이를 차 내던졌다. 유복이는 앞으로 고꾸라진 그자를 내버리고 짐이 떨어져 있는 데 와서 짐을 찾아 걸머지고 일 마장 착실히 걸어서 전의 길에 나와 보니 서울까지 따라간다는 자는 길가에 퍼더버리고 앉아 있었다.

"죽이지나 않으셨소?"

"빰 한번밖에 안 때렸다."

"그 자식 죽는 줄 알았더니 수 좋았네. 아까 재에서 내려올 때 그 자식이 나더러 당신을 해내라구 몇번 눈짓하는 것을 내가 모른 체했소."

"해내보지 왜 고만두었어?"

"당신 같은 장사를 섣불리 해내려다가 나는 죽구요? 나는 죽

거나 말거나 그 틈에 무명 가지구 도망질할라구 맘먹은 것을 아는데 내가 왜 그 자식에게 속을 까닭이 있겠소. 그 자식이 몸이 날쌔구 걸음이 재기루 유명한데 장사 앞에는 하는 수 없던 게요. 내처 도망질을 못 치구 붙잡혔으니."

"그러나저러나 너는 왜 어디루 가지 않구 여기 섰느냐?"

"내기 시행 아니할라구 못생기게 도망한단 말이오? 나두 사내자식인데 일구이언하겠소?"

"아따, 그러면 같이 가자. 어둡기 전에 서울을 갈 수 있을까?"

하고 유복이가 서편 하늘을 바라보니 붉은 불덩이 같은 해가 너울너울 산 너머로 넘어가는 중이었다. 그자도 유복이와 같이 넘어가는 해를 바라보고 나서

● 지지누르다
기운을 꺾어 누르다.

"지금 서울 가기 틀렸소. 나룻배 끊어지기 전에 강가에두 못 대가겠소. 또 강을 건너면 무어하오. 인경을 쳐서 사대문이 꽝꽝 닫힌 뒤에 문안에를 들어가는 장사가 있소? 내일 일찍 서울 갈 작정하구 오늘 밤은 새원 가서 잡시다."

하고 말하는 것을 유복이는 길 늦은 데 찜부정이 나서

"네놈들 때문에 길이 늦었다. 잡말 말구 어서 가자."

하고 길을 재촉하여 새원까지 와서 보니 거의 땅거미가 다 되었다. 그자의 말이 옳은 것을 생각하고 유복이는 그날 밤 새원서 묵기로 작정하고 원집을 찾아가려고 하니 그자가

"우리 집이 여기서 가까우니 우리 집으루 가십시다. 집꼴은 망측하지마는 밥 지어먹는 수고는 없을 것이니 원에 가지 말고 우

리 집으루 가십시다."

하고 권하는데 유복이는 그자의 속도 알 수가 없고 또 도적놈의 집에 가 자기가 싫어서

"폐 끼칠 것 없어."

하고 좋은 낯으로 거절하였다. 그자가 유복이 속을 짐작하고

"나를 의심하셔서 그리하시오? 내가 조금이라두 딴생각을 두면 지금 이 자리에서 급살을 맞겠소."

하고 말하는 것이 진심인 것을 안 뒤에 유복이는 그자의 집으로 가기를 허락하고 그자를 따라갔다.

새원서 멀지 아니한 곳에 두서너 집이 뜸뜸이 있는 조그마한 마을이 있었다. 그자가 마을에 들어서며 뒤에 오는 유복이를 돌아보고

"저것이 우리 집이오."

하고 길목에 있는 첫 집을 가리켰다. 울타리가 여기저기 쓰러지고 삽작문조차 없는 허술한 집이었다. 그자가 집으로 가까이 오며 집 앞에 서 있는 사람을 보고 먼저

"어머니."

하고 부르니 저편에서

"인제 오니?"

하고 꼬부랑거리며 마주 나온 것이 파파 늙은 할멈이다.

"손님 한 분 뫼시구 왔소."

"어떤 손님이야?"

"차차 이야기하지요."

"배고팠지?"

"아니요."

그자는 돌아서서 유복이를 보고

"주무실 데두 변변치 못하우. 하룻밤 드새어 가실 작정하시우. 자, 들어갑시다."

하고 인사 차려 말하였다. 아들이 늙은 어머니를 붙들고 앞을 서고 유복이는 뒤따라서 집안으로 들어왔다. 양편에 단칸방이 있고 중간에 토마루 한 칸이 끼여 있고 한편 머리에 부엌이 붙어 있는 네 칸 집인데 부엌 붙은 안방에만 등잔불이 켜 있었다. 불 없는 건넌방 앞에 와 서서 아들이

"광솔이 어데 있소?"

하고 그 어머니에게 물었다.

"불 켤라고 그러지? 내가 켜놓으마."

"광솔 있는 데만 가르쳐주시우. 내가 켜놓을 테니."

"광솔은 여기도 있지."

하고 그 어머니가 토마루 앞 구석에 있는 관솔을 집어다가 아들을 주니 그 아들이 안방에 들어가서 관솔에 불을 달아다가 건넌방에 등잔불을 켜놓고 방문 앞에 섰는 유복이를 내다보며

"이것이 내 방이오. 이리 들어오십시오."

하고 말하였다. 유복이는 주인이 지도하는 대로 그 방에 들어와서 짐을 주인 주어 방구석에 놓게 하고 앞창문을 등지고 앉아서

열어놓은 되창문으로 건너편 안방을 바라보니 그 방에 사내아이 하나가 누워 있었다.

"저기 누워 있는 것이 아들인가?"

"그것 때문에 우리 어머니가 더 고생이오."

"그 애 어머니는?"

"죽었어요."

"아들이 지금 몇 살인가?"

"아홉살이오. 어미 없는 자식을 세살부터 저만큼 키우시자니 우리 어머니 고생이 어떠했겠소. 게다가 그 자식이 잔병치레하느라구 일년 삼백육십일에 성한 날이 별루 없지요. 지금두 아프다구 누운 지가 벌써 사흘째요."

"왜 앉지 않구 서서 이야기야."

"미안하지만 혼자 앉아 기시오. 늙은 어머니가 저녁 차리는 것을 좀 가서 거들어야겠소."

주인이 어머니 위하는 것을 보고 유복이는 주인의 늙은 어머니 있는 것이 속으로 부러웠다.

한동안 뒤에 주인이 저녁상을 가지고 들어왔는데 키 얕은 솔소반에 놓인 것이 밥 한 사발, 장찌개 한 그릇뿐이었다.

"주인은 아니 먹나?"

"나는 먼저 먹었소."

"이것이 주인 먹을 밥이나 아닌가?"

되창문에 와서 들여다보던 주인의 어머니가

"그것은 지금 새로 지은 밥이오. 저 애는 저녁에 쑨 죽을 먹었소."

말하는 것을 듣고 유복이가

"이 밥 좀 같이 먹세."

하고 주인보고 말하니 주인이 그게 다 무슨 말이냐고 펄쩍 뛰었다. 주인의 어머니가

"그거 보아라. 손님하고 겸상해 먹으라니까."

하고 아들보고 말하고

"밥이 또 한 그릇이 있소. 그런데 저 애가 나더러 떠먹으라고 안 먹는다오."

하고 유복이보고 말하였다.

"그것은 노인 잡숫게 두구 이 밥을 같이 먹세."

"참말 배가 불러 못 먹겠소."

"이애, 그러다가는 손님 밥 못 자시겠다. 저 밥 갖다 주랴?"

"그 밥은 어머니 잡수시우."

"내가 다 먹느냐. 먹다가 남겨라."

"그러면 반만 덜어다 주시우."

손님이 주인과 한 사발 밥을 같이 먹자고 하다가 주인의 어머니가 그 아들과 한 그릇 밥을 반씩 나눠먹게 되어서 밥 가지고 실랑이하던 것이 끝이 났다.

유복이가 주인의 모자간 사랑을 진수성찬보다 맘에 더 좋게 여기어 밥 한 사발을 달게 먹고 그날 밤 밤이 들도록 주인과 서로

이야기하였다.

 그날 밤 유복이가 신불출이와 한방에서 같이 잤다. 신불출이는 그 집 주인의 성명이다. 유복이와 불출이는 하룻밤 동안에 십년 사귄 이나 다름이 없이 정숙하여졌다.˙ 유복이는 불출이의 형편을 보고 늙은 어머니와 어린 자식을 데리고 호구(糊口)하려면 도적질이라도 하는 것이 당연한 일이라고 생각하고, 불출이는 유복이의 사정을 알고 종적이 생소한 서울 가서 면례하는 데 내기 시행이 아니라도 가서 보아줄 성의가 생기었다.

 이튿날 식전에 유복이는 무명짐을 끄르고 네 필 중에 한 필을 꺼내서 양식 바꾸어 먹으라고 불출이 어머니를 주고 불출이와 같이 서울로 떠나왔다. 불출이가 걸음이 본래 유복이만 못한데다가 무겁지 않은 짐이라도 유복이의 짐을 대신 진 까닭에 동안 뜨게 뒤떨어질 때가 많아서 유복이는 하릴없이 노량으로˙ 걸음을 걸었다. 같이 걷게 된 뒤부터 두 사람 사이에 이야기가 별로 그치지 아니하였는데, 불출이가 재미나게 듣고 유복이가 신이 나게 하는 이야기는 대개 꺽정이의 원력(原力) 이야기고 봉학이의 활 재주 이야기였다. 이야기 끝에 불출이가 꺽정이와 봉학이를 한번 만나지라고 하여 유복이는 자기가 이번에 꺽정이를 만나게 되면 말하여 둘 것이니 이다음 찾아가라고 말하였더니

 "그럴 것 없이 이번에 양주까지 같이 갑시다."
하고 불출이가 졸랐다.

 "꼭 만나게 될는지두 모르는데 같이 갈 것이 무엇 있나. 이다

음 혼자 가서라두 내 말 하구 만나자면 반갑게 만나줄걸."

"집이라두 알아두면 좋지 않소. 못 만날 손 잡더라두 같이 갑시다."

"정 그러면 같이 가세."

유복이와 불출이는 이렇게 양주까지 동행하기로 작정하였다.

빨리는 걷지 아니하여도 강 건널 때 이외에는 쉬지 않고 오는 길이라 늦은 아침때쯤 서울을 들어왔다. 유복이는 면례하는 것을 당초에 구경도 한 일이 없는 까닭에 면례에 소용 닿는 물건을 불출이에게 훈수받아가며 바꾸게 되었다. 무명 한 필을 끊어서 상포喪布 필, 백지 권, 새 기직 한 닢까지 바꾸어가지고 유복이는 이만하면 더 들 것이 없으려니 생각하면서 가래, 괭이 등속을 세내려고 상둣도가*를 찾아왔다. 상둣도가 주인이 유복이와 불출이의 의표儀表를 한 번 훑어보더니 사람 하나 끼지 않고 물건만은 세

* 정숙(情熟)하다
정겹고 친숙하다.
* 노량으로 느릿느릿.
* 상둣도가
상여와 그에 딸린 제구들을 파는 집.

를 놓지 않는다고 말하여 유복이가 사람 품삯과 가래, 괭이 두 가지 물건세를 물은즉, 한 사람의 하루 품삯으로 무명 열 척, 가래 하나 괭이 하나에 면례에서 제일 긴용된다고 무쇠 지레 하나를 더 넣어서 세 가지 물건세로 무명 육 척 도합 십육 척을 달라고 하고 거기다가 세를 먼저 내고 가라고 말하는데, 불출이가 나서서 우리를 시골뜨기라고 업신여겨서 곱절이나 비싸게 달라느냐고 다투는 것을 유복이가 고만두라고 말리고 달라는 대로 다 끊어주었다. 상둣도가 일꾼과 세 사람이 수구문 밖으로 나오는 길

에 그 일꾼 말이 아무리 관은 쓰지 않는다고 하더라도 땅속 일이란 것은 알 수 없어서 이십여년은 고사하고 몇백년이라도 썩지 않는 송장이 있으니 칠성판 하나는 사가지고 가는 것이 좋다고 말하여, 유복이가 그 말을 옳게 여기고 칠성판을 구하러 가려고 한즉 그 일꾼이 무명 닷 자만 저를 주면 제가 얼른 가서 사오마고 자청하고 가더니 백지장 같은 박판薄板 한 쪽을 들고 왔다. 불출이가 이것을 보고 증을 내며 이런 송판은 무명 닷 자는커녕 한 자도 아깝다고 타박을 하니 그 일꾼은 서울 물가가 시골과 다른 줄을 모른다고 도리어 불출이를 핀잔주었다.

"서울은 날도적놈들만 사는 게야."

"그러면 시골은 밥도적놈들만 사는가."

"시골 쇠도적놈두 서울놈들에게 대면 부처님이지."

"서울은 시골서 온 부처님이 큰 도적놈이야."

불출이와 일꾼이 말다툼하며 뒤에서 오는 것을 앞서가던 유복이가 돌아보면서

"이 사람, 쓸데없는 소리 고만 지껄이게."

하고 불출이를 나무라고

"여보, 입 좀 봉하우. 듣기 싫소."

하고 그 일꾼을 눌렀다. 그 일꾼이 아무 말이 없이 얼마 동안 따라오다가

"면례하는 데 제사는 아니 지내우? 산신에두 지내구 분상*에두 지내는 법이오."

하고 가르쳐주어 유복이가 제 지낼 생각이 나서 제물 장만할 것을 걱정하니 불출이가 이번에는 자기가 가서 사가지고 오겠다고 하고 무명끝˚을 가지고 제물을 바꾸러 가고 유복이는 그 일꾼과 먼저 산소 자리로 향하여 왔다.

유복이가 산소 근처에 와서는 먼저 사방을 돌아보고 그다음에 누누중총˚ 틈에서 봉분이 거의 형지 없이 헐어진 한 무덤 앞에 와서 한동안 살펴보다가 일꾼더러 괭이를 달라고 하였다. 일꾼이 제사부터 지내고 동토動土하는 법이라고 법을 찾는 것을 유복이가 잔소리 말고 달라고 하여 괭이를 가지고 우선 봉분 앞을 파보니 얼마 아니 파서 괭이 끝에 다치는 것이 있었다. 유복이가 그곳을 파헤치니 과연 사기그릇이 하나 나왔다. 그 뒤에 봉분 뒤와 양옆을 다 파헤쳐서 사기 사발을 하나씩 찾아내고 유복이는 그 사발 안에 무엇이 쓰이어 있으려니는 미처 생각지 못하였더니, 일꾼이 가까이 와서 지석誌石을 사방에 묻는 것은 처음 본다고 하면서 사발 하나를 들고 그 안에 흙을 손으로 씻어서 글자가 드러났다. 유복이가 동소문 안에 있을 때 천자 권을 배운 덕으로 자기 성인 박자 외에 임오 칠월 십일이라는 연월일 글자는 분명히 알아보았다. 나머지 사발 세 개를 유복이가 낱낱이 씻고 보니 글자는 다 있는데 먼저 사발과 똑같은 글자들이었다.

● 분상(墳上) 무덤 위.
● 무명끝
쓰다가 남은 짤막한 무명.
● 누누중총(纍纍衆塚)
다닥다닥 잇닿아 있는 많은 무덤들.

얼마 동안 뒤에 불출이가 참외 대여섯 개, 수박 한 덩이, 술 한 병을 사람 들려가지고 왔다. 인제 제물은 있지만 제기가 없어서 한참 공론하다가 불출이가 의사를 내어 지석으로 묻었던 사기 사발을 정하게 닦아서 제기 대신 쓰게 되었다. 일꾼은 면례에 미립이 난 사람이라 먼저 산신제를 지내라고 권하였지만, 유복이가 듣지 아니하고 자기 아버지 무덤에만 제사를 지내는데 참외 두 사발, 수박 한 사발, 술 한 사발을 무덤 앞에 벌여놓고 손은 높이 치어들어서 공손히 절 한번 하고 그대로 엎드려서 한바탕 통곡하였다. 유복이의 곡이 끝난 뒤에 세 사람이 참외와 수박을 안주삼아서 술 한 병을 나눠서 먹고 무덤을 파기 시작하였다.

봉분은 거의 평토나 다름없고 회는 쓴 흔적도 없는 까닭으로 얼마 동안 아니 파서 광중이 드러났다. 횡대橫帶도 썩고 관도 썩었으나 시체만은 썩지 않고 홑이불 같은 것이 덮인 채로 착 가라앉았었다. 무덤 앞 적이 편편한 곳에 기직자리를 펴고 칠성판을 놓은 뒤에 광중 아래윗막이를 따고 유복이가 불출이를 데리고 시체를 맞들어내다가 칠성판 위에 눕히는데 바짝 마른 가벼운 나무토막 드는 것과 같았다. 유복이가 불출이와 일꾼의 방조를 받아서 시체를 위아래까지 상포로 감고 종이 매를 여러 겹 쳐서 군데군데 묶은 뒤에 기직으로 싸고 칠성판은 짊어지는 등판에 닿기 좋도록 한옆에 붙이어 새끼로 동이었다.

일을 마치고 나서 보니 해는 거의 저녁때가 다 되었다. 먼저 일꾼을 보낸 뒤에 유복이는 시체를 짊어지고 불출이는 양식과 무명을 걸머지고 수구문 밖 인가로 내려와서 하룻밤을 자고 가려고 한즉 시체를 꺼리어서 재워주는 집이 없었다. 나중에 유복이는 밤길을 걸어 양주로 내려가려고 생각하고 불출이의 의향을 물으니 불출이 역시 그것이 좋다고 말하여 두 사람은 한 노파의 집에서 저녁밥을 부치어 지어먹고 곧 양주를 향하여 밤길을 떠났다. 아무리 친한 사람의 집이라도 송장을 지고 첫새벽 대드는 것이 좋을 것 없어서 유복이와 불출이는 길에서 지체하고 이튿날 해 뜬 뒤에 꺽정이의 집을 찾아왔다. 애기 어머니는 말할 것도 없고 다른 식구들도 반갑게 맞아들이는데 팔삭동이만은 지고 온 것이 송장이란 말을 듣고 오만상을 찌푸리었다. 꺽정이가 아직까지 집에 돌아오지 아니한 것을 알고 유복이만 섭섭할 뿐 아니라 불출이도 대단 서운하여 하는데 유복이가 애기 어머니보고 불출이와 같이 온 사정을 대강 이야기하고 이다음 찾아올 때 정답게 대접하도록 꺽정이에게 말하여 달라고 부탁하였다.

• 명토 누구 또는 무엇이라고 구체적으로 하는 지적.

유복이가 시체를 가지고 한만히 묵을 수 없는 까닭으로 아침 뒤에 곧 떠나가기로 작정하고 아침밥 대접을 받는 동안에, 유복이는 잠깐 꺽정이 아버지를 들어가 보고 수어 수작한 뒤에 곧 마루로 나와서 애기 어머니와 이야기하였다. 유복이가 먼저 대사의 안부를 자세히 전하고서 명토˚도 박지 않고

"내가 누나보구 청할 일이 두 가지 있소."

하고 말하니 애기 어머니는 자기 힘으로 할 수 있는 일이면 열 가지 스무 가지라도 사양하지 않는다고 말하고 나서 곧 그 청하는 일이 무엇인가를 물었다.

유복이의 두 가지 청이 한 가지는 길양식을 보태어 달라는 것

이요, 또 한 가지는 환도가 있거든 한 자루 달라는 것이었다. 애기 어머니가 길양식은 두말 않고 허락하고 환도는 꺽정이가 전장에 가지고 가고 집에 없다고 거절하더니 다시 생각하고 환도라고 할 것도 없는 짧은 칼이 한 자루 있으나 소용될지 모르겠다고 말하고 안방 다락에 가서 칼을 찾아내다가 유복이를 보여주었다. 그 칼이 과연 짧아서 자루까지 넣어도 한 자 길이가 못 되었다. 유복이가 칼날을 뽑아보고 다시 집에 꽂으면서

"좀 작으나 그대로 쓰겠으니 나를 주시우."

하고 청하니 애기 어머니는 말이 없이 고개를 끄덕이었다.

아침밥들을 먹을 때 옆에 앉아 있던 애기 어머니가

"여보게 동생."

하고 유복이를 보면서

"요전에 물어볼 말이 있는데 잊고 못 물어보았네."

하고 말하니 유복이가

"무슨 말이오?"

하고 애기 어머니를 돌아보았다.

"우리 올케는 지금 어디 있나?"

"올케라니, 백손 어머니가 저기 기시지 않소."

"누가 백손 어머니 말인가? 자네 아내 말이지."

"내가 웬 아내가 있소?"

"웬 아내가 있다니?"

"장가를 들었어야 아내가 있지요."

"상투는 무어야?"

"상투는 외자요."

"참말이야?"

"참말이지, 내가 언제 거짓말합디까."

애기 어머니뿐 아니라 다른 사람들도 의외 말을 듣는 것같이 놀라는데 그중에 천왕동이는

"이때껏 어른으루만 알았더니 알구 보니 우리 동물세그려."

하고 웃었다.

아침밥이 끝나서 유복이가 떠나려고 할 때

"배천까지라두 같이 가구 싶지만 어머니가 기다리실 테니까 나는 여기서 집으루 가겠소."

하고 불출이가 말하고

"암, 집으루 가야지 배천까지 무어하러 가."

하고 유복이가 대답하는 것을 애기 어머니가 옆에서 듣고

"시체를 지고 다른 짐은 어찌하나?"

하고 유복이에게 물었다.

"끼든지 들든지 어떻게든지 하지요."

"그것이 될 수가 있나."

하고 애기 어머니는 가까이 섰는 천왕동이를 돌아보며

"백손 아저씨, 배천까지 좀 같이 가구려."

하고 권하듯이 말하였다.

"같이 가도 좋지요."

하고 천왕동이는 대답하는데 유복이가 그리할 것이 없다고 고사한즉 천왕동이가 웃으면서

"여게 동무, 고사할 게 무어 있나. 내가 짐 좀 져다 줌세. 그런데 배천두 장기 둘 줄 아는 사람이 있겠나?"

하고 말하여 애기 어머니가

"장기에 미친 황도령이로군."

하고 웃으니 다른 사람들도 따라 웃었다. 유복이가 천왕동이와 같이 가기로 작정하고 나서 천왕동이를 보고

"자네가 걸음을 잘 걷는다지?"

하고 물으니 천왕동이는

"왜 누가 빨리 걷나 내기 좀 하려나?"

하고 빙글거리는데 불출이가 나서서

"총각이 걸음을 얼마나 잘 걷는지 몰라두 박서방의 걸음은 따라가기 어려울걸. 내가 이번 동행에 속이 여간 상하지 않았어."

하고 말참견하였다. 천왕동이가 불출이의 말은 대꾸하지 아니하고 유복이더러

"대관절 배천이 여기서 몇 리나 되나?"

하고 묻는데 유복이가

"나두 잘 모르네. 여기서 송도가 몇 린구?"

하고 다른 사람들을 돌아보다가

"송도가 일백삼십리라지."

하고 신불출이가 가르쳐주는 말을 들은 뒤에 다시 천왕동이를 향

하여

"배천 읍내가 송도서 육십리밖에 안 되니까 따져보면 알겠네. 일백삼십리하구 육십리하구 도합 일백구십릴세그려."
하고 대답하였다.

"오늘 일찍 들어가겠네."

"오늘이야 어떻게 들어가나. 내일은 일찍 대일 수 있지."

"사람 갑갑해 죽을 일이 났네. 일백구십리를 이틀씩 가구 있어?"

천왕동이의 말을 듣고 유복이도 기가 막혔지만 불출이는 혀까지 내둘렀다.

유복이가 무명 자투리 남은 것은 불출이를 주고 남은 무명 온 필 한 필과 길양식 자루와 짧은 환도는 한데 묶어서 천왕동이를 지워주고 자기는 시체를 지고 양주서 떠나갔다.

배천 한다리는 읍에서 오릿길이 착실하지마는 벽란나루를 건너서 오는 데는 읍을 다 가지 않고 중간에서 갈림길로 들어오는 까닭에 잇수가 거의 읍이나 맞먹었다. 유복이와 천왕동이는 양주서 떠나던 이튿날 아침 사이때쯤 한다리를 대어왔다. 큰 동네에서 따로 떨어져 있는 외딴집에 이가 성 가진 사람이 사는데, 그 집 늙은이가 전에 큰 동네에서 살 때 유복이 이모부와 이웃하여 산 까닭에 늙은이 내외가 유복이를 잘 알 뿐 아니라 그 아들이 유복이와 아잇적 동무였다. 유복이가 평안도서 오는 길에 맨 먼저 어머니 무덤에를 다녀가려고 왔을 때 그 집을 찾아들어가서 늙은

이와 아들을 만나보고 면례에 일 보아달라고 부탁까지 한 터이라 한다리 오는 길로 바로 그 집을 찾아왔다. 그 집에서는 유복이가 지고 온 것이 관도 없는 맨송장이란 말을 듣고 반갑게들 여기지 아니하는 중에 안늙은이가 더욱 심하여
"이 사람, 집안으로는 지고 들어오지 말게."
하고 삽작문 안을 들어서지 못하게 하는데 그 아들이
"어머니는 가만히 기시우."
하고 안늙은이를 말 못하게 하고 유복이를 보고
"집안에서 구기˚두 하두 많으니까 성가신 일이 많아. 그런데 오늘 곧 면례를 지내려나?"
하고 물어서 유복이가
"지금 곧 갖다가 묻을 테니 연장만 좀 빌려주게."
하고 대답하니 그 아들이
"그러면 될 수 있네."
하고 안으로 들어가서 헌 멍석 한 닢을 갖다가 삽작문 밖 편편한 곳에 깔아놓고
"여보게, 이리 와서 여기 내려 뫼시게."
하고 말하였다
"내려놓을 것도 없네. 연장만 주게나. 그대로 산으로 갈 테니."
"나도 가서 보아줄 테니까 우리 같이 요기 좀 하고 가세."
유복이는 그 아들의 말에 못 이겨서 시체를 멍석 위에 내려놓고 그 앞에 앉으면서

"자네두 이리 와서 좀 앉게."

하고 천왕동이를 돌아보았다. 천왕동이가 와서 앉은 뒤에 그 아들이 역시 앉아서 천왕동이와 인사하고 곧 고개를 돌이켜서 안을 향하고

"여보게, 여보게."

하고 부르니 그 아내가 삽작문 안에까지 와서 나오지는 않고

"왜 그러오?"

하고 부른 뜻을 물었다.

"쌀 좀 떠가지구 펑하게 가서 술 몇사발만 받아오게."

하고 그 아들이 말할 때 바깥늙은이가 나오다가 듣고 아들 가까이 와서

"이애, 저 사람들이 어디서 아침을 먹었는지는 모르지만 술만 가지고 요기가 되겠느냐? 찬밥이라두 물에 놓아서 같이 떠먹으려무나."

● 구기(拘忌) 좋지 않게 여기어 피하거나 꺼림.

하고 말을 이르니 그 아들은

"네, 술두 먹구 밥두 먹지요."

하고 대답하였다.

그 늙은이 부자가 시체 까닭에 반가워 아니할 뿐이지 유복이를 푸대접은 하지 아니하였다. 탁배기와 찬밥으로 요기들을 한 뒤에 그 아들이 천왕동이 지고 온 짐을 집안에 들여다 두고 연장들을 가지고 나왔다. 그 아들은 큰 가래 하나를 메고 천왕동이는 종가래 하나, 괭이 하나를 양어깨에 메고 유복이는 여전히 시체를 지

고 무덤 있는 산으로 올라왔다. 산역山役을 시작하여 광중을 파헤쳐서 유복이 어머니의 시신이 드러나게 되었을 때, 그 집 바깥늙은이가 올라와서 이것을 보고

"합폄˚이라두 광중은 따루 짓는 법인데 어떻게 할라구 구광중˚을 저렇게 파헤쳤는가?"

하고 유복이를 나무라는데 유복이는

"한데 묻을라구 그랬지요."

하고 즉시 뒤를 이어서

"딴 광중을 맨들면 한데 묻는 보람이 있나요?"

하고 구광 파헤친 까닭을 말하였다. 늙은이는 종시 유복이의 소견을 옳게 여기지 아니하나 벌써 구광을 파놓은 뒤일 뿐 아니라 유복이가 딴 광중을 지으려고 하지 아니하여 유복이의 아버지와 어머니를 한 광중에 묻게 되었다. 평토平土 치고 봉분 만들고 뗏장까지 입히고 나니 긴긴 해도 벌써 저녁때가 다 되어서 유복이와 천왕동이는 그 집에 가서 하룻밤 묵어갈 작정하고 그 아들을 따라왔다. 그날 밤 자고 나서 이튿날 식전에 유복이가 무명 한 필은 그 집에 주고 그 집 아들의 고의적삼 한 벌을 얻어서 짧은 환도와 같이 보따리에 싸서 양식자루와 함께 묶어놓았는데 옆에 있던 그 아들이 유복이를 보고

"총각하구 같이 양주로 가나?"

하고 물으니 유복이는

"아니."

하고 간단히 대답하고 나서

"운수 좋으면 또 수이 만나지."

하고 말하였다.

　유복이가 이가 집에서 떠나 나오는 길로 곧 천왕동이와 작별하고 한다리서 연안으로 삽다리로 돌장승으로 일백오십리 해주 와서 자고, 이튿날 영전 들을 지나고 쇠티를 넘어서 강령 팔십리를 저녁 사이때쯤 대어 들어왔다. 유복이가 고향이라고 발 들여놓기가 이번이 생외 처음이라 산도 설고 물도 설기가 타도타관이나 다름이 없으니 낯익은 사람이 있을 까닭이 없다. 원수 노가의 종적을 누구를 보고 물어야 할지 몰라서 공연히 이리저리 지싯거리고 다니다가 장터 한 바퀴를 다 돌고 나서 어느 노인 하나가 지팡이를 짚고 멀찍이 오는 것을 보고 옳지, 저 늙은이더러 좀 물어보겠다, 낯살 먹은 사람이면 옛일도 모르지 않으려니 생각하면서 앞으로 나가다가 그 노인이 곧은길로 오지 않고 어느 집 모퉁이에서 사잇골목으로 꺾이는 것을 보고 유복이가

● 합폄(合窆)
남편과 아내를 한 무덤에 묻음.
● 구광중(舊壙中)
그 전에 관을 묻은 무덤 구덩이.

"여보시우, 여보시우."

하고 소리를 지르며 손짓하였다. 그 노인이 처음에는 고개만 돌리고 두리번거리다가 유복이의 손짓이 자기보고 하는 것인 줄을 알고 그제야 돌아서서 지팡이를 짚고 섰다. 유복이가 가까이 와서 두 손길을 마주 잡고 허리를 굽히니 그 노인이 물끄러미 유복이를 보면서

"누군지 나는 모르겠는데……."

하고 괴상히 여기는 빛을 얼굴에 나타내었다.

"잠깐 여쭤볼 말씀이 있습니다."

"무슨 말인고?"

"이 읍내에 노가 성 가진 사람이 삽니까?"

"노가 성 가진 사람?"

"네."

"노가 성 가진 사람이 하나 둘인가. 나부터 노가인걸."

유복이가 그 노인이 노가란 말을 듣고는 이 늙은것이 원수 노가가 아닌가 하고 의심이 들기 시작하였다.

"노가 성 가진 사람을 어찌해서 찾는고?"

하고 그 노인이 묻는데 유복이는 선뜻 대답할 말이 없어서 말뚱말뚱 그 노인의 얼굴만 들여다보았다.

"괴상한 사람이로군."

"찾는 사람이 있소이다."

"대체 허구많은 노가에 누구를 찾는 거야?"

"아들 많고 손자 많은 사람을 찾습니다."

"아들 손자 많은 사람? 나두 아들이 삼형제에 손자가 팔종형제나 되는걸."

유복이는 이자가 정말 원수인가 보다 하고 의심이 버썩 들었다.

"당신 서울 가보신 일 있소?"

"못 가보았어."

"젊어서 한번두 못 가보셨단 말씀이오?"

"허허, 시골 사람이 서울 구경하기가 어디 쉬운가. 볼일도 없이 구경하러 사백팔십리 갈 엄두를 낼 수가 있나."

유복이가 당치 않게 헛의심을 낸 줄로 짐작하였으나 그래도 미심하여 더 말을 물었다.

"강령서 나셨는가요?"

"아니, 내가 옹진서 이리 이사온 지가 한 이십년밖에 아니 되었어."

"네, 옹진 사시다 오셨어요? 그러면 나시기도 옹진서 나셨겠구면요."

"그래, 옹진이 내 고향이야."

유복이가 그제는 그 노인이 확실히 원수 노가가 아닌 줄 알고 의심이 풀리었다. 유복이가 다른 말을 물으려고 할 제 그 노인이 짚었던 지팡이를 들면서

"내가 지금 둘째아들에게를 가는데 얼른 가야 할 일이 있어."
하고 말하여

"네, 그렇습니까? 그럼 어서 가십시오."
하고 유복이가 그 노인을 보내고 그 뒤에 여기저기 다니며 물어보아서 읍내에 노가 성 가진 사람의 집이 칠팔 호나 되는 줄을 알았고, 또 그중에 본토 사람으로 자손 많고 농사지어서 요부饒富하게 사는 집이 단 한 집인 것을 알았다. 유복이가 전에 이모부에게 들어두었던 말에 맞는 노가는 그 집뿐이라 그 집을 찾아와서

문밖에서 주인을 만나자고 하였더니 새파랗게 젊은 사람이 하나 나왔다.

"당신이 이 집 주인이오?"

"녜, 그렇소."

"당신 아버지 있소?"

"녜."

"지금 집에 기시오?"

"등산 볼일 보러 가셨소."

"등산이라니?"

"등산곳 나가셨단 말씀이오."

"당신 아버지 연세가 올에 몇이시오?"

"그건 왜 묻소?"

"좀 알아볼 일이 있소."

"올에 쉰여덟이시오."

"쉰여덟?"

하고 유복이는 고개를 비틀었다가 다시

"당신 할아버지 기시우?"

하고 물었다.

"기시지요."

"올에 나이 몇이시오?"

"아흔한두엇 되셨소."

"아흔한두엇? 너무 넘고 처지는걸."

"무엇이 넘고 처진단 말이오?"

"내 셈으루 말이오. 그러구는 나이 일흔쯤 된 이는 없소?"

"없소."

하고 그 젊은 사람은 곧 집안으로 들어가버리었다.

유복이가 그 노가의 집 문 앞에서 돌아설 때 해가 벌써 다 진 뒤라 그 길로 어느 여염집에 가서 하룻밤 얻어자고 이튿날 식전부터 나서서 강령 읍내 노가 성 가진 사람의 집을 줄뒤짐하여 찾아다니었다. 유복이의 원수는 본바닥 사람이라는데 타곳에서 이사와서 사는 노가가 두 집이고, 유복이의 원수는 대대로 농군이라는데 관속 다니는 노가가 두 집이고, 그외에 훈장질하는 노가가 한 집이고, 또 백정질하는 노가가 한 집이고, 유복이의 원수는 자손이 번성하다는데 식구 단출한 노가가 세 집이고 그외에 자손 많은 집 한 집은 곧 유복이가 첫날 저녁때 찾아가서 양대 나이가 넘고 처진다고 말하던 노가였다. 유복이의 원수가 자식 손자가 많았다고 하지마는 이십여년 동안에 혹시 집안이 폭 망하여서 지금은 식구 단출하게 지내는지도 알 수 없는 일이라 단 내외 사는 노가라도 원수의 자식이나 손자가 아닌가 유복이는 의심하여 반드시 그 집안의 내력을 캐어물었다. 읍내 사는 노가 여덟 집을 모조리 찾아다닌 뒤에 유복이가 원수 노가는 필경 어디로 이사를 간 모양이니 그 이사간 곳을 뒤밟아가야 하겠다 생각하면서 잘 곳을 찾으려고 이집저집 기웃거리며 다니는 동안에 어느 집 앞에를 와서 보니 사람들이 많이 들락날락하는 것이 무슨 일이 있는 집 같아 보이었다. 유복이가 사람 많은 데서 혹시 듣는 말이 있을까 하고 그 집에서 하룻밤 자기를 청하였더니 젊은 사람 하나가
"오늘 밤에 우리 집에서는 자지 못하우."
하고 거절하였다. 유복이가 그 거절하는 이유를 물어본즉
"오늘이 우리 돌아간 조부님 대상날인데 밤에 밤새움을 할 터이니까 손님이 잘 수가 없소."
하고 손이 잠 못 잘 것을 이유삼아서 거절하는 것이라 유복이가 같이 밤새움을 하여도 좋으니 하룻밤 새고 가게 하여달라고 떼쓰다시피 말하였다. 그 젊은 사람이 한참 생각하다가
"그러면 초저녁 제사 지낸 뒤에 이웃 사랑방에 가서 주무시게 해드릴 테니 아직 저기 가서 앉으시오."
하고 바깥마당에 깔아놓은 멍석자리를 가리켜주어서 먼저 앉아 있는 사람들을 한번 죽 돌아보고 그중에 나이 제일 많아 보이는 사람 옆에 와서 앉았다. 노인들은 딴 자리에 모인 모양인지 거기 앉은 나이 제일 많아 보이는 사람이 불과 사십여세쯤 되어 보여서 유복이가 평인사로 인사를 하였다.
"우리 인사합시다."
"네, 뉘 댁이시오?"
"나는 박서방이오."
"나는 고서방이오. 어디 사시오?"
"나는 떠돌아다니는 사람이오."
이때 관가의 폐문하는 삼현육각 소리가 들리더니 그 집에서 초

저녁 제를 지내려고 준비가 분주하였다. 안팎 마당에 화톳불이 밝아서 바깥마당에서 집안을 환하게 들여다볼 수가 있었다.

처음에는 깎은 머리 중들을 한밥 잘 먹이는 모양이고, 그다음에는 그 집 식구들이 제청祭廳 안팎에 모여 서서 울며불며 제를 지내고, 제가 끝난 뒤에는 곧 손님들을 대접하는데 안팎 마당 멍석자리에 널린 것이 음식이었다. 탁주동이, 도야지다리는 말할 것도 없고 해산이 본곳 소산이라서 여러가지 말린 생선에, 그외에 떡에 과실에 또는 부침개에 먹을 것이 많아서 유복이는 의외에 배불리 잘 먹었다. 여러 손들이 먹을 것은 먹고 쌀 것은 싸서 음식이 다 끝난 뒤에 제각기 주인보고 새벽 제사 잘 지내라고 인사를 하고 일어서는데 유복이를 맞아들인 젊은 사람이 유복이에게 와서 인제 잘 곳을 지시할 터이니 같이 가자고 말하다가 유복이 옆에 있는 고서방이 마침 일어서려는 것을 보고

"고서방, 지금 가실라우?"

하고 묻고서 그 대답도 기다리지 않고

"가시는 길에 이 손님 주무실 데 좀 지시해주시구려."

하고 부탁하였다.

"어디루 지시하란 말인가?"

"응선이네게나 취옥이네게나 어디든지 바깥방 있는 데루 지시하시구려."

"그 사람들이 좋다구 할까?"

"좋다구 않거든 고서방 당신네 집 머슴방두 좋지 않소."

하고 그 젊은 사람은 곧 유복이를 보고

"이 고서방만 따라가시면 하룻밤 편히 주무실 수 있을 것이오. 내일 아침에 다시 오셔두 좋소."

하고 말하여 유복이는 그 젊은 사람에게 치사하고 곧 고서방이란 사람과 같이 일어섰다.

유복이가 고서방의 뒤를 따라오는 길에 고서방이

"뉘집 뉘집 할 것 없이 숫제 바루 우리 집으루 갑시다."

하고 말하여 유복이는 고서방 집 머슴방으로 오게 되었다. 깜박깜박하는 기름불 밑에서 고서방의 머슴은 짚신을 삼고 놀러들 온 동네 머슴은 아이 어른이 섞이어 앉아서 씩둑깍둑 지껄이고 있었다. 머슴방 앞에서 고서방이 유복이더러

"자, 이 방으루 들어가시우."

하고 말한 뒤 자기 집 머슴에게

"김서방, 이 손님 거기 좀 주무시게 하게."

말을 이르고 자기는 안으로 들어갔다. 여러 머슴들이 유복이가 들어오는 것을 보고 자리를 비키어주고 한동안은 잠자코 앉았더니 주인 머슴이

"손님, 거기 누우시우."

하고 말하여 유복이가 한옆에 떨어져서 벽을 향하고 누운 뒤에 머슴들은 또다시 지껄이기 시작하였다.

"작은쇠야, 너 오늘 어디루 나무 갔었니?"

"먼 산으루 갔었소."

"또 강서방하고 같이 갔었구나."

"작은쇠 나무는 강서방이 맡아놓구 해주는데 같이 가구말구."

"자네두 작은쇠 나무를 못해주어서 샘이 나지?"

"미친 소리 말게, 이 사람."

"작은쇠야, 강서방 어디 갔니?"

"강서방 어디 간 걸 내가 아오?"

"네가 모르면 누가 아니?"

"대상집에서 밤새움한다더라. 어서 가보아라. 너 줄라구 떡 싸놓더라."

"여보 김서방, 짚신 고만 삼구 이야기 좀 합시다."

"내일 나무하러 갈 때 맨발루 가구?"

"나무하러 갈 때 신을 신이오? 나는 도망질칠 때 유렴이라구."

"왜 도망질은?"

"인제 모르는 사람이 없이 다 아니까 말이지만 고서방이 벼른다며?"

"공연히 벼른다구 애매한 사람이 도망질칠 까닭이 있나?"

"아까두 김서방한테 말할 때 고서방 눈이 곱지 않습디다."

"이애 작은쇠야, 고서방이 칼 가는 것을 너두 보았다지?"

"그럼. 칼을 갈구 나서 연놈을 한번에 하구 중얼거리며 일어설 때 상호가 무섭기라니. 나는 그날 밤에 꿈을 다 꾸었소."

"아니 자기 여편네 버릇을 잘못 가르쳐놓구 아무나 함부루 죽인단 말이야? 그렇게 사람을 죽일래서는 사람 씨 지겠네."

"하여튼 김서방 조심하오."

"고서방이 이날 이때껏 아내 덕에 사는 사람인데 마누라를 죽여? 밥을 죽이라지."

"큰골 노첨지네 떼서리˚가 엔간히 세야지. 선불리 날뛰다간 고서방만 경치네."

"고서방이 아내에게 쥐여지내지만 지렁이두 밟으면 꿈질한다구, 누가 아나?"

"여기 고서방이 노첨지 둘째사위지?"

"그렇지, 맏사위는 쇠우물 조서방이구 끝엣사위는 두뭇개 이서방이지."

"이서방이 셋째사위지, 끝엣사위가 다 무어요?"

"아니, 노첨지 딸이 삼형제 아니야?"

"시집간 딸은 삼형제지만 시집 안 간 딸은 셈에 아니 치구?"

"시집 안 간 딸이 어디 있어?"

"작년에 난 딸이 있는데."

"옳지, 서른 몇살 먹은 여편네를 얻어가지구 작년에 났다더군."

"요전에 내가 큰골 호미씻이에 갔었는데 칠십 먹은 늙은이가 젖먹이 딸을 안구 다니는 꼴이라니 눈꼴이 시어 못 보겠더군. 모르는 사람은 손녀나 증손녀루 알 것이야."

"그럼, 노첨지 증손자가 열살 넘은 아이가 있는데 말할 것 무어 있나. 증손녀루두 몇째 증손녀지."

"칠십 먹은 늙은이가 정력두 좋아."

"그 작은마누라는 새파랗게 젊은데 아직두 몇을 낳을지는 모르지."

"늙은이가 남부끄럽지두 않은가 봐."

"제기, 우리 같은 젊은 놈은 기집맛을 못 보구."

"자네두 노첨지처럼 천량만 있어 보게. 십리 밖 이십리 밖 기집이 슬슬 기어들지 않나."

"딸 삼형제두 노첨지를 닮아서 행실들이 부정한 거야."

"그런지두 모르지."

"오늘 밤에 노첨지 귀가 가렵겠다."

"재채기는 아니하구?"

여러 머슴들이 잡상스럽게 지껄일 때 유복이는 속으로 우습기도 하였지만 그 지껄이는 말을 그다지 귀담아듣지 아니하다가 노첨지 말이 난 뒤부터는 혹시 한마디라도 빠뜨리고 못 들을까 보아서 한편 귀 눌러 베었던 목침을 관자놀이 위로 솟치어 베고 숨결까지 죽이고 듣고 있었다.

- 떼서리
한 집안의 겨레붙이로 된 무리.
- 비꾸러지다
그릇된 방향으로 벗어나다.

"자네 대상집에 갔었던가?"

"못 갔네."

"대상은 잘 차렸을걸?"

"지지난 장에 농우소까지 냈으니까 잘 차렸을 테지."

하고 머슴들의 이야기가 제사로 비꾸러지기˙ 시작하여 귀신으로 도깨비로 한없이 다른 데로 흘러나가고 다시 노첨지에게로 돌아오지 아니하여 유복이는 속에 조바심이 났다. 나중에 유복이는 참다 못하여 오줌 누러 일어나는 체하고 밖에를 한번 나갔다가 들어온 후에 좌중을 향하여

"큰골이 여기서 몇 리나 되우?"

하고 물으니 어른 머슴 한 사람이

"십리요."

하고 간단히 대답하였다.

"어느 쪽으루 가우?"

"해주 가는 길가예요."

"나는 이번에 해주서 왔는데 큰골을 지나왔겠구먼."

"그러면 큰골 앞을 지나오셨겠지요."

"바루 길가인가요?"

"큰길에서 조끔 들어가지요."

"동네가 큽니까?"

"그렇게 클 것두 없지만 포실하지요.'"

"큰골두 노첨지네 대소가大小家뿐이지 동네야 포실할 것 무어 있나."

하고 다른 사람이 말참례하고

"그럼, 노첨지네가 큰골 주인 셈이지."

하고 또다른 사람이 뒤를 달아서 유복이의 소망대로 이야기가 노첨지에게로 돌아왔다.

"노첨지네는 형세가 점점 더 는다데."

"큰골 동네 앞 좋은 땅은 거지반 노첨지네 대소가에서 다 지으니 형세 늘 것 아닌가."

"그 늙은이가 수단이 좋으니까 지금은 형세가 늘지만 늙은이만 죽구 없어 보게. 그 아들 손자는 지금처럼 못 살 게니."

"그렇지. 갈모루 이서방네가 여간 잘살았나? 지금 노첨지네버덤 나았었지. 그렇지만 요전 등내˙ 때 불효라구 한번 잡아 가두는 바람에 살림을 죄다 떨어바치지 않았어."

주인 머슴 김서방이 삼던 신을 끝마치고 돌아앉아서 다른 사람이 말하는 것을 듣고 있다가

"노첨지는 난사람이야."

하고 말을 내니 유복이 가까이 앉아 있는 곰배팔이 한 사람이 김서방을 건너다보며

● 포실하다
살림이나 물건 따위가
넉넉하고 오붓하다.
● 등내(等內)
벼슬아치가 벼슬을
살고 있는 동안.

"잘났든 못났든 나기는 났지."

하고 말을 받았다.

"노첨지가 잘났단 말이야."

"노첨지의 심보루 보면 빌어두 못 먹어야 싸지만 그래두 늦게까지 아무 근심 없이 잘사니 하느님이 귀가 먹었거나 눈이 멀었지그려."

"왜 하느님이 곰배팔이는 아니든가?"

"내가 하느님이면 벌써 요정났지."

두 사람의 말이 여러 사람의 웃음을 자아내어 좌중이 웃음판이 되었다가 웃음이 끝이 나며 한 사람이 곰배팔이를 보고

"오서방의 고모부 아저씨가 노첨지 때문에 서울까지 잡혀간 일이 있었다지?"

하고 물으니 그 곰배팔이 오서방이

"그랬다네. 우리는 보지 못한 일이지만 우리 아주머니가 지금도 이야기를 하니까 그것만 보더라도 노첨지 심보가 젊었을 적부터 고약하던 걸 알 수 있지."

하고 김서방을 건너다보았다. 김서방은 잠자코 있고 작은쇠란 얼굴 나부죽한 아이가

"나도 한번 서울 잡혀나 가보았으면. 서울 구경하게시리."

하고 나서니 오서방이

"이 자식아, 서울 구경은 다 무어냐. 볼기가 맞구 싶거든 이 자리에다두 엎드려라. 돌림매로 실컷 때려줄 것이니."

하고 박을 주었다.

"누가 볼기 맞구 싶다나."

"서울 잡혀가면 볼기쯤은 꿀맛이야, 이 자식아. 너 아니?"

작은쇠가 무슨 말대꾸를 하려고 입술이 나불나불할 즈음에 김서방이 오서방을 건너다보며

"노첨지가 서울에만 났었더면 그때두 큰 공신 벼슬을 했을 것인데 원수의 시골 사람이라 무명 세 필 상 타구 말았다데."

하고 여전히 노첨지를 두둔하여 말하니 오서방이 한 자리 앞으로 나앉으며

"아니 이 사람아, 그래 친구 하나는 죽이구 친구 하나는 볼기

맞히구 무명 세 필 상 탄 것이 장한 일인가?"
하고 시비조로 대답하였다.

　이때껏 말이 없이 듣고 앉았던 유복이가
　"옳다!"
하고 손뼉을 치니 곰배팔이 오서방은 자기 말이 옳다는 줄로 여기고
　"손님, 그렇지요? 그런 법이 어디 있겠소?"
하고 유복이를 돌아보았다.

3

　유복이가 고서방의 장인 큰골 노첨지란 자가 빈틈없이 자기의 원수인 것을 알고 맘에는 곧 그 시각으로 큰골을 쫓아가고 싶었으나 급한 맘을 가라앉히고 천연스럽게 앉아 있었다. 밤이 이슥한 뒤 놀러왔던 사람들은 어른 아이 할 것 없이 다 각기 돌아가고 유복이와 김서방 단 두 사람이 같이 자게 되었는데, 김서방은 누우며 바로 잠이 들어 드르렁드르렁 코를 골고 유복이는 이 생각 저 생각 조각생각이 머릿속에 오락가락하여 잠을 잃고 어두운 속에 눈을 뜨고 누워 있었다. 한밤중이 지나서 사방이 고요한데 어디서 사람의 말소리가 들리어서 유복이가 귀를 기울이고 들으니 말소리가 안에서 나오는 것이 분명하였다. 사내 소리와 여편네 소리가 섞이어 나오는데 사내 소리는 나직나직하고 수가 적으나

여편네 소리는 새되고도 수다하였다. 처음에 말은 둘 다 알아듣기 어렵던 것이 차차로 소리가 높아져서 여편네 말은 고사하고 사내 말까지도 짐작 섞어서 알아듣게 되었다.

"내가 하두 부처님 같으니까 아무 짓을 해두 좋을 줄 알구."

"부처님이면 치성이나 들어오지, 밥 먹구 하는 것이 무어야? 큰 소리만 하면 제일인가."

"나이 사십이야. 너무 지각없이 굴지 말게."

"지각이 안 났으니 어쩔 테야! 지각 난 사람 다 보았어."

"말만 받아넘기면 장사냐?"

"자다 말구 남의 비위를 왜 긁어, 가만히 있는 사람을. 미쳤나!"

"왜 이렇게 큰 소리야."

"누가 할 소린지. 큰 소리 작작 질러. 어린애 잠 깨겠어."

"저까짓 자식 뉘 자식인지 알아?"

"더 할 소리 없네. 뉘 자식인가 모르거든 가르쳐줄까? 내 뱃속으로 나온 거야, 내 자식이야."

"뻔뻔한 년 같으니."

"누구더러 년이래! 말이면 다 하는 줄 알아. 같이 살기가 싫거든 되지 못하게 속에 넣고 꾸물거리지 말고 사내답게 갈라서자고 그래. 그러면 나는 이 밤이라도 우리 집으로 갈 테야."

"다른 놈하구 살기 좋게?"

"걱정두 많아. 갈라선 뒤에야 남이 누구하고 살건 말건 걱정이 무어야?"

그다음에는 방문 열어젖히는 소리, 어린아이 우는 소리, 여러 소리가 뒤섞여 들리었다. 유복이가 가만히 생각하여 보니 고서방 내외쌈이 근저가 깊은 모양인데 아까 머슴들의 말과 같이 칼질까지 난다 하면 자기가 살인 옥사에 증인으로라도 붙잡혀갈 것이 정한 일이라 이대로 누워 있다가는 의외에 봉변할 것 같아서 슬그머니 일어나서 보따리를 찾아 들고 방문을 소리 없이 여닫고 밖으로 나왔다. 처음에는 바로 큰골로 가려고 해주길을 찾아나서다가 오밤중에 길 가는 것이 남에게 수상하게 보일 염려가 있어서 맘을 고쳐먹고 걸음을 돌치어서 다시 대상집을 찾아왔다. 화톳불 앞에서 밤새움하는 사람들이 밤윷을 가지고 노름하다가 유복이 오는 것을 보고

"저이가 초저녁에 왔다간 이 아니라구?"

"고서방 따라가던 이로군."

하고 서로 지껄이고

"어째서 자지 않고 밤중에 왔소?"

하고 한 사람이 묻는 것을 유복이는 긴말 아니하고

"새벽 제삿밥 얻어먹으려구 왔소."

하고 대답한 뒤 곧 화톳불 가까이 가서 앉았다.

유복이가 여러 사람들 틈에 섞여 앉아서 건밤을 새우는 동안에 곰배팔이 오서방의 고모 내외를 한번 찾아보고 갈 맘이 나서 노름 아니하는 사람에게 말을 물어서 오서방 집 가는 길도 알았고, 오서방의 고모부는 벌써 전에 작고하고 오서방의 고모가 아들을

데리고 사는데 그 집이 오서방 집 이웃인 것도 알았다. 날이 밝은 뒤에 유복이는 제삿밥으로 요기하고 젊은 주인을 찾아서 누누이 치사하고 대상집에서 나오며 곧 오서방 집을 찾아왔다. 쓰러져가는 삼간초가에 울타리와 삽작문이 명색만 있어서 문밖에서 집안이 들여다보이었다. 마당에서 오서방이 한손으로 비질하는 것을 유복이가

"여보 오서방."

하고 부르니 오서방이 비를 놓고 나왔다.

오서방이 유복이를 보더니 곧

"어제 고서방네 집에서 주무신 손님이로군."

하고 알아보고 뒤를 이어

"어째서 나를 찾으셨소?"

하고 유복이의 온 뜻을 물었다. 유복이가 노가 원수를 갚기 전에 본색 드러내는 것을 재미없게 생각하여 그저 들떼놓고 뉘 부탁이 있어서 오서방의 고모를 잠깐 찾아보러 왔노라고 말하니 오서방이 뉘 부탁이냐고 굳이 캐어물어서 유복이는 한참 동안 끙끙거리다가 이모부의 성명을 대고 자기가 그와 한동네 사는 사람인데 찾아보고 오라는 부탁이 있었다고 꾸며대었다.

"그러시면 내가 가서 우리 아주머니가 일어나셨나 보구 올 테니 여기 서서 잠깐만 기다리시우."

하고 오서방이 곧 이웃집으로 가더니 한동안 뒤에 그 집 삽작 밖에 나서서 유복이를 바라보며

"이리 오시오."

하고 성한 손으로 손짓하였다. 유복이가 그 앞에 와서 오서방의 뒤를 따라 집안으로 들어오는데 열어놓은 건넌방 되창문 안에 키가 작달막한 늙은 할머니가 문틀을 짚고 서서 내다보다가 무슨 의외 일을 보는 것같이 놀라면서

"세상에 별일도 많다."

하고 혼잣말하였다. 유복이가 오서방이 지도하는 대로 건넌방에 들어와서 절인사를 마치고 자리에 앉은 뒤에 그 늙은 할머니는 유심히 유복이의 얼굴을 바라보면서

"성씨가 뉘댁이신가요?"

하고 유복이의 성을 물었다. 유복이가 거짓말하 • 누누이 여러번 자꾸.
기가 난중하여 어물어물하다가 나중에

"김가올시다."

하고 대답하니

"네, 김서방이세요."

하고 그 늙은 할머니는 곧 자기 조카를 돌아보며

"향나뭇골댁 남편 박서방 이야기를 너는 많이 들었지?"

하고 동에 닿지 않는 말을 물었다.

"어떤 박서방 말입니까?"

"아따, 서울 잡혀가서 매맞아 죽은 박서방 말이야."

"듣구말구요. 어젯밤에두 이야기가 났었습니다."

하고 오서방이 그 고모의 말에 대답하고 곧 유복이를 향하여

"큰골 노첨지가 모함해서 죽였다는 이 말이오. 그가 박서방이라우."

하고 가르쳐주듯이 말하니 유복이는 힘없이 입안소리로

"네."

하고 대답하였다. 그 늙은 할머니가 옆에 놓인 장끼목을 집어서 눈을 씻고 다시 유복이의 얼굴을 바라다보면서

"남남끼리도 같은 사람이 있지만 김서방이 어떻게 그 박서방과 같은지 아까 들어오실 때 나는 깜짝 놀랬으니."

하고 혼잣말하듯이 말하고 나서

"김서방, 무슨 생이시오?"

하고 유복이의 나이를 물었다.

"임오생 서른네살입니다."

"바로 박서방 돌아가던 해에 나셨구려. 죄없이 죽은 이라 곧 인도환생人道還生했을 테지. 김서방이 혹 그 후신後身인가 보오."

"네."

"향나뭇골댁이 남편 뒤를 쫓아갈 때 태중이었습니다. 그 뒤에 유복자로 아들을 낳았단 말까지 들었는데 그 아들이 어떻게 되었는지, 한번 여기를 올 것도 같건마는 영이 소식이 없습디다."

하고 그 늙은 할머니 말하는 것이 유복이의 본색을 짐작하는 것도 같아서 유복이는 낯이 간지러울 지경이나 억지로 시침을 떼었다.

"그 사람이 지금도 자기 이모부의 집에 얹혀 있는데 이십 전부터 앉은뱅이가 되어서 걸음을 못 걷습니다."

"무어 앉은뱅이요? 아이구, 앉은뱅이가 웬일일까. 하느님 맙시사. 향나뭇골댁이 살아서 보았더면 오죽 가슴을 짓찧었을까."
하고 그 늙은 할머니는 괴탄하다가

"그 사람이 장가나 들었소?"
하고 물어서 유복이가

"누가 병신보구 딸을 줍니까? 그저 총각입니다."
하고 대답하니

"향나뭇골댁 본집이 병신 동생 하나가 있다가 장가도 못 들고 죽어서 씨 없이 망했는데 시집도 마저 손이 끊길 모양일세. 그런 기막힐 일이 또 어디 있겠나. 그이가 숫제 보지 않고 진작 죽은 것이 팔자 좋은 편이로군."
하고 그 늙은 할머니는 또다시 괴탄하였다.

유복이가 그 늙은 할머니가 진심으로 괴탄하는 것을 보고 본색을 감추고는 오래 앉았기가 죄만스러워서 자세히 물어보고 싶던 임오년 이야기도 물어보지 못하고 다만 먼저 말휘갑˚으로 이모부의 안부만 대강 전하고서 곧 그 늙은 할머니에게 하직하고 오서방과 같이 나오다가 일부러 그의 아들을 찾아서 인사하고 총총히 떠나서 해주길로 향하였다.

큰골이 강령 읍내서 멀지도 않거니와 대로변에서 가까워서 길이 소삽하지˚ 아니한 까닭에 초행 사람도 별로 묻지 않고 찾아올 만하였다. 유복이가 동네 앞에 와서 논둑에서 풀 깎는 아이 하나를 보고 다리 쉬는 체하고 논둑에 와 앉아서 그 아이를 붙들고 말

● 장끼목수퀑의 목털.
● 말휘갑이리저리 말을 잘 둘러 맞추는 일.
● 소삽(疏澁)하다 길이 낯설고 막막하다.

을 물었다.

"베 잘 되었다. 너의 집 논이냐?"

"아니오, 주인집 논이오."

"머슴 사는구나."

"네."

"큰골 동네 노첨지 집을 아니?"

"알구말구요. 우리 주인집인데요."

"그래, 네가 노첨지 집에 있어?"

"노첨지 영감 큰아들네 집에 있어요."

"노첨지 아들이 많다지?"

"네."

"다 따루 사니?"

"그 셋째아들은 우리 집 옆에서 살구요, 첨지 영감은 넷째아들 데리구 살지요."

"둘째아들은?"

"여기서 살다가 몇해 전에 해주 쌍거리루 이사 나갔어요. 그런데 지금 병이 들어 죽게 되었다나요. 일전에 쌍거리서 사람이 와서 첨지 영감이 셋째아들 데리구 나가셨지요."

"지금 노첨지가 집에 없어?"

"네."

"언제 오니?"

"모르지요."

"쌍거리가 연안서 해주 오는 길목이구나."

"그렇대요."

"노첨지가 걸어갔니?"

"그러먼요."

"칠십 늙은이가 걸음을 잘 걷니?"

"새마누라 얻기 전에는 젊은 사람 볼 쥐어지르게 근력이 좋더니 요새는 전만 못해요. 요전에 나하구 읍내 내려가실 때두 헐떡헐떡하십디다."

"십릿길에 헐떡거리는 늙은이가 팔구십리를 어떻게 갔을까."

"하루에는 몰라두 이틀에는 넉넉히 갔을 게요."

"그래 어느 날 떠났니?"

"그저께요."

"수이 돌아올까?"

"아들이 죽으면 장사 지내구 올걸요."

유복이가 그 아이의 말을 듣고 곧 노첨지를 쫓아서 쌍거리로 갈 작정을 하면서도 그래도 미심하여 큰골 동네로 들어왔다. 몇 사람에게 말을 물어서 아이 말이 틀림없는 것을 알고, 그 뒤에 동네 복판에 있는 노첨지의 큰집과 동네 안침에 있는 노첨지의 새 집을 한 바퀴 돌아보고 큰골서 나와서 또다시 해주길로 향하였다.

유복이가 우티골 와서 어느 농가에서 사잇밥을 얻어먹고 요기할 때부터 몸이 찌뿌드드하더니 우티재를 넘을 때쯤 오슬오슬 추운 기가 들기 시작하여 몸이 떨리는 것을 억지로 참고 백리나 이백리같이 멀게 생각되는 이십리 길을 와서 취야정 냇가에 당도하였을 때, 몸은 떨리는지 만지 하나 두 눈이 캄캄하여 폭폭 앞으로 꺼꾸러질 것 같았다. 냇물을 어떻게 건넜는지 인가를 어떻게 찾아왔는지 유복이는 정신없이 취야정 동네 어느 집 삽작 밖에 와서 주저앉았다. 유복이가 그 집에서 하룻밤을 되게 앓고 이튿날 식전에는 씻은 듯 부신 듯 일어났다. 입맛만 깔깔할 뿐이지 몸은 아무렇지도 않아서 길을 갈 만하나 쌍거리 가서 그런 병이 또 발작되면 원수도 못 갚고 욕만 보려니 생각하고 맘에 자저하는 중에 인심 좋은 주인이 앓는 병이 당학˚ 같으니 오늘내일 지내보고 가라고 붙들어서 유복이가 그 집에서 묵새기는데, 그 이튿날은 전번만은 못하나 역시 몸이 달달 떨리어서 웅숭그리고 하루해를 지내었다. 당학이 분명한 뒤에 주인이 약이라고 쥐며느리를 잡아서 밀가루 환도 지어주고 생강즙을 내어서 밤이슬도 맞혀주고, 또 예방이라고 뒷간 앞에 있는 돌을 핥으라고 가르쳐주어서 유복이는 얼른 나을 욕심으로 해주는 약을 받아먹을 뿐 아니라 예방까지 가르쳐주는 대로 하였다.

　유복이가 취야정에서 당학 두 직을 앓고 강령을 떠난 뒤 엿새 되는 날 겨우 쌍거리를 오게 되었다. 유복이가 쌍거리 올 때 이번에는 노첨지를 만나서 원수를 갚으려니 하였더니 급기야 와서 알아본즉 노첨지는 그동안 벌써 강령으로 가버리었다. 노첨지의 둘째아들은 병이 고황苦況에 들어서 오늘내일하고 죽을 날만 기다리는 중이지만, 노첨지 집안에 살인이 났다고 강령서 전인이 와서 노첨지가 데리고 왔던 셋째아들만 쌍거리에 남겨두고 강령으로 갔다는데 갔다는 날짜를 따져보면 유복이가 당학 두 직째 앓던 날 노첨지는 취야정 앞을 지났을 것 같았다.

유복이가 하릴없이 다시 두번째 강령길을 하게 되었는데 쌍거리서 길을 돌쳐서기 전에 연안 가는 길거리와 재령 가는 길거리를 한동안 맥없이 바장인* 까닭에 해주 부중에 들어왔을 때 저녁때가 거의 다 된 것을 보고, 캄캄한 때 취야정에 돌아와서 신세 많이 진 집에서 또 하룻밤 신세를 끼치었다. 유복이가 밤에 자면서 생각하여 보니 노첨지 집안에 살인난 것이 적실하다면 고서방이 아내를 죽였기가 쉬울 것이고 과연 고서방이 아내를 죽였으면 노첨지는 읍에 가서 있기가 쉬울 것이라 먼저 강령읍에 가서 소식도 듣고 동정도 보고 큰골을 가든지 말든지 작정하는 것이 좋을 것 같았다. 유복이가 이튿날 첫새벽 취야정서 떠나서 늦은 아침때 큰골 앞을 지나오는데 잠깐 들러보고 싶은 생각도 없지 않았으나 들르지 않고 그대로 강령 읍내로 직행하였다. 여기저기 다니며 묻느니 낯익은 사람을 찾아서 물어보리라 생각하고 유복이가 먼저 곰배팔이 오서방을 찾으니 오서방은 마침 집에 없고, 다음에 오서방의 고모 집을 들여다보니 늙은 할머니가 혼자 봉당에 앉아 있었다. 유복이가 안마당으로 들어오며

• 당학(唐瘧) 학질의 하나로 이틀을 걸러서 발작한다 하여 '이틀거리'라고 한다.
• 바장이다 짧은 거리를 오락가락 거닐다.

"무어하십니까?"

하고 소리지르니 그 늙은 할머니가 식칼을 놓고 바라보며
"저번에 왔던 김서방이란 이 아니라구. 곧 간다더니 이때껏 못 가셨소그려."
하고 얼굴에 놀라는 빛이 있었다.
"아드님 어디 갔습니까?"
"나무 갔소."
"며느님은?"
"이웃집에 품방아를 찧으러 갔나 보오."
"혼자 기십니다그려."
"늙은 사람이 집 보지요."
유복이가 봉당에 와서 걸터앉으며
"아주머니."
하고 정답게 말을 붙이고
"큰골 노첨지 집안에 살인난 소문을 들으셨습니까?"
하고 물으니 그 늙은 할머니가 고개를 흔들며
"그놈의 늙은이 집에서 무슨 살인이 났단 말이오. 그 사위 고서방이 저의 아내를 칼로 찔렀을 뿐이지."
하고 대답하였다.
"고서방의 아내가 노첨지의 딸이라지요. 그래 그 딸이 죽었습니까?"
"칼로 배를 찔리고 머리를 찍혔어도 아직 죽지는 않았다오."
"고서방은 어떻게 되었나요?"

"관가로 잡혀갔지."

"그럼 노첨지가 지금 고서방네 집에 와서 있겠습니다그려."

"엊그저께 그 딸을 승교바탕에 담아가지고 같이 큰골로 올라갔다오."

"네, 큰골로 갔어요?"

하고 유복이가 한동안 고개를 숙이고 있다가 다시 치어들고

"내가 아주머니께 할 말씀이 있소."

하고 뒤를 이어 자기 본색을 말하니 늙은 할머니가 손뼉을 치며

"그럼 그렇지, 남남끼리 그렇게 같을 수가 있나. 그런데 저번에 나를 왜 속이고 갔나?"

하고 정답게 하게로 나무랐다. 유복이가 원수 갚으려고 노첨지를 뒤쫓아다니는 사연까지 말하고 이다음 노첨지 죽었다는 소문이 들리기까지는 이 말을 입 밖에 내지 말아달라고 부탁하였다. 그 늙은 할머니가

"그렇다뿐인가. 자네가 잡혀 갇히면 내가 힘 자라는 대로 옥바라지까지라도 해줌세."

하고 말하는데 유복이는

"내가 배천 가서는 붙잡힐는지 몰라두 여기서는 붙잡히지 아니할 작정입니다."

대답하고 그 늙은 할머니가

"그걸 어떻게 맘대로 하나?"

하고 의심하는데 유복이는

"그건 염려 없습니다."
하고 믿음 있게 잘라 말하였다.

  유복이가 그 늙은 할머니에게서 점심 한 끼를 든든히 얻어먹고 되돌아서 큰골로 나오는 중에 찬찬히 앞에 할 일을 생각하느라고 길가에 앉아서 늑장을 부린 까닭에 큰골 앞에 왔을 때 해가 이미 설핏하였다. 유복이가 동네 들어와서 노첨지가 어느 집에 있는 것을 알아본 뒤 동네 집과 동네 길을 다시 자세히 눈살펴두고 노첨지 있는 산 밑 새집을 울 밖으로 돌아보고 남의 눈에 뜨이지 않도록 산기슭 으슥한 곳에 숨어 앉아서 준비를 차리었다. 보따리에 싸가지고 다니던 표창과 짧은 환도를 꺼내어서 표창 너덧 개는 손에 쥐고 그 나머지는 유지에 싼 채 괴춤에 넣고 환도는 허리띠에 지르고 고의적삼만 다시 보에 돌돌 말아서 배에 차고 신들메를 단단히 하고, 그리하고 노첨지 집 삽작문께로 걸어갔다.

  노첨지는 칠십 늙은이가 쌍거리를 근두박질하듯이 갔다오느라고 길에 뻐쳤을 뿐 아니라 아들의 병과 딸의 횡액으로 말미암아 화가 떠서 다른 음식은 잘 먹지 못하고 며칠 동안 술만 먹고 지내는데, 집안 식구들이 부쩌지 못하도록 밤낮 야단을 치더니 이날은 식전부터 점심때까지 술도 먹지 않고 야단도 치지 않고 전에 없이 넋잃은 사람같이 우두머니 앉아서 때때로 혼자 중얼거리었다. 작은마누라가 옆에 와 앉아서 어린애 젖을 먹이다가 어린애 대신 하는 말로

  "아버지, 나 좀 보십시오."

하고 어린애 얼굴을 앞으로 내미는데 전 같으면 너털웃음을 웃고 들여다볼 노첨지가 말이 없이 고개만 끄덕끄덕하고 한숨을 길게 쉬고

"요새 며칠 술타령을 너무 해서 기운이 빠지셨구려."
하고 작은마누라가 눈웃음을 치는데 노첨지는 덤덤하니 앉았었다. 그동안 며칠 늙은 영감 야단 바람에 쥐구멍을 찾던 어린애 보아주는 계집애가 점심때 어린애를 업고 추썩거리다가 어린애 머리를 기둥에 부딪뜨려 울린 까닭에 노첨지가 화가 천둥같이 나서 그 계집애를 죽일 년 잡도리하듯 하였다. 그 계집애 온몸에 구렁이를 감아놓고도 부족하여

"이년, 네 대가리를 성하게 둘 줄 아느냐!"
하고 대가리를 수없이 쥐어박고 나중에는 발길로 차서 마당에 굴리기까지 하였다. 노첨지가 이때부터 화를 내기 시작하여 종일 야단을 치는데 아들 며느리까지 앞에 얼씬하기가 무섭게 공연한 트집을 잡아 야단을 치니, 아들은 무슨 핑계하고 밖으로 나가고 며느리는 부엌 속에 처박혀 앉아서 밥 지어주는 여편네와 속살속살 뒷공론하고 작은마누라만 어린애를 들쳐업고 앞에서 돌아다니었다.

이때 해는 저녁때가 다 되었는데 삽작 밖에서
"노첨지, 노첨지."
하고 부르는 소리가 났다. 방에 들어앉았던 노첨지가 봉당에서 돌아다니는 작은마누라를 내다보고

"밖에 누가 왔나?"

하고 물어서 작은마누라가 마당으로 내려가더니 빼끔히 삽작문 밖을 내다보고 들어와서

"과객인가 보오."

하고 대답하였다.

"재워주지 않는다구 하지."

"내가 가래서 잘 가겠소."

"이 망한 자식은 어디를 갔단 말이."

하고 노첨지는 넷째아들이 집에 없는 것을 탓하는데 밖에서 노첨지를 찾던 사람이 삽작 안으로 들어왔다.

"저런, 남의 집을 막 들어오네."

하고 작은마누라가 소리를 지르니 노첨지는

"어떤 죽일 놈이 남의 집에를 막 들어와!"

하고 벌떡 일어나서 방 밖으로 나와서 방문 뒤에 세워두는 지팡막대를 집어들고 마당으로 내려왔다. 삽작 안으로 들어오던 사람이 노첨지 나오는 것을 보고 걸음을 멈추고 서니, 노첨지가 몇걸음 앞으로 쫓아나오다가 홀제 걸음을 멈칫하더니 박은 듯이 서서 어린 듯이 바라보고 나중에는 두 눈을 휘둥그렇게 뜨고 지팡막대를 떨어뜨리고 두 손을 앞으로 내흔들며

"귀신 보아라!"

하고 힘없이 소리를 질렀다.

이때 노첨지 아들이 삽작 밖에 와서 저의 아비가 무슨 야단이

나 치지 않나 하고 집안 동정을 살피다가 저의 아비가 낯모르는 사람과 마주 섰는 광경을 보고 삽작 안에 들어서며 곧
"누구요? 저리 나가우."
하고 그 사람 앞으로 대어드니 그 사람이 말도 없이 노첨지 아들의 귀퉁이를 주먹으로 우리었다. 노첨지 아들이 비슬비슬하다가 간신히 넘어지지 않고
"이놈 봐라, 사람 친다."
하고 소리를 질렀다. 노첨지네 머슴이 꼴을 한 바소구리 지고 들어오다가 이것을 보고 얼른 등에 진 꼴짐을 지게째 박아버리고 손에 든 지겟작대기로 그 사람의 골통을 내리치는데 그 사람이 작대기를 받아 잡고 앞으로 채뜨리니 머슴은 작대기를 놓고 맨주먹으로 대어들고 노첨지의 아들은 어느 틈에 도끼를 찾아들고 다시 대어들었다. 그 사람이 몇걸음 뒤로 물러서며 번뜻하더니 날카로운 쇠끝이 살같이 들어가서 노첨지 아들의 바른편 눈에 꽂히었다. 노첨지의 아들이 들었던 도끼를 내던지고 넘어지는데 머슴이 이것을 보고 잠깐 어리둥절하는 동안에 쇠끝 하나가 콧등에 들어와 박히었다. 머슴은
"아이쿠!"
하고 펄썩 주저앉아서 코는 가만두고 두 눈을 부둥켜쥐었다. 이 동안에 노첨지가 정신이 나서 도망질을 치려고 건넌방 모퉁이로 뛰어가서 울타리에 구멍을 뚫느라고 엎드려서 허부적거리는데, 뒤에서 이놈아 소리가 나며 궁둥이가 화끈하여 엉겁결에 벌떡 일

어서니, 이번에는 뒤꼭지가 화끈하며 정신을 잃고 나자빠졌다. 그 사람이 노첨지 자빠지는 것을 보고는 노첨지 아들의 눈에서와 머슴의 콧잔등이에서 쇠끝을 뽑아서 괴춤에 넣고 마당에 매여 있는 빨랫줄을 끊어서 머슴과 노첨지 아들을 뒷결박 지우는데, 머슴은 실장정이고 노첨지 아들도 풋기운꼴 쓰는 젊은 사람이건마는 반송장들이 다 되어서 조금도 항거하지 못하고 결박들을 당하였다. 노첨지의 아들이 정신기가 돌아서
 "사람 죽인다!"
하고 고성을 지르니 그 사람은 발길로 주둥이를 내지르고
 "이놈, 어서 소리질러라."
하고 눈을 부라리었다. 그 사람이 결박을 다 지운 뒤에 소리지르는 노첨지의 아들은 줄에 널리었던 홑옷을 찢어서 재갈을 먹여놓았다. 노첨지의 작은마누라는 업었던 어린애를 치마에 폭 싸서 안고 봉당에 주저앉아서 사시나무 떨듯이 떨고 있고, 노첨지 며느리와 밥 지어주는 여편네는 손을 서로 잡고 부엌 구석에 숨어 있고, 매맞고 아랫방에 들어가 있던 계집애는 한번 바깥을 내다보더니 곧 치맛자락으로 얼굴을 덮고 쥐죽은 듯이 누워 있었다. 그 사람은 눈에 보이지 않는 사람을 찾아다니지 않을 뿐외라 눈에 보이는 사람까지 본체만체하고 곧 자빠져 있는 노첨지에게로 쫓아갔다. 노첨지는 정신이 돌아서 눈을 말똥말똥 뜨고 사지를 꿈실거리는데 그 사람이 서서 내려다보며 한번 싱긋 웃고
 "내가 귀신이 아니라 사람이다. 네가 모함해서 죽인 박서방의

아들이다. 이놈아, 정신 차려서 똑똑히 들어라. 네 배를 가르구 간을 내서 씹구 싶지마는 드러워서 내가 고만둔다. 네 모가지만은 나를 다구. 우리 아버지께 갖다 드리겠다."
하고 타이르듯이 말하고서 허리에 찬 환도를 빼어들고 앉으니 노첨지의 눈이 감겨졌다. 환도가 두어 번 번쩍거리더니 고추상투 달린 노첨지의 목이 몸에서 떨어졌다. 유복이가 흘러나오는 피를 주체하려고 노첨지의 머리를 땅바닥에 대고 비비다가 피가 잘 그치지 아니하여 머리를 가지고 부엌에 들어가서 매운재에 피를 먹이는데 이때는 부엌에 사람이 없었다. 유복이가 노첨지의 머리를 싸는데 꼴풀을 듬뿍 가져다가 초벌 싸고 그 위에 홑옷 몇가지를 집어다가 덧싸서 어깨에 엇매었다. 유복이가 한번 사방을 돌아본 뒤 다시 송장 옆에 와서 뒤꼭지에서 빼놓은 표창과 엉덩이에서 뽑아낸 표창을 송장 몸에다 문질러 씻어서 괴춤에 넣었다. 이때 동네에서 아우성소리가 나서 마구 쓰는 여벌 표창 칠팔 개를 주머니 속에서 꺼내어 줌에 쥐고 일어났다.

　유복이가 노첨지에게로 쫓아갈 때 부엌에 숨어 있던 노첨지 넷째며느리와 밥 지어주는 여편네가 살그머니 부엌 뒤 울타리에 개구멍을 뚫고 밖으로 빠져나갔었다. 노첨지의 며느리는 다리가 떨리어서 걸음 걷지 못하는 것을 그 여편네가 붙들고 달음질을 쳐서 노첨지 큰아들의 집으로 쫓아갔다. 그 여편네가 노첨지의 큰아들을 보고

　"얼른 가보세요. 우리가 나올 때 영감께로 쫓아가는 걸 보았으

니까 그동안에 벌써 큰일이 났을는지 몰라요."

하고 말하여 노첨지 큰아들이 분분히 집안에 있는 창을 찾아들고 나서는데 그 아내가 내달아서

"여보, 혼자 갈라오? 장정 둘이 꼼짝 못하고 결박당하더라오. 혼자 가서 어떻게 할라오."

하고 책망하였다. 그 자식 형제가 옆에 있다가 그중에 맏놈이

"우리 형제두 가구 머슴두 가지요."

하고 어미에게 말하는데 그 아비가

"너희들두 갈라거든 어서 도끼나 낫이나 들구 나서라."

하고 자식들을 돌아보았다.

"저까짓 것들만 데리고 가서 무어하오? 동네 군을 푸시오."

"글쎄."

노첨지의 넷째며느리가 맏동서 내외간 하는 말을 듣고

"언제 동네 군을 풀고 있어요?"

하고 재촉하여 노첨지 큰아들이 저의 아내를 보고

"시각이 급하니까 우리가 먼저 갈게 뒤에 곧 동네 사람을 모아 보내게."

하고 말을 이르고 바로 나가려고 하니 그 아내가 옷소매를 붙들고 비줄비줄 울면서

"여보, 삼대 사대 함께 몰사죽음하면 무어하오? 아주 동네 군을 모아가지고 가시오."

하고 말리었다. 노첨지의 큰아들이 아내 말을 옳게 듣고 저의 자

식 형제와 상머슴 어른과 곁머슴 아이를 다 내놓아서 동네 사람을 모으는데, 노첨지네 집이 동네 제일 부자일 뿐 아니라 노첨지는 다년 동네 존위˚요, 노첨지의 큰아들은 그해 동네 일좌˚라 동네 사람이 집안에 있던 사람은 모두 모여들었다. 구경으로 몰려온 여편네와 아이들은 치지 말고 손에 하다못해 식칼이라도 들고 온 어른 사내가 도합 이십여명이었다. 그중에 사람이 걸출인 이좌 보는 유서방이 일을 분별하는데, 걸음 잰 사람을 골라서 관가에 기별하고, 기운 든든한 사람들을 뽑아서 동네 길목을 지키게 하고, 그 나머지 십여명을 작대하여 유서방 자기가 노첨지 큰아들과 같이 앞장서서 끌고 가기로 하였다. 이동안에 노첨지의 머리는 몸에서 떨어져서 피를 재에 빨릴 대로 다 빨리고 유복이는 보물로 아는 표창을 한 개 소실 않고 다 찾게 된 것이다.

- 존위(尊位) 높고 귀한 자리.
- 일좌(一座) 동네 소임의 첫 자리를 이르던 말.

여러 사람이 산 밑에 가까이 와서는 유이좌의 지휘대로 줄로 늘어서서 노첨지 집을 에워싸고 들어오며 아우성들을 질렀다. 유복이가 아우성소리를 듣고도 천천히 주머니 끈을 매고 뒷산으로 기어올랐다.

"사람 죽인 놈 저기 있다."

"저놈 산으루 올라간다."

늘어섰던 여러 사람들이 한데로 몰리어서 산으로 뒤쫓아 올라오니 유복이는 도망가다 말고 돌쳐서서 큼직한 바위 위에 뛰어올라섰다. 유복이가 아래서 기어올라오는 여러 사람들을 내려다

보며

"내가 부모 원수를 갚는데 너희들이 무슨 상관이냐? 나를 잡을 생의 마라. 너희에게 잡힐 내가 아니다."

하고 고성을 질러서 외치는데, 여러 사람들 눈에 유복이가 허리에 짧은 환도를 하나 찼을 뿐이지 손에 다른 병장기가 없는 것을 보고 맨손인 줄로 알고 업신여기어서 앞을 선 유이좌부터

"이놈, 무슨 소리냐!"

하고 호령하고 여러 사람이

"이놈, 이놈."

하고 떠들면서 올라왔다. 유복이가 왼손에 쥐었던 표창을 하나씩 바른손으로 옮겨 잡으며 연주전˙을 쏘듯이 연해서 댓 개를 내리쳤다. 유이좌가 먼저

"아이쿠!"

하고 주저앉고, 노첨지의 큰아들이 또

"아이쿠!"

하고 넘어지고, 그외에 서너 사람이 아이쿠지쿠 하며 엎어지고 자빠지니 그 나머지 사람들은 일시에 와 하고 몰려내려갔다. 읍내서 관속들이 쏟아져 나왔을 때는 살인범인을 그림자도 보지 못하고 노첨지의 아들 손자 외에 시종始終을 자세 본 노첨지의 작은마누라와 노첨지 집 머슴을 데리고 읍내로 들어갔다.

강령현감이 그날 밤으로 즉시 큰골을 나와서 현장을 임검˙하고 검시한 결과에 시친屍親들의 초사招辭를 참작하여 살인 전말

을 적고 범인이 비상하고 유유히 도타한 사연까지 붙이어 첩보牒報를 만들어서 해주 순영巡營과 서울 포청에 올려보내고 황해감사가 현감의 첩보대로 임금께 장계를 올린 뒤에 일변으로 관하管下 각관에 관자를 내려 범인을 체포하라고 신칙하고, 또 일변으로 타도에 이관移關을 부치어 범인을 기찰하여 달라고 의뢰하였다. 이것은 다 뒷이야기고, 그때 유복이는 동네 사람들이 몰려내려가는 것을 보고 산을 패어 넘다가 솔포기 밑에 앉아서 고의적삼을 갈아입고 신발을 고쳐 신고 노첨지의 머리와 허리띠에 질렀던 환도는 벗은 옷과 같이 보따리에 싸서 걸머지고 원길을 찾아 나와서 밤길을 걸었다. 유복이가 조심하느라고 그날 밤뿐 아니라 내쳐 밤길만 걸어서 배천을 향하고 오는데 촌가에서 하루 한두 끼 밥을 얻어먹었지만, 항상 허기질 때가 많았고 또 밤길이 잘 붇지 아니하여 원수

- 연주전(連珠箭) 계속해서 쏘는 화살.
- 임검(臨檢) 사건이 일어난 현장에 가서 조사하는 일.

갚던 날부터 나흘 되는 날 새벽에 간신히 배천 한다리를 대어와서 오는 길로 바로 산으로 올라왔다. 유복이가 보따리를 끄르고 원수의 머리를 꺼내서 피와 함께 말라붙은 재와 풀잎을 덧쌌던 옷가지로 말짱하게 훔쳐서 두 손으로 들고 부모의 산소 앞으로 나왔다. 봉분 앞에 원수의 머리를 놓고 한 걸음 물러가 꿇어앉아서 유복이는 무덤에 대고 말하였다.

"어머니, 유복이가 아버지 원수를 갚았소. 아버지께 말씀하오. 앞에 놓인 것이 노가의 대가리오. 아버지가 같이 다닐 때는 젊었겠지만 지금은 늙어서 그 모양이오. 아버지가 요전에 내 등에 업

혀 오셨으니까 혹시 나를 아실는지, 나는 아버지 얼굴을 몰라요. 아버지 얼굴이 내 얼굴과 같다지요? 노가놈이 나를 보고 아버지가 왔다구 놀랍디다. 어머니가 전에 나더러 아버지 원수를 잊지 말라구 두구두구 당부하시더니 인제 시원하시지요? 어머니, 아셨소? 어머니, 내가 이번에 가면 다시 산소에를 올지말지하니 부디 안녕히들 계시구 이다음 내가 어디서 죽든지 내 혼은 이리 데려다 주시오."

하고 유복이는 복받쳐 올라오는 슬픔을 억제하지 못하여 어린아이같이 엉엉 울었다. 처음에는 꿇어앉은 채 울다가 나중에는 두 다리를 뻗고 울고 어머니 아버지를 찾아가며 울었다. 소나무를 흔들어 물소리를 지어내던 새벽바람도 그치고 죽은 사람의 대가리를 보고 날아와서 근처 나무에 앉은 까마귀들도 짖지 아니하고 유복이의 울음소리만 온 산에 가득하였다.

  초군 아이 두엇이 울음소리를 듣고 왔다가 사람의 대가리 놓인 것을 보고 곧 동네로 뛰어내려가서 이 사람보고 말하고 저 사람보고 말하였다. 이때 해주 감영의 기별이 돌아서 배천 사령도 강령 범인을 잡으려고 애를 쓰는 중이라, 전날 밤에 한다리 나와서 수색하던 사령 두 사람이 주막에서 묵은 까닭에 초군이 전한 소문이 쏜살같이 사령들 귀에 들어갔다.

  유복이가 울다 울다 목이 갈라져서 소리가 안 나오도록 울고 겨우 울음을 그치고 한동안 앉아서 정신을 차린 뒤에 일어나서

  "인제 유복이는 갑니다."

하고 무덤에 대고 절할 때 뒤에서 인기척이 나는 것을 듣고 얼른 일어서 돌아보니 산수털벙거지*들이 눈에 뜨이었다. 유복이가 그대로 순순히 잡혀갈까 생각하여 주저앉으려고 할 즈음에

'어서 내빼라.'

하고 재촉하는 어머니의 말소리가 유복이 머릿속에 울리어 들리었다. 유복이는 그 소리가 무덤 속에서 나온 줄로 여기었다. 유복이는 온몸에 기운이 샘솟듯 솟았다. 사령들이 다 올라오기를 기다리지 않고 사령들에게로 쫓아나갔다. 사령이 두 사람뿐이다. 하나는 발길로 내지르고 하나는 잡아서 메어쳤다. 두 사령이 산 아래로 굴러내려가는 것을 보고 유복이는 돌아서서 원수의 머리는 집어 팽개치고 헌옷은 버리고 환도만 보에 싸서 몸에 지니고 도망하였다. 유복이가 선뜻 큰길로 나서기가 주니*가 나서 팽가골도 못 가고 성안 마을로 내려섰다. 버드내 근처에 와서 한나절 파묻혀 있다가 다시 저녁때 큰길로 나와서 슬금슬금 벽란나루로 내려왔다.

* 산수털벙거지
산짐승의 털로 만든 벙거지 또는 그것을 쓴 사람. 예전에 관아의 하인들이나 군인들이 흔히 썼다.
* 주니
두렵거나 확고한 자신이 없어서 내키지 아니하는 마음.

유복이가 벽란나루로 내려오면서도 속으로는 나루를 무사히 건너게 될까 염려가 없지 않았는데 그것이 공연한 염려가 아니었다. 한다리 같은 곳에도 사령이 나와 돌았으니 나룻배만 한번 타면 타도로 갈 수 있는 벽란나루를 지키지 않을 리가 만무하였다. 사실로 이틀 전부터 배천 장교들이 나룻가에 나와 묵으면서 기광을 부리고 행인들을 성가시게 하는 중이었다. 장교들이 배 타는

사람 기찰하는 것을 유복이가 멀찍이서 바라보고 장교들 눈에 뜨이기 전에 가로새어서 미라산으로 들어갔다. 유복이가 산속에서 헤매다가 하룻밤을 지내고 이튿날 식전에 밤사이 동정을 보려고 주린 배를 움켜쥐고 나룻가로 다시 나왔다.

 한다리에서 사령 둘이 하나는 면상에 생채기가 과히 났을 뿐이고 또 하나는 머리가 조금 깨어졌는데, 저희들은 죽어간다고 평계하고 한다리 주막에 편히 누워 있고 사람을 대신 읍에 들여보냈었다. 배천 관가에서는 이 소식을 듣고 홍살문 안이 발끈 뒤집히다시피 되어 수교 장교와 사령 군노가 한다리로 쏟아져 나갔는데, 그날 저녁때 범인이 버드내 근처에 숨어 있단 소문이 들리어서 한다리서는 곧 버드내로 내려가서 우터버드내, 비선버드내로 돌아다니며 가가호호 적간들 하고 벽란나루서는 밤에 삼거리로 올라가서 길목을 지키게 되었었다. 삼거리 간 장교들이 밤들도록 술타령하고 늦잠을 자고 있어서 벽란나루는 비었었는데, 유복이가 마침 이 틈에 와서 말썽없이 배를 타고 나루를 건너게 되었다.

 유복이가 배 안에 있을 때 이 길로 곧 다시 평안도로 갈까 생각하다가 꺽정이와 봉학이를 이번에 못 만나면 언제 만날는지 모르고, 또 평안도까지 멀리 가자면 붙잡힐 염려가 더 많아서 양주 꺽정이에게 가서 만나도 보고 피신도 하다가 차차 보아가며 평안도로 가리라 고쳐 생각하고 나루를 건너왔다. 유복이가 송도 가는 큰길을 버리고 사잇길로 들어서서 얼마 오다가 인가에 들어가서 밥술을 얻어먹고 모르는 길을 이리저리 헤매어 오는데, 작은 냇

물과 큰 냇물을 수삼차 건너서 한냇골이란 동네에 와서 요기를 얻어 하려고 어느 농가를 찾아들어갔다. 가는 날이 장날이라고 그 집에서는 마침 사돈 대접을 하는 중이었다. 유복이가 부전부전한˙ 손이지만 문전 나그네를 흔연 대접하는 인심 좋던 세월이라 그 집 주인이 유복이를 맞아들여서 점심 한 끼를 대접하였다. 유복이가 여러 날 변변히 먹지 못하고 굶주린 끝에 배불리 먹고 음식에 감기어서 길 갈 기운이 없어졌다. 주인의 눈치는 가기를 조이는 모양이나, 유복이는 염치 불고하고 그대로 눌러앉았다가 저녁까지 얻어먹고 하룻밤을 부치어 자고 이튿날 아침 그 집 사돈이 떠날 때 같이 떠났다. 그 사람이 길에서

"댁은 어디루 가실라오?"

하고 묻는데 유복이는 구태여 양주로 간다고 말할 것이 없어서

"서울루 갈라오."

하고 대답하였다.

"장단으루 나가서 서울을 갈라면 우리 동네까지 동행해두 좋겠소."

"어느 동네요?"

"가는골이오."

"내가 초행에 잘되었소. 동행합시다."

유복이는 그 사람과 동행하여 가는골 와서 동행한 연분으로 그 사람의 집에 들어가서 또 하룻밤 자고, 이튿날 장단 나가는 길을

● 부전부전하다
남의 사정은 돌보지 아니하고 자기가 하고 싶은 일만 서두르다.

배워가지고 떠나서 나가는 길에 장지산골이란 동네 못미처서 길에서 포교를 만났다. 강령 살인범인이 벽란나루를 건너서 송도로 들어간 형적이 있다고 배천 기별이 송도에 와서 송도유수˙가 전날 포교를 각처에 늘어놓게 한 것이었다. 유복이 만난 포교가 복색을 평인같이 차리어서 유복이는 처음에 포교인지 모르고 장지산골을 이 길로 가느냐고 말을 물었더니 그자가 유복이의 아래위를 유심히 훑어보고 대번에

"당신 배천서 오지 않소?"

하고 물었다. 유복이가 그 묻는 것이 수상하여 얼른 대답 안 하고 우물우물하였더니

"이놈아, 네가 배천서 오지?"

하고 그자가 눈결에 모진 방망이로 유복이의 골통을 내리쳤다. 방망이가 다행히 미끄러져서 한쪽 어깨만 얻어맞고 유복이는 그제야 포교인 줄 짐작하고 그자에게로 대어들어 끼어안고 한동안 엎치락뒤치락하다가 그자를 지지눌러 걸터앉고 그자의 방망이로 그자의 어깻죽지와 등줄기를 실컷 먹여주고 일어나서 도망질하여 미촌골이란 데서 길도 없는 덕적산 속으로 들어갔다.

덕적산은 딴 이름이 덕물산이니 진달래꽃으로 이름 높은 진봉산 남쪽에 있다. 그 흔한 진달래꽃조차 진봉산같이 많지 못한 산이라 아무것도 보잘것이 없건마는 이름은 경향에 높이 났다. 이것은 다름이 아니고 오직 산 위에 최영 장군의 사당이 있는 까닭이었다. 최장군이 고려 말년의 영웅으로 당세에 큰 공로가 있었

다고 유식한 사람들이 그 사당을 위하는가 하면 그런 것도 아니고, 또 최장군이 무덤에 풀이 나지 않도록 원통하게 죽었다고 유심有心한 사람들이 그 사당에 많이 오는가 하면 그런 것도 아니다. 그 사당을 누가 세웠는지 세운 사람은 혹시 장군의 죽음을 불쌍히 여기고 또는 장군의 공로를 못 잊어하였는지 모르나, 그 사당은 장군당이라고 일컫는 무당들의 밥그릇이 되고 최영 장군은 최일 장군으로 이름까지 변하여 무당들의 고주귀신이 되었다. 장군당에 와서 치성을 드리면 병 있는 사람은 병이 낫고 아들 없는 사람은 아들을 낳았다. 그 대신에 여러 사람의 재물은 무당의 손으로 들어갔다. 대체 귀신을 있다고 잡고 말하더라도 최영 장군 같은 인물이 죽어서 귀신이 되었다면 총명하고 정직한 귀신이 되었으련만, 요사스러운 무당 입에 놀아나서 장군의 귀신은 귀신으로 희한하게 잡탕스러웠다. 죽은 귀신이 산 사람같이 마누라가 있었는데, 그 마누라는 근처 동네에서 숫색시를 뽑아다가 장군당 옆에 붙은 별채에 두고 밤이면 귀신이 와서 동침한다는 것이었다. 그 마누라가 나이 늙거나 죽을병이 들면 일변 내보내며 일변 곧 대신을 뽑아오는 까닭에 장군당 별채 침실이란 곳에 계집이 떠날 날이 없었다. 여러번 그 마누라가 바뀌어 내려오는 중에 한번 마누라로 뽑힌 색시의 부모가 딸 내놓기가 싫어서 도망하듯이 타관으로 이사 나간 일이 있었는데, 장군의 벌역罰役이 내려서 그 집은 그 집대로 염병에 전가全家가 폭 망하고 산 밑 동네에까지 그 해가 미쳐서 그해 연사가 흉년

• 유수(留守) 조선시대에, 수도 이외의 요긴한 곳을 맡아 다스리던 벼슬.

이 들고 못된 병이 돌아서 사람이 많이 사망하였다는 것이 산 밑 여러 동네에서 아이들까지 다 아는 이야기다. 장군의 귀신이 영검스럽기 짝이 없는 까닭으로 근동 동민들은 이 이야기를 믿고 의심치 아니하여 누구든지 저의 딸이나 누이가 장군의 마누라로 뽑히기만 하면 으레 바칠 것으로 생각할 뿐 아니라 한동네 사람은 고사하고 근방 타동 사람까지 들쌘들을 대어서˚ 아니 바칠래야 아니 바칠 수가 없었다. 그 마누라를 뽑는 것은 무당이니 무당은 장군의 신을 빙자하는 것이요. 그 마누라를 바치도록 주선하는 것은 각동 동임˚들이니 동임들은 장군도 위하고 동네도 위한다는 것이요, 그 마누라를 바치는 것은 그 부형이니 부형은 다시 말할 것 없이 장군의 벌역을 두려워하는 것이었다. 이해는 전에 있던 장군의 마누라가 병이 들어 일어나지 못하게 되어서 새 마누라를 뽑게 되었는데, 날을 받아 각동 동임들이 한자리에 모여 앉고 무당이 장군의 귀신을 청배請陪하였다. 무당이 몸에 신이 실려서 위엄 있는 사내 목소리로

"나의 새 마누라는 산상골 최서방의 맏딸이다."

하고 말끝을 길게 빼어 포함을 주었다. 최서방의 맏딸은 근동에서 얼굴 예쁘기로 이름난 처녀니 나이 열여덟살이고 보방골 박첨지의 막내아들 열두살 먹은 아이와 정혼하여 금년은 쌍년이니 고만두고 내년에 성취시키자고 두 집 부모가 서로 의논하여 작정하고 있는 터이었다. 박첨지가 보방골 존위로 그 자리에 와서 있다가 이 말을 듣고 가슴이 내려앉았으나 늙은이라 꾀가 나서 선뜻

무당 앞에 나와 꿇어앉아서

"최가의 딸이 여러가지루 다 합당하오나 장군님과 동성이라 어떠하올지."

하고 슬며시 말썽을 일으켜보았다. 이것도 전에 없던 일이라 다른 사람들이 혹시 장군의 노염이 내릴까 겁이 나서 눈이 둥그레졌는데 아니나 다를까 신 내린 무당이 기를 길길이 펴면서

"이놈, 무슨 잔소리니! 나는 마누라가 동성동본이라도 좋지마는 더구나 본이 다르다. 그 색시는 너의 며느릿감이 아니다."

하고 퉁퉁히 호령하여 다른 사람들이 모두 꿇어앉아서

"지당하오이다."

하고 말하는데 박첨지까지도

"옳소이다."

- 들쑨대다
몹시 짓누르거나 못살게 굴다.
- 동임(洞任)
동네 일을 맡아보는 사람.

하고 다시 두말 못하고 물러났다. 최장군의 새 마누랏감이 이와 같이 작정되어서 다시 생기복덕生氣福德 좋은 날을 받아 장군당 침실로 맞아오게 되었다.

4

최장군이 새 마누라를 맞자면 굿이 여러번 있지마는 색시를 침실로 맞아오는 날, 사람으로 이를테면 초례 겸 신부례 날은 큰굿이 있는 법이었다. 사흘 전기全期하여 각동 소임所任들이 장군당에 모여 와서 마당 앞에서 당집까지 황토 스무 무더기를 간격 맞

취 갖다 놓고 그날은 첫새벽부터 각동 존위 이하 동임들이 모두 와서 무당들과 같이 큰굿 준비를 차리었다. 당집 안 일정한 자리에 작고 큰 전물奠物상들을 벌여놓는데 삼색실과와 백설기에 소찬, 소탕을 곁들여놓은 것은 불사상佛事床이요, 무더기 쌀과 타래실과 고깔 꽂은 두부를 놓은 것은 제석상˙이요, 약주와 안주 외에 장군에 드리는 삼색 예단을 놓은 것은 대안주상이요, 떡시루 탁주동이 외에 도야지를 통새미로 잡아놓은 것은 대감상이요, 그 외에 군웅軍雄상과 상산上山상과 조상상은 큰 상들이요, 지신상, 호구상, 영신상, 선왕상, 걸립상은 작은 상들이다. 경사굿이라 상문상喪門床이 없고 안굿이 아니라 성줏상과 터줏상이 없고, 출물상˙이 없는 굿이라 무당 차지의 대신반大神盤이 없었다.

최서방의 딸은 벌써 머리를 얹히어 당집 안 특별한 자리에 앉히고 그 부모가 딸의 양옆에 갈라 앉고, 당집 추녀 아래에는 각동 존위 이하 동임들이 문길만 틔워놓고 늘어앉고, 추녀 밖 멍석을 연이어 깐 굿자리에는 기대˙와 잡이와 전악들이 각기 제구諸具를 가지고 자리잡아 앉고, 마당가에는 각동에서 모여 온 구경꾼들이 남녀노소 섞이어 빈틈없이 들어섰다. 구경꾼들이 굿 시작을 고대고대한 뒤 원무당이 비로소 굿자리에 나와 앉고 소위 주당물림이라고 추녀 안에 있던 사람을 모두 추녀 밖으로 내세우고 나서 기대가 장구를 울리고 잡이가 제금을 치고 전악들이 저를 불고 피리를 불고 해금을 켰다. 주당을 물리고 나섰던 사람이 각각 저의 자리에 가서 앉은 뒤에 기대가 다시 장구를 땅 치니 이로써 큰굿 열두거리의 첫거리 부정풀이가 시작된 것이다. 기대가 장구를 치면서 영정 가망이 놀아나느니 부정가망˙이 놀아나느니 한동안 지껄이고 나서 처음에 마른부정을 푼다고 냉수 한 바가지를 들고 당집 안팎을 돌아다니고 또 진부정을 푼다고 잿물 한 바가지를 들고 먼저와 같이 돌아다니고 그다음에 부정소지不淨燒紙를 올린다고 백지 한 장을 태웠다. 부정풀이가 끝난 뒤에 진작進爵이라고 장군과 상산신령에게 술잔 올리는 절차가 있고 잠깐 동안 쉬었다가 둘째 거리 가망청배가 시작되었다.

가망청배는 신을 청하여 내리는 절차다. 기대가 전악들의 풍류에 맞추어 장구를 치면서 가망 노랫가락을 부르고 난 뒤에 원무당이 장옷을 입고 좌우 손에 백지를 쥐고 밖에서 동남서북으로 돌아가며 사방에 절하고 당집 안에 들어가서 장군 신상 앞에 절하였다. 그리하고 다시 굿자리에 나와서 백지들은 접어두고 왼손에 방울, 바른손에 부채를 쥐고 한바탕 풍류 맞춰 춤을 추다가 잇소리를 한번 길게 빼며 풍류는 뚝 그치고 공수˙를 주는데 공수는 받는 사람이 있는 법이라, 보방골 박첨지가 각동 존위 중에 나이 제일 많고 입담이 제일 좋은 까닭으로 여러 사람의 몸을 받아 공수를 받게 되었다.

- 제석상(帝釋床) 무당이 굿할 때에 한 집안 사람의 수명과 재산을 맡아본다는 제석신을 위하여 차려놓는 제물상.
- 출물상(出物床) 굿을 할 때 무당이 원하는 갖가지 귀신에게 바치는 제물상의 하나.
- 기대 무당이 굿을 할 때 무악을 맡는 사람.
- 부정가망 민속에서 부정풀이를 할 굿의 열두거리 가운데 첫째, 둘째 거리에서 무당이 부르는 노래.
- 공수 무당이 죽은 사람의 넋이 하는 말이라고 전하는 말.

"내가 누구신지 아느냐? 위엄 있구 공덕 많구 영검하신 최장군 아니시냐. 너희가 아느냐 모르느냐. 예바르고 돔바른 내 아니시냐."

"옳소이다."

"내가 새 마누라 맞아오는 오늘 같은 경삿날에 이것이 무엇이냐. 원숭이 입내냐 따짜구리 부적이냐. 욕심 많구 탐 많은 내 아니시냐. 이놈들, 잦혀놓구 배 가르구 엎어놓구 목 딸 놈들 같으니. 너의 죄상을 아느냐 모르느냐!"
하고 무당은 부채를 쫙쫙 펴는데

"미련한 인간이 무엇을 아오리까. 쇠술로 밥을 먹어 인간이옵지 개도야지나 다름이 없사외다. 저희들은 이만 정성을 드리느라고 낮이면 진둥걸음을 걷사옵고 밤이면 시위잠˙을 잤소이다. 용서하여 주옵시고 소례小禮를 대례로 받읍소사. 입은 덕도 많습지만 새로 새 덕을 입혀주옵소사."
하고 박첨지는 두 손으로 싹싹 빌었다. 원무당이 공수 주다 말고 다시 풍류 맞춰 춤을 추고 춤을 추다 말고 또 잇소리를 지르고 공수를 주는데 나중에는 나는 무어다, 나는 무어다 하고 오방제신을 다 끌어냈다. 공수 끝에 원무당과 기대 사이에 한 차례 만수받이가 있고 나서 가망청배가 끝이 났다.

셋째 거리는 산마누라다. 산마누라는 곧 상산신령이니 농사에 도움 주는 귀신이라고 상까지도 여러 전물상 중간에 놓이었다. 원무당의 모양을 보아라. 붉은빛 갓에 호수를 꽂아 쓰고 남철릭˙에 도홍띠를 눌러 띠고 굿자리에 일어섰다. 처음에는 철릭 소매를 잡고 늦은장단의 풍류를 맞춰서 늘어지게 춤을 추다가 나중에는 칼도 쥐고 삼지창도 쥐고 잦은장단에 신이 나게 뛰놀았다. 춤을 그치면 공수를 주고 공수를 그치면 춤을 추어서 춤과 공수를 번가르다가 공수며 춤이며 모두 그치고 칼을 세워서 칼사슬 보고 창을 세워서 창사슬 보았다. 사슬은 점이니 점마다 좋아서 장군님 새 마누라 잘 들어오셨다고 박첨지 외에 다른 동임들은 얼굴에 희색이 떠돌았다. 산마누라가 끝이 났다.

 넷째 거리는 대감놀이다. 원무당이 전립을 쓰고 쾌자*를 입고 부채를 들고 대감들을 청배하는데 대감이란 것이 명색이 많았다. 밤이면 순력*도는 순력대감이며, 낮이면 어사 도는 어사대감이며, 이담저담 넘어다니는 걸립대감이며 이외에 부군府君대감이니 목신木神대감이니 열두 대감을 낱낱이 들추었다. 춤추고 공수 주고 하다가 나중에 무당이 부채를 내흔들며 사망*을 주는데 일 보는 동임들이 손 벌리는 것은 말할 것 없고 무당과 안면이 두터운 구경하는 여편네들까지 치맛자락을 벌리고 앞으로 나와서 재수 사망을 가득히 받았다. 무당의 사설을 들으면 높은 산에 눈 날리듯, 얕은 산에 재 날리듯, 억수장마에 비 퍼붓듯, 대천 바다에 물밀듯이 재수 사망이 이뤄진다는 것이다. 사망을 다 준 뒤에 에라 만수대신이야 소리가 연해 나오고 대감타령으로 대감놀이를 끝마쳤다. 이때 해는 벌써 점심때가 다 되어서 점심 요기를 하느라고 한동안 늘어지게 쉬었다.

- 시위잠 활시위 모양으로 웅크리고 자는 잠.
- 남철릭 당상관인 무관이 입던 공복.
- 쾌자 소매가 없고 등솔기가 허리까지 트인 옛 전통복.
- 순력(巡歷) 각처로 돌아다님.
- 사망 장사에서 이익을 많이 얻는 운수.

 굿거리는 굿을 따라 변동이 있어서 몇째 몇째가 일정한 것이 없지마는 큰굿에 열두거리 수를 빼는 것은 없는 법이라 점심 뒤에 굿이 다시 시작되어 거리 수를 채워나갔다.

다섯째 거리는 제석풀이다. 무당이 머리에 고깔을 쓰고 몸에 백포白袍 장삼을 입고 목에 염주를 걸고 흰 부채를 손에 쥐고 나서서 삼불제석三佛帝釋을 청배하여 한바탕 춤도 추고 공수도 주고 그다음에 잠깐 쉬었다가 곧 여섯째 거리 전왕놀이로 뒤를 대었다. 무당이 제석풀이 때와 같은 복색으로 춤추고 공수 준 뒤에 바라타령을 시작하여 "바라를 사오. 바라를 사오. 이 바라를 사옵시면 없는 애기 점지하고 있는 애기 수명장수" 이와같은 덕담 노래를 장단 맞추어 노래하면서 바라 시주를 거두러 다니고 굿자리에 돌아와서 바라를 치며 아미타불 관세음보살을 찾아 염불하고 나서 곧 삼불제석 송덕하는 제석 노랫가락을 가지고 선 무당과 앉은 기대가 서로 "얼씨구 좋다, 절씨구 좋다" 하며 하나는 먹이고 하나는 받았다. 전왕놀이는 이로써 끝이 났다.

일곱째는 군웅놀이니 군웅은 조상대감이란다. 무당이 빗갓 쓰고 철릭 입고 놀고 여덟째는 별상놀이니 별상은 마마란다. 무당이 전립 쓰고 군복 입고 놀고 아홉째는 호구놀이니 호구는 아기씨란다. 무당이 다홍치마 입고 면사포 들고 놀았다. 무당이 복색을 연해 변하는 중에 열째 창부놀이에는 초립을 쓰고 색동옷을 입었다. 창부놀이는 말인즉 무당들의 선생 귀신을 청배하는 것이라 대감놀이와 같이 사망도 주거니와 나중에 단골이라고 갖은 덕담이 다 있었다. 열한째 말명놀이할 때 최장군 이하 여러 신과 최서방의 조상들이 차례로 돌아간다고 무당이 주워섬기니 굿 끝이 가까워온 것이다. 구경꾼이 풀리기 시작하여 사람이 많이 갔을 때 마지막 거리 열두째 뒷전놀이가 시작되었다. 뒷전에는 원무당이 나오지 않고 다른 무당이 나와 노는데 서울 혼인에 깍쟁이 오듯이˙ 갖은 귀신이 다 걸립을 들어왔고 지신청배, 선왕청배, 영산청배 잠깐잠깐 지나가고 풍류 없이 춤추고 나서 귀신들이 치사하고 하직하는 말이라고 무당은 한동안 주워 지껄였다. 큰굿 열두거리가 인제 끝이 났다.

 무당들이 전물을 내다가 세 번 고수레한 뒤에 저희의 차지를 제하여 놓고 여러 사람에게 나눠주었다. 이때 벌써 땅거미가 지났다. 구경꾼들은 돌아가고 각동 동임들은 당집 안을 치우고 무당들은 최서방 내외와 같이 새 마누라를 침실로 인도하였다. 사내는 침실 안에 들어오지 못하는 법이라 최서방의 아내만 무당의 뒤를 따라서 들어왔다가 솟아나오는 눈물을 억제하느라고 총총히 돌아서 나가고 원무당은 전물을 나눌 때 유렴하였던 실과와 떡과 다른 음식을 상에 차려서 방구석에 놓으며 새 마누라보고

 "밤에 장군님과 같이 자시오."
하고 옛 격식대로 인사하고 같이 왔던 무당들을 다 데리고 나갔다.

 장군당은 워낙 인가와 동떨어진 곳이라 인가라고 가장 가까운 것이 산 밑에 있는 무당의 집이었다. 그 집에 있는 무당은 장군 마누라에게 시중드는 소임이 있지마는, 그 무당도 해가 뜨면 올

˙ 서울 혼인에 깍쟁이 오듯이 관계도 없는 사람이 수없이 많이 모여드는 경우를 이르는 말.

라오고 해가 지면 내려갔다. 밤에는 신도神道가 타인을 기한다고 무당까지도 맘대로 침실에서 자지 못하였다. 장군 마누라가 병이 나든지 혹 특별한 일이 있든지 하여 밤에 자는 것이 좋을 때는 그 무당이 미리 장군신상 앞에 나가서 분향하고 점을 쳤다. 그 점은 식기 안에 대추나 잣을 넣고 뚜에˚를 다 덮지 않고 흔들어서 튀어나온 수가 짝이 맞고 안 맞는 것을 보는 법이니, 짝이 맞으면 장군의 허락이 내린 것이라 밤에 자게 되지마는 만일 짝이 틀리면 아무리 잘 일이 있더라도 그대로 내려가는 수밖에 없었다. 사내는 밤에 당 근처에만 올라와도 장군의 벌역이 내려서 당장 급살을 맞는다고 당초에 올라오지 못하고, 여편네는 밤에라도 침실 밖에까지 왔다갈 수 있지마는 무슨 연고 없으면 올라오지 아니하고, 장군 마누라는 밤이고 낮이고 장군당 테 밖을 나가지 못하는 까닭에 장군 마누라가 밤에는 으레 혼자 있었다. 인가가 초원한˚ 산속에 여편네 혼자 있건만 호환도 당한 일이 없고 적변도 당한 일이 없는 것은 장군의 귀신이 영검한 까닭이라고 하였다.

　장군의 마누라가 새로 들어올 때는 무엇이 다르냐 하면 사흘 동안 음식이 특별히 좋을 뿐이지 밤에 혼자 있는 것은 다름이 없었다. 이 까닭에 어느 장군 마누라가 죽을 때 처음 사흘 밤만 같이 잘 사람이 있었다면 자기가 더 살았을는지 모른다고 말한 일까지 있었다. 큰굿이 끝나면 무당들이 벌써

　"신방이 너무 늦어서 장군님 노염 나시겠다. 어서들 내려가야지."

하고 재촉하는 것도 한 전례라, 이날 무당들이 전례 좇아서 내려 가기를 재촉하여 각동 동임들이 앞서 내려가고 뒤에 무당들이 내려가는데, 최서방의 아내가 딸을 산속에 두고 차마 발길이 돌아서지 아니하여 뒤에 처지어 머뭇거리다가 원무당에게 책망을 듣고 무당들의 뒤를 따라 내려갔다.

 종일 시끄럽던 끝에 갑자기 조용하여지니 장군당 당집까지 어디로 떠나고 빈 터만 남은 것 같았다. 새 마누라인 처녀가 사람의 말소리가 들릴 때까지는 오히려 사람의 얼굴빛이 남아 있더니 인제는 얼굴에 핏기 하나 없고 옹송그리고 앉아서 발발 떨었다. 나이 열여덟에 더구나 숙성하고 다 큰 처녀지마는 처녀야 어디 가랴. 낯선 사내와 같이 자게 되더라도 송구한 맘이 없지 못하려든 말만 들어도 섬뜩한 귀신과 잠자

- 뚜에 뚜껑.
- 초원(超遠)하다 조금 멀다.

리를 같이하게 된다 하니 겁이라도 여간 겁이 날 것이랴. 울지 않는 것만도 오히려 나잇값으로 볼 것이다. 얼마 뒤에 처녀가 간신히 떠는 것을 진정하고 몸을 도사리고 앉았는데 작은 바람소리만 나도 몸을 오므라뜨리고 괴상한 새소리만 들려도 몸을 소슬뜨리었다. 방안에 바람이 돌면서 촛불이 흔들리어서 처녀는 일어나서 촛대를 집어다가 옆에 놓고 다시 자리에 앉았다.

 밤은 지리하고 초는 속히 달아서 초 심지가 쓰러졌다. 아무리 돌아보아도 대신 붙일 초도 없고 등잔걸이는 있지마는 기름접시도 없어서 처녀는 흘러내린 촛농을 모아서 심지 위에 얹어가며 꺼져가는 불을 애를 써서 살리었다. 처녀가 불을 살리기에 골독

하여 밖에서 나는 소리를 듣지 못하던 끝에 방문이 부스스 열리니 처녀는 겁결에 촛농을 내던지고 벽에 와 붙어섰다. 불이 꺼지며 갑자기 캄캄하던 방이 다행히 남창에 비치는 달빛이 있어서 차차로 희미하게 밝아졌다. 처녀가 정신을 가다듬고 앞을 바라보니 장군이 방문 안에 들어섰는데 모양이 만들어 앉힌 신상과는 딴판 달랐다. 장군이 방안을 둘러보는 모양이더니 방구석에 놓인 상 앞으로 걸어가서 무당이 처녀더러 같이 먹으라던 떡이며 실과며 다른 음식을 혼자서 다 먹어버리는 모양이었다. 처녀가 정신은 말짱하나 오금이 붙어서 앉지도 못하고 선 채로 서 있는데, 장군이 상 앞을 떠나서 바짝 가까이 와서 얼굴을 들여다보니 처녀는 눈을 감고 뜨지 못하였다. 처음에

"네가 귀신이냐, 사람이냐?"

하고 당치 않은 말을 묻더니 손목을 쥐었다. 다음에

"허허허허."

하고 너털웃음을 웃더니 몸을 끌어안았다. 처녀는 죽이거나 살리거나 맘대로 하라고 눈을 잔뜩 감고 가만히 있었다. 펴놓은 이부자리 위에 안아다가 뉘어주고 옷까지 차례로 벗기어 주었다. 처녀는 장군 품안에 누워서 장군이 산 사람과 다름이 없는 귀신이라고 생각하였다.

　여자가 눈을 감은 채 죽은 듯이 누워 있는 중에 잠이 소르르 들었다. 꿈에 눈을 뜨고 살펴보니 자기 옆에 누워 있는 것이 귀신도 아니요, 사람도 아니요, 산더미 같은 큰 호랑이였다. 맘에 놀라우

나 그래도 피할 생각은 나지 않아서 같이 누워 있는데, 호랑이가 앞다리로 목을 껴안아서 숨이 막힐 것같이 갑갑하였다. 잠이 깨어보니 무거운 팔 하나가 자기 목에 얹히어 있어서 그 팔을 고이 들어 내려놓았다. 팔 임자는 잠이 든 모양이라 여자가 맘을 놓고 참말 눈을 뜨고 살펴보니 상투 있는 사내가 옆에서 누워 자는데 수염 난 것만 보더라도 나이는 들어 보이나 얼굴은 밉지 않은 것 같았다. 이것이 장군의 귀신인가? 귀신이 숨이 덥고 살이 덥단 말을 듣지 못하였고, 꿈에 호랑이로 보이었으니 산신령인가? 덕적산 산신령은 장군의 하인이라는데 하인이 상전의 신방을 가로챌 것 같지 않고, 그러하니 예삿사람인가 하면 예삿사람, 게다가 사내가 장군당 침실에 들어올 리 만무한 일이라 여자는 생각을 질정質定하지 못하였다. 여자가 살그머니 일어나는데 자연 그 몸을 건드리게 되어서 사내가 잠이 깬 모양이었다. 한번 기지개를 켜고

"한숨 잘 잤다."

하고 혼잣말하더니

"어째 일어나 앉았나? 이리 와 누워서 이야기나 좀 하세."

하고 손을 잡아당기어서 여자는 다시 그 옆에 누웠다.

"대체 이 산중에 혼자 와 있는 것이 무슨 까닭인가?"

하고 대답을 기다리는 것같이 한동안 있다가

"이 옆에 있는 것이 당집 같으니 당집 지키는 무당인가?"

하고 또다시 한동안 잠자코 얼굴만 들여다보더니

"왜 대답이 없어, 벙어린가?"

하고 손가락으로 턱을 걸었다. 모든 것이 점점 예삿사람 같아서 여자는 대담스럽게 맘을 먹고 말문을 열어서

"장군님 아니신……"

하고 말끝이 모호하게 말을 물으니

"무어 장군님? 내가 장군이냐 말이야? 이다음에는 장군이 될 는지 모르나 아직은 장군이 아닌걸."

하고 웃고

"그래 귀신이 아니시오?"

하고 이번에는 말끝까지 분명하게 다지어 물으니

"무어 귀신? 죽어야 귀신이 되지, 아직은 산 사람이야."

하고 더욱 웃었다. 여자가 옆에 누운 것이 사람인 줄 안 뒤에는 일변 든든한 맘이 있으면서도 일변 공연히 한동안 떨다가

"왜 이렇게 떨어?"

하고 묻는 그 사람의 말을 듣고 이를 악물고 간신히 진정하였다. 무서운 맘이 가라앉으며 홀제 부끄러운 생각이 나서 돌아누우려 고 몸을 트니 그 사람이

"이대루 누워서 이야기 좀 하세그려."

하고 돌아눕지 못하게 하였다. 그 사람이 자기는 평안도 사는 박 가인데 무슨 일이 있어서 이곳을 지나다가 길을 잃고 밤중에 산 속에서 헤매던 중에 불빛을 보고 찾아왔다고 말하고 다시 여편네 혼자 산속에 있는 까닭을 물어서, 여자가 장군 내력과 자기의 신

세를 대강 말한 뒤에 장군의 벌역이 내려서 지금 두 사람의 목숨이 어떻게 될지 모른다고 말하니

"산 장군이 온대두 겁날 것이 없는데 그까짓 죽은 장군이 오면 우리를 어찌할 텐가. 조금두 근심 말게."

하고 그 사람이 씩씩하게 말하였다.

"사내는 밤에 장군당에 오기만 해도 급살 맞는 법이라는데 지금 그저 온 것과도 다르고 벌을 안 받을 수 있을라구요."

"그것 보지. 장군당에 오기만 해도 급살 맞는다는데 나는 와서 잠만 한숨 잘 잤으니 장군두 사람 보아가며 벌을 내리는 게지."

그 사람의 말이 유리하여 여자의 맘에도 그런 것 같으나 그렇다고 맘이 아주 놓이지 아니하였다. 두 사람이 누워서 이야기를 하는데 여자는 부끄러워서 묻는 말에 겨우 한 마디 두 마디 대답하였다. 지새는 달빛이 없어지며 곧 동이 텄다. 여자는 뜬눈으로 밤을 새우고 무당이 올라와서 사내 있는 것을 보면 어찌하나 걱정이 되어서 간신히 입을 열어

"해만 뜨면 무당이 올라올 터인데 어떻게 하나요?"

하고 남자에게 의논하니 남자는

"무당이 와서 보면 소문이 날 테지. 그건 안 되는데……."

하고 한참 생각하다가

"내가 낮에는 산속에 가서 돌아다니다가 밤에 다시 오지."

하고 일어서서 벗어놓았던 갓을 집어 쓰고 갓과 같이 머리맡에 놓아두었던 환도를 다시 몸에 지니는데, 여자는 은근히 남자가

다시 오기를 바라는 맘이 있어서

"무당이 해만 지면 저의 집으로 내려간대요."
하고 말하였다.

그 남자가 일어서면서

"시장할 것이 탈인데 무어 먹을 것이 없을까?"
하고 방구석에 가서 음식상을 들여다보았다. 입에 마닐마닐한* 것은 밤에 다 먹고 남은 것으로 요기될 만한 것이 피밤 여남은 개와 흰무리 부스러기뿐이었다.

"이나마 가지고 갈까."
하고 그 남자는 수건을 꺼내서 싸가지고

"해진 뒤에는 와두 좋겠지?"
하고 한번 다시 여자를 돌아보고 밖으로 나갔다. 한동안 있다가 여자는 일어나서 이부자리를 개어얹고 방안을 치우고 빈 상을 들고 부엌으로 내려가서 상을 닦아 엎어놓고 그릇들을 부시어 모아놓고 부엌에서 마당비를 찾아들고 나가서 넓은 마당을 정하게 쓸었다. 이때는 해뜬 지가 벌써 오래라 무당이 올라오다가 쓰레질하는 것을 보고 가까이 와서

"벌써 일어나셔서 일하시네. 사흘이나 지나거든 일을 하시지. 새 마누라님이 부지런하셔서 장군님 좋아하시겠군."

조롱도 아니요, 칭찬도 아닌 말을 하고 갑자기 소리를 낮추어 간능스럽게*

"밤에 장군님 오셨습디까?"

하고 물었다. 여자가 대답을 아니하니

"오셨지요?"

하고 알고 묻듯이 말하고 여자가 빙그레 웃으니

"그렇지, 오셨겠지. 새 마누라님을 첫날밤에 혼자 주무시게 하시겠소."

하고 능글능글하게 웃으며 지껄이다가

"식전 일을 많이 하셔서 시장하시겠군. 얼른 아침을 지어야지."

하고 무당이 부엌으로 들어가는데 여자도 따라 들어갔다.

"방에 있던 상도 치우셨네. 음식은 다 어찌하셨소? 떡이나 과실은 집어두셔도 좋지만 다른 음식은 두면 상할 터인데."

"식전에 시장해서 먹었소."

"네, 잡수셨으면 좋지요."

하고 무당은 입으로 말하면서도 속으로는 여자가 걸구˚같이 먹었다고 비웃었다. 무당이 불을 피우고 나서 여자를 돌아보며

- 마닐마닐하다
음식이 씹어먹기에 알맞게 부드럽고 말랑말랑하다.
- 간능스럽게 능청스럽게.
- 걸구 걸귀(乞鬼).
새끼를 낳은 뒤의 암퇘지. 음식을 몹시 탐내는 사람을 욕으로 이르는 말.

"소세하셨지요?"

하고 물어서 여자가

"네."

하고 대답하니

"그러면 손만 다시 씻으시오. 분향하러 가십시다."

하고 말하였다. 장군당에 조석 분향하는 절차가 있는데, 그것은

장군 마누라의 소임이었다.

"분향은 어떻게 하나요?"

"내가 같이 가서 가르쳐드리지요."

"혼자 가서 하시구려."

"그것이 마누라님 일평생 하실 소임이오. 아침저녁으로 하루 두 번씩."

"이다음에 내가 할게 오늘은 혼자 가서 하시오."

"천만 도섭스러운˚ 말씀 다 하시오. 마누라님이 성하신 때는 대신 못하는 법이오."

무당은 불을 부등가리˚에 떠서 들고 앞을 서고 여자는 그 뒤를 따라서 당집으로 향하는데, 당집 지붕에서 참새들이 짹짹거리어서 지붕을 치어다보니 큰 구렁이가 꿈틀거리고 기어갔다.

"애구, 저 구렁이 좀 보오."

"당집 지킴이오. 일년에 몇번씩 나오지요."

하고 무당은 예사롭게 말하나 여자는 보기 징그러웠다. 무당이 당집 문을 열고 들어가서 향로에 불을 담아놓고 분향하는 법을 가르쳐주어서 여자가 향상香床 앞에 꿇어앉아 향을 피우는데 속이 떨리어서 장군의 신상은 쳐다보지도 못하였다. 분향하는 동안 이 불과 얼마 안 되건만 여자에게는 대단 오랜 것같이 생각되어서 향을 불에 꽂고 일어서며 곧 무당을 돌아보고

"인제 고만 나갑시다."

하고 말하니 무당이

"당집 안을 쓸어놓고 나가야지요."

하고 구석에 걸리어 있는 장목비를 떼어내렸다.

"나는 머리가 아파서 밖에를 좀 나서겠으니 쓰레질만은 대신 좀 해주시오."

하고 여자가 빌듯이 말하여 무당은

"아무리나 그리하시오."

하고 큰 인심 쓰듯이 허락하였다.

여자가 당집 문밖에 나와서 무당을 기다려 같이 오려다가 지붕에 있던 구렁이 생각이 문득 나며 곧 그것이 근처에 서리고 있는 것 같아서 뒤도 안 돌아보고 침실로 달려왔다. 무당이 와서 아침밥을 지을 때 여자가 같이 나서 하려고 하니 무당이

"고만두시오. 더구나 머리가 아프시다며. 방에 들어가 누워 기시오."

● 도섭스럽다 주책없이 능청맞고 수선스럽게 변덕을 부리는 태도가 있다.
● 부등가리 아궁이 불을 담아 옮길 때 부삽 대신 쓰는 도구.

하고 일을 못하게 말리어서 못 이기는 체하고 방으로 들어와서 무당이 아침상을 들여올 때까지 편하게 누워 있었다. 무당이 상머리에 앉아서 이것저것을 먹어보라고 권하였지만, 여자는 입맛이 없어서 한두 술 물에 말아 시답지 않게 건지다가 숟가락을 놓았다. 여자가 점심은 아침보다 좀 낫게 먹었지만 역시 얼마 먹지 아니한 까닭에 저녁때는 시장기가 들었으나 분향하러 가기가 싫어서 꾀피우느라고 저녁 짓기 전에 미리 무당더러

"나는 골머리가 아파서 저녁을 먹지 않을 테요."

하고 말하였다. 저녁 분향은 마침내 무당에게 떠맡기게 되었으나 그 대신에 저녁밥은 숟가락도 들어보지 못하였다. 무당이 저녁밥을 지어놓고 와서 체면치레로

"종일 아무것도 잡순 것이 없어 어떻게 하나. 아침처럼 물에 놓아서 한술 잡수어보시지요."

하고 말하다가 여자가 싫다고 고개를 흔드니 다시 두말 않고 저 혼자 가서 밥을 먹어치웠다. 해가 지자 무당이 방문 앞에 와서

"나는 내려갑니다. 내가 있어 보아드리느니보담 장군님이 오셔서 한번 만져드리면 머리 아픈 것쯤 거뜬 나으시지요."

하고 수다를 부리고 내려갔다. 여자가 자기도 시장하려니와 종일 굶은 사내가 오면 먹이려고 생각하고 부엌에 내려가서 둘러보니 찬밥 한술도 남겨둔 것이 없어서 새로 밥을 짓는 중에 그 남자가 부엌에 들어섰다.

"인제 저녁을 짓는 중인가?"

하고 남자가 말을 묻는데 여자는 속으로 기다리던 사람이 와서 은근히 반갑고 든든하나 말이 없이 남자를 흘끗 돌아보고 곧 고개를 숙이고 아궁이에 불을 넣어서 밥을 잦히었다.

"무당이 시중을 든다더니 조석두 지어주지 않아?"

"왜 안 지어요."

"그럼 저녁은 벌써 먹구 나 줄라구 따루 짓나?"

하고 남자가 벙글벙글 웃었다. 여자는 갑자기 부끄러워서 한참 동안 입을 다물고 있다가 특별히 남자만 주려고 새로 짓는 것이

아니란 뜻을 보이려고

　"무당만 먹고 갔세요."

하고 말하니 남자는 일부러 자기 앞으로 당기어듣는지・

　"나하구 같이 먹을라구 무당만 먼저 먹여 보냈어?"

하고 말하여 여자는 더욱 부끄러워서 다시 입을 떼지 않고 새촘하고 있다가 나중에 남자가 우두머니 섰는 것이 보기 딱하여

　"먼저 방으로 들어가시지요."

하고 남자를 보지 않고 말하였다. 남자가 방으로 들어간 뒤 여자는 부지런히 밥을 퍼서 사발 위에 사발을 덧놓은 것만큼 수북이 담은 밥을 외상으로 차려다가 방문 안에 들여놓았다.

　"왜 외상이야? 밥이 이뿐인가?"

　"또 있어요."

　"그럼 가지구 와서 같이 먹지. 어서 가지구 와."

　"먼저 잡수세요."

　"같이 먹구 얼른 치워버리지. 어서 이리 가지구 와서 같이 먹어. 안 가지구 오면 나두 안 먹구 앉았을 테야."

　여자는 남자의 억지를 못 이겨서 부끄럼을 참고 누룽지 섞어 떠 붙인 밥사발을 숟가락 한 매와 함께 들고 들어왔다. 상 옆에까지 와서도 방바닥에 따로 놓고 먹으려고 하다가 남자가 또 억지를 써서 겸상하여 같이 먹는데 남자가

　"부끄러울 것이 무어 있어? 맘놓구 먹게."

하고 이르고

● 당겨듣다
남의 말을 들을 때에 말의 내용을 자기 주관에 따라 단정하거나 자기에게 이롭게 해석하다.

"숟갈 좀 자주 놀리게."

하고 재촉까지 하였건만 남자가 그 많은 밥을 다 먹도록 여자는 몇술 뜨지 아니하여 나중에 남자는 빈 사발 위에 숟가락을 가로 얹어놓았다.

"숟가락 지우시지요."

여자가 말하여 남자가 숟가락을 지운 뒤에 여자는 상을 돌려놓고 잠깐 동안에 다 먹었다. 여자가 상 가지고 부엌에 나가서 설거지하여 무당이 해놓고 간 대로 그릇들을 엎어놓고 솥까지 말끔 부시어놓고 불씨를 가지고 들어와서 촛불을 당겨놓고 등잔 접시에 기름까지 따라놓았다. 여자가 일을 다 한 뒤 앉지 않고 주저주저하고 섰는 것을 남자가 보고 손을 끌어다가 촛불 아래 앉히고 마주 앉아서 한동안 말이 없이 얼굴을 바라보는데 여자는 눈을 아래로 내리깔고 치마끈을 만지작거리고 있었다.

남자가 먼저 입을 열었다.

"나이 올에 몇인가?"

하고 나이를 묻다가 여자가 대답을 아니하니

"스물이 아직 못 되었지? 내가 일찍 장가만 들었더면 자네만 한 딸두 두었을걸."

하고 웃고

"내 나이는 올에 서른넷이야. 장가두 한번 못 들어보구 좋은 때를 다 지냈네."

하고 손가락으로 머리 위를 가리키며

"이 상투는 노총각 노릇하기가 싫어서 외자루 끌어올린 것일세."

하고 말하는데 여자는 말이 없이 들을 만하고 있을 뿐이었다.

"그런데……."

하고 남자는 말머리를 고치었다.

"내가 살인하구 도망해서 숨어다니는 사람일세."

"사람을 죽였어요?"

하고 여자는 말소리가 떨리어 나오는데

"그래, 바루 아흐레 전에 내가 사람 하나를 죽였어."

하고 남자는 말하는 것이 예사로웠다. 여자가 남자의 얼굴을 보지 아니하려고 한동안 외면하고 앉았다가

"내가 사람을 죽이게 된 내력을 이야기할 것이니 들어보게."

하고 남자가 말하는 것을 듣고 비로소 고개를 돌리어서 남자의 입을 바라보았다.

남자가 입을 열었다.

"나는 박유복이란 사람인데……."

하고 이야기를 시작하여 자기 아버지가 노가의 모함에 죽은 것을 이야기하고 자기 어머니가 남편 원수를 못 갚아서 한을 품고 죽은 것을 이야기하고, 또 자기가 앉은뱅이로 세월을 허송한 까닭에 부모의 원수 일찍 갚지 못한 것을 이야기하는 동안에 아잇적에 서울서 지낸 일도 이야기하고, 또 그외에 병 고친 이야기와 표창질 이야기도 다 하여 이야기 갈래가 많아서 초 한 자루가 다 닳

았다. 초 심지가 타느라고 부지지 소리가 날 때 여자가 일어나서 벽에 걸린 등잔에 불을 당겨놓고 촛대는 한구석에 치우고 앉았던 자리에 다시 와서 앉았다. 유복이가 이야기를 다시 계속하여 강령서 원수 갚고 배천 와서 성묘하고 벽란나루를 건너와서 양주로 가다가 못 가고 덕적산으로 들어온 곡절을 일일이 이야기하였다. 여자는 정신놓고 이야기를 듣다가 이야기가 끝나며 곧

"부모의 원수 갚은 것도 죄가 되나요?"

하고 물으니 유복이는

"글쎄 모르지. 더구나 다른 사람을 상해놓아서 잡히면 무사할 수 없을걸."

하고 대답한 뒤

"지금 내 사정이 이러하니 어떻게 했으면 좋겠나?"

하고 돌이켜 물었다.

"무어를 어떻게 해요?"

"첫째 우리들이 나이가 너무 틀리구, 둘째 내가 내 한 몸을 주체 못하는 처지니 어떻게 했으면 좋겠느냐 말이야. 내가 오늘 낮에 곰곰 생각해보아야 별수가 없데. 그래서 오늘 밤에 오두 않구 그대루 가버리려다가 다시 오마구 말두 했거니와 한번 사정을 이야기하구 사과나 할까 하구 왔네."

"남의 몸을 망쳐놓고."

"그러기에 사과하러 왔지."

"사과는 무슨 사과요?"

"그러니 어떻게 했으면 좋겠느냐 말이야."

"나를 죽이고 가셔요."

"무슨 원수가 있다고 자네를 죽인단 말인가."

"어떻게 할 수 없으면 죽여라도 주셔야지요."

"내가 자네 같은 아내를 얻으면 더 바랄 것이 없지만 신세가 하두 망측하니까 잘못되었다구 사과할 외에는 다른 말을 할 나위가 없네."

하고 유복이는 말을 그치고 앉아서 여자가 앞니로 치마끈을 물어뜯는 것을 바라보다가

"내가 어디 가서 숨어 있다가 한 일년 후에 바람이 자거든 다시 찾아올 것이니 그때까지 기다리려나?"

하고 다시 말하였다.

"여기서 하루도 더 있을 수가 없어요."

"그러면 나 따라서 도망하려나? 무슨 고생을 하든지 원망이 없겠나?"

"원망은 무슨 원망, 모두가 팔자지요."

"내 팔자가 남의 칠자만두 못하니까 자네 팔자까지 망치기가 첩경 쉽지."

하고 유복이는 한숨을 한번 길게 쉬었다.

유복이가 우연히 관계된 여자를 버리기도 아깝고 달고 가기도 어려워서 질정한 맘이 없던 끝에 여자의 말에 끌리어서 같이 도망하기로 작정하고 곧 갈 곳을 의논하였다.

"가서 의지할 성으루는 양주 임꺽정이가 맹산 이종姨從들버덤 도리어 든든하나 파묻혀 있을 자리루는 맹산이 양주버덤 훨씬 나은 편인데, 나 혼자 같으면 형편을 보아가며 이리저리 옮아다니기가 어려울 것 없지만 우리 둘이 함께 다니기는 쉽지 않은 일이니까 아주 가서 있을 곳을 정해야겠네."

"양주는 좋지 않아요."

"왜?"

"우리 동네서 왕래가 있어요. 내 동무 하나가 양주로 시집까지 갔어요."

"맹산 두메 속에 가서 조밥 먹구 살겠나?"

"조밥은 누가 못 먹는다고 해요?"

"이따금이 아니구 끼니마다 조다짐이야."

"맹산이 얼마나 먼가요? 이삼백리 되나요?"

"이삼백리면 멀 것 없게. 칠팔백리나 되니까 갈 것두 걱정일세."

"여러 날 가겠어요."

"열흘을 갈는지 한 달을 갈는지 가보아야 알지."

"걸음을 못 걸어보아서 가다가 발병이 나면 어떻게 하나요?"

"내가 업구 가지."

"남부끄럽게."

"남이 볼 때는 내려놓지."

"설마 기어서라도 가겠지요."

"양주를 제쳐놓으면 맹산밖에 갈 데가 없으니까 걸어가든 기어가든 가보세그려."

갈 곳을 맹산으로 작정한 뒤에 갈 준비를 의논하게 되었다.

"길양식할 쌀은 있겠지?"

"양식이 많이 들까요?"

"양식말은 가져야 할걸."

"말쌀이야 있겠지요."

"길양식만 있으면 되었네."

"무명은 소용없을까요?"

"왜 소용이 없어. 웬 무명이 다 있나?"

"어머니가 나아서 나 준 것이 있어요."

"몇 필이나 있나? 잣수 차는 것이겠지?"

"잣수가 차다니요?"

"서른댓 자 잣수가 차는 것이냐 말이야. 집에서 나은 것이면 두 자짜리 상목上木이 아니겠지?"

"두 자짜리 상목이 아니에요. 옷 해입으라고 어머니가 나아주신 것인데."

"그래 몇 필이야?"

"아마 서너 필 되지요."

"그럼 그것두 가지구 가세. 길에서 쓰지 않더라두 가서는 못 쓰겠나."

"의복은 입은 대로 가도 좋을까요?"

"글쎄, 머리를 땋아내리고 남복을 하면 길에서 편할 터이지만."

"그렇게 하지요."

"고의적삼 한 벌은 있어야지."

"무명 한 필 조기지요.*"

"새루 짓는단 말이지? 아무리나 하게. 그러구 길에서는 부자간이라구 할까?"

"부자간이라니요?"

"자네를 내 아들이라구 하란 말이야."

"싫어요."

"그럼 무어라구 할까?"

"남남끼리라지요."

"남남끼리는 재미없어. 형제라구 하지. 나이가 엄청나게 틀리는 형제두 있으니까."

"아무리나 해요."

"그러면 고의적삼 다 되는 날 밤에 떠나기루 작정하구 한 벌 다 짓자면 며칠 걸리겠나?"

"박지 말구 중중 호아* 짓지요. 입은 모양만 고의적삼이면 되지 않아요?"

"그렇지."

"그럼 오늘 밤에 말라서* 짓다가 내일 낮에 무당 몰래 틈틈이 지으면 내일 밤에 떠날 수 있지요."

"그럼 내일 밤중에 떠나기루 작정하세."

길 준비와 떠날 날이 함께 다 작정된 뒤 여자는 곧 일어나서 궤 속에서 무명 한 필을 꺼내 들고 바느질 제구 든 동고리를 가지고 와서 앉았다. 여자가 자질하고 가위질하고 또 바느질하는 동안 유복이는 앉았다 누웠다 하다가 나중에

"밤을 새려나?"

하고 물으니 여자가 바느질하면서

"졸리면 자지요."

하고 대답하였다.

"고만 자구 새벽 일어나 하게."

"조금 더 하다 잘 터이에요."

"새벽에 못 일어나면 낭패 아닌가."

"걱정 말구 먼저 주무세요."

"인심이 혼자 잘 수 있나. 같이 자세."

● 조기다 써서 없애 치우거나 또는 사정없이 들이다.
● 호다 헝겊을 겹쳐 바늘땀을 성기게 꿰매다.
● 마르다 옷감 등을 치수에 맞게 자르다.

하고 유복이가 우겨서 여자는 바느질 동고리를 한옆에 치우고 자리를 보게 하였다.

유복이는 최서방의 딸을 아내로 치고 최서방의 딸은 유복이를 남편으로 믿고서 처음 하룻밤을 같이 지내고 이튿날 새벽에 내외 두 사람이 일찍 함께 일어났다. 유복이가 전날과 같이 소세도 아니하고 곧 산속으로 가려고

"이따 해진 뒤에나 또 만나세."

하고 일어서는데 그 젊은 아내가

"잠깐만 기세요. 어젯밤에 밥을 나우 지어서 떠둔 것이 한 그릇 있으니 가지고 가세요."

하고 붙들었다. 유복이는 그 어머니를 여읜 지가 이십년에 알뜰살뜰히 위하여 주는 사람을 보지 못하다가 이 말 한마디를 들을 때 곧 머릿속에

'어머니 살았을 때 이런 말을 들어보았거니.'

하고 생각하며 눈에 눈물이 핑 돌았다. 그 아내가 무명 꺼내던 궤짝에서 바가지 한 짝과 베보자기 하나를 꺼내가지고 부엌에 내려가서 찬밥 한 바가지를 보자기에 싸다가 줄 때까지 유복이는 우두머니 서 있다가 아내가 한손으로 주는 것을 두 손으로 덥석 받았다. 유복이가 나오다가 부엌 안을 들여다보니 뒤에 따라나온 아내는 자기 맘을 미루어서 밥 지은 자춰를 살피는 줄로 짐작하고

"무당이 해놓고 간 대로 다시 다 해놓았으니 염려 마세요."

하고 말하는데 유복이는

"아니야, 짚이 혹시 있나 하구 살펴보았어."

하고 말하였다.

"짚은 무어하실라오?"

"신을 삼을라구."

"그러면 부엌 이편 구석에 짚 묶음이 있습디다."

하고 아내가 들어가서 집어가지고 나오는 짚 묶음을 유복이가 보고

"마침 짚이 있으니 그만하면 신 서너 켤레 넉넉히 삼겠네."

하고 말하면서 한손으로 받았다.

"발 좀 보세."

"대중해서 삼으시구려."

"길 가는 데는 첫째 신이 잘 맞아야 하네."

"발 크지요?"

하고 아내가 앞으로 내어미는 발을 유복이가 굽어보다가 허리를 구부리고 발을 들고 뼘어*보려고 하니 아내는 실없는 장난으로 알고 발을 다시 끌어들였다.

"왜 그래, 뼘어보는 것이 눈대중버덤 확실하지 않아?"

하고 유복이는 허리를 구부린 채 아내의 얼굴을 치어다보는데

"뼘어까지 볼 것이 무어 있세요, 장난이지."

하고 아내는 방그레 웃었다.

● 뼘다 뼘으로 물건의 길이를 재다.

"어린 아내를 데리고 실없이 장난할 리가 있나."

● 중동무이 하던 일이나 말을 끝내지 못하고 중간에서 호지부지 끊어버림.

"점잖은……."

하고 아내가 말을 하다가 중동무이*하고 혼자 웃으니

"버릇없이 굴지 마라."

하고 유복이는 나무라면서도 역시 빙그레 웃었다.

"지금 신은 신이 발에 잘 맞으니 뼘어볼라거든 신이나 뼘어보시지요."

하고 아내가 신 한짝을 벗어 내놓았다. 유복이가 신을 뼘어보고 밖으로 나간 뒤에 그 아내는 다시 방에 들어와서 바느질을 하다가 한동안 지나서 무당의 발소리가 들릴 때 바느질 동고리를 보이

지 않게 치워버렸다. 그날 낮에 무당이 부엌일할 때 유복이의 젊은 아내가 방문을 닫고 앉아서 바느질 동고리를 내놓고 일하다가

"벌써 무슨 일을 하시오?"

하고 들여다보는 무당에게 들키었다.

"아니."

하고 한마디 외에 다른 말을 못하고 얼굴이 붉어지니 무당이 수상하게 여기어

"무슨 일인가요?"

하고 캐어물으며 방으로 들어왔다.

"아니야."

"아니라니요. 어디 바느질 좀 봅시다."

"볼 것 없어."

"어디 좀 보아요."

하고 무당이 동고리에 담긴 일하던 것을 들고 보더니 깜짝 놀라며

"이것이 남정네 고의 아닌가요?"

하고 물었다.

촌색시일망정 슬금한˚ 여자라 거짓말을 꾸밀 생각이 나서 잠깐 동안 고개를 숙이고 있다가

"알고 싶소? 궁금하오?"

하고 고개를 다시 치어들었다.

"대체 사내 고의는 무엇에 쓰실라오?"

"밤에 입고 잘 터이오."

"밤에 왜 사내 고의를 입으신단 말씀이오?"

"내가 잠이 들면 오시고 내가 잠이 깨면 가시니까 한번 사내 고의를 입고 아래위를 꼭꼭 동여매고 자볼 테요."

"장군님이 노염 많으신 양반이니 아예 조심하시오. 노염 내시면 큰일이오."

"내가 알아 할 테니 염려 마오."

그럴싸한 말에 무당이 속아서 다시 더 말을 묻지 아니하여 여자는 몰래 하던 일을 도리어 펼쳐놓고 하게 되었다.

하루 해가 다 가서 저녁 분향할 때가 되었다. 여자가 분향하러 가기가 죽기보다도 더 싫지만, 싫든 좋든 이번 한번이 마지막이거니 생각하며 부등가리에 마들가리˙ 불을 떠서 들고 당집 안에 가서 분향을 건둥반둥하고 왔다. 무당이 저녁 밥상을 갖다 줄 때

● 슬금하다
겉으로 보기에는 어리석고 미련해 보이지만 속마음은 슬기롭고 너그럽다.
● 마들가리
나무의 가지가 없는 줄기.

"나는 고의를 다 지어놓구 먹을 테니 먼저 먹구 내려가오."

말하고 저녁을 먹지 아니하였다가 무당은 내려가고 남편이 온 뒤 밥을 더 지어서 내외 겸상하여 먹었다. 밥을 같이 먹는 동안에

"밥 먹구 나서 상은 당신이 치우세요."

"왜?"

"글쎄."

"같이 하지."

"싫어요. 나는 따로 할 일이 있세요."

"바느질을 다 못한 것일세그려."

"무슨 일이든지 이따 보면 아시지요."

하고 내외가 수작하였다. 밥이 끝나서 유복이가 부엌으로 설거지 하러 내려갈 때 그 아내가

"그리고 내가 들어오시라고 말하기 전에는 방으로 들어오지 마세요."

하고 당부하여 유복이가 별일이다 하고 생각하면서도

"그리 함세."

하고 대답하였다. 유복이가 밥그릇들을 씻어서 등상에 엎어놓고 들어오라기를 기다리다가 나중에는 갑갑하여

"고만 들어갈까?"

하고 소리를 지르니 아내는

"잠깐만 더 참으세요."

하고 대답한 뒤 다시 얼마 동안 있다가

"인제 들어오세요."

하고 불렀다. 유복이가 방문을 여니 방안에 섰는 것이 여편네가 아니요, 의젓한 머슴아이다. 그동안에 얹은머리를 땋아내리고 사내 고의적삼을 갈아입은 것이었다.

그날 밤중이 지나서 달이 뜬 뒤에 유복이는 길양식과 아내의 옷가지와 무명 온필을 한 짐에 묶고 자투리 무명으로 걸빵을 만들어 짊어지고 남복한 아내를 데리고 길을 떠났다.

유복이가 아내를 데리고 산에서 내려와서 무당의 집 앞을 살그

머니 지난 뒤에 송도부중 들어가는 길을 따라서 오다가 부중이 멀지 않거니 생각 들 때부터 샛길로 들어서서 방향만 대고 휘돌 아서 부중을 비키고 지나왔다. 곧장 오면 이십리 남짓한 길을 샛 길로 돌아온 까닭에 삼십리를 좋이 걸었다.

이때 벌써 유복이의 아내는 발을 질질 끌기 시작하여 유복이가 이것을 보고

"발이 아픈가?"

하고 물으니 아내는

"네."

하고 풀기없이 대답하였다.

"칠팔백리 길을 갈 사람이 겨우 이삼십리쯤 와서 벌써 발병이 나면 앞길을 장차 어떻게 간단 말인가?"

"글쎄요, 며칠 걸어나면 좀 나을까요?"

"발이 정히 아프면 좀 업구 가볼까?"

"내가 업히겠다고 해도 걱정이겠소. 짐은 어떻게 하실라오?"

"짐은 자네가 지고 자네는 내가 업으면 되지 않겠나."

"나는 업히기도 싫고 짐 지기도 싫어요."

"어디 가서 지게 하나만 얻으면 되겠네."

"어떻게?"

"지게 위에 짐을 놓구 짐 위에 자네를 앉히구 그 지게를 내가 짊어지면 될 것 아닌가."

"그 꼴이 보기 좋겠네."

"꼴이야 좋든 말든 편하게 가기만 하면 고만이지."

"나중에는 어찌하든지 지금 좀 붙들어나 주시구려."

"그리하게. 이리 오게."

유복이가 아내의 손을 붙들고 길을 걸었다.

처음 얼마 동안은 서관대로˚로 오다가 동이 트고 날이 밝아서 사람이 드문드문 눈에 뜨이니 유복이 내외는 대로를 버리고 소로로 잡아들어서 북쪽을 향하고 올라왔다.

유복이 내외가 소로로 들어선 뒤 오릿길을 채 못 와서 아내가 발을 끌기커녕 다리를 절기 시작하여 걸음을 절뚝절뚝 걸었다. 그 소로가 그다지 험한 길이 아니지만 발이 아픈 사람에게는 편편한 대로 걷기보다 더 힘이 들어서

"다시 큰길로 나갑시다."

하고 아내가 조르니

"우리 처지가 어디 펼쳐놓구 큰길루 갈 수 있나."

하고 유복이는 밀막았다.

"큰길만 못해서 발이 더 아픈 걸 어떻게 해요."

"피나무 안반˚을 찾는 셈인가."

"인정도 없소."

"여기 앉아 좀 쉬어나 가세."

하고 유복이는 먼저 아내를 길가 정한 자리에 앉히고 그다음에 짐을 벗어놓고 아내 옆에 앉았다.

"나 때문에 고생일세."

"누가 할 말이오. 나 때문에 고생이지."

"그렇게 말하면 둘이 다 고생일세."

"고생 뒤에 낙이 있겠지요."

"글쎄, 갈수록 수미산˙이나 아닐는지 누가 아나."

"나 좀 다리를 뻗고 누웁시다."

"내 무르팍을 비구 눕게."

하고 유복이가 무릎을 내밀어서 아내의 머리를 베어주고 그 머리를 손으로 쓰다듬었다.

"자네 이름을 하나 지어야겠네."

"나는 왜 이름이 없나요?"

"무어야?"

"그건 물어 무어하세요?"

"가르쳐주게. 어디 보세."

"내 손위에 형님이 하나 있었던 까닭에 내 이름이 작은년이에요."

"내 아우라구 하구는 작은년이라구야 부를 수 있나. 내 이름이 유복이니 자네를 작은복이라구 부르면 어떻겠나?"

"아무렇게나 부르시구려. 작은복이도 좋지요."

"그러면 이름은 작은복이라구 하구 또 남 보는 데서는 해라할 터일세."

"형님 행세하자면 해라해야겠지요."

● 서관대로(西關大路)
서울에서 의주까지 가는
큰길을 이르는 말.
● 피나무 안반만 찾는다
자기에게 좋고 편리한 것만
바람을 비유적으로 이르는 말.
● 갈수록 수미산이라
갈수록 더욱 어려운 지경에만
처하게 됨을 이르는 말.

"그럴 것 없이 지금부터는 남이 보거나 말거나 해라하세."

"그건 왜 그래요?"

"해라했다 하게했다 하자면 혹시 실수가 있을는지 모르니까 아주 해라를 입에 익혀두잔 말이야."

"맹산 간 뒤에는 해라 못합니다."

"어린 아내더러 해라 못할 것 무어 있나?"

"내가 나이 어리니까 해라를 받기가 더 싫어요."

"맹산 간 뒤는 어쨌든지 지금부터 해라하네. 작은복아!"

하고 유복이가 불러보았다.

"대답을 해야지."

"녜."

하고 아내가 대답하며 입을 막고 웃었다.

"고만 일어나거라."

"조금만 더 누웠다 일어나겠습니다."

하고 둘이 같이 웃으며 하나는 머리를 숙이고 내려다보고 하나는 고개를 젖히고 치어다보다가

"웃는 눈매가 이쁘기두 하다."

"형님이 아우더러 그따위 소리를 하나."

"이쁜 것을 이쁘다구야 못할 것 무어 있어."

하고 유복이는 참말로 눈이 가늘어지고

"그런 소리 할라거든 아우 형님 다 고만둡시다, 예 여보."

하고 아내는 거짓으로 입이 뾰족하여졌다. 한동안 늘어지게 쉰

뒤에 유복이 내외는 다시 길을 걸어서 미륵당까지 나오는데 보리밥 몇 솥 짓기가 걸리었다. 그곳에서 큰길을 건너서서 소로로 올라오다가 논골이라는 작은 동네 농가에 들어가서 아침 겸 점심 한 끼를 쌀을 주고 부치어 지어먹었다. 가짜 아우가 시장한 끝에 밥을 먹고 기운이 없어 늘어지는 까닭에 가짜 형도 하릴없이 지체하였다. 가짜 형인 유복이가 그 집 사내주인과 수작하는 중에 걸빵 짐이 거북하다고 핑계하고 주인의 지게를 쌀되 주고 바꾸었다. 짐을 지게 위에 짊어놓고 유복이가 봉당 한구석에 누워 있는 가짜 아우를 향하여

"작은복아, 고만 가자. 청석골은 해 있어 지나가자."
하고 재촉하였다. 이제는 촌보寸步를 잘 떼어놓지 못하는 아내를 유복이가 손을 잡아 끌다시피 하고 간신히 동네 밖을 나와서

"이애, 짐 위에 올라앉아라."
하고 지게를 벗어놓으니 아내가 얼마 사양하다가 나중에는 고개를 지수굿하고 있었다. 짐을 편편하게 만들고 아내를 올려앉힌 뒤에 유복이는 선뜻 지게를 지고 일어섰다.

"이게 무슨 꼴이야. 무겁지나 않아요?"
하고 아내는 두 손으로 지게뿔을 붙잡고

"염려 마라. 맹산은 고만두구 의주 압록강까지라두 잘 가게 되었다."
하고 유복이는 성큼성큼 걸음을 떼어놓았다.

유복이가 발병난 아내를 끌고 올 때보다 길이 잘 불었다. 삼거

리로 나가는 원길을 비키느라고 자국길도 변변치 않은 초로樵路로 한동안 이리저리 헤매었으나, 곧 독골이란 동네 앞을 지나고 청석골 개울물을 건너서 청석골 원길에 나왔다.

  청석골은 서편 탑고개까지 나가기에 시오리가 넘는 긴 산골이다. 성거산이 내려와서 천마산이 되고 천마산이 내려와서 송악이 되니 송악은 송도의 진산이요, 송악 한 줄기가 서편으로 달려와서 청석골이 생기었다. 천마산 줄기에서 솟아난 만경대와 부아봉과 나월봉은 삼거리 동북편에 겹겹이 둘러 있고 매봉만은 남으로 떨어져 삼거리 정동편에 와서 있고 탑고개 북쪽에는 두석산이 있고 남쪽에는 봉명산이 있고 서남쪽에는 빙고산이 있다. 처녑˚ 같은 산속에 골짜기를 따라 큰길이 놓여 있으니 이 길이 비록 송도 부중에서 이삼십리밖에 아니 되는 서관대로이나, 도적이 대낮에도 잘 나는 곳이라 왕래하는 행인들이 간을 졸이고 다니었다.

  이때 유복이는 도적을 만날까 겁이 나느니보다 도적 잡는 군사 부스러기를 만날까 주니가 나서 큰길을 좇아 탑고개로 나가지 않고 큰길을 가로 건너 산길로 들어섰다. 처음에는 초군들의 발자취가 있던 것이 얼마 아니 가서 그나마 없어지고 길도 없는 첩첩한 산속으로 들어왔다. 유복이가 서쪽으로 기울어진 해를 바라보며 방향을 잡아서 산마루를 타기도 하고 잘록이˚를 넘기도 하는데, 거뜬한 혼잣몸만 같으면 넉넉히 뛰기도 하고 기기도 할 곳에서 뛰지 않고 기지 않고 걸어갈 곳을 달리 찾느라고 자연히 곱길을 걷지 않을 수 없었다. 해는 얼마 남지 않고 산은 아직도 끝이 없고 게다가 괴상한 산짐승 소리까지 들리었다. 유복이의 젊은 아내는 맘이 황황하여졌다.

"여보, 자꾸 산속으로 들어만 가니 웬일이오? 산에서 좀 나갑시다."

"지금 나가는 길이야."

"갈수록 산인데 어디로 나간단 말이오?"

"시오리가 넘는 청석골을 산으루 지나오는 길이니까 얼마 더 가야 사람 다니는 길이 나설 것이야."

이런 수작이 있는 뒤에도 얼마를 더 왔건만 길은 나서지 않고 고개만 나섰다. 한 고개를 넘고 두 고개를 넘고 고개고개를 넘는 중에 해가 너울너울 서산으로 넘어갔다. 유복이도 맘이 조금 조급하여졌다.

● 처녑
소나 양 따위의 반추위의 제3위. 잎 모양의 얇은 조각이 많이 있다.
● 잘록이
산줄기의 잘록한 곳.

"잘못하다가는 산속에서 밤을 지내게 될 모양이야."

"아이구 무서워라."

"어둡기 전에 드러눕기 좋은 자리나 하나 보아둘까?"

"어둡도록 가봅시다."

"아무리나 그래 보지."

이렇게 수작하며 한 고개에 올라서니 고개 아래 편편한 땅이 있고 편편한 땅에 과히 작지 않은 집이 한 채 있었다.

"이 산속에 사람의 집이 있다."

"글쎄 말이오."

"저 집에 가서 하룻밤 자구 갈밖에."

"수상한 집이나 아닐까요?"

"수상한 집이라니, 도둑놈의 집 같단 말이지?"

"그런 집이면 갔다가 어떻게 해요?"

"외딴집에 도둑놈이 있기루 백명이 있을까 천명이 있을까. 염려 말구 가보자."

고개 밑에 내려와서 유복이는 아내를 지게에서 내려놓았다. 여기까지 오는 동안에 유복이의 아내는 여러번 졸라서 한번씩 내려서 조금조금 걸었으나, 유복이가 길이 늦는다고 잘 내려주지 아니하여 오랫동안 내리지 못하던 끝이라 오금이 붙어서 걸음을 잘 걷지 못하여 유복이가 한동안 주물러준 뒤에 손을 잡고 끌면서 그 집을 찾아왔다. 돌담 치고 대문 단 품이 제법 모양 내고 사는 집 같았다. 유복이가 대문간에 와서 주인을 찾으니 나이 오십이 넘어 보이는 뼈대 굵은 중늙은이 하나가 대답도 없이 나와서 불량스러운 눈으로 유복이 내외의 행색을 한번 살펴보고 난 뒤 비로소 온 뜻을 물었다. 유복이가 형제 동행하여 평안도 가는 길에 길을 잘못 들어 산속에서 헤매다가 집을 보고 하룻밤 자고 가려고 찾아왔노라 말하니, 늙은이가 두말 않고 선뜻 허락하고 안으로 들어오라고 하여 아랫방을 치워주었다. 유복이 내외가 신발을 끄르고 방에 들어앉은 뒤에 따라들어온 그 사람과 서로 인사하였다. 그 사람이 그 집 주인인데 성은 오가요, 자녀는 없구 식구는 마누라 외에 부리는 계집아이가 하나 있을 뿐이었다. 유복이가 인사 끝에 주인에게 산속에서 사는 곡절을 물은즉 세상이 귀찮아서 숨어 산다고 간단히 대답하고, 또 산속에서 하는 업을 물은즉 그럭저럭 굶지 않고 산다고 모호하게 대답하였다.

저녁 준비가 지난 뒤라 유복이가 딴 저녁 시킬 것을 걱정하고 길양식이 있으니 쌀을 갖다가 저녁 아침 두 끼를 지어달라고 청하여 주인이 그릇을 가지고 와서 쌀을 받아들고 나간 뒤에 유복이 내외는 느런히 누워서 귓속말로 속살거리었다.

"주인의 눈이 곱지 못하지요?"

"목자가 좀 불량하군."

"어째 수상해요."

"수상한들 상관 있나. 걱정 말구 나만 믿어."

"믿기야 믿지요만, 그래도 걱정이 되는구먼요."

● 칠소반(漆小盤) 옻칠을 한 작은 상.

지껄이던 끝에 유복이는 눈을 감고 있다가 슬그머니 잠이 들었다.

"밥 가져온대요."

하고 아내가 흔드는 바람에 눈을 뜨고 보니 벌써 방안은 깜깜하였다. 주인이 와서 기름등잔에 불을 켜주고 계집아이가 저녁상을 가져왔는데, 그 밥상이 양반들이 받아먹는 다리 높은 칠소반˙이라 유복이는 주인이 외람스러운 짓 하는 사람인 줄을 짐작하였다. 키가 작달막하고 얼굴이 얄쌍스러운 정갈한 여편네가 방문 앞에 와서 들여다보는데 유복이가 안주인인 줄을 알고 인사할 생

각으로

"들어오시지요."

하고 가짜 아우와 같이 일어섰다. 바깥주인이

"왜 일어나오? 어서 밥들 자시지."

하고 손들에게 말하고 나서

"자네는 왜 내려왔어? 올라가게."

하고 그 마누라를 올려 쫓으려고 하니 마누라는

"사람도 하도 못 보고 사니 사람 구경 좀 합시다."

하고 그 영감 말을 방색하고 곧 손들을 향하여

"손님들 어서 앉아 자시오. 찬은 없으나마 많이들 자시오."

하고 다정하게 말하였다. 그 마누라가 한동안 방문 밖에 서서 손들 밥 먹는 것을 보는 중에 작은복이 행세하는 유복이 아내의 얼굴을 유심히 바라보며

"그 도령 잘도 났네. 이쁜 색시 같애."

하고 칭찬하여, 가짜 머슴아이는 얼굴이 붉어졌다. 안주인이 안방으로 올라간 뒤에 바깥주인이 유복이를 보고

"재작년에 다 큰 딸자식을 죽이구 나서 마누라가 일시 상성˙이 되었었소. 지금은 다 나은 모양인데 종시 전과 달라서 무슨 말을 일러두 잘 듣지 않소그려."

하고 그 마누라에게 말을 이르다 그만둔 것을 발명하였다. 밥상이 끝난 뒤에도 바깥주인은 한동안 앉아서 한담하다가

"곤한데 그만 주무시오."

"도령, 잘 자게."

인사하고 안방으로 올라갔다. 유복이가 아내를 아랫목 편에 눕히고 그 옆에 누워서 한동안 소곤소곤 이야기하다가 잠이 막 들려고 할 때

"어느새 주무시오?"

하고 아내가 몸을 건드렸다.

"공연히 염려 말구 어서 자."

"나 좀 바래주실라오?"

"어디 가게?"

"뒷간에 좀 갔다왔으면 좋겠어요."

"진작 갔다오지."

"바래주기 싫소?"

● 상성(喪性) 본래의 성질을 잃어버리고 전혀 다른 사람처럼 됨.

"왜 싫기는. 어린애처럼 안구 가서 누여라도 주지."

유복이가 아내를 데리고 부엌 뒤에 떨어져 있는 뒷간에 왔을 때 안방에서 나직나직한 말소리가 나더니 말소리가 차차 커지며 말다툼 소리로 변하여 똑똑히 들리었다.

"물건이나 빼앗으면 고만이지 사람을 왜 죽인단 말이오?"

"죽이지 않으면 물건을 빼앗을 수 있나."

"저러니까 자식을 못 길러요."

"그렇지 않으면 당장 먹구살 수가 있어야지."

"뚝심 믿고 저러다가 혼나리다. 그 형이란 사람이 호락호락해 보이지 않습디다."

"염려 마라, 칼까지 가지구 맨손 든 놈을 못 당할까."
"여보, 그 동생아이까지 죽일 작정이오?"
"그럼. 남겨두면 후환이야."
"제발 마오. 불쌍하지도 않소?"
"죽은 뒤에 극락으루 가라지."
"여보, 내가 가서 그 무명을 달래보리다."
"이 사람 정신없는 소리 작작 하게."

유복이의 아내는 뒷간에 주저물러앉아서 일어나지도 못하는 것을 유복이가 붙들고 방으로 들어와서

"우리두 죽지 않구 무명도 빼앗기지 않을 테니 걱정 말구 가만히 누워 있거라."

하고 벌벌 떠는 아내를 억지로 눕힌 뒤에 보따리 속에서 표창 두어 개를 꺼내서 손에 쥐고 아내 옆에 누웠다.

유복이의 아내가 겁나는 맘을 조금 가라앉힌 뒤에
"어떻게 해요?"
하고 얼굴을 남편의 가슴에 대니 유복이는
"쪼끔두 걱정 마라."
하고 아내의 머리를 쓰다듬어주었다.
"뚝심이 있다는데."
"그까짓 놈이 뚝심이 있으면 얼마나 있을라구."
"환도나 손에 가지고 기세요."
"환도버덤 표창이 나으니 아무 소리 말구 가만히 있어."

"이 집에 올 때부터 맘이 뜨아했어요."

"잘하면 우리가 맹산까지 갈 것두 없이 여기서 살게 된다."

"어째서?"

"도둑놈을 요정내면 이 집이 우리 집 되지."

"사람 죽이지 말라구 말리던 마누라쟁이까지 죽이구요?"

"놈팽이 원수를 갚으러 대어들면 마저 요정내지 별수 있나."

이때 마당에서 신발소리가 났다.

"인제 오는군. 너는 가만히 누워서 보구만 있거라."

하고 아내에게 당부하고 유복이는 방문 맞은편에 가 누워서 방문을 바라보고 있었다. 신발소리가 닫힌 방문 앞에 와서 그치더니

"손님 주무시오?"

하고 말 묻는 것이 안주인의 목소리다. 유복이가 일어앉으며

"안 잡니다."

하고 대답하니 안주인이 방문도 열어보지 않고

"동생 깨워가지고 얼른 도망하시오. 대문 빗장을 따놓았소. 탑고개로 나가려거든 서남방을 향하고 가시오. 어서 동생을 깨우시오. 조금 지체하다간 큰일나리다."

하고 급히 말하고 곧 돌아서 가는 신발소리가 났다.

"마누라쟁이가 아까두 여러가지루 놈팽이를 말리더니 일부러 우리게 와서 귀띔까지 해주네그려."

유복이의 아내도 일어나서 쪼그리고 앉았다.

"도망합시다."

"캄캄한데 도망이 다 무어냐?"

"산에 가서 숨읍시다."

"짐승이 나오면 어떻게 할 테냐?"

"그러니 어떻게 해요?"

"어떻게 하긴 무얼 어떻게 해. 가만히 있지. 그렇지만 맹산 안 가기는 틀렸는걸."

"또 어째서?"

"마누라쟁이 사정 보아서 놈팽이를 아주 요정낼 수가 없으니까 말이지."

"여기서 무사히 나가서 맹산만 가게 되면 고만 더 바랄 것이 없지요."

유복이 내외가 한동안 앉아 있었으나 아무 기척이 없어서 나중에 유복이가

"이렇게 앉았을 것 없이 드러눕자."

하고 말한 뒤 먼저 아내를 눕히고 다음에 자기도 누웠다. 유복이가 누우며 곧 눈을 감으니 아내가

"자지 마세요."

하고 옆구리를 쑤시었다. 등잔의 기름이 다 닳아서 심지에서 빠지지 소리가 날 때 방문 밖에서 인기척이 났다. 유복이의 아내는 사지를 오그리고 누워 있고 유복이는 아주 일어앉아서 방문을 바라보고 있는데, 방문이 버썩 열리며 칼빛이 번쩍하였다. 유복이가 손에 들고 있던 표창을 얼른 내쳤다. 칼이 쨍그랑하고 떨어졌

다. 유복이가 일어서는 결로 발길을 날리어서 그자의 가슴을 내지르고 쿵하고 마당에 나가자빠지는 것을 뒤쫓아 뛰어나가 한발로 가슴을 밟고 서서

"이놈, 네가 죽구 싶어 성화냐!"

하고 호령하니 그자는 셈평 좋게˙ 활개를 벌리고 누워서

"에라, 발 치워라. 가슴이 답답하다."

하고 핀둥핀둥 말하여서 유복이는 도리어 어이가 없어졌다. 이때 안방에서 주인마누라가 뛰어내려오고 아랫방에서 유복이 아내가 쫓아나왔다. 희미한 별빛 아래 주인마누라가 한번 살펴보고 영감의 가슴을 밟고 섰는 유복이에게로 가까이 오더니 대번에 꿇어앉아서 손이 발이 되도록 빌었다. 유복이의 아내가 남편 옆에 와서 가만히 손을 잡아당기는데 유복이는 그자를 내려다보며

● 셈평 좋게 태도가 넉살스럽고 태평하게.

"네 마누라의 인정이 갸륵하기에 십분 참구 용서한다."

하고 발을 내려놓으니 그 마누라가 황망히 영감자를 붙들어 일으켰다. 유복이가 그자의 바른손에 박힌 표창을 뽑아낼 때 그자는

"그게 무엇이냐? 꽤 아프다."

하고 왼손바닥으로 피 나오는 것을 눌렀다. 그자가

"일수 불길해서 봉변이로군."

하고 두덜거리며 그 마누라의 부축을 받고 안방으로 올라간 뒤 유복이는 아랫방 방문턱에 떨어진 칼을 집어서 담 너머로 팽개치고 아내와 같이 방안으로 들어왔다.

유복이가 표창을 씻어 넣고 바로 드러눕는데 아내는 뒤가 염려되어서

"여보, 앉아 샙시다. 그리고 내일 아침 새벽 떠납시다."

하고 유복이를 잡아 일으키려고 하였다. 남편은 아내더러 누우라거니 아내는 남편더러 일어나라거니 내외가 실랑이하는 중에 안방 지게문을 여닫는 소리가 나고 찍찍 끄는 신발소리가 아래로 내려왔다.

"손님 누우셨소?"

하고 주인마누라가 방문 밖에 와서 말을 물었다. 유복이가 일어나서 간단히

"네."

하고 대답하니

"좀 일어나시오."

하고 마누라쟁이가 방문을 열었다.

"안방으로 좀 올라가십시다. 영감자가 화햇술을 드린답니다."

유복이가 말대답하기 전에 아내는 고개를 흔들며 눈짓하였다.

"술을 먹구 싶지 않소이다."

"형제분 다 잠깐만 올라가십시다. 도령 자실 떡도 있습니다."

"동생은 속탈이 나서 밤뒤'까지 보았는데요."

"그러지 말고 잠깐만 올라갑시다. 수상한 음식이 아닙니다. 그런 음식이면 내가 올라가시자지 않습니다."

하고 마누라쟁이가 간절히 청할 때 영감자까지 마저 쫓아내려와

서 유복이를 보고

"사내자식이 싸우면 적수요, 사귀면 친구지 잔말 말구 올라갑시다."

하고 너스레를 놓고 방안으로 들어오더니

"술을 이리 가져오랄까? 이왕이면 널찍한 방으루 올라갑시다그려."

하고 곧 유복이의 가짜 아우에게로 가까이 와서

"도령부터 일어서게."

하고 동여맨 바른손을 아끼느라고 왼손으로 등을 툭툭 두들겼다. 유복이 내외가 졸리다 못하여 주인 내외를 따라 안방에 올라와서 자리잡고 앉은 뒤에 주인마누라가 계집아이를 데리고 크고 작은 상 둘을 차려다 놓는데, 큰 상에는 탁배기 한 방구리와 육포 대여섯 쪽이 놓이고 작은 상에는 백설기 그릇과 꿀종지가 놓이었다.

• 밤뒤 밤에 대변을 보는 일.

"도둑놈의 술이라구 의심내지 마시우. 내가 먼저 맛보리다."

하고 주인이 너털웃음을 웃고 탁주를 한 사발 떠서 들이켜고 육포쪽을 뜯으면서

"떡두 자네가 먼저 맛보구 도령을 권하게."

하고 그 마누라에게 말을 일렀다. 유복이는 주인과 술사발을 주고받고 하고 유복이 아내는 주인마누라의 권에 못 이겨서 떡을 입에 넣는 중에 주인이 신세타령을 한바탕 내놓았다. 오가는 본래 강음江陵 사람으로 서울 가서 노름꾼으로 떠돌다가 부평 계양

산으로 불려가서 화적 괴수의 사위가 되고, 장인이 죽은 뒤에 아내와 딸을 데리고 고향으로 돌아와서 가진 재물로 전지를 장만하고 농사짓고 살려던 것이 전지를 토호土豪에게 먹히고 분김에 남은 재물을 거두어가지고 이 산속에 들어와서 자리를 잡은 지가 십년이 넘었는데, 낫살이 많아지니 자연 신산한˚ 생각도 나려니와 슬하의 일점 혈육인 딸자식이 죽은 뒤에 상성한 마누라가 적악한˚ 탓이라고 사설하는 것이 듣기 싫어서 몇몇번 벌잇길을 고치려고까지 하였으나 입에 맞는 떡은 얻기가 어렵고 배운 도적질은 하기가 쉬워서 이내 길을 못 고치고 지내는 터이었다.

주인의 신세타령을 듣고 나서 유복이도 자기의 신세를 이야기하는데, 자기가 유복자로 난 것부터 부모의 원수 갚은 것까지 속임없이 이야기하였더니 주인은 다만

"효자요. 하늘이 아는 사람이오."

하고 칭찬할 뿐이고 주인마누라는 고개를 살래살래 흔들면서

"유복자라면 이 도령이 누구요?"

하고 물었다. 유복이가 대답을 못하고 한동안 우물거리다가 마침내

"실상은 내 아내인데 여자 복색이 먼길 가는 데 비편해서 남복을 시켜서 동생이라구 했소이다."

하고 토설하니 주인이 듣고 대번에

"남의 처자를 빼가지구 도망하는구려."

하고 말하여 유복이는 고개 숙이고 앉았는 아내를 돌아보며 덕적

산 장군당에서 내외 만난 일판을 죄다 이야기하였다.

유복이 내외가 닭울녘에 아랫방으로 내려왔다. 아내가

"당신이 술 취하면 수다스럽구려. 우리의 본색을 왜 토설한단 말이오?"

하고 나무라니 유복이는

"낯간지럽게 거짓말할 수가 있어야지."

하고 발명하였다.

"거짓말하기 싫거든 잠자코나 있지요."

"잠자코 있게 되지 못했으니까 말을 했지."

"아무래두 본정신이 아니에요."

"술 몇사발에 설마 본정신을 잃을라구."

"그러면 남의 생각도 좀 해주어야지요. 내 꼴이 무엇이오? 당신이 본색을 토설한 뒤에 나는 대체 얼굴을 못 들었소."

● 신산(辛酸)하다
세상살이가 힘들고 고생스러움을 비유적으로 이르는 말.
● 적악(積惡)하다
남에게 악한 짓을 많이 하다.
● 납고(納拷)
관가에서 다짐을 받던 일.

"잘못되었다. 이 앞으루 다시는 본색을 드러내지 아니하마."

남편이 납고˚하여 아내의 말썽이 끝난 뒤에 내외는 누워서 눈을 붙이는 체 만 체하였다. 이튿날 식전에 유복이 내외가 길을 떠나려고 하다가 주인 내외가 다 진심으로 묵어가라고 붙들어서 못 떠나고 묵게 되었다. 아침밥을 먹은 뒤에 유복이의 아내는 주인 마누라를 따라서 안방으로 올라가고 유복이는 아랫방에서 주인과 같이 한담하는데, 이야기는 주인의 벌잇길로부터 시작되었다.

"아무리 배운 재주라두 험한 벌이라 의외의 고생이 많으시겠소."

"고생뿐이겠소? 죽을 곡경을 당할 때가 많지. 그렇지만 우리 상사람으로서 양반에게 먹히지 않구 아전에게 떼이지 않는 벌이가 달리 또 어디 있소?"

"벌이는 여일히 어디서 나오?"

"담을 넘구 지붕에 오르는 것은 이왕 배운 재주니까 전에는 송도부중에까지 들어가서 집뒤짐을 다녔지만 지금은 낫살두 먹구 마누라가 하두 성화를 해서 집뒤짐은 고만두구 장내기나 뜨내기를 가지구 지내가우."

"장내기는 무어구 뜨내기는 무어요?"

"장내기는 장꾼을 치는 것이구 뜨내기는 예사 행인을 떠는 것이구 또 집뒤짐이란 것은 남의 집에 가서 재물을 뒤지는 것인데, 주인 시켜 뒤져내는 것이 원뒤짐이구 주인 몰래 뒤져오는 것이 까막뒤짐이오."

변풀이 끝에 재주 자랑이 나오고 재주 자랑이 표창질 이야기를 자아내어서 유복이는 주인의 청으로 표창을 꺼내서 구경까지 시키었다. 이때 안방에서는 주인마누라가 유복이 아내를 데리고 이말저말 묻다가 맹산 갈 것 없이 여기서 자기들과 같이 살자고 달래기 시작하였다.

"단지 피신하기로 말하면 여기 있는 것이 맹산 가는 것보담 더 든든하고, 맹산을 간다고 해야 별로 시원할 것이 없는 모양이니 여기서 우리와 같이 지냅시다. 우리도 고적한 사람이니 같이 지내면 서로 다 좋지 않소. 여기서는 산상골이 가까우니 부모도 수이 만나볼 수 있지 않소."

다른 말도 유리하려니와 부모를 쉬이 만나볼 수 있단 말에 유복이의 아내는 맘이 솔깃하여졌다.

"내가 수양딸 노릇이나 하고 지낼까요?"

"그러면 작히 좋겠소. 내 딸이 살았으면 당신 연갑세年甲歲요. 말이 난 길에 우리 아주 작정합시다."

"영감님께 말씀을 하셔야지. 나도 말을 해보아야겠세요."

"아랫방에서들 올라오래서 한자리에서 이야기합시다."

주인마누라가 소리를 쳐서 아랫방에서들 이야기를 그치고 안방으로 올라온 뒤 주인마누라가 둘이 지금 공론한 것을 말하고 의향들을 물으니 주인은 손뼉을 치며

"그것 참 좋은 공론이 났네."

하고 싱글벙글 좋아하고 유복이는 한동안 말이 없이 앉았다가

"글쎄요."

하고 두동싸게 말하였다. 주인 내외가 번갈아가며 쾌히 허락하라고 졸라서 나중에 유복이가

"수양딸 노릇할 당자가 좋다면 고만이지요."

하고 말하여 수양딸 공론이 작정이 되었다. 주인 내외가 수양딸인 유복이 아내의 절을 받고 나이를 따져보는데 그 마누라보다 두 살 아래 마흔여덟인 주인 오가가 유복이에게 십사년 장이라 주인이

"우리 내외가 나이 장인 장모 노릇하기 넉넉하군."
하고 유복이를 보고 웃었다.

유복이는 도적놈의 사위 명색 노릇하기를 탐탁히 생각하지 아니하나, 걸음 못 걷는 아내를 데리고 맹산 갈 것이 한걱정이던 차에 먼길 아니 가고 안돈˚하게 되어서 다행히 여기는 맘도 없지 아니하였다. 유복이 아내는 곧 여복으로 갈아입고 하루 이틀 지난 뒤부터 주인마누라의 살림살이를 거들어주고 유복이는 흔히 사냥질하러 다니고 간간이 오가의 벌이하는 것을 구경 따라다니고 틈틈이 쇠끝을 가지고 자작으로 쇠표창도 만들고, 또 그전 나무 꼬챙이 던지던 것을 생각하고 왕대를 쪼개서 댓가지 표창을 여러 죽 깎아 만들었다. 노인이 준 표창 스무 개는 보물로 여기는 까닭에 잃어버려도 좋을 마구 쓸 것을 만든 것이었다. 밤저녁 같은 때 유복이 내외가 단둘이 아랫방에 들어앉으면 아내가 하루바삐 부모에게 통기하여 달라고 남편을 졸랐다. 유복이가 처음에는 차차 기별하자고 미루다가 나중에 졸리다 못하여 오가를 보고 의논하니 오가 말이

"나두 펼쳐놓고 나다니기가 재미없지마는 자네버덤은 외려 나은 형편이니 내가 한번 산상골을 갔다옴세."
하고 유복이 처가에 소식 통할 것을 오가가 담당하였다. 며칠 뒤에 오가가 이른 새벽에 떠나서 산상골을 갔다가 그날로 돌아오는데 소식만 전하고 올 뿐 아니라 최서방 내외를 데리고 왔다. 최서방은 사내라 딸을 보고 눈자위만 붉었지만, 최서방의 아내는 딸

을 얼싸안고 방성통곡하여 옆에 사람도 말리려니와 그 딸까지 비 오듯 하는 눈물을 억지로 거두고

"어머니, 고만두시오. 고만 그치시고 인사들이나 하시오."
하고 말리었다. 최서방은 나이 갓 마흔이고 그 아내는 남편보다 삼년 위인 마흔셋이라, 유복이가 사위라도 나이 많아서 사위로 대접하기 뻑뻑하고, 게다가 더욱이 초면이라 내외가 다 말이 서름서름한데 주인 내외는 그동안 벌써 정숙하여져서 여보게 저보게 하고 말하여 유복이에게는 가짜 장인 장모가 도리어 정말 장인 장모인 것 같았다. 최서방 내외가 그날 밤에 아랫방에서 딸 내외와 같이 자며 장군당에서 도망한 전후 곡절을 자세히 물은 뒤에 도망한 뒤 장군당 일을 들려주었다. 장군 마누라에게 시중드는 무당이 장군 마누라 없어진 것

• 안돈(安頓) 사물이나 주변 따위가 잘 정돈됨.

을 급히 선생 무당에게 알리어서 먼저 무당들끼리 공론하고 다음에 각동 동임들에게 기별하여 곧 장군당에서 작은 굿을 차리고 장군 마누라 없어진 사정을 장군에게 취품取稟하게 되었는데, 장군의 신이 무당에게 내리어서 무당이 펄펄 뛰며

"고년이 맹랑스러운 년이다. 고년의 얼굴이 맘에 들기에 데려왔더니 고년이 조석 분향하기도 죽기보담 싫어하고 더욱이 내 말이 없이 남복을 지어 입었더라. 내가 노염이 나서 고년을 하인놈 내주었다. 산상골 최가는 딸의 죄로 벌역을 받음직하지마는 아무라도 자식을 겉 낳지 속 낳는 것이 아니니까 특별히 생각해서 용서하여 줄 터이다. 내가 마누라 없이는 하루를 지내기가 어려우

니 저기 앉은 마월동 일좌의 셋째딸을 하루바삐 새 마누라로 들여세워라. 너희들 다 알았느냐!"
하고 공수를 주었다. 최서방의 아내는 그때 자기 귀로 들은 무당의 공수 주던 말을 흉내까지 내어 딸에게 들려주고
"그래 우리는 네가 호환에 간 줄로만 알았지, 이 세상에 살아 있는 줄은 꿈에도 생각 못했었다."
하고 다시 눈물을 흘리었다. 최서방 내외가 죽은 줄 알았던 딸을 찾아서 맘에 공생空生스러웠으나 그래도 혹시 뒤에 최장군의 벌역이 있을까 겁이 나서 내외가 다같이 염려하는 것을 유복이가
"염려들 마시오. 벌역이 있으면 벌써 내렸지 이때까지 있겠소?"
하고 말할 뿐 아니라 그 딸까지
"염려 마세요. 장군도 사람 보아가며 벌역을 내리시는가 보아요. 그렇지 않으면 우리가 살아 있겠세요?"
하고 말하여 적이 안심들 하였다. 최서방 내외가 하루 묵고 떠날 때에 딸이 차차 보아가며 집에도 다니러 갈 수 있겠느냐고 물으니 그 아버지 최서방이
"천만의 말이다. 너희 내외 다 올 생각 마라. 장군의 벌역이 없더라두 동네 사람이 알면 큰일이다. 우리가 너를 보구 싶으면 남몰래 슬그머니 와서 다녀가마."
하고 말하였다. 이 까닭에 유복이 내외는 사십리 남짓한 청석골에 살면서 산상골에는 발을 들여놓지 아니하였다.

곽오주

오주의 언어와 동작은 성한 사람이 다 되었으나 전에 없던 성미가 한 가지 새로 생겨서 어린애를 좋아 아니하고 더욱이 우는 어린애를 싫어하였다. 어린애 우는 소리가 멀리 들릴 때는 상을 찡그리고 귀를 막을 뿐이지만, 어린애 우는 것을 눈앞에 볼 때는 곧 상열이 되어가지고 눈이 뒤집혔다.

곽오주

1

 금교역말은 강음현 땅이니 금교역말서 우봉현牛峯縣 홍의역말로 가려면 반드시 탈미골을 지나가고 탑거리로 나오면 청석골을 오게 된다. 탈미골도 도적의 소굴이요, 청석골도 도적의 소굴이라 말하자면 금교역말은 도적 소굴 두 틈에 끼여 있는 셈이라 금교역말 장날 장꾼들이 탈미골이나 청석골을 지나갈 사람이면 다 일찍이들 나가는 까닭에 금교역말 장은 어느 때든지 중장重場만 지나면 다른 장터 파장머리와 같이 흩어져가는 장꾼이 많았다.
 금교역말 장날이다. 벌써 중장이 지나서 장꾼이 많이 풀렸을 때 우락부락하게 생긴 거머무트름한 총각 하나가 쌀자루를 걸머지고 탑거리 편에서 장으로 들어와서 바로 시게전˚을 찾아왔다. 말감고˚가 쌀을 보고
 "이거 산따다기˚로군. 앵미˚가 너무 많은걸."

하고 쌀을 타박하니 그 총각이 대번에 눈방울을 굴리며

"당신이 살 테요?"

하고 말감고에게 대들었다.

"앵미 많은 것을 많다는데 무슨 잔소리야!"

"어떤 놈이 잔소리하우?"

"쌀 내러 오지 않구 시비하러 왔나?"

"내가 미쳤소, 시비하러 다니게?"

"그렇거든 말씨나 좀 곱게 하게."

"사내 말이 고와서 무어하우."

이때 마침 상목을 가지고 쌀을 바꾸어 가려고 온 사람이 있어서 감고監考는 말 시비를 그치고 쌀금을 놓고 마질을 하는데 심사로 마질에 농간을 하고 나중에 한 되가 넉넉히 되는 것을 되수리로 치고 차지하려고 하였다. 그 총각은 뿌루퉁하여 가지고

"고만두우. 쌀을 도루 가지구 갈 테요."

하고 쌀을 자루에 쓸어담아서 걸머지고 돌아섰다. 그 총각이 시게전에서 얼마 아니 오다가 아는 장꾼 하나를 만났다.

"총각, 늦게 왔네그려."

"젊은 주인이 같이 오자구 식전부터 맞추더니 해가 한나절이나 되어서 나더러 혼자 가라겠지. 지금 온 지 얼마 안 되우."

"걸머진 것이 쌀인가?"

- 시게전
시장에서 곡식을 파는 노점.
- 말감고
장터에서 곡식을 되질하거나 마질하는 일을 직업으로 하던 사람.
- 산따다기
같이 붉고 질이 떨어지는 쌀.
- 앵미
쌀에 섞여 있는, 빛깔이 붉고 질이 나쁜 쌀.
- 미길
곡식을 밀로 되는 일.
- 되수리
뒷밑. 곡식을 되로 되고 난 뒤에 조금 남는 분량.

"내 쌀 팔러 왔소."

"자네 쌀을 팔러 왔어?"

"내 새경 받은 벼를 조금 찧어봤소."

"그럼 어서 시게전에 가서 내구 가게."

"닷 말이 넘는 쌀을 갖고 도둑놈이 너 말루 되는구먼. 그래 안 팔구 도루 가지구 가우."

"청석골 지나가는 장꾼들은 벌써 다 나갔을걸."

"나올 때 벌써들 나갑디다. 당신 지금 집으루 나갈라우?"

그 장꾼이 붉은 산자 흰 산자를 지푸라기로 동여서 한손에 들었는데 그 손을 내밀어서 총각을 보이면서 말하였다.

"오늘이 우리 아버지 젯날이라 제사 흥정하러 들어왔네."

"그럼 탑거리까지 동행했소."

"우리게까지는 오밤중에 나가두 관계없지만 청석골은 지나가기가 좀 늦었어."

"청석골도 관계없소."

"늦게 가다간 오가를 만나기 쉬우니까 말이지."

"나두 청석골을 많이 다녔지만 이때껏 오가는 낯바대기두 구경 못했소."

"탈미골 강가나 청석골 오가는 만나기만 하면 탈일세."

"내가 그놈들 만나면 버릇을 가르쳐놓을 테요."

"여보게, 흰소리 말게. 봉변한 사람들이 모두 자네만 못해서 봉변한 줄 아나?"

"제기, 다 우스꽝스럽소."

"저러다가 자네가 언제든지 한번 혼나네."

"나 혼날 때까지 사우."

탑거리까지 나와서 그 장꾼이 자기 집으로 들어가며

"조심해 가게."

하고 당부하니 총각이

"오가 보거든 안부해주리까?"

하고 픽 웃고 곧 탑고개 편으로 내려왔다.

이때는 깊은 가을이라 저녁때 바람이 제법 차건마는 아직까지 겹것도 입지 않고 무명 홑고의적삼을 입은 그 총각이 으스스한 모양도 없이 걸음을 성큼성큼 떼놓아서 길에 깔린 낙엽을 버석버석 밟아가며 탑고개를 올라왔다. 그 총각은 고갯마루턱에 서서 무엇을 찾는 것같이 한동안 이편저편을 휘휘 돌아보다가 등에 진 쌀자루를 한두 번 추썩거리고 고개를 내려가려고 하는데 왼손편 언덕 위에 사람 하나가 쑥 나섰다. 손에 칼 들고 있는 것을 보고 그 사람이 예삿사람이 아니고 도적인 것을 대번에 알 수 있었다.

"네가 오가냐?"

총각은 도적을 치어다보고

"걸머진 것이 무엇이냐?"

도적은 총각을 내려다보았다.

"내 말 먼저 대답해라. 네가 오가지?"

"그렇다."

"내가 걸머진 것 쌀 닷 말이다."

"닷 말이구 너 말이구 거기 벗어놔라."

"네가 이리 내려오너라."

"내 선성까지 들어 아는 놈이 무슨 잔소리냐! 얼른 벗어놓구 가거라."

"못 벗어놓겠다."

"이놈 봐라."

도적이 언덕 위에서 우르르 쫓아내려오며 엄포로 총각의 골통을 칼로 쳤다. 다른 사람 같으면 고만 앞으로 고꾸라질 것인데 총각은 데시근하게도 여기지 않고 꿋꿋이 서 있었다. 도적이 피문은 칼을 다시 둘러메려고 할 때 총각이 와락 앞으로 대들어서 바른손으로 칼 쥔 팔을 치켜들었다. 도적이 놀리는 손으로 총각의 바른손을 잡아 뿌리치려고 하니 총각이 왼손으로 그 팔마저 붙들었다. 총각은 도적의 두 팔을 잡아서 위로 치켜들고 머리로 그 가슴을 떠받아서 칼 맞은 자리에서 나온 피가 도적의 겹저고리 앞섶을 칠갑하여 놓았다. 도적이 두 팔을 치어들린 채 한동안 뺑뺑이를 돌다가 나중에는 꼼짝 못하고 뒤로 밀리기 시작하였는데, 뺑뺑이 도는 틈에 총각은 언덕 편으로 서고 도적은 언덕 없는 편으로 서서 밀려나가기 더욱 좋았다. 한 걸음 밀리고 두 걸음 밀려서 길가 낭떠러지 가까이 밀려내려와 도적이 입을 열었다.

"에라 이놈아, 팔 놓구 밀지 마라."

총각은 뜸베질˚하는 황소처럼 식식하기만 하고 말이 없었다.

"쌀두 뺏지 않을 테니 어서 놔라. 잘못하면 낭에서 떨어진다."

도적이 고개를 돌이켜서 치어들린 팔 밑으로 뒤를 돌아볼 때 벌써 낭떠러지까지 다 밀려나왔었다.

"떨어진다, 이놈아 놔라!"

도적은 아직까지 말을 뻣뻣이 하고 뒤로 더 나가지 아니하려고 용을 쓰다가 용이 소용없으니까 갑자기 고분고분하게

"여게 총각, 고만 놓게. 내가 칼두 내던짐세."

하고 곧 칼 쥔 손을 펴서 칼을 땅에 떨어뜨리었다. 총각이 더 내밀지 아니하고 머리를 들고 두 팔을 뻗치고 서니 도적은 총각이 말을 듣는 줄로 지레짐작하고

"내가 자네 골통을 한번 친 대신에 자네가 내 팔을 치켜들구 학춤을 추인 셈 아닌가. 잔채질*을 못해서 부족한가. 늙은 사람을 대접한 셈 잡게그려. 옴니암니* 따질 것이 없이 피장파장해버리세. 자, 고만 팔을 놓게."

● 뜸베질
소가 뿔로 물건을 닥치는 대로 들이받는 짓.
● 잔채질
포교가 죄인을 신문할 때에 회초리로 연거푸 때리던 일.
● 옴니암니
다 같은 이인데 자잘구레하게 어금니 앞니 따진다는 뜻으로, 자질구레한 일에 대하여 좀스럽게 셈하거나 따지는 모양.

잠깐 동안 기다리다가 도적은 다시 말을 이어서

"자네가 힘센 줄올 질 일았네. 힘센 사람이 잔뜩 쥐었으니 낫살 먹은 사람의 팔이 아프지 않겠나. 팔뿐이 아닐세. 어깨까지 뻐근해 못 견디겠네. 어서 팔을 놓구 이야기하세."

하고 너스레를 놓는데 총각은 두 눈만 끄먹끄먹하고 듣고 있다가 잡은 팔을 놓는 결로 도적을 뒤로 떠다박질렀다. 도적은 입에서 나오는

"쇠새끼."

소리 한마디를 뒤에 남기고 낭떠러지 밑에 내려가 떨어졌다. 그대로 곱게 떨어지면 엎어지지 않고 자빠질 것이건만 떨어지는 동안에 곤두를 쳤던지 죽은 개구리같이 사지를 펴고 엎어졌다. 총각이 위에 서서 굽어보다가 퉤 하고 한번 침을 뱉고 돌아서서 그제야 칼 맞은 자리를 손바닥으로 비벼보고 다음에 칼에 버진 머리를 손으로 쥐어뜯었다. 그리한 뒤에 총각은 탑고개서 내려와서 한참 동안 큰길로 오다가 남쪽으로 뚫린 샛길로 들어갔다.

이날 해질때 오가의 집에서는 오가의 마누라가 영감이 늦게까지 아니 온다고 혼자 고시랑거리다가 수양딸 사위 유복이를 보고 사정하려고 안방에서 아랫방으로 내려왔다.

"장내긴지 무어하러 가서는 이렇게 늦은 적이 전에 없었는데, 이때까지 아니 오니 필연 무슨 연고가 있는 게야."

"글쎄 좀 늦구면요. 그렇지만 무슨 일이야 있겠소."

"생화가 생화인 것만치 조금만 늦어도 집에 있는 사람이 맘이 조여 살 수가 있어야지. 박서방, 어렵지만 좀 가서 찾아보려나?"

"그래 보지요. 어디루 가셨을까요?"

"오늘이 금교역말 장날이니까 탑고개 가서 목을 지켰겠지."

"탑고개까지 나가보구 오리다."

유복이가 집에서 나서서 탑고개로 나오는데 거의 탑고개를 다 나와서 십리에 한 걸음, 오리에 한 걸음씩 그나마 비쓸비쓸 걸어 오는 오가를 만났다.

"이거 웬일이오?"

"박서방인가? 사람 죽겠네."

"어디를 다쳤소?"

"말할 근력두 없어. 날 좀 붙들어주게."

유복이가 처음에 오가를 부축하고 오는데 오가가 발을 잘 디디지 못하고 몸을 유복이에게 실리어서 유복이까지 걸음을 걷기가 거북하여 유복이가 나중에

"이럴 것 없이 내게 업히오."

하고 엄장 큰 오가를 들쳐업고 집으로 돌아왔다. 오가의 얼굴 꼴이 사람 같지 않고 귀신 같았다. 이마에는 큰 혹이 돋히었고 두 눈자위는 흉악하게 검푸르고 코는 으스러지다시피 깨어졌고 입술은 도야지 주두리같이 되었고 뺨과 턱은 갈리고 벗겨졌다. 오가의 마누라가 놀란 맘이 가라앉은 뒤에 물초˚ 되고 게다가 피투성이 된 영감의 의복을 새로 갈아입히고 영감을 업고 오느라고 옷이 젖고 피 묻은 유복이게까지 새옷을 한 벌 주었다. 오가가 얼굴에 밀타승˚을 투겁하다시피˚ 바르고 뜨듯한 안방 아랫목에 드러누운 뒤부터 팔이 아프다, 어깨가 쑤신다, 가슴이 결린다, 또 발목이 시다, 갖은 소리를 다하여 가며 문질러라 주물러라 하고 어린아이 보채듯 하여 그 마누라와 부리는 계집애는 말할 것 없고 유복이 아내까지 밤중까지 잠을 자지 못하였다.

그 뒤 며칠 동안 지나서 오가가 일어앉아 수저를 들게 된 때 안

• 물초
온통 물에 젖음. 또는 그런 모양.

• 밀타승 이질이나 종기 따위를 다스리는 살충약.

• 투겁하다
넓고 얄팍한 물건 따위를 뒤집어쓰다.

방 식구와 아랫방 식구가 한데 모이어 아침밥을 먹는데, 오가가 총각에게 당한 일을 자세히 이야기하고

"내가 죽을 곡경을 당한 일두 한두 번이 아니지만 이번같이 얼뜨게 죽을 뻔하기는 생외 처음일세."

하고 숟가락을 내흔들면서

"처음 떨어져서 기절한 채 깨어나지 못했더면 이것하구 영 작별인데 아직두 연분이 남아 있어……."

하고 너털거리다가 부은 입술이 아픈지 갑자기 손바닥으로 입을 눌렀다.

"그놈의 총각이 어디 산답디까?"

하고 그 마누라가 영감을 바라보니 영감이 손바닥을 입에서 떼고

"낸들 아나. 탑고개를 지나서 금교장 보러 다닐 제는 이 근방에 있는 놈이겠지. 그 쇠새끼가 힘이 장사야. 다시 만날까 보아 지레 겁이 나네."

하고 마누라 말에 대답하고

"자네 내 원수 좀 갚아줄라나?"

하고 유복이를 바라보았다. 유복이는 희한한 차력약을 두 제나 얻어먹고 대차꾼˚ 소리를 들은 사람이라 힘센 사람을 만나서 힘겨룸해보고 싶은 생각이 없지 아니한 까닭에

"그래 볼까요?"

하고 반허락하였다.

그 뒤 한 보름 넘어 지나서 오가의 상처 딱정이가 많이 떨어진

때부터 금교역말 장날에는 오가와 유복이가 그 총각을 만나려고 탑고개 가서 목을 지켰는데, 서너 장째 허행하고 돌아와서 유복이가 오가를 보고

"그 총각이 근방 사람이 아닌 게요."
하고 더 가지 아니할 의향을 보이니 오가가
"여게, 내 말 듣게. 우리 장인이 계양산 괴수루 유명짜하던 것은 자네두 들어 알지? 그가 심심하면 우리더러 거미를 배워라, 왕거미 떡거미가 너의 선생이다 말씀하시더니, 거미가 첫째 탐심이 많구 둘째 줄을 잘 늘이구 셋째 흉물스럽두룩 참을성 많은 것이 우리네 배울 것이란 말씀이라네. 자네두 거미를 좀 배우게. 요담 장날 또 같이 가세."
하고 웃었다.

● 대차군
힘을 키우는 약을 먹어서 힘이 매우 세어진 사람.
● 육장 한번도 빠지 않고 늘.

닷새가 언뜻 지나서 금교역말 장날이 또 왔다. 오가와 유복이가 점심까지 싸가지고 탑고개를 나와서 언덕 위 구석진 곳에 몸들을 숨기고 앉아서 장으로 들어가는 장꾼부터 내다보고 있었다. 육장˙ 청석골 같은 도적 나는 곳을 다녀보아서 미립이 난 장꾼들은 도적이 뒤에 오는 사람을 꺼리어서 앞서가는 사람을 치지 못하고, 또 앞서간 사람을 꺼리어서 뒤에 오는 사람을 치지 못하도록 작반한 사람들이 각각 멀찍멀찍이 떨어져서 지나가고 아직 그런 미립이 나지 못한 장꾼들은 작반하는 대로 한데 몰리어서 공연히 떠들썩하게 지껄이며 지나갔다. 오가와 유복이가 장꾼들의 수를 헤어서 스물이 넘고 그중에 총각도 대여섯

지나갔건마는 정작 기다리는 총각은 오지 아니하였다. 장꾼 가는 것이 뜸하여졌을 때

"오늘두 또 헛걸음이오."

하고 유복이가 오가를 돌아보니

"글쎄."

하고 오가도 고개를 끄덕이었다. 유복이가 무슨 다른 말을 하려고 막 입을 벌리다가 멀리 장꾼 하나가 올라오는 것을 보고

"저기 오는 것두 총각이오."

하고 손으로 가리켰다. 그 장꾼이 머리를 수건으로 동여서 머리꽁지 있는 것도 보이지 않고 귀밑머리 땋은 것도 보이지 아니하나 정수리 위에 삐쭉하게 일어선 것 없는 것이 총각이 분명하였다.

"가만있게. 허우대하며 걸음걸이가 그 쇠새끼같아 보이네."

하고 오가가 눈이 뚫어지게 바라보다가

"왔네, 왔네."

하고 유복이를 돌아보았다. 과연 거머무트름한 총각이 몸에 무명 겹바지저고리를 입고 등에 무명 댓 필을 걸머지고 오는데 앞뒤에는 장꾼이 끊어졌다.

"이 앞에 오거든 먼저 나서서 말을 붙이오."

"장에 가는 놈이 돌아오지 않을 리 없으니 이따 장 보구 올 때 걸어치우면 어떨까?"

"지금 마침 좋소. 이따 여러 장꾼들과 같이 오면 도리어 성가시지 않소?"

"그것두 그래."

그 총각이 언덕 아래까지 왔을 때 오가가 먼저 나서서

"이놈의 쇠새끼야!"

하고 큰 소리를 지르니 총각이 우뚝 서서 몸을 반쯤 틀고 물끄러미 언덕 위를 치어다보다가 콧방귀를 한번 뀌고 그대로 지나가려고 하였다.

"무명짐을 게 벗어놔라."

총각이 그제는 바로 서서 치어다보며

"이놈아, 내려오너라. 이번에는 아주 모가지를 빼놀 테다."

하고 눈알을 부라리었다. 이때 유복이가 뒤에서 썩 나서며

"이놈아, 되지 못하게 거센 체 마라."

하고 꾸짖으니 총각이

"저놈은 또 웬 놈이야."

하고 아랫입술을 삐죽이 빼물다가

"너는 탈미골 강가냐?"

하고 물었다.

"어째 하필 강가냐. 강가가 무서우냐?"

"오가 녀석이 혼이 나구 너를 불러왔지?"

오가가 옆에 있는 유복이를 돌아보며 웃었다. 총각은 저의 맘대로 유복이를 탈미골 강가로 잡고

"너희 두 놈 한데서 잘 만났다. 두 놈 다 내려와서 버릇을 배워라."

하고 소리를 치다가 말고

"강아지 새끼 깨갱깨갱하는 것을 구경 좀 하자."

하고 가장 재미있는 말을 한 것처럼 콧방울을 벌름거리며 웃었다. 유복이가 오가와 같이 총각의 말하는 꼴을 가만히 내려다보고 있다가 웃으면서 말하였다.

"이놈아, 내 성은 박가다."

"강가가 아니냐?"

총각이 강아지 소리 흉내내던 흥이 빠져서 고개를 흔들며

"그래 네가 탈미골서 온 놈이 아니냐?"

유복이에게 말을 묻는데

"탈미골서 오기커녕 네 할미골서두 오지 않았다."

오가가 유복이 대신 대답하였다. 총각이 오가의 욕은 탄하지도 아니하고 유복이더러

"강아지 아니구 바가지라두 좋다. 바가지는 개울물에 엎어놓구 박장구치지 걱정이냐?"

말하고 다시 흥이 나서 웃었다. 유복이가 오가를 돌아보며

"여기서 구경만 하시오."

말하고 혼자 내려오니 총각이

"두 놈 다 한꺼번에 내려와두 좋다."

하고 흰목˙을 썼다.

유복이가 언덕 위에서 내려와서 총각과 마주 섰다.

"네가 떼밀기를 잘한다지. 나두 떼밀겠느냐?"

"너는 별놈이냐? 막이˙도둑놈이지."

"아무더러나 함부루 도둑놈이라구 그래, 이놈아?"

"도둑놈의 앙갚음해주러 온 놈두 도둑놈이겠지."

"도둑놈이건 말건 그건 고만두구 한번 나하구 떼밀기 내기하자."

"어떻게 하잔 말이여?"

"요전에 두 팔을 치켜들구 떼밀었다지? 그 시능을 내보자꾸나. 너하구 나하구 번갈아가며 떼밀어서 많이 밀려가는 사람이 지기루 하자."

"그래, 내기는 뭐냐?"

유복이는 다르내재서 도적놈들이 무명을 빼앗으려고 할 때 무명 가지고 내기하던 생각이 머릿속에 떠올라서

● 휜목
터무니없이 자기 힘을 뿜냄.
● 막이그래 보아야.

"너는 무명을 날 주구."

말하고 총각이

"너는 무엇을 날 주구?"

묻는네

"나는 줄 것이 없으니 네 무명짐을 장까지 져다 주마."

말하니 총각이 머리를 흔들면서

"내가 등창이 났드냐? 너더러 져다 달라게. 그건 싫다. 너두 저기 앉았는 오가처럼 골탕이나 먹여주마."

"아무리나 네 맘대루 해라."

"대가리루 떠받아두 좋으냐?"

"떼밀기만 하자."

"내가 먼저 떼밀 테다."

"자, 떼밀어라."

유복이가 두 팔을 위로 치어들었다. 총각이 유복이를 우습게 보고 한번만 힘써 떠다밀면 곧 뒤로 자빠지려니 생각하였던 모양이라 등에 걸머진 무명도 내려놓지 않고 두 손으로 유복이의 팔을 잡으며 곧 왈칵 떠다밀고 얼른 손을 놓았다. 그 자리에 그대로 서서 있는 유복이를 바라보고는

"제법이다."

하고 총각이 그제야 무명짐을 벗어서 길가에 갖다 놓고 대어들어서 유복이의 양편 견대팔을 붙잡고 머리를 숙이고 떠밀기 시작하였다. 떠미는 총각은 눈이 부릅떠지고 떠밀리는 유복이는 입이 악물리었다. 한동안 지난 뒤에도 처음과 다른 것이 없고 총각은 연해 씨근거리고 또 유복이는 간간이 안간힘을 쓸 뿐이었다. 다시 한동안 지난 뒤에 유복이가

"네까짓 기운으루 떼밀어서 떼밀릴 내가 아닌 줄을 알았지?"

"제기, 누구는 떼밀릴 줄 아나?"

하고 총각이 유복이의 팔을 놓고 물러서서 두 팔을 위로 쭉 뻗치고 가슴을 딱 벌리었다. 유복이가 총각 하던 대로 견대팔을 쥐고 떠미는데 총각의 팔이 돌덩이 같았다. 총각이 한동안 뻑쓰더니 그 이마에 진땀이 솟았다. 총각의 몸이 뒤로 젖히어지는 듯하며

발이 뜨기 시작하여 뒤로 몇걸음 밀려나갔을 때 총각의 입에서 '애개개' 소리가 나왔다. 그 소리가 우스워서 유복이가 머리를 들고 볼 즈음에 총각이 펄썩 주저앉아서 유복이는 앞으로 고꾸라질 뻔하였다.

"이놈아, 왜 주저앉니? 너 졌지?"

"지기는 왜 져."

"이놈, 염체 봐라. 앙탈두 못하두룩 떠다박질러 줄 테니 어서 일어서라."

"내가 똥이 마려우니 똥 좀 누구."

총각이 두 팔을 뒤로 짚고 얼굴을 젖혀들고 두 눈을 찌긋찌긋하며 유복이를 치어다보니 유복이가 빙그레 웃으면서 말하였다.

"그럼 어서 가서 누구 오너라."

"가기는 어디루 가. 여기서 누지."

총각이 그 자리에 쭈그리고 앉으며 곧 바지를 까뭉갰다.

"이놈아, 사람 앞에서 무슨 짓이냐!"

"개 앞에서나 누는 법인가? 여기 개가 있어야지."

"무명 놓은 저 길가에 가서 못 누어?"

"괜히 낭떠러지루 떠다밀게?"

"그렇게 겁이 나거든 언덕 밑에 가서 누려무나."

"저기 앉은 오가가 내려와서 덮치기 좋으라구?"

"그 자식 의심은 되우 많네."

총각이 끙끙 소리를 지르느라고 말대꾸가 없었다.

"어, 구리다."

하고 유복이가 뒤로 물러나니 총각은 예사로

"누는 사람두 있을라구."

하고 한 자리 옆으로 옮겨 앉았다.

"쇠새끼 쇠똥 누는 것 구경하구 있지 말구 이리 올라오게."

하고 오가가 소리쳐서 유복이가 언덕 위로 가려고 할 제 총각이

"나는 내기 고만두구 갈 테다."

하고 낙엽을 집어 밑을 닦고 일어섰다. 유복이가 돌쳐서며

"이놈아, 어디를 가. 네 맘대루 가?"

하고 총각의 앞으로 나왔다.

"우리 주인이 무명 주구 소를 바꿔오랬어. 장 늦기 전에 얼른 가야지."

"저 무명은 내 거다. 네가 못 가지구 간다."

"애개개."

"애개개가 네 단골 소리로구나."

"내일 내가 사경 받은 베 한 섬을 지구 와서 정말 내기하지."

"어떤 것은 거짓말 내기드냐?"

"주인의 무명을 가지구 어떻게 정말 내기를 해. 거짓말 내기나 하지."

"그럼 내기 못하겠다구 진작 말하지."

"내가 이길 줄 알았지. 보기엔 그렇지 않은데 오가버덤 빡빡하구먼."

"네 성명이 무어냐?"

"그건 알아 무어하게."

"그럼 네 주인은 누구냐?"

"정첨지여."

"어디 사는 정첨지냐?"

"개래동 정첨지여."

"개래동 정첨지 집을 찾아가서 물어보면 네 성명을 알겠구나."

"공연히 주인을 가르쳐주었네."

"주인의 것이든지 네 것이든지 그 무명은 못 가지구 간다."

"참말?"

"그럼 너같이 거짓말할까."

"제기, 막 주먹다짐으루 욱여줄까 부다."

"좋지, 어디 한번 주먹다짐해보자."

"그럴 것 없이 우리 한번 씨름을 해볼까?"

"나는 씨름할 줄 모른다."

"떼밀기는 내가 재미없어 못하겠어. 씨름 같으면 해주지만."

"어디 네 소원대루 씨름을 해보자."

유복이는 아잇적에 초군아이들과 장난씨름을 더러 해보았지만, 정작 씨름판은 구경도 못한 사람이라 힘만 믿고 해보자고 한 것이다. 유복이와 총각이 고갯길 편편한 곳을 골라와서 네굽씨름을 하게 되었는데 언덕 위에 있던 오가도 아래로 내려왔다. 총각이 오가를 바라보며

"씨름하는 동안에 무명 가지구 내뺄라구?"

하고 무명을 가지러 가려고 하니

"염려 마라."

하고 유복이는 총각을 붙들고

"무명이 욕심나면 이때까지 가만 있어? 그 자식이 정말 쇠새 낄세."

하고 오가는 길가 한옆에 와서 앉았다. 유복이와 총각이 마주 구부리고 앉았다가 일어서서 한편 손은 서로 허리 뒤를 잡고 또 한편 손은 각각 놀리면서 어르는 중에, 총각은 유복이의 몸이 저만큼 굵지 못한 것을 넘보아서 대번에 안지기로 안고 넘기려고 하니 유복이도 그렇게 만만히 넘어박힐 사람이 아니라 총각을 찍어 눌러서 허리를 펴지 못하게 하였다. 안지기가 안 된 뒤에 총각은 처음에 덧걸이˚를 감으려다가 유복이가 총각을 끌고 뒤로 물러서서 덧걸이를 잘 감지 못하고 다시 속걸이˚를 넣으려고 하다가 유복이가 총각을 떠밀고 앞으로 나가서 속걸이도 잘 넣지 못하였다. 총각은 연해 칠 방법을 궁리하고 유복이는 오직 막을 생각밖에 못하는데 총각이 유복이를 한참 어르다가 유복이가 잠깐 맘을 놓는 틈에 눈결에 몸을 옆으로 돌리며 슬쩍 모듬걸이를 써서 유복이는 쿵 하고 넘어졌다. 유복이가 미처 일어나기도 전에 오가가 나오면서

"나하구 한번 하자."

하고 곧 총각에게 대어드니 총각이

"늙은 놈이 씨름은 다 뭐야!"

하고 콧방귀를 뀌다가 일어나는 유복이를 보고 말하였다.

"얼른 저리 가. 이놈을 한번 단단히 메꽂을 테야."

유복이는 한옆에 비켜서고 오가와 총각이 씨름을 시작하였다. 오가는 상씨름꾼으로 씨름판에 많이 나가본 사람이라 총각이 대번에 박살을 뜨리고 덤비는데 총각의 상꼭뒤를 짚으려고 하고 총각이 다리걸이를 하려는데 뒤쪽으로 팔걸이를 하려고 하였다. 총각이

"이놈은 씨름 좀 해보았군."

하고 어르다가 얼른 허리를 펴고 일어서서 씨름 수단과 배의 힘 반반으로 반드림*을 하여 오가를 자빠뜨리었다. 오가가 일어앉아서

"너 총각마구리 새앙장사 노릇 많이 해보았구나."

하고 말하니 총각이 오가의 말은 대꾸 아니하고

"인제는 무명 가지고 가겠다."

하고 무명 있는 데로 우르르 갔다. 오가가 유복이를 돌아보며

"저놈 놔보내지 말게."

하고 말하는데 유복이는

"내버려둡시다."

하고 총각이 무명짐 지고 가는 것을 서서 보고 있었다.

- 덧걸이
상대편 오른쪽 다리에 자기 오른쪽 다리를 대고 상대편의 몸을 위로 띄워서 넘기는 씨름 기술.
- 속걸이
상대편 다리 사이에 오른쪽 다리를 집어넣고 뒤로 활짝 젖혀 넘기는 기술.
- 반드림
씨름에서 상대편의 몸을 끌어당겨 반쯤 들면서 한 발로 상대편의 발을 걸어 넘어뜨리는 기술.

그 총각이 간 뒤에 오가가 우두머니 섰는 유복이를 보고

"이 사람아, 그래 그 자식을 일껀 만나가지구 그렇게 싱겁게 보낸단 말인가. 내 분풀이해준다는 것이 헛말 된 건 고사하구 자네까지 봉변한 셈 아닌가. 자네가 힘으로 못 당할 것 같으면 표창으루 행실낼 수 있지 않은가. 재주를 두었다 무엇에 쓰나."

하고 길게 사설하니 유복이가 발명같이

"힘으루 당치 못할 듯하면 벌써 표창을 꺼냈지요."

하고 말하였다.

"그러게 말이지. 그런 재주두 부릴 것까지 없는데 왜 그대루 놔보냈나?"

오가가 말끝을 잡아가지고 다시 사설하니 유복이는 한동안 말이 없이 잠자코 있다가

"그 총각이 밉지가 않구먼요."

하고 총각의 똥무더기를 바라보며 새삼스럽게 웃었다.

"인제 어떻게 할라나. 들어갈라나?"

"글쎄, 어떻게 하실라우?"

"나는 이왕 나온 길이니 벌이나 하구 갈라네."

유복이는 본래 오가의 분풀이보다 총각과 힘겨룸해볼 생각이 많았던 터에 총각의 힘이 아무리 동뜨'고 하여도 자기보다 못한 것을 짐작하였고, 또 총각의 말하는 것과 짓하는 것이 밉지 않아서 총각을 그대로 곱게 보냈는데 오가에게 사설을 듣고 보니 자기가 오가를 속인 것도 같아 속으로 미안한 맘이 없지 아니하

였다. 미안한 맘에 벌이를 도와줄 생각이 나서

"나두 같이 있어 보지요."

하고 유복이가 말하니 오가는 좋아하며

"그럼 언덕 위루 올라가세."

하고 말하여 오가와 유복이가 먼저 은신하였던 곳에 와서 붙어앉았다. 총각이 온 뒤에는 장에 들어가는 장꾼도 이내 끊어지고 다른 행인도 별로 없었다. 그럭저럭 해가 한낮이 지난 뒤에 오가와 유복이가 싸가지고 온 찬밥으로 점심을 먹는 중에 고갯길에서 말 워낭 소리가 들리었다.

"이크, 좋은 뜨내기가 생기는가베."

오가가 숟갈을 던지고 일어서니 유복이도 밥그릇을 치워놓고 일어섰다. 어떤 양반 하나가 부담말˙을 타고 탑거리 쪽에서 오는데 앞에 선 견마잡이는 수젓집이 곁에 달린 찬합과 병 하나를 함께 동여 걸머졌고, 뒤에 따르는 하인 하나는 큼직한 궤 위에 요강망태를 매어달아 걸머졌다.

• 동뜨다
다른 것들보다 훨씬 뛰어나다.
• 부담말(負擔馬)
말잔등에 자그만 농작을 싣고 그 위에 사람이 타게 꾸민 말.

"이놈들, 게 섰거라!"

오가의 큰 소리가 언덕 위에서 내려가니 견마잡이는 대번에 아이구머니 하고 고삐 쥔 채 주저앉고, 양반은 무엇아 무엇아 하고 하인의 이름을 부르면서 뒤를 돌아보고 그 하인은 언덕 위를 치어다보며 일변 양반에게 녜녜 대답하였다.

"이놈들, 부담 내려놓구 짐들 벗어놓구 가거라!"

오가가 다시 고성을 지르며 몇걸음 아래로 내려가니 그 하인이 견마잡이에게 가서 귀를 끄들어 일으켜세우며

"이 사람, 정신 차려! 앞서 뫼시구 가게. 뒤는 다 내가 담당할게."

큰 소리로 말하고 등에 진 궤를 길 옆에 벗어놓고 꽁무니에서 자그만 쇠몽치를 꺼내어 손에 들고 나서서

"이놈들, 내려오너라!"

하고 고함을 쳤다. 오가가 하인의 기세에 기운이 눌리던지 걸음을 멈추고 유복이를 돌아보니 유복이가 댓가지로 만든 표창 네댓 개를 주머니에서 꺼내들고 내치기 시작하였다. 첫번에 하인의 몽치 든 손을 맞히고 바로 뒤미처 하인의 미간을 맞히어서 하인은 몽치를 떨어뜨리며 곧 뒤로 벌렁 자빠지고, 그다음 한 개는 걸어가는 견마잡이 관자놀이에 들어가 맞아서 견마잡이가 또다시 주저앉았다. 오가가 유복이에게 손짓하여 같이 내려와서 하인은 유복이에게 맡기고 오가는 말 탄 양반에게로 갔다. 오가가 우선 견마잡이 짐을 벗기고 나서 발길로 내질러 고꾸라뜨리고 그다음에 양반을 말께서 잡아내리니 양반이 떨리어나오는 목소리로

"물건은 다 드리겠으니 목숨만 살려주시오."

비는 것을 역시 발길로 차서 고꾸라뜨린 뒤에 북두끈*을 끄르고 부담을 떼어내렸다. 오가가 유복이를 불러가지고 다련과 부담상자와 짐들을 같이 들어 날라서 언덕 위에 갖다 놓고 나중에 다시 살펴보는 중에 양반이 몸에 좋은 옷 입은 것을 보고 오가가 대들

어 옷까지 벗기어서 알몸을 만들었는데, 유복이가 소매 달린 옷은 소용없는 것이니 주어두라고 권하여 웃옷 한 가지로 그 알몸을 가리게 하였다.

"이놈들, 인제 가거라!"

오가의 호령 한번에 일행이 송도길로 내려가는데 웃옷으로 몸을 휩싼 양반이 맨 앞에 서고 손바닥으로 미간을 비비는 하인이 양반 뒤를 따르고 견마잡이는 한손으로 관자놀이를 누르고 또 한 손으로 말고삐를 쥐고 하인 뒤에 따라가며 뒤를 돌아보느라고 고개를 비틀어서 흡사 목비뚤이 병신 같았다. 오가와 유복이는 양반 입었던 옷가지와 하인 가졌던 쇠몽치와 말의 북두끈과 짐의 걸빵들을 모두 거두어가지고 언덕 위로 올라왔다.

"오늘은 벌이가 좋았네."
"부담에 무엇이 들었을까요?"
"궁금하거든 끌러보세그려."

● 북두끈
마소의 등에 실은 짐을 배와 한데 얽어매는 줄.
● 광친쇠
반짝반짝 빛이 나게 만든 쇠.

오가와 유복이가 부담상자의 농삼장을 같이 끌렀다. 한 상자를 열고 보니 옷가지와 피륙이 차곡차곡 담겨 있고, 또 한 상자를 열고 보니 민어, 광어, 상어, 전복, 홍합 등속 마른 어물이 가득히 담겨 있었다. 다련에는 누비이불이 들었고 궤에는 육초가 들었다. 병은 마개 빼고 맡아보니 술인데 반 병이 착실하고 찬합은 층층이 들어 보니 장산적, 천리찬, 북어무침, 고추장볶이가 아직 많이 남아 있었다. 수저는 광친쇠*요, 요강은 맞춤물건이었다.

"어느 골에 가서 얻어가지구 오는 것일세."

"어물 보면 해변 골인가 보오."

"전복 한 개 썰어 먹세."

"전복은 단단하니 집에 가서 불려 먹구 홍합이나 먹읍시다."

"홍합 좋지."

하고 오가가 껄껄 웃으니

"왜 웃소?"

하고 유복이가 물었다.

"자네 홍합 가지구 과거 보러 간 이야기 못 들었나?"

"못 들었소. 이야기 좀 하오."

"옛날 어느 시골에 한 선비가 있었는데 그 선비가 아내를 못 잊어서 과거를 못 보러 가니까 그 아내가 꾀를 내서 몸에서 한 가지를 떼어줄게 가지구 갔다 도루 가지구 오라구 말하구 홍합 한 개를 주었더라네. 그 선비가 그것을 받아 주머니에 넣구 과것길을 떠났는데 서울 오구 과거 보구 하는 동안, 틈틈이 남몰래 주머니에서 꺼내 보구 싱글벙글 웃는 것을 다른 선비가 한번 눈결에 보구 수상히 여겨서 그 선비 자는 틈에 주머니 세간을 뒤지다가 홍합이 한 개 나오니까 넝큼 먹어버렸더라네. 이튿날 방이 나서 그 선비는 급제가 되었는데, 새 급제가 주머니를 샅샅이 뒤지더니 급제는 했어두 아내는 병신을 만들었다구 낙심하더라네. 이야기는 고만일세. 그것 좀 꺼내놓게. 같이 먹세."

하고 오가는 유복이와 같이 웃었다. 오가와 유복이가 찬합 반찬으로 먹다 둔 밥을 마저 먹고 물 대신 병의 술을 조금씩 따라 마시고 짐을 묶는데, 부담상자는 유복이가 지려고 둘을 포개서 함께 묶고 그 나머지 물건은 오가가 지려고 모두 모아서 함께 묶었다. 짐들을 묶어놓고 돌아오는 장꾼을 내다보는 중에 총각이 암소 한 마리를 앞세우고 고개로 내려왔다.

"여게 총각, 인제 가나?"

유복이가 나서서 말을 붙이니

"이때까지 날 기다리구 있었어? 소 가지구두 내기 못해."

총각이 걸어가며 대답하였다.

"여게, 자네 술 먹을 줄 아나?"

"사내자식이 술 못 먹을까."

"그럼 한잔 먹으려나?"

"주면 먹지."

총각은 쇠고삐를 쥐고 걸음을 멈추고 유복이는 술병과 홍합을 손에 들고 내려왔다. 총각이 남은 술을 병으로 들이켜고 홍합 서너 개를 한꺼번에 입에 넣고 꺼귀꺼귀 먹는데 유복이는 총각이 무식하게 먹는 것을 서서 보는 중에 홀제 오가의 이야기가 생각나서 혼자 웃었다.

"왜 웃소?"

"그까짓 웃는 곡절은 말할 것 없구 인사나 하세. 나는 박서방이란 사람일세."

"나는 곽도령이란 사람이오."

"이름은 무엇인가?"

"당신의 이름은 무엇이오?"

"내 이름은 유복일세."

"내 이름은 오주요."

"고향이 어딘가?"

"황해도 강령이오."

"나두 고향이 강령일세."

"거짓말 마우. 말이 틀리우."

"나는 유복자루 타향에서 나서 자랐지만 우리 부모는 강령 사람이야."

이때 뒤에 오는 장꾼이 보이었다.

"내일 점심때 이리 올라나?"

"왜?"

"한고향 사람이 만나 이야기나 좀 하세그려."

"그럽시다."

"그럼 내일 점심때 만나세."

유복이는 총총히 총각과 작별하고 언덕 위로 올라갔다.

이튿날 유복이가 곽오주를 만나서 같이 먹으려고 탁주 한 병과 마른 어물 몇쪽을 가지고 탑고개를 나왔다. 이때 해가 한낮이 못 되어서 오주는 아직 오지 아니하였는데 난데없는 금도군관禁盜軍官 하나가 군사 칠팔명을 거느리고 고갯길에 나타났다.

'어제 양반자놈가 송도 들어가서 말한 것이구나. 이런 일이 있

을 줄은 생각 못하고 오주를 이리 만나자고 했으니 지금 어떻게 하면 좋을까.'

　유복이가 생각하는 중에 앞잡이 군사가 벌써 언덕 아래까지 왔다. 일이 다급하여 유복이가 곧 앉았던 자리에서 일어섰는데 언덕 위를 살펴보던 군사가 이것을 보고

　"너 웬 놈이냐! 이리 내려오너라."

하고 호령하였다. 유복이가 뒤도 돌아보지 않고 산으로 도망하니 그 군사가

　"도둑놈 여기 있다!"

하고 외친 뒤에 언덕 위로 올라와서 유복이의 뒤를 쫓았다. 그 군관이

　"너희들은 이리 가서 뒤를 쫓아라."

　"너희들은 저리 가서 앞을 질러라."

하고 손가락질하며 지휘하여 군사들이 이리저리 갈리어 뒤쫓고 앞질렀다. 유복이가 뒤에서 나는 아우성에 쫓기어서 뛸 수 있는 대로 뛰는데 술병이 주체궂어서 내버릴까 하는 중에 앞을 지른 군사 하나가

　"이놈아, 어딜 가!"

하고 몽치를 두르며 달려왔다. 유복이는 딱 서서 그 군사가 가까이 대어들기를 기다리다가 그 군사의 면상을 노리고 술병을 내던졌다. 술병이 깨어지며 군사는 탁주를 뒤어쓰고 뒤로 나가자빠졌다. 유복이가 군사의 나자빠지는 것을 보고 얼른 주머니에서 댓

가지들을 꺼내서 손에 들었다. 이동안에 뒤에 쫓는 아우성이 차차 가까이 들리는데 유복이는 몇걸음을 앞으로 나가다가 곧 돌쳐서서 뛰어온 길을 천천히 걸어왔다. 뒤쫓던 군사들이 이것을 바라보고 서로 돌아보며 수군거리다가 사오명 군사 중에 한 군사가 앞으로 나서며

"이놈, 항거할 생각 말구 곱게 줄 받아라!"
하고 소리를 질렀다. 유복이가 잠깐 발을 멈추고

"날 잡으려면 너희들 백명 이백명이 와두 소용없다. 애초 잡을 생각 말구 곱게들 가거라. 만일 내 말을 듣지 아니하면 너희들을 낱낱이 병신 맨들어 보낼 테다!"
하고 통통히 호령하고 여전히 앞으로 걸어나왔다.

"이놈, 큰소리 마라!"

"본보기를 내야 너희들이 내 말을 믿을 게다. 너희들 다 보아라. 지금 소리지르는 놈 바른편 눈을 멀게 해줄 테다."

유복이의 손에서 댓가지 하나가 날아나가더니 그 댓가지가 위로 올라가지도 않고 아래로 처지지도 않고 꼭 소리지르던 군사의 바른편 눈에 들어가 박히었다.

"아이구!"

그 군사가 눈을 부둥켜쥐려다가 댓가지가 손에 가로거치니 입을 악물고 댓가지를 뽑아버렸다. 다른 군사들이 이것을 보고는 당황한 기색으로 서로 얼굴을 바라보다가

"이놈들, 모조리 병신이 되구야 갈 테냐!"

유복이 호령 한마디에 모두 돌아서 뛰어가는데, 애꾸 된 군사는 아픈 눈을 손으로 누르며 여러 군사 뒤에 뛰어갔다.

 유복이가 앞으로 걸어오는 중에 뒤에서 발짝소리가 나는 것을 듣고 얼른 돌쳐섰다. 군사 이삼명이 살금살금 뒤를 밟아오다가 유복이가 돌아서는 것을 보고 일시에 악 소리를 지르며 뛰어들어 왔다. 유복이가 앞서 들어오는 군사 하나를 발길로 차서 자빠뜨리고 그 몽치를 빼앗아 들고 이놈 치고 저놈 치고 하였다. 이 통에 유복이도 머리를 몽치에 맞아서 머리가 터지고 허리를 발길에 차여서 허리가 아팠다. 유복이가 머리를 만지고 허리를 주무르고 주머니 속에서 쇠끝을 두어 개 꺼내서 댓가지들과 함께 손에 쥔 뒤 어제 은신하였던 자리에 와서 아래를 내려다보니 길 중간에 군관이 서고 그 앞에 군사들이 늘어서서 무엇들을 한참 지껄이는 중이었다.

 "이놈들, 그저 안 갔구나. 이 산 위에 쓰러진 놈들이 있으니 너희들이 가서 끌구 가거라."

 군관이 군사를 헤치고 앞으로 나서서 칼을 빼어들고 언덕 위로 올라오려고 하는데

 "네놈은 칼을 믿구 올라오느냐? 칼을 쓰지 못할 테니, 자 보아라!"

 유복이가 쇠표창 한 개로 군관의 칼 든 손을 맞히어서 군관은 손에서 칼을 떨어뜨리고 발을 멈추었다.

 "너희들 인제는 내 재주를 알았겠지. 쇠끝 한 개루 목숨 하나

를 끊을 수 있다. 너희들을 구태여 죽이기까지 할 것이 없기에 지금 내 재주만 보인 것이니 이담에 너희가 혹시 날 만나더라두 아예 덤빌 생각 마라. 그러면 나두 너희를 건드리지 않을 테다."
　유복이는 재주를 자랑하는데
　"큰소리하는 네 아가리를 찢어놓을 날이 있을 테니 두구 봐라."
군관은 이를 갈았다. 그 군관이 쫓겨내려온 군사들을 세워놓고 도적놈 하나에게 여럿이 쫓겨왔다고 개 꾸짖듯 하던 끝이라 도적을 눈앞에 보면서 잡지 못하고 가기는 우선 군사들 보기에도 꼴이 사납고, 도적이 재주를 가져서 섣불리 잡으려다가는 도적의 말과 같이 목숨까지도 위태할 모양이라 잡으러 올라가기는 겁이 나서 면무료하느라고 손등에서 뽑은 쇠끝을 들고 군사를 돌아보며
　"별놈의 재주가 다 많다."
하고 쇠끝 박히었던 손을 폈다 쥐었다 하였다. 영리한 군사 하나가 군관 가까이 와서
　"칼 쓰시기가 거북하시겠습니다."
나직이 말하고 나서 동무 군사들을 돌아보며
　"저 도둑놈을 잡자면 좋은 수가 있겠네. 우리가 부중에 들어가서 무고武庫에 가 말하구 갑옷투구를 얻어다가 갑옷 입구 투구 쓰구 나오면 염려 없지 않겠나."
하고 말하였다. 군관이

"미친놈 미친 소리 말구 저 칼이나 이리 집어다우."

하고 말하여 그 군사가 언덕 위를 치어다보며 앞으로 나와서 땅에 떨어진 칼을 군관에게 집어다 바치면서 넌지시

"삼십육계를 생각해봅시오."

하고 달아나자고까지 말하는데 군관은 검다 쓰다 말이 없었다. 이때 술병 맞고 자빠졌던 군사와 몽치 맞고 쓰러졌던 군사들이 서로 붙들고 산에서 고개 밑으로 내려왔다. 군사 하나가 이것을 바라보고

"저것들 저기 내려오네."

하고 말하니 군관이

"저런 병신의 자식들! 그 자식들의 꼬락서니가 어떤가 우리 가서 보자."

• 허허실수로
허허실실로. 되면 좋고
안 되어도 그만인 식으로.

하고 고개 밑을 향하고 서다가 다시 몸을 돌이켜서 언덕 위에 섰는 유복이를 치어다보며

"네놈의 목숨이 얼마나 오래가나 어디 두고 보자."

악증풀이하듯 말하고 곧 군사들을 데리고 고개 밑으로 내려갔다. 유복이가 그제야 앉아서 두 다리를 뻗고 머리를 젖히어들고 해를 치어다보니 벌써 한낮이 훨씬 기울었다.

"오주가 올 때가 지났는데, 혹시 오다가 군사들 섰는 것을 멀리서 바라보구 의심이 나서 도루 갔나? 허허실수루˙ 조금만 더 기다려볼까."

유복이는 혼잣말하고 조금조금 기다리는 중에 곽오주가 터덜

거리고 고개 위로 올라왔다.

"자네 인제 오나?"

유복이가 언덕 위에서 일어서니

"많이 기다렸소?"

오주가 언덕 아래서 치어다보았다.

"어서 이리 올라오게."

유복이는 오주가 올라오기를 기다려서 같이 느런히 앉았다.

"자네 오다가 포도군사들을 만났나?"

"군산지 깻묵인지 복색 다른 것들이 많이 갑디다. 그놈들 어떤 놈한테 가서 경을 흠씬 치구 가는 거야. 그렇기에 골통이 터진 놈두 있구 얼굴바닥이 깨진 놈두 있구 한짝 눈이 깨물어진 놈까지 있지."

"그놈들이 자네보구 실랑이 않든가?"

"어디 사느냐구 묻구 어디 가느냐구 묻습디다."

"그래 어딜 간다구 대답했나?"

"묻는 것이 수상하기에 금교 뒷장 보러 간다구 했소."

"자네두 거짓말할 줄 아네그려."

"나를 거짓말두 못하는 밥병신으루 알았소?"

"자네 같은 사람은 거짓말 아니하려니 생각했네."

"거짓말할 줄 아는 사람이 어디 따루 있소?"

"그래 뒷장 보러 간다니까 다른 말 없이 놔보내든가?"

"댓가지 가진 도둑놈이 있다구 가지 말랍디다. 나는 도둑놈이 무섭지 않다구 그대루 와버렸소."

"그놈들 말하는 도둑놈이 날세."

하고 유복이가 군사들과 싸우던 것을 일장 다 이야기하니 오주가 듣고 나서

"그런 줄 몰랐더니 흉악한 대적놈이구려."

하고 껄껄 웃었다. 유복이가 오주의 말을 듣고 역시 웃으면서

"좀도둑도 채 되기 전에 벌써 흉악한 대적이 된 모양일세. 내가 오늘날 이렇게 된 일생 경력을 이야기할게 들어보려나?"

하고 오주의 말을 기다리니

"사내자식이 도둑질한다면 대적놈이 되지 좀도둑놈이 되어서 쓰겠소?"

오주가 먼저 도둑에 대한 소견부터 말하고 그다음에

"왜 도둑놈이 되었나 이야기 좀 하우. 들읍시다."

유복이의 이야기를 들으려고 하였다.

"자초지종 이야기를 하자면 이야기가 길어."

"듣다가 듣기 싫으면 고만두라고 말하리다."

유복이가 오주의 솔직한 말을 듣고 한번 웃은 뒤에 자기 아버지가 남의 모함에 죽은 일부터 이야기하기 시작하여 자기가 서울 행랑에서 나서 자라던 일과 맹산 두메서 병으로 고생하던 일과 강령 큰골에서 원수 갚던 일을 모두 이야기하고, 또 덕물산 장군당에서 장군 마누라를 가로 차지하고 맹산으로 가는 길에 우연히 오가의 집에 들어가서 같이 있게 된 곡절까지 속임없이 다 이야

기하였다. 유복이의 이야기를 듣는 동안에 오주는 줄곧 유복이의 입을 바라보고 있었는데, 부모의 원수를 못 갚고 앉은뱅이로 고생하는 토막에는 닭의똥 같은 눈물을 떨어뜨리고 원수의 목을 잘라가지고 부모 무덤에 오는 토막에는 곤댓짓을 하며 싱글거리고 또 귀신의 마누라를 가로채는 토막에는 너털웃음을 내놓았다.

"군사 녀석들 때문에 막걸리 한 사발을 못 먹게 되어서 분하구려."

"배가 고픈가? 안주루 가지구 온 것은 여기 있으니 먹으려나?"

유복이가 품에서 어물쪽을 내놓으니

"속시원한 이야기를 들은 끝에 술 한 사발을 들이키었으면 좋겠단 말이오."

오주는 그 어물쪽을 돌아다도 보지 아니하였다.

"인제 자네 이야기 좀 듣세."

"나는 이야기할 것 없소. 그럭저럭 나이만 스물네살 먹었소."

"자네 나이 한 삼십 된 줄 알았더니 겨우 스물넷밖에 안 되었어?"

"박서방은 몇 살 먹었소?"

"서른넷일세."

"서른넷이면 내게 십년 맏 아니오?"

"그렇지."

"우리 둘째형하구 한나이구려."

이말저말 묻는 중에 유복이는 오주의 신세 이야기를 대강 듣게 되었다.

  오주은 강령 향나뭇골 농민의 아들인데 오형제 중 막내아들로 부모의 귀염을 받아서 어렸을 때는 별로 고생을 몰랐고, 여섯살에 어머니가 죽고 아홉살에 아버지가 죽어서 그 뒤로 맏형수에게 눈칫밥을 얻어먹게 되어 고생맛을 알기 시작하였다. 맏형수가 위인이 좋지 못하여 없는 말 있는 말을 맏형에게 지껄이면 아내 말을 잘 듣는 맏형이 오주를 못살게 굴었다. 오주는 맏형도 밉거니와 맏형수가 더욱 괘씸하여 버릇을 가르치고 싶은 생각이 있는 터에, 어느 날 형수가 부엌에서 불을 때면서 나무 아니 해온다고 잔소리하는 것을 오주가 뺨을 치고 머리채를 끄들고, 그날 저녁 때 맏형 내외에게 죽도록 얻어맞고 따로 살림 나서 사는 둘째형에게로 갔더니 간 지 며칠 못 되어서 벌써 둘째형수도 눈치가 좋지 못하였다. 아버지 죽던 이듬해부터 남의집살이하는 것이 오늘날까지인데, 열다섯살에 해주로 나와서 한 집에서 한 삼년 살고 그 뒤에 연안으로 나와서 이집저집 옮아다니며 대여섯 해 살고 연안 있을 때 자라울 사람 하나를 친하여 그 연분으로 자라울에 들어와서 일년 지내고 개래동 정첨지 집에 와서 머슴살이한 지는 일년이 채 못 되었다. 오주의 맏형 일주는 향나뭇골에 눌러앉아서 농사짓고 둘째형 이주는 등산곶으로 이사가서 어부 노릇하고 셋째형 삼주와 넷째형 사주는 다 장가도 들지 못하고 죽었다. 맏형, 둘째형이 살아 있지만 서로 연신을 끊고 지내는 까닭에 지금 오주에게는 형제가 없느니나 진배없는 터이었다.

유복이와 오주가 서로 사귄 뒤에 유복이가 오주를 사랑할 뿐 아니라 오주도 유복이를 좋아하여 한 장도막에 한두 번씩 자리를 맞추고 만나게 되었다. 처음 만난 뒤로부터 두어 장 지난 때다. 유복이가 오주를 만나서

"나는 아우 없는 사람이구 자네는 형들이 있지만 실상 없으니나 다름없다니 우리 둘이 의형제를 모으구 지내보려나?"

하고 오주의 의향을 물으니 오주는 대번에 일어서서

"형님, 아우의 절을 한번 받으시우."

하고 너푼 절을 하였다.

"우리가 인제부터는 각성바지 형제다."

"각성바지할 것 없소. 내 성을 박가루 고치든지 형님 성을 곽가루 고치든지 맘대루 고치구서 참말 형제루 합시다그려."

"성이야 고칠 수 있나. 지내기만 우애 있는 참말 형제같이 지내지."

"아무리나 형님 말대루 합시다. 그렇지만 그까짓 성은 아주 떼버려두 아깝지 않은데 다른 성으루 고치지 못할 거 무어 있소?"

"성이 뗀다구 떨어지구 고친다구 고쳐지나. 또 우리 부모가 각각 다른 바에 한성을 가진다구 피차간 피가 같아지나."

"피가 다른 거야 누가 모른다우? 성이나 같이 하잔 말이지."

"피가 달라서 성이 다른 것을 억지루 어떻게 하나."

"성이 피에 붙은 것이오?"

"붙은 셈이지."

"그럼 우리가 아버지 어머니 피를 다 받았으니까 성을 둘씩 가져야 하지 않소? 하필 아버지 성만 가질 것 무어 있소."

"아버지 성 갖는 것은 옛날부터 내려오는 법이야."

"도둑질은 하라는 법 어디 있소? 하라는 법이 없어두 하면 되는 것 아니오. 아따 이렇구저렇구 그까짓 성은 박가 곽가루 내버려둡시다."

유복이와 오주는 형제의를 맺은 뒤 이와같이 성을 가지고 논란하고 오주가 새로 생긴 형수인 유복이의 아내를 같이 가서 상면하겠다고 말하여 유복이는 오주를 데리고 산속에 있는 오가 집으로 들어오게 되었다. 유복이가 오주를 대문 밖에 세우고 먼저 집에 들어와서 오가 내외와 자기 아내를 보고 오주 데리고 온 사연을 말하니 오가는

"자네가 처음부터 그 총각을 사랑하더니 그예 아우를 만들었네그려. 이왕 데리구까지 왔으니 불러들이게."

하고 선선히 말하나 오가의 마누라는 자기 남편을 골탕먹인 것이 종시 맘에 맺혀서

"쇠새끼 같다는 위인을 만나러 다니는 것도 부질없는 일인데 형제의를 맺은 것은 생각 덜한 짓일세."

미타하게 말하고 유복이 아내는 자기가 도망꾼이라 외인을 만나는 것이 맘에 좋지 아니하여

"요전에 내 말 했다는 것도 시원치 못한 일인데 같이 오잔다고 쭈르르 끌고 온단 말이오? 다음날로 미루고 집에 와서 공론한 뒤

에 데리고 오든지 말든지 하지."

사리로 나무랐다. 오가가

"그 총각이 하두 우악스럽구 무식스러워서 내가 쇠새끼라구 별명까지 지었지만 위인이 취할 점이 많아. 우리 사위가 일을 어디 지망지망히 하는 사람인가. 어련히 생각하구 형제의를 맺었을까."

하고 그 마누라를 누르고

"네 말은 유리한 말이다. 그렇지만 활발한 사내 생각과 좀스러운 여자 생각이 어디 같은가. 여자들은 사내 하는 일을 소홀한 것처럼 말하지만 여자같이 좀스럽다구 조밀한 것이 아니야. 여자들은 소견이 빽빽해서 일을 분간할 줄 모르거든. 우선 여자들이 장기루 생각하는 조밀한 것 하나만 가지구 말하더라두 조밀한 것이 일하기 전에 소용 있지, 일한 뒤에는 소용없는 것인데 여자들은 흔히 성복 후 약방문*으로 잔소리를 퍼부어서 사내를 골치만 땡하게 만들지그려. 네가 지금 문밖에 온 사람을 두구 공론한 뒤에 데리구 오지 않았다구 사살하니 그것두 역시 쓸데없는 잔소리 아니냐. 너는 여자루 소견이 제법이건만 종시 여자라 할 수 없구나."

하고 그 수양딸의 말을 막았다. 오가가 이와같이 만판 너스레로 유복이를 거드는 중에 대문 밖에서

"형님, 나 들어갈라우."

하고 무뚝뚝한 말소리가 들리며 곧 오주가 안마당으로 들어왔다.

유복이가 마루 앞에 서 있다가 들어오는 오주에게로 마주 나가서

　"저기 있는 내 방으루 가자."

하고 아랫방으로 데리고 왔다. 오가가 먼저 안방에서 내려와서

　"뜻밖의 손님일세. 잘 왔네."

인사하고 방안에 들어앉은 뒤에 유복이가 아내를 내려오라고 부르는데 오가의 마누라가 총각을 가까이 구경하려고 수양딸과 같이 내려왔다. 유복이의 아내가 방안에 들어서니 오주가

　"아주머니 보입시다."

하고 절하고 인사하고 끝으로 방문 밖에 섰는 오가의 마누라를 유복이가

　"들어오시지요."

● 성복 후 약방문
사후약방문.
시기를 잃어 일이 낭패됨.

말하여 방안으로 들어온 뒤 오주더러 인사하라는 눈치로

　"저 어른이 우리 장모다."

하고 가르쳐주었건만 오주는 한번 머리를 끄덕거리고 쓸쓸하니 앉아 있었다. 오가의 마누라는 겸연쩍어서 얼굴이 붉어지고 유복이의 아내는 미안스러워서 역시 얼굴이 붉어지는데 유복이는 태연스러웠다.

　오가가 네 사람의 눈치를 보다가 한번 허허 웃고

　"여게, 총각!"

하고 오주를 불렀다.

　"왜 그러우?"

"내가 자네에게 골탕을 먹은 뒤에 자네를 쇠새끼라구 별명 지었네."

"낭에서 떨어질 때 쇠새끼라구 하는 소리 나두 들었소."

"지금 인사할 줄 모르는 것만 보더라두 자네가 그 별명을 들어싸지."

"무슨 인사를 할 줄 모른단 말이오?"

"딸에게는 절하구 어머니에게는 절 않는 것이 인사할 줄 모르는 것 아닌가. 수양어머니두 어머니는 어머니거든."

"딸은 내게 아주머니니까 절하지만 어머니야 내게 무엇 되우? 절하게."

"형수의 어머니가 사돈어른 아니겠나. 사돈어른보구 어째 절을 아니하나."

"절을 해야 하우?"

"해야 하구말구."

"그럼 사돈어른, 절 받으시우."

하고 오주가 일어나서 오가의 마누라에게 절하고 다시 앉으려고 할 때 오가가 점잔을 빼면서

"사돈어른으루 말하면 밭사돈어른이 더 소중한 법이야. 늦었지만 내게까지 절하구 앉게."

말하고 웃으니 오주는

"나를 꼬여서 절 받을라구?"

하고 유복이의 눈치를 보았다.

"이왕 하는 길이니 한번 더 하려무나."

"형님두 나를 절시키구 웃을라구 그러지."

오가가 유복이 대신

"아우를 웃을 리가 있나. 해야 하는 것이지."

하고 말하니 오주는

"해야 하더라두 이담버텀 하구 이번은 고만둡시다."

하고 펄썩 주저앉았다.

"그리하게. 이번은 고만두게. 그렇지만 단단히 잊지 말게. 절 한번 맡았으니."

"절을 맡아두면 이담 할 때 한꺼번에 두 번 하란 말이오?"

"그렇지."

"성가시어 안 맡겠소. 자, 받아가우."

하고 오주가 또다시 일어나서 오가에게 절을 하여 방안 사람이 모두 웃고 오주가 열적어서

"제기."

하고 자리에 앉은 뒤에 오가가

"우리 사위는 아우 얻은 턱이 있구 우리 딸은 시동생 얻은 턱이 있구 또 우리는 사돈총각에게 억지 절 받은 턱이 있으니 술 한 상 잘 차려내게."

하고 마누라를 돌아보니 그 마누라는 웃으면서

"술상을 잘 차려낼게 이다음에는 사돈어른을 낭떠러지에 떠다 박지르지나 마오."

오주보고 말하고 수양딸과 같이 안방으로 올라왔다.

　아랫방에 세 사람이 남아 앉아서 이런 이야기 저런 이야기 하며 한동안 지난 뒤에 유복이의 아내가 내려와서 술상이 다 되었다고 내려올까 물으니 오가가

　"술을 많이 먹을 터인데 이리루 날라오기 귀찮으니 우리들이 안방으루 올라가세."

하고 유복이를 돌아보았다. 유복이는

　"아무리나 합시다."

오가더러 말하고 오주는

　"형님 방에서 먹읍시다."

유복이더러 말하는데 오가가 오주더러

　"사돈어른들 기신 방이 넓으니 그리루 올라가세."

말하고 곧 뒤를 이어

　"절에 간 색시는 중 하자는 대루 하는 것이야."

말하며 웃었다.

　오가의 집 안방에 술판이 벌어졌다. 오가와 유복이도 술을 잘 먹지만 오주는 사발이 돌아오기 무섭게 한숨에 죽죽 들이키었다. 처음 한 동이 술이 다 끝나고 새 동이가 들어왔을 때 오주가 한 사발을 떠서 오가 마누라에게로 불쑥 내밀면서

　"사돈어른, 한 사발 잡수시우."

하고 별미쩍게 권하니 오가의 마누라는 웃고 받아서 지우고 마시고, 또 오주가 새로 한 사발을 떠서 들고

"아주머니두 좀 잡수시우."

하고 유복이 아내에게 내어미니

"나는 술 먹을 줄 몰라요."

하고 유복이의 아내는 사발을 받지 아니하였다. 오주가 앞으로 나앉아서

"새루 생긴 시동생이 드리니 받으시우."

하고 사발을 턱밑까지 들이밀어서 유복이의 아내는 옆으로 비켜 앉으며

"먹을 줄 모르는 걸 어떻게 먹어요."

하고 눈살을 찌푸리다가

"너무 사양 말구 장모처럼 지우구 먹게그려."

하고 유복이가 말을 이른 뒤에 유복이의 아내는 오주가 주는 사발을 받아서

"당신이나 내 대신 잡수시우."

하고 유복이를 주었다. 아내의 술 대신 먹는 유복이를 오주가 바라보며

"아주머니가 기생 같소."

하고 어둔 밤의 홍두깨 같은 말을 내놓아서 다른 사람은 고사하고 유복이까지 대답할 말을 몰라서 잠자코 있으니 오주가 다시

"내가 기생 구경 못한 줄 아우? 전에 해주 있을 때 감사가 영해루에서 잔치할 때 기생들이 영해루루 가는 것을 길가에서 가까이 본 일이 있소. 아주머니 얼굴이 그때 보던 기생들버덤 더 곱소."

하고 전에 본 기생과 비교하여 의형수의 자색을 칭찬하였다. 다른 사람들은 그저 웃을 따름이요, 유복이의 아내는 술 한 사발 먹은 이나 진배없이 얼굴이 붉어졌다.

"여보 형님, 이번 최장군 마누라는 내가 가서 뺏어올까?"

오주의 하는 말이 점점 더 듣기 괴란하여 유복이의 아내가 자리에서 일어나려고 몸을 움직일 때 오가가 일부러 지어 하는 말 같지 않게 얼없이˚ 술상에 놓인 마른 어물쪽을 가리키며

"나는 이가 아파 이대로 못 먹겠으니 따루 몇쪽만 머루마치루 꽝꽝 뚜들겨서 갖다 다우."

하고 말하여 유복이의 아내가

"네."

대답하고 밖으로 나갔다. 오가가 술상에서 홍합을 집어서 오주를 주며

"총각, 홍합 좋아하나?"

하고 의미 있게 웃어서 오주가

"왜 웃소?"

하고 웃는 까닭을 묻는데 오가는 웃음을 거두고 시침 떼고 앉아서

"총각, 장가들고 싶은가? 장가는 마구 들 것 아닐세. 하루 화근은 식전 취한 술이요, 일년 화근은 발에 끼는 갖신이요, 일생 화근은 성품 고약한 아내란 말이 있지 않은가. 장군당에 갈 공론 고만두구 술이나 먹세."

하고 술사발을 돌리었다. 어느덧 한 동이가 다 들나서 또 새 동이

를 가져오게 되었을 때 오가의 마누라가 오주를 바라보며

"총각 같은 손님이 날마다 오면 하루 술 한 독씩 들나겠네."

하고 면박주듯 말하는데 오주는

"난생처음으루 오늘 술을 잘 먹소."

하고 치사하듯 대답하였다.

　나중 들어온 한 동이는 오가와 유복이가 번갈아가며 오주와 대작하여 오주는 오가와 유복이보다 몇사발을 더 먹고 해질물에 돌아가려고 일어섰다. 유복이는 오주를 큰길까지 데려다주려고 오주와 같이 나오면서 길 없는 산속의 목표들을 모두 가르쳐주고

"틈이 있거든 자주 놀러오너라."

하고 이르니

"형님이 보구 싶어두 오구 술이 먹구 싶어두 올 터이니 염려 마우."

하고 대답하였다.

● 얼없다
얼이 빠져 정신이 없다.
● 통히 도무지.

2

　금교역이 앞으로 나가고 그 뒤에 청석진靑石鎭이 생기고 청석진에 첨사僉使가 있다가 없어지고 그 자리에 대흥산성大興山城 중군中軍이 나와 앉았던 것은 모두 후세 일이지만, 탈미골에 금도군영禁盜軍營이 설치된 것은 오가가 청석골에 자리를 잡기 전 일이다. 탈미골에는 일시 도적이 둔치고 있어서 행인이 통히˙내왕

하지 못한 까닭에 군영이 설치되고 금도군관들이 군사들을 거느리고 나와 있게 된 것이었다. 탈미골 강가는 젊은 사람이라 도적질 나선 것이 오가보다 뒤진 까닭에 청석골 같은 거침새 없는 좋은 자리를 오가에게 먼저 빼앗기었을 뿐 아니라, 강가의 아비가 탈미골에 둔치고 있던 적당 한 사람으로 적당이 흩어질 때 갈려 울로 들어와서 파묻혀 사는 중에 낳은 아들이라 그 늙은 아비의 지난 자취에 맘이 끌리어서 탈미골에서 도적질하게 되었다. 강가가 사람이 표독하고 민첩하여 도적으로 나선 지 불과 수년에 십년 구닥다리 청석골 오가와 이름이 아울러 높았으나 군영이 턱밑에 있어서 일에 방해가 적지 아니한 까닭에 실상 벌잇속은 오가를 따르지 못하였다. 송도 군관이 댓가지 도적에게 봉변한 데 불집이 나서 송도 군관들은 오가를 잡으려 하고 탈미골 군관들은 강가를 잡으려고 하는데, 정작 불난 자리 청석골에는 송도 군관들이 나오는 번수는 잦으나 건정으로 휘돌아다니다가 들어갈 뿐이지만 불똥이 튀어온 탈미골에는 군관들의 기찰이 전보다 버쩍 심하여 강가의 여간 벌이는 내통하여 주는 군사 입씻기기에 다 들어갔다. 어느 날 강가가 벌이하려고 큰고개 근처에 나가서 돌아다니다가 군사들이 개 싸다니듯 하여 군사들의 눈을 피하느라고 정작 벌이는 하지도 못하고 다저녁때 빈손으로 갈려울 집에 돌아와서 그 늙은 아비를 보고 자리 옮길 것을 의논하니, 그 아비 말이 조선 공사 사흘˙이라고 며칠만 지나면 기찰이 눅어질 터이니 기다려보는 것이 좋다고 하였다. 며칠 지난 뒤 그 아비의 말이 뒤쪽으로 맞았다. 해주 감영에서 수단 있는 군관이 감사의 분부를 물어가지고 새로 왔는데 감사의 분부가 서슬이 푸르렀다. 강가란 도적을 그예 잡아서 감영으로 올리되, 만일 잡지 못하면 전부터 있는 군관이나 새로 온 군관이나 일체로 중책을 면치 못한다는 것이었다. 군관들이 머리를 모으고 공론들 하는 말이 새어 나와서 강가의 귀에 들어왔다.

강가가 밖에 나와서 소문을 듣고 집에 돌아오니

"군영 동정이 어떻더냐, 차차 눅어지는 모양이더냐?"

하고 그 아비가 물었다.

"눅어지는 게 다 무어요? 잘못하면 우리 집은 고사하고 우리 동네가 쑥밭이 될 모양이오."

"어째서?"

"해주 감영에서 새루 군관이 왔는데 그예 날 잡아야지, 잡지 못하면 큰 탈을 당한다구 그전 있던 군관과 쑥덕공론하더라우. 아무래두 얼른 자리를 옮기는 것이 우물고누 첫수˙일까 보우."

● 조선 공사 사흘
우리나라 사람이 참을성이
부족하고 일을 자주 변경함을 이름.
● 우물고누 첫수
가장 좋은 대책, 유일한 수단을
비유적으로 이르는 말.

"그러면 집안 식구까지 다 옮겨야 할 모양이니 갑자기 어디루 가나?"

"탐나는 자리가 가까이 한 군데 있는데 먼저 차지하구 있는 놈을 집어치워야 해요."

"청석골 말이냐? 청석골 오가의 집이 두석산 속에 있다지만 누가 길을 알아야지."

"두석산 동편 날가지 속이랍디다. 연전에 매부가 사냥 갔다 들어가보구 와서 이야기 아니합디까."

"그랬던가. 내가 정신이 사나우니까 들었어두 잊었지. 이애, 그 사람을 집어치울 생각 말구 같이 있자구 그 사람하구 의논해보면 어떻겠니?"

"면분두 없이 지내던 터에 같이 있자고 의논하면 되겠소? 그러구 내가 가서 그 늙은것의 수하 노릇을 한단 말이오? 집어치우는 것이 제일이지."

"집어치우기가 어디 용이한가."

"오가 하나만 같으면 우리 남매만 가두 넉넉하지만 댓가지 도적이라구 떠드는 놈이 혹시 오가하구 함께 있으면 단단히 차리는 것이 좋으니까 외사촌 형제까지 다 데리구 가볼까 생각하우."

"가자면 낮에 가야지 밤에 가면 길두 모르는데 헛고생한다."

"새벽에 사냥 가는 체하구 가지요. 산속에 들어선 뒤에야 대낮이면 상관 있소?"

"오가가 어디 나가지 말란 법이 있나?"

"오가가 나갔으면 더 좋지요. 식구버텀 요정내구 기다리구 있다가 들어오는 걸 해내지요."

강가 부자의 공론이 끝난 뒤에 강가는 곧 매부와 외사촌들을 찾아보러 나갔다.

이튿날 새벽에 사냥꾼 복색한 젊은 사람 넷이 갈려울서 두석산 편으로 내려오는데 활을 팔에 걸고 전동을 어깨에 엇메고 앞에 오는 사람은 강가의 매부요, 허리에 환도를 차고 손에 창을 가지고 중간에 오는 사람은 강가요, 뒤에 오는 두 사람은 강가의 외종들이니 창들만 들었었다. 네 사람이 금교역말 못미처서 큰길을 건너 소로로 내려오다가 두석산 뒤를 돌아 동편 날가지 속에 들어설 때 해는 벌써 한낮이 다 되었었다.

이때 오가의 집에서는 오가 마누라가 몸살로 앓아서 안방에 누워 있고 오가와 유복이는 안방에 있다가 마침 오주가 놀러와서 아랫방으로들 내려가고 유복이의 아내는 부리는 계집아이를 데리고 마루에서 술을 거르고 있었다. 한눈파는 버릇이 있는 계집아이가 술 거르는 시중을 들다가 홀제 깜짝 놀라며

"아이구, 저기 사람 좀 보세요!"

하고 마루에서 마주 보이는 산 위를 가리켰다. 유복이의 아내가 손에 체를 쥔 채 계집아이 손가락 가는 곳을 바라보니 과연 산 위에 사람이 섰는데, 하나도 아니요 여럿이다. 체를 내던지다시피 놓고 일어서서 발에 신을 꿰며 말며 아랫방으로 쫓아내려와서 사람들이 앞산 위에 나섰다고 말하였다. 오가는

"사람이야?"

하고 먼저 일어나 나오고 유복이는 오주를 향하여

"잠깐 혼자 앉아 있거라."

하고 그 뒤를 따라나왔다.

"사람이 셋이지?"

"셋 같지 않소. 넷인가 보우."

"손에 무엇들을 든 사람이 셋 아니야?"

"사냥꾼들인가 보우."

"요즈막 송도 군관이 자주 나오더니 냄새를 맡구 밟아 들어온 겔세."

"수상하우."

"큰일났네."

"어떻게 할라우?"

"도망질치지 별수 있나."

오가와 유복이가 마루에 서서 서로 수작하며 바라보는 중에 산 위에 있는 사람들이 아래로 내려섰다.

"저것 보게, 이리 내려오네. 참말 넷일세. 넷뿐이로군."

"앞선 놈은 활 가졌소."

"이번 오는 것들을 쫓아버리든지 죽여버리든지 하구 서서히 도망질할 준비를 차렸으면 좋겠는데, 우리 둘이 될 수 있을까?"

"오주더러 집에 좀 있으라구 하구 우리 둘이 나갑시다."

"이 사람아, 어디를 나가잔 말인가. 활 가진 놈까지 있는데 나갔다간 봉패하네. 대문 닫구 집안에 들어앉아서 막아낼 도리를 생각하세."

"그럼 오주는 보냅시다."

"자네 맘대루 하게."

유복이는 아랫방으로 내려가고 오가는 안방에 들어와 보니 앓아누웠던 사람이 어느 틈에 일어나고 수양딸과 계집아이가 그 옆에 붙어앉았는데 세 얼굴이 다같이 새파랗게 질리었다.

"미리 질겁들 내지 말구 정신 차려. 범에게 물려가두 정신을 차려야 사는 법이야."

오가가 꾸지람하듯 큰 소리로 말하니

"어떻게 하기로 작정했소?"

오가의 마누라가 입안소리로 말을 물으며 섰는 오가를 치어다 보았다.

"바깥은 내다볼 생각두 말구 방안에들 가만히 앉았어."

"가만히 앉았다가 죽으란 말이오?"

"방안에 있는 사람이 죽으면 밖에 있는 사람은 사나?"

"그러니 얼른 함께들 도망하는 게 좋지 않소?"

"지금 도망하다가는 멀리 가두 못하구 화살 맞아 꺼꾸러지네."

"그러면 어떻게 해야 좋소?"

"가만히 방안에들 앉았어, 잔소리 말구."

오가가 벽장에서 칼을 꺼내가지고 나가려고 할 때 유복이가 방문을 열었다.

"오주 갔나?"

"아니 간다우."

"왜?"

"이런 일이 있는 줄 알면 일부러라두 올 터인데 가는 게 다 무어냐구, 내가 저더러 가란다구 곧 시비를 할라구 하는구려."

"오주까지 있으면 되었네. 네 놈쯤은 당할 수 있겠지."

"당해내기루 말하면 나 혼자두 염려 없소."

"만사가 튼튼한 것이 좋지 않은가."

오가는 다시 안식구들을 돌아보며

"바같은 내다볼 생각두 말구 가만히들 있어."

하고 말을 이르고 유복이와 같이 나왔다.

오가는 대문을 닫아걸러 문간으로 나가고 유복이는 아랫방으로 내려와서 오주와 같이 봉당에 걸터앉았다.

"쫓아나가보지 않구 대문 닫구 들어앉았을 모양이오."

오주가 두덜거리는 것을

"늙은이 하는 대루 두구 보자."

유복이가 타이른 뒤에

"너는 맨주먹으루 있을 터이냐? 짜른 환도 하나를 내다줄 것이니 손에 들라느냐?"

하고 유복이가 묻고

"나는 맨주먹두 좋소. 잘 쓰지두 못하는 환도 손에 들면 거추장만 스럽소. 고만두우."

하고 오주가 대답할 때 오가가 와서 말끝만 듣고

"무얼 고만두란 말인가?"

하고 역시 걸터앉으며 손에 들었던 칼을 옆에 놓았다.

"형님이 환도 하나 주랴구 묻기에 고만두랬소."

"왜?"

"이것이 있으니까."

오주가 주먹을 불끈 쥐어서 오가의 눈앞에 내밀었다.

"철퇴 같은 주먹으루 강정 같은 대가리를 아싹아싹 부수려나? 그렇지만 맨주먹으루 연장을 당하겠나. 무엇이든지 손에 들어야지."

하고 오가가 일어나서 부엌으로 가더니 재 치는 넉가래와 나무 패는 도끼와 다 타 모지라진 부지깽이를 주워들고 와서 오주의 발 앞에 벌여놓으며

"환도는 고만두더라두 이중에서 하나 골라잡아보게나."

하고 웃으니

"예 여보."

하고 오주는 아랫입술을 빼물고

"장난할 경황이 있으니 무던하우."

● 선진(先陣)
본진의 앞에 자리잡거나
앞장서서 나아가는 부대.

하고 유복이는 빙글거리었다.

기왓장 깨어지는 소리가 나며 안채 지붕에 화살 한 개가 떨어졌다.

"이크, 선진˚이 왔군."

오가가 봉당에 놓인 칼을 집어들었다. 한동안 지난 뒤에 담 밖에서 사람의 발짝소리가 나는 듯하더니 얼마 아니 있다가 대문을 박차는 소리가 들리었다. 오가가 유복이와 오주를 돌아보며

"내가 먼저 말을 좀 물어보구 올 것이니 잠깐들 기다리게."

하고 곧 대문간으로 나왔다. 환도 차고 창 든 사람 하나와 창만 든 사람 하나는 바로 대문 앞에 있고, 활 든 사람 하나와 창 든 사

람 하나는 망보는 것같이 멀찍이 떨어져 있다. 오가가 문틈으로 내다보며

"남의 집에 와서 문을 박차는 놈들이 누구냐?"
하고 소리지르니 환도 찬 사람이

"네가 오가냐? 잔말 말구 대문 열어라."
하고 맞소리질렀다.

"네놈들이 대체 어디서 왔느냐?"

"어디서 온 걸 알아야 문을 열 테냐? 탈미골서 왔다."

"탈미골?"

"내가 탈미골 강서방이다. 너두 내 선성은 들어뫼셨겠지."

오가는 어이가 없어 말이 안 나왔다.

"이런 좋은 자리를 너 같은 놈 주어두는 것이 아까워서 자리를 차지하러 왔다. 네가 고분고분히 이 집을 내놓구 다른 데루 간다면 너까지두 죽이지 않겠다만."
하고 창자루 끝으로 대문짝을 꽝 치고

"우리가 이 대문을 깨치구 들어가게 되는 때는 네 집의 개새끼 하나두 살려두지 않을 테니 알아 해라!"

강가가 통통히 호령하였다.

"조런 발칙한 놈이 있나! 요놈아, 입에서 아직 젖비린내나는 놈이 무엇이 어째! 조놈을 어떻게 하면 좋단 말이."

오가는 입가에 게밥을 지으면서 하늘이 얕다고 뛰다가 안으로 들어와서 유복이와 오주에게 분통 터지는 사연을 대강 말하였다.

유복이와 오주가 대문 열고 쫓아나가자고 말들 하는 것을 오가가 듣고

"아니."

하고 머리를 가로 흔든 뒤 먼저 유복이를 향하여

"활 가진 놈만 조처하면 뒤는 걱정이 없으니 자네가 담에 사다리를 기대놓구 올라서서 표창으루 활 가진 놈을 해내겠나?"

하고 물으니

"활 가진 놈이 가까이만 오면 어려울 것 없지요."

유복이는 선뜻 대답하고 다음에 오주를 향하여

"자네는 마당 한중간에 서서 두루두루 살펴보다가 앞뒷담 넘어오는 놈이 있거든 주먹으로 때려누이겠나?"

하고 물으니

"당신은 어떻게 할라우?"

오주는 오가더러 되물었다.

"나는 칼을 들구 대문 뒤에 가서 붙어 서 있다가 문을 깨뜨리구 들어오는 놈을 쳐죽일 작정일세."

오가의 말에

"아무리나 합시다."

오주가 대답하여 약속이 정하여졌다.

오가의 집 대문간 바른편에는 아랫방이 있고 왼편에는 광이 있다. 유복이는 사다리 놓여 있는 곳에서 가까운 광 옆담에 사다리를 기대놓고 올라서서 담 밖을 내다보고, 오주는 유복이가 표창

질하는 것을 구경하려고 담 넘어오는 놈은 살필 생각 아니하고 유복이를 바라보고 있고, 오가는 대문 뒤에 서서 대문짝에 발길질하는 놈들을 꾸짖고 있을 때 강가가 아랫방 옆담을 넘어들어왔다. 마당에 섰는 오주가 가로막을 사이도 없이 강가는 칼을 들고 쏜살같이 대문간으로 들어갔다. 오가의 칼과 강가의 칼이 대번 서로 어우러졌다. 그러나 대문간이 자리가 좁아서 두 칼이 다 잘 놀지 못하였다. 오가는 한편 벽에 등을 대고 슬금슬금 옆걸음을 쳐서 마당 편으로 나오는데, 강가는 이리 뛰고 저리 뛰고 하며 오가와 뒤쪽으로 대문 뒤로 더 들어갔다. 강가가 대문 뒤에까지 들어가서는 옆으로 서서 한손으로 칼을 내두르며 다른 손으로 대문 빗장을 더듬었다. 오가가 이것을 보고야 강가의 의사가 대문 열고 동무들 끌어들이려는 것인 줄을 알고 마당 편으로 나오지 않고 도로 들어가며 빗장을 빼지 못하도록 훼방하였다. 강가가 훼방을 받으면서 빗장을 빼고 고리까지 벗기려고 할 때 오가의 칼에 바른편 허벅지를 찔리었다. 강가가 독살이 나서 돌쳐서며 곧 오가의 아랫배를 향하고 칼을 내질렀다. 그 기세가 매서워서 오가는 일변 칼로 막으며 일변 뒤로 뛰어나가니 강가가 이를 악물고 쫓아나오며 연거푸 내질렀다. 오가가 강가의 칼을 피하느라고 쩔쩔매면서 마당까지 쫓겨나와서 몸을 옆으로 비키어 광을 뒤에 지고 칼을 휘휘 둘렀다. 강가의 칼이 점점 오가를 핍박하여 오가의 몸에 진땀이 나게 되었을 때 두 도적이 싸우는 것을 보고 섰던 오주가 아랫방 앞으로 달려가서 도끼를 들고 슬금슬금 강가의 뒤로 걸어왔다. 도끼잡이가 뒤에 오는 것을 강가가 짐작하고 번개같이 몸을 빼어 다시 대문간으로 뛰어가서 고리를 벗기는데 고리가 빽빽하던지 얼른 벗겨지지 아니하여 배목˙ 박힌 문짝을 발길로 내지르며 벗기어서 대문을 열자마자, 이놈 소리가 뒤에서 나며 무거운 도끼가 뒤통수에 떨어졌다. 대가리 하나가 두 쪽으로 빠개지니 강가가 죽기 싫은들 할 수 있으랴. 한번 고꾸라진 채 다시 일어나지 못하였다.

    인제 대문이 열리었으니 밖에 있는 사람들이 몰려들어옴 직하건만 의외로 대문 안에 발 들여놓는 사람이 하나도 없었다. 이동안에 오가도 오고 유복이도 왔다.

    "세 놈은 어데루 갔을까?"

    오가가 먼저 입을 열고

    "괴수가 죽었으니까 도망을 한 게요."

유복이가 오가의 뒤를 잇고

    "나가봅시다."

오주가 또 유복이의 뒤를 이어서 차례로 한마디씩 말한 뒤에 오주 다음에 오가, 오가 다음에 유복이로 세 사람이 줄로 서서 대문 밖으로 나왔다. 아랫방 모퉁이담 옆에 세 사람이 몰려가 있는데 한 사람은 눈을 부둥키고 주저앉았고 두 사람은 각각 손목들을 주무르면서 있었다. 여기 세 사람이 대문 밖에 나서는 것을 보고 섰던 사람들은 앞서 달아나고 앉았던 사람은 뒤에 달아났다. 뒤의 한 사람은 얼마 못 가서 오가의 칼에 꺼꾸러지고 앞의 두 사람

● 배목
문고리를 걸거나
자물쇠를 채우기 위해
둥글게 구부려 만든 고리 걸쇠.

은 유복이와 오주에게 쫓겼다.

유복이가 얼마 쫓아가다가

"너희 두 놈은 살아 가거라."

하고 걸음을 멈추고 오주가

"저 두 놈두 살려 보내지 맙시다."

하고 더 쫓아가려고 하는 것을 유복이가 붙들고

"그까짓 놈들 내빼게 내버려두자."

하고 곧 오주와 같이 돌아섰다.

유복이가 표창 세 개를 던져서 활 가진 사람은 한편 눈을 멀게 하고 창 가진 사람은 손목들만 상해놓았는데, 눈먼 사람은 칼 맞아 꺼꾸러졌고 손목 상한 사람들은 살아 내뺀 것이었다.

유복이가 오주와 오가에게 이야기하며 들어와서 셋이 벗어붙이고 일을 하여 두 송장을 한 구덩이에 끌어 묻고 대문간의 피자취까지 없이한 뒤에 오가는 안식구들을 데리고 작은 잔치 준비를 차리었다. 이날 저녁때부터 오가의 집 안방에 술판이 벌어졌는데 벽에는 환도 한 자루와 활 한 채가 걸려 있고 마루 구석에는 창 세 자루가 서 있었다.

강가 처남 매부 두 사람은 이 세상을 영결하고 강가 외사촌 두 사람은 오금아 살려라 하는 격으로 장달음을 쳐서 오가의 집에서 멀리 나왔으나, 길을 몰라서 이리저리 헤매다가 두석산 속에서 해를 거의 다 보내고 무진 애를 쓴 끝에 간신히 산속에서 나오게 되었다. 날은 어둡고 길은 험하고 배는 고프니 엎친 데 덮친 셈이라 죽을 고생 다 하고 한밤중이 지난 뒤에 갈러울에 돌아왔다.

"형님, 바루 집으루 갑시다."

"그럼 집으루 가지 어디루 가."

"고모부 아저씨 집에 들어가지 말잔 말이오."

"네나 내나 이야기할 기운이나 있어야지 들러 가지."

"그러기에 말이오."

"지금쯤 다 자겠지?"

형제가 다같이 드문드문 풀기없는 말을 주고받으며 동네 안으로 들어오는데 동네 개가 컹컹 짖더니 들러 가지 말자고 공론하던 강가의 집 삽작 밖에 여편네들이 나와 섰다. 하나는 강가의 아내요, 또 하나는 강가의 누이다. 그 누이가 먼저

"누구야?"

하고 앞으로 내닫고 강가의 아내가

"어째 형제분만 오시오?"

하고 뒤쫓아나왔다. 형제가 다 대답이 없는 것을 보고 강가의 누이가

"우선 집으로 들어가지."

하고 말하여 형제는 잠깐 동안 주저주저하다가 두 여편네와 같이 들어왔다.

강가의 늙은 아비가 방문을 열고 내다보다가 아들과 사위는 돌아오지 않고, 돌아온 처조카 형제는 죽을상이 다 된 것을 보고 말도 묻지 않고 눈만 휘둥그렇게 뜨고 있었다.

"우리를 어디 좀 눕게 해주우."

그 형이 내종사촌 누이에게 청하여 형제가 같이 사랑방으로 나오는데 강가의 누이와 강가의 아내가 이야기나 들을까 하고 뒤를 따라 나왔다. 사랑방은 곧 머슴방이라 머슴아이가 아랫목에 누워 자는 것을 강가의 누이가 끄들어 일으키고 외사촌 형제를 눕게 하였다. 형제가 각기 냉수를 달래서 한 그릇씩 들이켜고 자리에 쓰러지려고 할 때 늙은 강가가 쫓아나왔다. 방에 들어와서 펄썩 주저앉으며 곧 딸과 며느리를 향하여 나가라고 손짓하니 딸이 아비의 의사를 알려고

"왜 그러세요?"

하고 물었다.

"너희들은 안방에 가 있거라."

늙은 강가가 소리를 꽥 질러서 딸과 며느리가 방에서 나간 뒤에 비로소 처조카 형제를 바라보며 말을 물었다.

"대관절 죽었니, 살았니?"

"죽었기에 오지 아니했지?"

대답을 기다리고 처조카들을 물끄러미 바라보다가 다시

"말 좀 해라. 남매가 다 죽었니?"

하고 물으니 형제가 다같이 말은 없이 고개들을 끄덕이었다. 늙은 강가가 한동안 넋잃은 사람같이 앉아 있다가 방고래가 꺼지도록 한숨을 쉬고 일어서서 비슬거리며 안으로 들어갔다.

이날 밤 동트기 전에 강가의 집에 불이 났다. 동네 사람들이

"불이야, 불이야!"

하고 소리를 지르며 불 잡으러 모여들었을 때, 불길은 벌써 안팎채를 휩싸고 용솟음쳐서 사람이 가까이 갈 수 없는 까닭에 걸낫˙ 같은 연장은 쓰지 못하고 멀리서 물들만 끼어얹었었다. 물길이 가깝고 또 바람이 잔 덕으로 불이 이웃에 번지지는 못하였으나 강가의 집은 안팎채가 통이 다 타고 말았다. 강가의 집에서 살아나온 사람은 머슴아이 하나뿐이라 동네 사람들이 불 잡은 뒤에 그 아이를 둘러싸고 이 사람 한마디 저 사람 한마디 말들을 물어서 강가가 매부와 외사촌 형제를 데리고 새벽 사냥 나간 이야기와 외사촌 형제만 밤중에 돌아왔는데 강가의 아비가 아들과 사위가 죽었느냐고 다져 묻던 이야기를 들었고, 또 안채에 불이 붙어서 한참 활활 탈 때 늙은 강가가 딸과 며느리를 불 속에 떠다박지르고 미친 사람같이 뛰어다닌 것과 강가의 외사촌 형제가 죽은 사람같이 곤히 자다가 그대로 타죽은 것도 알았다.

• 걸낫 자루를 길게 하여 먼 곳에 있는 것을 잡아당기는 데 편하도록 만든 낫.

"사냥 갔다가 어째서 죽었을까?"

"큰 짐승에게 물려죽은 게지."

"급살을 맞았는지 누가 아나?"

"강첨지가 실성해서 집에 불을 지른 게군."

"타죽을 작정으로 불을 놓은 게지."

"아무리 눈이 뒤집혔기루 어떻게 딸이나 며느리를 불 속에 떠다박지를까?"

동네 사람들이 지껄이며 흩어져가기 시작할 때 강가의 외가 식구들이 뒤늦게 알고 근두박질하여 쫓아왔다.

강가의 외가는 성이 변가니 갈려울의 대성大姓이라 일가는 많으나 강가 외삼촌대까지 사 오 대 독자로 내려와서 강근지친˙은 없었다. 죽은 사람 형제 중에 형만은 아들 둘이 있으나 아직 다 어리고, 아우는 통히 소생이 없는 까닭에 집에 남아 있는 형제의 식구가 두 여편네와 두 어린애뿐이었다. 두 여편네는 사내들이 예사 사냥질하러 간 줄로만 여기고 해질물에부터 돌아오기를 기다리기 시작하였다. 해가 져 땅거미 되고 땅거미 지나 밤이 된 때 골집˙ 사나운 큰동서가

"나는 잘라네. 자네도 고만 기다리고 가서 자게."

하고 볼멘소리로 말하는데 작은동서가 새촘하고 있으니 다시

"무슨 놈의 사냥을 밤중까지 하겠나, 벌써들 왔지. 노루 마리나 잡아가지고 아랫말 와서 술들 먹는 게지."

하고 얼굴을 희번덕거리며 말하였다.

"그럴까요? 그러기나 하면 좋겠어요."

"좋기는 무에 좋은가. 사람이 기다리느라고 눈이 빠지는 건 생각 않고 배가 맹꽁이같이 되도록 처먹고 있는 꼴을 생각해보게."

"우리는 어디 술이나 먹어요?"

"아랫말 아재에게 쥐여지내는 위인들이니까 술 먹는 사람이나 술 안 먹는 사람이나 다같이 붙잡힌 게지."

"다른 일이나 없을까요?"

"무슨 다른 일? 호랑이에게 깨물려들 갔을까."

"아랫말 좀 안 가보실라오?"

"턱찌끼 얻어먹으러?"

"참말 왔나 가보잔 말이지요."

"자네나 가보고 오게."

"캄캄한데 나 혼자 어떻게 가요."

"그럼 이 밤중에 애들을 치켜업고 가잔 말인가? 나는 못 가겠네."

이때 젖먹이 어린아이가 울었다.

"자네도 고만두게. 있다들 오거든 한바탕 해낼 생각이나 하게. 사람이 너무 고와도 못써."

큰동서는 작은동서를 가르치듯이 말하고 곧 우는 아이를 끼고 눕고 작은동서는 한참이나 그대로 앉아 있다가 말없이 일어나서 딴채에 있는 자기 방으로 내려왔다. 전날 밤에 사내가 자기를 보고

● 강근지친(強近之親)
도움을 줄 만한 아주 가까운 친척.
● 골집 심술.

"내일 새벽에는 우리 형제가 아랫말 형님 남매하구 같이 사냥을 나갈 텐데……."

하고 말을 하다가 갑자기

"고만두어라."

하고 말을 끊어서 자기가

"무어요?"

하고 물은즉

"애를 좀 태워주려다가 불쌍해서 고만두어."

하고 곧 실없는 장난으로 자기의 말을 막아서 다시 채쳐 묻지 못하고 고만둔 일이 있었다. 사내가 '나갈 텐테' 하고 그 끝에 무슨 말을 하려다가 말았던가 채쳐 묻지 못한 것이 못내 분하였다. 약한 여편네가 끝없이 나오는 염려스러운 생각을 억제하지 못하고 골치를 앓기 시작하여 옷 입은 채 자리에 쓰러져서 않는 것도 아니고 자는 것도 아닌 모양으로 밤을 지낸 끝에

"여보게, 신뱃골댁."

큰동서가 부르는 소리를 귓결에 듣고 깜짝 놀라 일어나서 방문을 열어보니 큰동서가 마당에 나와 서 있었다.

"아랫말에 불이 났네. 내가 가보고 올 테니 자네 안방에 좀 올라와 있게."

전 같으면 선뜻 네 하고 대답할 것인데 어째 혼자 남아 있기가 맘에 싫어서 작은동서는

"형님, 나도 가볼 테요."

하고 마당으로 쫓아나왔다.

"어린것들만 내버려두고 같이 가잔 말인가?"

"형님, 집에 기시오."

"자네 같은 약한 사람은 물 이는 데 가로거치기만 하네. 잔말 말고 집에 있게."

"싫어요."

큰동서가 골이 나서 방으로 쭈르르 들어갔다. 작은동서는 아랫

말에도 내려가지 않고 또 아랫방에도 들어가지 않고 큰동서가 든
거라 하고 꾸짖는 뒷말을 귀 밖으로 들으면서 마당에서 서성거리
었다. 멀리 보이던 환한 불빛이 없어진 뒤 일가집 젊은 사람 하나
가 숨이 턱에 닿게 뛰어와서 남편 형제가 고모부 집에서 자다가
불에 타죽은 사연을 말하여 주었다. 큰동서가 이 말을 듣고
 "애구, 그게 무슨 소리야?"
 "애구, 이걸 어떻게 하나!"
하고 곧 아랫말로 뛰어내려오는데 작은동서는 정신없이 그 뒤를
따라서 엎드러지며 고꾸라지며 쫓아왔다. 큰동서는 여러 사람들
있는 데 와서 펄썩 땅에 주저앉아서 손바닥으로 땅바닥을 치면서
 "애구지구."
하고 통곡하는데 작은동서는 쓰러지는 몸을 가누
려고 애를 쓰다가 쓰러지며 곧 기함하였다.

● 조개 속의 게
조개 속에 기생하는
작고 말랑말랑한 게처럼
연약하고 혈색이 좋지 않으며
기력이 없는 사람을 비겨
이르는 말.

 화재 뒤치다꺼리를 구별하던 동네 소임이 남아
있던 여편네들을 시켜서 기함한 사람을 구호하게 하였다. 추운
새벽 찬 땅에 쓰러진 기질 약한 여편네가 잘 피어나지 못하는 것
을 보고 여러 여편네들이 의논하고 가까운 집으로 들어다가 따뜻
한 방에 눕힌 뒤에 손발도 주무르고 백비탕도 입에 흘려넣었다.
 "사람이 워낙 약하게 생겼어."
 "살이 이렇게 희고 보드라우니 약하지 않겠소?"
 "조개 속의 게 같이 생겼다는 것이 이런 사람 말인 거야."
 "사내들은 약한 여편네를 좋아한다네."

"사내 나름이겠지. 설마 세상 사내가 다 약한 여편네만 좋아할라구."

"아래윗말 사내코빼기치구는 신뱃골댁을 칭찬 않는 사람이 없던걸."

"칭찬을 하면 여간들 하나. 입에 침이 없이 하지."

"한 사내 사랑이 제일이지, 열 사내 칭찬이 소용 있소?"

"남의 일이라도 가엾고 불쌍하오."

"혼자 되어서 불쌍하단 말이지? 얼마나 혼자 살라구. 기껏해야 삼년이지."

"이 댁네 나이 올에 스물 몇인가요?"

"스물댓 되었을 게요."

"스물댓이 무어요? 스물일곱인가 여덟이오."

"그렇게 나이를 먹었나?"

"그런데 이때까지 애 하나를 못 낳았어?"

"애를 두어 번 지웠지. 우선 작년에도 애 지운 끝에 죽네 사네 하지 않았어?"

"참 그랬던가?"

"여편네가 사내를 너무 밝히면 애를 잘 못 낳는답디다."

"별소리가 다 많소."

"이 집 주인도 남부럽지 않게 내외 의초가 좋지만 돌 지나기가 무섭게 아이가 생기니 어떻게 해."

"약한 사람은 애도 잘 못 낳아요."

"팔자에 탠 자식이면 약하다고 못 낳겠소?"

종작없는 여편네들이 수다스럽게 지껄이는 동안에 기함하였던 사람이 막힌 기운이 트이어서 감았던 눈을 뜨게 되고 다시 한동안 지난 뒤에는 완구히 생기가 돌아서 일어앉게까지 되었다. 일어앉으며 곧 다시 불탄 자리로 나가려고 하는 것을 능청스러운 여편네 하나가

"거기는 다시 가서 무엇할라우? 시체들은 벌써 다 찾아내서 옮겨갔는데. 바로 집으로나 가보오."

하고 거짓말로 속이어서 얼마 뒤에 윗말로 올라오게 되었는데, 인정 있는 여편네 두어 사람이 붙들어주며 데리고 왔다. 집에 와서 보니 그동안에 큰동서는 먼저 와서 동네 사내들 있는 앞에 두 다리를 뻗고 앉아서 넋두리하며 울고 있었다. 작은동서가 안방에 들어서는 것을 보더니 큰동서는

"아이구 이 사람아, 그 망한놈의 늙은이가 일부러 불을 놓았다네. 아이구, 그놈의 늙은이가 우리와 무슨 원수가 졌나. 죽을라면 저나 죽지 왜 남을 태워 죽이나. 아이구 이 사람, 우리가 인제 어떻게 사나. 저까짓 어린것들 있어야 귀찮기나 하지. 아이구 아이구."

하고 두 다리를 문지르며 통곡하는데, 작은동서는 남이 괴상히 보도록 눈물 한 방울 아니 내고 입술만 깨물고 서 있었다. 그 얼굴빛이 곧 다시 기색될 사람같이 보이어서 같이 온 여편네들이

"아랫방에 가서 좀 누웁시다."

하고 붙들고 안방 문밖을 나서자

"아이."

하고 상을 찡그리며 곧 입으로 피를 토하는데 봉당 바닥이 벌겋게 되도록 토하였다.

  작은 변가의 아내가 몸져누워 있는 동안에 동네 공의公義로 여러 송장을 한날 파묻는데 변가 형제의 장사만은 일가의 덕으로 그중에 가장 장사같이 지내었다. 장삿날 두 동서의 친정에서 사람들이 왔는데, 신뱃골 작은동서의 친정에서는 그 어머니 되는 이가 아들아이를 데리고 왔다. 그의 아버지는 이미 죽었고 그의 동기는 손아래 사내동생 하나뿐이라 모자 온 것이 곧 전식구가 온 셈이었다. 장삿날까지 온 사흘 동안 곡기를 끊었던 작은 변가의 아내가 그 어머니의 강권으로 미음을 몇모금씩 마시기 시작하여 기운을 조금조금 차리게 되었으나, 그 뒤로는 자리에 떨어지는 눈물이 마를 사이가 없었다. 그 어머니가 딸이 불쌍해서 얼른 가지 못하고 삼사일 묵는 동안에 벌써 그 동서의 토심과 구박이 조금씩 보이었다. 그 어머니는 딸을 두고 가는 것이 맘에 걸려서 집으로 같이 가자고 말하나 그 딸은 남편의 상청을 버리고 가기가 싫어서 어머니의 말을 듣지 아니하였다. 그 어머니가 떠나기로 작정한 날 새벽에 모녀가 다 일찍 잠이 깨서 어머니는 같이 가자고 다시 타이르고 딸은 안 간다고 여전히 고집 세우는 중에 동네가 홀제 요란스러워졌다.

  이날 첫새벽에 탈미골 군영에 있는 금도군사들이 갈려울을 들이쳤다. 강가의 집이 폭 망하여 식구 하나 남지 않은 것을 알고도 강가의 결찌와 동류를 잡는다고 집뒤짐을 시작하여 산수털벙거지가 아래윗말에 흩어졌다. 아우성소리, 호령소리, 아이가 놀라서 우는 소리, 개가 자지러져가며 짖는 소리, 문짝이 부서지는 소리, 도깨그릇이 깨어지는 소리, 모든 소란스러운 소리가 새벽 동네에 가득하였다. 변가 집 아랫방에 누워 이야기하던 모녀는 다 같이 벌떡 일어앉았다.

"어머니, 난리가 났는가 보오."

"무슨 난리가 소문도 없이 날라구."

"여름에 전라도에 난리가 났다더니 그 난린 게지."

"그 난리는 벌써 평정되었단다."

"그럼 이게 무슨 야단일까?"

"글쎄 모르겠다. 내가 잠깐 밖에 나가보고 오마."

하고 그 어머니가 일어서서 치마를 몸에 두르니

"나가지 마오, 어머니."

하고 딸이 치맛자락을 붙들었다.

"삽작 밖에까지만 나가보고 올 테니 이거 놓아라."

하고 어머니가 치맛자락을 흔들 때 마침 안방문을 여닫는 소리가 들리었다.

"동서가 밖에 나오는가 보오. 고만두고 앉으시오."

하고 딸이 말하여 어머니는 도로 앉았다. 바삐 끄는 신발소리가 삽작문 편으로 나가더니 얼마 아니 있다가

"아이구머니!"

큰동서의 놀라는 소리가 들리고 뒤미처

"이년, 게 섰거라!"

어떤 사내의 호령소리가 들리었다.

"아무 죄 없는 과부들만 사는 집이올시다."

"이년, 도둑놈의 기집년이 죄가 없어?"

"죽은 사내가 도둑놈이라도 과부 된 기집사람이 무슨 죄가 있습니까. 더구나 사내가 살아서 도둑질한 일이 없습니다."

"도둑놈 강가의 사촌인 줄 다 알았다. 이년, 잔말 마라."

큰동서가 징징 우는 소리로 무어라고 하소연하더니 두서너 차례 뺨 치는 소리가 나고서는 하소연이 들어가고 우는 소리만 남아 들리었다.

"어머니!"

하고 딸이 발발 떨면서 어머니의 손을 쥐니 어머니는

"하늘이 무너져도 솟아나는 구역이 있단다. 너무 겁내지 마라."

하고 딸의 손을 맞쥐었다.

두서너 사람이 집안으로 들어오는 모양이더니 그중에 하나가 저벅저벅 아랫방을 향하고 와서 방문을 왈칵 열어젖혔다. 이때까지 곤히 잠든 아이까지 놀라서 벌떡 일어났다.

"너희가 다 누구냐! 이리들 나오너라."

산수털벙거지의 호령이 떨어지자, 어머니가 선뜻 일어서서 딸

을 가리키며

"이 딸자식이 지금 앓아 죽게 되어서 걸음도 잘 걷지 못합니다."

하고 사정하여 보았다.

이때 날이 이미 환하게 밝아서 방안에 있는 얼굴들이 방 밖에서도 보이었다. 고개를 푹 숙이고 앉았던 딸이 그 어머니 말끝에 고개를 들고 밖을 바라보는데 해쓱한 얼굴이 소복에 얼빠져 보이기도 하고 더 돋보이기도 하였다. 겁을 먹고 떠는 양이 흡사 배꽃 한 가지가 몹쓸 비바람에 부대껴 떠는 것과 같아서 누가 보든지 애처로운 생각이 날 만하였다. 그 군사가 한동안 바라보다가 그 어머니를 향하여 말을 묻기 시작하였다.

"네 딸이 작은 변가의 기집이냐?"

"그렇습니다."

"저 아이놈은 누구냐?"

"자식이올시다."

"너의 모자가 다 이 집에서 같이 사느냐?"

"아니올시다. 딸이 죽는다고 해서 병구원 왔습니다."

"너의 집은 어디냐?"

"신뱃골이올시다."

"남편의 성이 무어냐?"

"조가올시다."

마당에 섰던 군사 하나가 동무 군사가 지체하는 것을 보고

"이 사람 무어하나? 얼른 잡아 내세우게."

하고 재촉하니 아랫방 앞에 섰던 군사가

"지금 앓아 죽을 지경이라네."

하고 마당 편을 돌아다보았다.

"앙탈일세. 어서 끌어내게."

"얼굴에 병색이 좀 있어."

"이 사람 인정 쓸라나? 어디 좀 보세."

하고 그 군사가 큰 변가의 계집을 묶어 앉히고 우르르 쫓아와서 방안을 들여다보더니

"아, 이거 웬일이오?"

하고 소리를 질렀다.

그 금도군사는 해주 감영에서 도적 잘 잡기로 이름이 나서 군관이 새로 올 때 데려온 사람인데, 신뱃골 마누라의 친정 외사촌 동생의 남편이다. 그 아내의 안부를 전하여 주려고 전위하여 신뱃골을 찾아나와 본 일이 있는 까닭에 마누라를 알아보고 먼저 알은체한 것이었다.

"아이구, 이게 누구요!"

마누라는 지옥에서 부처나 만난 듯이 반겨하였다. 마누라가 딸을 돌아다보며

"저 어른이 네게 아저씨뻘 되는 어른이시다. 해주 아주머니 말을 너 전에 들었겠지? 그 아주머니의 남편이시다."

하고 가르쳐주어서 딸이 일어서려는 듯이 몸을 움직이니 그 어머

니가

"네가 어떻게 일어서려고 그러니. 이담에나 아저씨께 뵈입지."
하고 딸에게 말하고 곧 그 군사를 향하여 자기 딸이 병으로 운신을 잘 못한다고 하소연하였다.

"병 있는 사람이 왜 일어앉았소?"

"지금 억지로 끄들어 일으켰어요."

"무슨 병인가요?"

"피를 자꾸 토한답니다."

"그거 안되었군. 그래서 얼굴이 저렇게 핼쑥하구먼요."
하고 그 군사는 고개를 길게 내밀고 젊은 과부의 얼굴을 들여다보았다.

"자네하구 어떻게 얼큼하게* 되는 모양일세그려."

● 얼큼하다
이리저리 얽혀서
얼마간의 관련이 되다.

하고 동무 군사가 어깨를 치니 그 군사가 돌아다보며

"우리 마누라의 조카뻘이 되는가베."
하고 말하였다.

"도둑놈의 외사촌 아내가 무슨 큰 죄 있나. 인정 쓸라거든 쓰구 가세."

"대관절 병이 있어 운신을 못한다니 할 수 있나."

그 군사는 고개를 돌이켜서 마누라를 보고

"앓는 사람은 이불 씌워서 눕혀놓구 방안에 가만히 들어앉아 기시오. 섣불리 다른 사람에게 들리면 탈이오."

하고 방문까지 닫아주었다.

　군사들이 안방에 올라가서 세간 나부랑이를 들뒤지고 나와서 묶어 앉힌 큰 변가의 과부를 끌고 가는 동안 아랫방에서는 기침 한번 아니하고 쥐죽은 듯이 있었다. 군사들이 나간 것을 안 뒤에 마누라가 안방에 가서 우는 아이들을 아랫방으로 날라 내려다가 큰아이는 말로 달래고 작은아이는 안아서 달래었다. 군사들은 아랫말 군관 있는 곳으로 내려가는 길에 어느 집 앞에 와서 앞선 군사가 발을 멈추고 그 집을 가리키며 뒤에 오는 군사를 돌아보고 눈을 끔적이었다. 그 집이 겉으로 보기에도 포실하게 사는 집 같았다. 끌고 오던 변가의 과부는 삽작 밖에 앉혀놓고 두 군사가 함께 삽작 안으로 들어갔다. 그 집 주인은 동네 풍파에 겁이 나서 온 집안 식구를 한방에 모아놓고 숨들도 크게 쉬지 못하게 하는 중인데 뜻밖에 군사가 방문을 열어젖히고

　"주인이 누구냐?"

하고 소리를 지르니 주인이 초풍하여 벌떡 일어섰다.

　"네가 주인이냐?"

　"네."

　"네 성이 무어냐?"

　"강가올시다."

　"네가 아랫말 강가의 일가로구나."

　"아니올시다. 강가라두 그 강가와 일가는 아니올시다."

　"이놈아, 같은 강가루 일가가 아니면 무어냐!"

하고 군사들은 곧 그 주인을 끌어내서 방망이찜질로 초다듬이*
하여 놓고 그 집에 분탕질*을 놓은 뒤에 그 주인을 아랫말 군관
이 있는 곳까지 끌고 갔다.

  처음에 군관 앞에까지 잡혀온 사람은 오륙십명이나 되었으나
그중에서 탈미골 군영에까지 잡혀가게 된 사람은 십여명밖에 안
되었는데, 그 사람들은 대개 강가와 무슨 친척관계가 있거나 그
렇지 아니하면 강가와 친분이 자별하던 사람이었다. 갈려울이 거
의 패동*이 되고 갈려울 사람이 두서넛 귀양가게 된 뒤에 강가의
동티가 끝이 났다. 큰 변가의 과부는 군영까지 잡혀갔었는데 사
내더면 적어도 몇달 갇혀 있을 것을 계집사람인 덕을 보아서 십
여일 만에 무사히 돌아왔다. 그동안 작은동서 모
녀가 집안을 그나마 잘 수습하고 어린아이들도
알뜰히 거두어주었건만 고맙단 말 한마디 없이
사돈마누라가 자기까지 빼놓아주지 않았다고 원
망을 내놓았다. 큰동서가 갈려울서 살기 싫다고
작은동서에게 의논 한마디 없이 파산破散하기로 작정하고, 자기
는 어린것들을 데리고 친정으로 갈 터이니 작은동서도 가서 친정
살이를 하든지 또는 후살이를 가든지 맘대로 하라고 하여 작은
변가의 과부는 하는 수 없이 그 어머니를 따라 신뱃골로 가게 되
었다.

* 초다듬이 우선 초벌로 사람을 몹시 때리는 짓을 비유적으로 이르는 말.
* 분탕질 아주 야단스럽고 부산하게 소동을 일으키는 짓.
* 패동(敗洞) 힘이나 세력 따위가 줄거나 약해져서 황폐해지거나 없어져버린 동네.

  풍경이 있으면 맑은 소리 울려나고 궁노루가 있으면 향냄새가
풍기는 법이라 얼굴 고운 젊은 과부가 있고 소문이 안 날 리 없

다. 변가의 집 작은 과부가 그 어머니를 따라서 친정에 온 뒤에 신뱃골에 얌전한 과부 있다는 소문이 가근방에 높이 났다. 그 동네 머슴 사는 노총각들이 제각기 침을 삼키는 중에 약빠른 사람은 그 홀어머니 마누라 듣기 좋도록 말까지 들여보내보았으나 그 어머니부터 신신한˚ 대답이 없었다. 평산 읍내 어떤 늙은 양반이 손이 없어서 첩을 구하던 중에 소문을 듣고 일부러 사람을 보내서 넌지시 선까지 보아가고 뒤미처 또 사람을 놓아서 그 어머니에게 딸을 달라고 말을 붙이는데, 딸만 주면 온 집안 먹고살 것이 염려 없다고 하는 까닭에 그 어머니가 맘이 솔깃하여 비로소 딸의 의향을 물어보았다. 어머니가 이리저리 물어야 딸은 한마디 대답이 없이 고개만 숙이고 있었다. 나중에 어머니가 슬그머니 증이 나서

"싫다든지 좋다든지 말을 해라. 어미가 하치않으냐, 왜 묻는 말에 대답이 없니?"
하고 나무라서 말하니 딸은
"무어라고 말하란 말이에요?"
하고 고개를 드는데 두 눈에 눈물이 듣거니 맺거니 하였다. 어머니가 이것을 보고 갑자기 불쌍한 맘이 가슴에 가득하여져서 더 말을 묻지 못하고 마침내 평산 양반에게서 온 말을 거절해 보내게 되었다. 이 뒤에 불과 며칠 안 지나서 또 한 군데서 통혼이 들어왔는데, 이것은 금교역말 어물전 젊은 주인이 후취로 달라는 것이었다. 그 어머니는 아주 맘에 합당하나 전날과 같이 딸의 눈

물이나 자아내고 말게 될까 겁이 나서 조용히 딸을 데리고 앉아서 여러가지 말로 달래보았다. 말말하다가 통혼 들어온 것까지 말하고

"너같이 나이 젊은 것이 게다가 자식새끼 하나 없는 것이 왜 청승스럽게 과부로 몸을 마치느냐. 내 생각 같아서는 좋은 자리 놓치지 말고 몸을 굳히는 것이 옳을 것 같다. 요전에 말 있던 평산 혼처로 말하면 문벌이 양반이고 형세가 굶지 않는 것은 좋으나 큰마누라가 있고 영감감이 나이 늙은 것이 좋지 않았지만 이번 금교역말 혼처로 말하면 내 맘에는 흠이 없이 좋은 것 같은데 네 맘에는 어떠하냐? 네가 그리 가기만 하면 나도 늙게 고생 아니하고 네 동생도 성취를 잘 시킬 수 있을 것이다. 이것이 네게 달린 일이니 잘 생각해보아라."

● 신신(新新)하다 마음에 들게 시원스럽다.

하고 입이 닳도록 말하니 딸은 잠자코 듣다가

"삼년이나 나도록 가만두어주셔요."

하고 빌듯이 말하였다.

"삼년 후에 그런 좋은 자리가 또 있을지 누가 아니?"

"삼년 난 뒤에는 내가 어머니 하라는 대로 할 것이니 그동안에는 당초에 말을 내지 마셔요."

딸의 고집을 어머니가 이기지 못하여 어물전 젊은 주인의 통혼도 거절하게 되었다. 혼인 거절한 말이 밖에 나간 뒤에 칭찬하는 사람도 많고 비웃는 사람도 적지 않아서 신뱃골 젊은 과부의 소문이 점점 더 널리 퍼졌다.

곽오주의 젊은 주인 개래동 정첨지의 외아들은 신수는 멀끔하게 생겼으나 계집, 술, 노름에 아비가 모아놓은 천량을 보람없이 없애는 위인이라 신뱃골 젊은 과부 얼굴 이쁘다는 소문을 듣고 욕심이 불같이 일어났다. 그러나 들음들음이 자기 같은 사람의 작은 마누라로는 잘 올 것 같지 않아서 동여올 생각을 먹고 있었다.

정월도 보름이 가까웠을 때다. 정첨지의 아들이 자기의 집에 윷판을 벌이고 동네 젊은 사람을 모아서 윷을 노는 중에 실없는 젊은 사람 하나가 곽오주를 놀리느라고

"여게 오주, 자네는 총각으루 늙을라나? 신뱃골 이쁜 과부에게 장가가지 않을라나. 자네가 간다면 내가 중신해줌세."
하고 웃음의 소리 한 것이 고동이 되어서 저녁때 윷꾼이 흩어질 즈음에 정첨지의 아들이 장난꾼 너덧을 붙들어가지고 신뱃골 과부 동이러 가자고 꼬이게 되었다. 장난꾼에게는 노름 밑천을 주마 하고 오주에게는 술 한번 싫도록 먹여주마 하여 허락들을 얻었다. 승교바탕을 가지고 가자는 사람도 있었으나 거추장스럽다고 고만두고 싸서 업어올 작정으로 튼튼한 홑이불 한 채만 준비하였다. 이른 저녁 먹은 뒤에 정첨지의 아들이 아비에게는 동네로 윷놀러 간다고 거짓말하고 오주까지 다섯 사람을 데리고 개래동을 나섰다. 청석골을 지나고 금교역말을 지나서 사십리나 되는 길을 와서 보니 밤이 벌써 이슥하였다. 과부의 집이 어디 있는 것은 정첨지의 아들이 미리 다 알고 있는 까닭에 그 집 근처에 가서 집안 동정을 살핀 뒤에 화적떼와 같이 뛰어들어갔다. 달빛이 있

어서 대번에 소복한 젊은 과부를 붙들었다. 과붓집 세 식구가 변변히 소리도 지를 사이 없이 오주가 과부를 홑이불에 싸서 들쳐업고 다른 사람들과 함께 도망질을 쳤다.

  과부의 어머니가 처음에는 혼이 떠서 소리도 별로 못 지르다가 딸을 업어가는 놈들이 삽작 밖을 나간 뒤부터 쫓아나오며 우는 소리로 악을 쓰고 아들아이도 어머니 뒤를 따라나오며 목을 놓고 엉엉 울었다. 동네 머슴방에서 윷놀던 젊은 군들이 아닌밤중에 여편네 악쓰는 소리를 듣고 놀라서 한달음에 뛰어들어왔다. 난뎃놈 대여섯이 동네 와서 과부 업어간 것을 알고 십여명이 너나 할 것 없이 모두 쫓아가서 도로 빼앗아온다고 장담들 하고 곧 떼를 지어 뒤쫓아갔다. 업혀가는 과부가 홑이불에 싸여서 손발을 맘대로 놀리지 못하는데다 업고 가는 오주가 황소같이 센 사람이라 과부가 죽을힘을 다 들여서 몸을 드놓아도 조금도 끄떡이 없었다. 그러나 뒤에 쫓아오는 패가 있는 줄을 안 뒤에도 뒤쫓는 패와 같이 장달음을 치지 못하여서 금교역말 가는 큰길까지 채 다 가지 못하고 붙들리게 되었다. 오주가 업었던 과부를 내려서 정첨지 아들에게 맡기고 쫓아오는 패를 가로막고 나섰다. 쫓아오는 패가 와 하고 오주에게 달려들었다. 오주가 손 닿는 대로 집어쳤다. 십여명 사람에 힘꼴 쓰는 장정도 없지 않았지만 오주 하나를 당할 잡이가 없었다. 오주의 손에 걸리는 대로 넘어지고 자빠져서 빙판 위에 쓰러졌다. 오주가 땀을 씻으며 돌아설 때 정첨지의 아들이 몇걸음 앞으로 나서며

"오주 하나만 같이 왔어도 넉넉할 뻔했네."
하고 고마워하는 눈치로 말하니 오주는 픽 웃으며
"좀 치웁더니 땀이 나서 좋소."
하고 곧 다시 과부를 들쳐업었다.

먼 데 닭이 연해 울고 산속 달이 다 넘어갈 때 과부 업어오는 군들이 빙고산 옆을 돌아나왔다. 개래동은 산 앞에 있는 동네라 동네까지 일 마장이 채 못 되었다.

"인제 다 왔네."
하고 한 사람이 입을 떼니
"치워 죽겠네. 어서 가세."
하고 또 한 사람이 운을 달았다. 정첨지의 아들이
"나는 한 걸음 앞서가야겠네. 자네들 뒤에 차차 오게."
하고 먼저 가려고 걸음을 재게 놓으니 어서 가자던 사람이
"왜 먼저 갈라나? 같이 가세."
하고 역시 빨리 걸었다.
"나는 우리 아주머니 집에 가서 선통을 좀 해야겠네."
"왜 자네 고모님 집으루 들어갈라나?"
"그럼, 바루 집으루 들어가면 야단나네."
"바가지 긁을까 봐 무서운 걸세그려."
"쨍쨍거리는 여편네는 방망이찜질두 할 수 있지만 극성 떠는 늙은이는 어떻게 할 수가 없어."
"자네 집 고불이가 여간 사람이 아니니까."

"여간 사람이 아닌 덕에 사람이 못 살겠네."

"자네 고모님 집에 갖다 숨겨둔다구 며칠이나 숨기겠나. 숫제 바루 들어가서 사정을 토파하게."

"아니야, 늙은이 성정은 내가 잘 아니까 바루 끌고 못 들어가네. 며칠 뜸을 들이는 동안 아주머니 집에 맡겨둘 작정일세."

"자네 집 고불이가 자네 말은 잘 듣는다데그려."

"말을 듣두룩 삶자면 집안 망할 자식이란 말을 골백번 들어야 하네."

"나는 우리 아버지가 노름 밑천만 잘 대주면 그런 말은 약과루 알구 듣겠네."

"쓸데없는 소리 지껄이느라고 걸음이 줄었네. 자네두 뒤에 오는 사람들하구 같이 우리 아주머니 집 앞으루 오게. 나는 먼저 가네."

● 고불이 '늙은이'의 속어.
● 자개바람 힘이 솟고 요란하게 움직이는 모양을 이르는 말.

하고 정첨지의 아들은 다리에 자개바람˚이 날 만큼 빨리 걸어 먼저 가고 그 사람은 다른 일행과 같이 뒤떨어졌다.

정첨지의 아들은 어미 없이 자란 자식이다. 정첨지의 마누라가 노산으로 해산하고 산후더침으로 죽은 까닭에 홀로 되어서 오라비에게 와서 얹혀 있던 정첨지의 누이가 핏덩이 조카를 받아서 지성을 다하여 길러놓았다. 정첨지의 아들도 고모의 은공을 잊지 못하여하지만, 그 늙은 고모는 조카를 친아들같이 사랑하여 조카의 말이라면 소금섬을 물로라도 끄는 터이었다. 늙은 고모가 조카의 부르는 소리에 잠이 깨어 일어나서 조카의 간청하는 사연을 들고 부지런히 자던 자리를 치우는 중에 뒤떨어진 일행이 들어왔다. 정첨지의 아들이 오주의 등에서 과부를 받아서 방에 들여놓는데 손을 놓으며 곧 툭 쓰러지는 것이 괴상하여 급히 홑이불을 벗기고 보니 다 죽은 사람이다. 얼굴빛이 새파랗고 수족이 얼음 같고 실낱 같은 숨이 있는 듯 만 듯 하였다.

"홑이불루 너무 꼭 싸서 숨이 막힌 겔세."

"잠시 기절한 것이니까 곧 피어나겠지."

"우리는 들어앉을 데두 없는데 고만 가세."

하고 같이 갔다온 장난꾼들이 그대로 흩어져 가려고 할 때 정첨지 아들이 밖에 나와서

"치운데 술이나 한 사발씩 먹구 헤어졌드면 좋을 걸 안되었네."

하고 빈인사하니

"아닌게아니라 어한 좀 했으면 좋겠네."

하고 이 사람 한마디

"나는 우선 배가 고파 못 견디겠네."

하고 저 사람 한마디 귀따갑게 지껄였다. 정첨지 아들이 곽오주를 돌아보며

"여게, 자네가 내 대신 저 사람들 데리구 집에 가서 슬그머니 술을 퍼내다 먹게."

"내가 어떻게 슬그머니 퍼다 먹어?"

"술독 있는 데 알지 않나?"

"그러지 말구 우리와 같이 가서 술을 내다주구 다시 오지."

오주의 말에 여러 사람이 뒤쫓아서

"여게, 그래 보세."

"자네는 곧 일어서게그려."

"기절한 사람 가만히 두면 절루 피어나네. 염려 말게."

"자네 고모님이 어련히 잘 보아주시겠나."

중구난방으로 조르는 바람에 정첨지 아들은 기절한 과부를 그 고모에게 부탁하고 곧 여러 사람을 몰고 자기 집으로 왔다.

여러 사람을 머슴방에 들여앉히고 정첨지 아들은 안에 들어가서 아내를 깨웠다.

"인제 왔소? 지금이 어느 때요?"

"샐 때 다 되었어. 고만 일어나게."

"아랫목 자리 내주리까?"

"잔소리 말구 어서 일어나."

"일어나고 싶으면 어련히 일어날까. 별 성화가 다 많아."

아내의 말씨가 곱지 않아지니

"윷놀구 인제 왔어. 춥기두 하구 시장두 하니 술 한잔 따뜻하게 데워주게. 여보게, 좀 일어나게."

사내가 너스레를 놓았다.

그 아내가 마지못해 일어나서 불씨 묻은 화로에 뜬숯을 얹어서 피워놓고 술을 뜨러 가려고 할 때 사내가

"여게."

하고 불렀다.

"왜 그러오?"

"술을 얼마나 데우려구 문두 않구 뜨러 가나?"

"아까 한잔 달라지 않았소?"

"이왕 여남은 주발 걸러주게."

"그건 다 무어할라오?"

"밖에 같이 온 사람이 있어."

"노름꾼들을 끌고 온 게구려."

"당치 않은 소리 말아."

"처음에는 혼자 먹을 듯이 한잔만 달라더니 꼭두새벽에 술타령들 할 작정이오? 잠도 안 자고 무슨 지랄들이람."

아내의 버릇없는 말에 사내가 곧 한바탕 야단벼락을 내리고 싶었으나 꿀꺽 참고

"지금 내가 자네하구 아귀다툼할 경황이 없네. 어서 빨리 술이나 갖다 걸러주게."

하고 재촉하였다. 아내가 술을 걸러놓기가 무섭게 머슴방으로 들어 나르고 나중에 술 떠먹을 그릇과 술안주를 들고 나가서 오주를 불러 주고 방에 들어가지도 않고 곧 다시 고모의 집으로 가려다가 한 순만 같이 먹고 가라는 여러 사람의 권에 못 이겨서 방으로 들어갔다. 한 순이 두 순이 되고 두 순이 또 세 순이 되었다. 정첨지의 아들은 술동이 둘이 밑이 드러나기까지 여러 사람과 같이 먹고 그대로 곯아떨어져서 이튿날 해가 높이 뜨도록 정신 모

르고 잠을 잤다.

  정첨지의 아들이 눈을 뜨고 기지개 켤 때 오주가 밖에서 들어왔다.

"늦었나?"

"아침 먹구서 동네 한바탕 돌구 왔어."

"우리 아주머니 집에 가보았나?"

"가보았지."

"어떻게 되었든가?"

"살았어."

"일어앉았든가?"

"아니."

"가만히 누워 있든가?"

"몸부림을 해서 붙들구 날치드군."

"아이구, 내가 얼른 가보아야겠네."

하고 정첨지의 아들은 벌떡 일어나서 건정건정 소세하고 아침밥은 먹지 못하겠다고 아니 먹고 고모 집으로 뛰어갔다.

  먼동이 틀 때 과부는 정신이 돌았다. 정신이 돈 뒤부터 울고불고 몸부림을 쳐서 늙은 할머니가 붙들고 달래느라고 죽을 고생 다 하였다. 정첨지의 아들이 방문을 열고 들어가려고 하니 그 고모가 들어오지 말라고 손짓하고 곧 밖으로 쫓아나왔다.

"왜 들어가지 못하게 하시우?"

"인제 간신히 좀 진정되었다. 아직 덧들이지 말고 가만두어라."

"누가 덧들여요?"

"네가 가까이 가면 가만있겠니? 아까 오주가 방문만 열고 들여다보는데도 더 죽으려고 날뛰더라."

"무어 좀 먹이셨소?"

"무얼 먹어. 새벽에 더운물은 정신 모르고 받아먹었지만 그 뒤엔 물 한모금 안 먹었다. 아침에 미음을 좀 권했더니 미음 그릇 든 손을 떠다밀어서 이것 좀 보아라."

하고 그 고모는 저고리 앞섶과 치마 앞폭의 젖은 흔적을 들어 보이었다.

"그래두 무얼 좀 먹여야지요."

"먹지 않는 걸 어떻게 억지로 먹이니. 하루 이틀 지나 결이 삭으면 자연 먹는다."

"내가 좀 권해보리까?"

"당치 않은 소리 하지도 마라. 네가 권해 먹을 게냐."

"어디 좀 권해보지요."

"아서라, 몸부림만 받는다."

"몸부림 받아두 좋지요. 설마 약한 여편네 하나 못 당하리까."

정첨지의 아들이 그예 그 고모에게 미음을 달래서 미음 그릇을 손에 들고 방에 들어왔다. 이불을 쓰고 누웠던 과부가 방문 여닫는 소리에 이불을 젖히고 흘끗 바라보더니 대번에 입술을 악물고 도끼눈을 뜨는데 그 눈에 독살이 가득하였다. 정첨지의 아들이

미음 그릇을 손에 든 채 한동안 서서 내려다보다가

"미음 좀 자시오. 나중에 대판 시비를 하더라두 우선 먹구 기운을 차려야 하지 않소. 자, 미음 좀 자시오."
하고 미음 그릇을 과부 옆에 가까이 놓고 멀찍이 떨어져 앉아서 동정을 보았다. 몸부림을 하거나 적어도 미음 그릇을 밀쳐버릴 듯한 과부가 두 눈을 스르르 감고 가만히 누워 있는데, 눈귀에 흘러내리는 눈물만 없으면 곱게 잠든 사람과 흡사하였다.

"미음이 다 식겠소."

한동안 있다가

"한모금 마시지요."

다시 한동안 있다가

"일어앉혀주리까?"

정첨지의 아들이 말을 마치자 벽을 안고 누웠던 과부가 홀제 앞으로 돌아누우며 손을 내밀어 미음 그릇을 잡아당기었다. 정첨지의 아들이 좋아서

"옳지, 옳지."
하고 입을 벌리고 있는 사이에 과부는 고개만 들고 미음 한 그릇을 다 마시었다. 정첨지의 아들이 가까이 들어앉아서 이불 밖에 내놓은 손을 잡으려고 하니 과부는 얼른 그 손을 끌어들이며 곧 이불을 얼굴까지 뒤어썼다. 정첨지의 아들이 싱글벙글 웃으며 더 가까이 들어앉아서 이불 위로 과부의 몸을 어루만지니 과부는 몸을 한 줌만큼 오그리고 벌벌 떠는데 무거운 솜이불이 떨리도록

떨었다. 정첨지의 아들이 허허 웃고 일어나서 빈 그릇을 들고 밖에 나가서 고모를 보이니 고모가

"그 미음을 다 먹었니? 수단이 참말 용하다."
하고 조카의 등을 뚜덕뚜덕하였다.

이날은 과부가 종일 누워 있었으나 주는 미음을 겂다 쓰다 말 없이 잘 받아먹었고 이튿날은 과부가 아침에 일어앉아서 자기 손으로 머리까지 쓰다듬었다. 정첨지의 아들이 급한 맘에 과부가 더 소성되기*를 기다리지 못하고 그날 밤으로 신방을 차려달라고 고모를 졸랐다. 그 고모가 자기 방을 신방으로 내주려고 방안에 있는 물건을 대강 윗간으로 치우는데 무거운 다듬잇돌을 들고 좁은 지게문으로 나가다가 허리에 담이 들어서 한동안 쩔쩔매었다. 늙은 할머니가 쩔쩔매는 것을 과부는 차마 가만히 보고 앉았을 수 없는 듯 슬며시 일어나서 홍두깨도 들어주고 방망이도 집어주었다.

이날은 대보름날이라 저녁에 정첨지의 아들이 동네 사람들과 같이 달마중하러 산에 올라갔다가 내려오는 길로 고모의 집에 와서 아주 삽작까지 닫아걸고 들어왔다. 과부는 오도마니 앉아 있는데 고모는 누워서 앓는 소리 하다가 조카를 보고 일어나서 잘들 자라고 인사하고 곧 윗간으로 내려갔다. 정첨지의 아들이 깔아놓은 자리 위에 앉아서 과부를 바라보니 어여쁘기 짝이 없었다. 불같이 일어나는 욕심을 걷잡지 못하여

"오늘은 옷을 벗겨주어야지."

하고 과부에게 달려드니 과부는 죽어가는 소리로
"먼저 가 누워요."
하고 뒤로 떠다밀었다.
"그러지."
하고 정첨지의 아들이 자리 위에 와서 번듯이 자빠지는 동안 과부는 살그머니 치마 뒤에서 방망이 한짝을 꺼내 쥐고 눈결에 누운 사람 머리맡으로 가며 곧 앞이마를 내리쳤다.
"아이쿠머니!"
벌떡 일어앉은 정첨지 아들은 잠깐 동안 정신이 아뜩하였다. 어깨바디 등줄기가 뜨끔뜨끔하고 뒤통수가 화끈하였다. 정첨지 아들이 부지중에

"이년, 사람 죽인다!"

● 소성(蘇醒)되다
중병을 치르고 난 뒤에
다시 회복하다.

큰 소리를 지르고 곧 누가 잡아일으키는 것같이 일어섰다. 과부가 방망이를 두 손으로 잡고 소경 매질하듯 함부로 치려고 대드는데, 정첨지의 아들이 발길로 냅다 차서 방문 앞에 가서 궁둥방아를 찧고 주저앉았다. 아래윗방 사이에 있는 지게문이 왈칵 열리며 늙은 고모가 조카 앞에 와서 섰다.
"이게 웬일이냐? 이마에 피 좀 봐라. 아이구, 이게 웬일이냐."
가슴을 부둥켜안고 주저앉았는 과부 옆에 방망이가 떨어져 있는 것을 보고
"조년이 방망이로 때렸구나. 조런 박살할 것. 남의 귀한 조카를 죽일라고."

말하고 곧

"이애, 얼마나 다쳤나 어디 보자. 고개 좀 숙여라."

하고 조카의 손을 잡아당기었다.

"아이구 이것 봐, 아주 으스러졌구나. 요년, 어디 보자. 네 대가리는 마아놓고 말 테니. 이애, 피나 좀 씻어주마."

하고 고모가 조카의 손을 놓은 뒤 솜조각을 갖다가 조카 얼굴에 흐른 피를 씻어주려는데 과부가 어느 틈에 일어나서 방문을 열고 밖으로 뛰어나갔다.

"고만두시오. 저년 붙잡게."

"제가 내빼면 어디 가겠니?"

"당장 분풀이하기가 급해요."

"누가 보더라도 너무 흉측하니 대강이라도 씻어주마."

그 고모가 솜조각으로 피 씻어주는 것을 정첨지의 아들은

"고만, 고만."

하고 재촉하다가 부리나케 방 밖에 나와서 이리저리 둘러보는 중에 다 닫은 삽작문이 열린 것을 보고 곧 삽작 밖으로 쫓아나왔다. 달빛이 대낮 같아서 땅에 기어가는 개미도 눈에 보일 만하였다. 과부가 천방지축하고 내빼는 것을 멀찍이 바라보고 달음질쳐서 그 뒤를 쫓아갔다. 예사 말소리가 들릴 만큼 동안이 가까워졌다.

"이년, 네가 가면 어디루 갈 테냐, 이년."

꾸짖는 말이 끝나자마자 앞에 있는 동네 샛길에서 젊은 사람들이 웃고 지껄이며 몰려나왔다. 정첨지 아들이 그 앞을 피해가려고

논틀밭틀로 겅정겅정 뛰어가는데 짓궂은 젊은 사람 하나가 쫓아와서 붙들었다. 그 사람은 신뱃골 같이 갔던 장난꾼의 한 사람이다.

"누군가 했더니 자넬세그려. 지금 자네가 이년 이년 하며 쫓아가는 여편네가 신뱃골인가? 어쩌다가 놓치구 야단인가."

"저거 멀리 내빼네. 어서 놓게."

"신뱃골까지 안 가구 붙잡을 걸 왜 이렇게 야단인가."

"내 손 좀 놓게."

"자네 이마에 생채기가 났으니 웬일인가?"

"할아버지 할게 제발 좀 놓게."

"이 사람이 실성했나."

그 사람이 웃는 동안에 정첨지의 아들은 붙들린 손을 뿌리치고 두 주먹을 쥐고 다시 과부 뒤를 쫓아갔다. 동네 어귀에까지 쫓아나와서 과부를 거의 붙잡게 되었을 때 과부는 길 옆에 있는 우물가에 가서 잠깐 굽어보고 곧 몸을 솟쳐 우물로 뛰어들어갔다. 그 우물은 동네 사람들이 깊은우물이라고 부르는 우물이다. 정첨지 아들이 근두박질하여 우물에 와서 전을 짚고 밑을 내려다보니, 한 길이 넘는 우물 속이 침침은 하나 과부가 머리를 우물 벽에 기대고 주저앉았는데 물이 입에 찰랑찰랑하는 것이 분명히 보이었다. 정첨지 아들이 어찌할 줄 모르고 공연히 사방을 돌아보는 중에 이리 향하고 오는 사람들이 있는 것을 보고

"사람이 우물에 빠졌네!"

하고 고성을 쳤다. 길에서 만난 젊은 사람들이 반이나 넘어 뒤따라오던 중에 정첨지 아들이 고성치는 소리를 듣고 한달음에 뛰어들 왔다. 그러나 급기야 와서는 여러 사람이 다 찬물에 들어가기가 싫어서

"동아줄이 있어야지."

"홰두 있었으면 좋겠네."

"오주같이 힘센 사람을 불러오는 것이 제일 좋겠네."

하고 떠들기만 할 때 오주가 마침 멀리서 어슬렁거리고 오는 것을 보고 얼른 오라고 여러 사람이 소리를 쳤다. 오주가 뛰어와서 과부가 우물에 빠진 것을 알고 우물가에 가서 한번 내려다보더니 위아랫도리를 훌떡 벗고 과부 머리 없는 편에 가서 우물전에 걸터앉아서 팔을 뒤로 짚으며 곧 우물 속으로 내려갔다.

여러 사람이 우물가에 뼁 둘러서서 우물 속을 굽어볼 때 윗도리만 물 밖에 나온 오주가 과부를 가슴에 끌어안고 위를 치어다보며

"동아줄을 하나 내려보내줘야겠소."

하고 소리를 질렀다. 정첨지의 아들이 여러 사람 중에 한 사람을 와서 붙들고 말하여 그 사람이 가서 동아줄을 가져와서 한 끝은 정첨지의 아들이 손에 쥐고 다른 끝은 우물 속으로 내려보냈다. 잡아당기라고 오주는 소리치는데 정첨지의 아들이 혼자 끌어올릴 수가 없어서 여러 사람에게 조력하여 달라고 청하였다.

"어차 어차!"

하고 여러 사람이 동아줄을 잡아당기는 중에 오주의 북두갈고리 같은 손이 우물전을 잡게 되며 오주의 몸이 불끈 위로 솟는데 한편 겨드랑이 밑에 과부를 끼워 들었다. 정첨지의 아들이 과부를 받아서 우물 앞 편편한 곳에 갖다가 눕혀놓고 얼굴을 들여다보고 코 밑에 손을 대보고 하는 동안에 오주는 우물 밖에 나와서 벗어놓은 옷을 주워입은 뒤 정첨지 아들을 와서 보고

"어떻게 할 작정이오?"

하고 물었다.

"어떻게 하다니, 들어가야지."

"그럼 어서 업구 들어가지."

"자네가 또 좀 업구 가세."

"물독에 빠진 생쥐 같은 것을 누구더러 업으래? 자기가 업지."

"옷 버릴까 봐 그러나? 새옷 한 벌 해줌세."

"설빔옷이 다 드르웠는데 새옷 해준다니 업어다 줄까."

사지가 늘어진 과부를 오주가 업고 오는데 정첨지 아들과 젊은 사람 하나가 양옆에 붙어오며 부축하였다. 다른 젊은 사람들은 뒤따라오다가 중간에서 많이 흩어져 가고 더러는 정첨지 누이 집에 와서 과부가 소생하는 것까지 보고 돌아갔다.

정첨지 아들의 과부 동여온 소문이 나서 동네 사람들이 수군수군하던 차에 이런 일이 생겨서 이튿날 식전에 서로 만나는 사람들이 인사 제치고 이 일을 이야기하게 되었으니 정첨지와 정첨지 며느리 귀에 소문이 안 들어갈 리 없었다. 이튿날 아침때다. 정첨

지의 아들이 고모의 집에서 고모와 같이 아침밥을 먹는 중에 별안간 방문이 열리며 그 아내의 독난 얼굴이 방문 밖에 나타났다. 정첨지 아들도 그 고모나 못지않게 놀랐으나 과부를 윗방에 뉘어두어서 아내 눈앞에 뜨이지 않은 것을 다행하게 여기었다.

"왜 왔소?"

"과부가 얼마나 이쁜가 보러 왔소."

"과부가 어디 있어?"

"생청˚으로 잡아떼면 제일인가."

내외간에 말이 오고가기 시작할 때 늙은 정첨지가 지팡이를 드던지며 삽작 안으로 들어왔다.

"아버지 오신다!"

하고 고모가 놀라 일어서니

"야단났소."

하고 조카도 따라 일어섰다. 정첨지가 봉당에 올라설 때 방에 있는 숙질이 밖으로 마주 나왔다. 정첨지는 얼굴에 핏대가 서고 입가에 살이 실룩거리었다. 늙은이가 가쁜 숨을 돌리는 동안 아들을 잡아먹을 것같이 노려보다가 입을 벌리며 곧 고래고래 소리를 질러서 야단을 쳤다.

"이 자식, 집안을 망치더라두 조신하게 망쳐라. 너 죽구 나 죽는 꼴을 봐야 속이 시원하겠느냐! 이 자식, 네가 기집이 없느냐? 남의 집 과부를 빼다가 무엇할 테냐. 벼락 맞아 뒤어지구 싶으냐? 이놈, 네가 남의 집 과부를 빼다가 작은기집으루 데리구 살아? 내 눈에 흙이 들어가기 전엔 틀렸다 틀렸어, 이놈!"

정첨지가 지팡이로 봉당 바닥을 두들기다가 지팡이가 부러지니 손에 쥔 지팡이 동강으로 아들을 두들겼다. 그 고모가 가로막고 나서서

"꾸중을 하시더라도 방에 들어가 하시오. 동네 사람들 부끄럽소."
하고 삽작 안과 울 밖에 웅긋중긋 와서 섰는 이웃 사람들을 가리켰다.

"부끄러운 것 잘 안다. 너는 나이를 헛처먹었어. 낫살 먹은 것이 저거하고 부동해서 집안 망할 짓을 한단 말이냐? 그건 부끄럽지 않으냐. 네 방엔 들어가기두 싫다. 과부 어디 있니? 이리 데려 내오너라!" • 생청 억지로 쓰는 떼. 생떼.

정첨지가 호되게 야단치는 바람에 그 누이는 두말 못하고 윗방에 들어가서 과부를 붙들고 나왔다. 정첨지가 며느리를 돌아보며

"네가 여기 있어 무어하니. 저 여편네 데리구 집으루 가자."
말하고 곧 며느리와 과부를 앞세우고 나서는데, 과부가 걸음을 걷지 못하는 것을 보고 구경하던 동네 여편네 두엇을 불러서 부축시켜 데리고 갔다.

과부가 정첨지 집에 와서 몸져눕는 길로 곧 정신을 차리지 못하고 앓았다. 정첨지는 며느리 시켜 구호를 극진히 하게 하고 과부 누운 아랫방에 여편네 한둘은 밤낮 떠나지 않도록 하고 사내는 누구든지 범접 못하게 하였다. 정첨지의 며느리가 정첨지보고

"앞으로 과부를 어떻게 하실랍니까?"
하고 의향을 물으니 정첨지는 자기 맘에 작정한 대로
"병만 낫거든 곧 저의 집으루 보내주지."
하고 말하였다. 정첨지 아들이 이 말을 전청轉聽으로 듣고 몸이 달아서 구변 있는 동네 늙은이 하나를 중간에 놓고 아비 의향을 돌리려고 애를 썼다. 정첨지 아들의 청을 받은 늙은이가 정첨지 집에 와서 겉으로는 그저 놀러온 체하고 정첨지와 같이 담화하는 끝에 과부 말을 끄집어냈다.

"그 과부가 병이 났다드니 대단치나 않은가?"

"웬걸, 대단해. 아직까지두 인사정신을 모른다네."

"병이 나은 뒤에 또 풍파가 없을까?"

"저의 집으루 보내버리면 고만이지 무슨 풍파가 있어."

"업어온 과부를 돌려보내는 법이 어디 있나? 자네 며느리 안 삼을라거든 내나 주게. 내 며느리 삼아보게."

"이 사람이 뉘 지기를 떠보는 셈인가?"

"실없는 소릴세, 골내지 말게. 그렇지만 과부를 업어왔다 도루 보내면 그 집에 재앙이 있다네. 빈말이라두 좋을 것 없지 않을까?"

"그런 말이 어디 있나? 나는 듣지 못했네."

"그런 말이 있어. 자네가 못 들었지. 다른 사람을 내주더라두 도루 보내진 말게."

"내 딸인가? 내 맘대루 내주게."

"그러구 과부를 업어오거나 동여오는 것이 흔한 일 아닌가. 큰 변고처럼 여길 것 무어 있나."

"누가 큰 변고라든가?"

"자네가 큰 변고처럼 집안에서 야단을 친다며?"

"자식이 집안 망할 짓을 하면 누가 야단 안 치겠나."

"집안 망할 짓까지는 과한 말일세. 젊은 사람들의 일시 장난이지."

"장난이 다 무언가. 제 기집이 새파랗게 젊은데 왜 남의 집 과부를 업어오나."

"여보게, 우리들 젊었을 때는 그만 장난 아니했나. 우리 늙은 사람들이 젊은 축에게 너무 까다롭게 굴 것 아니니."

"자네 소견에는 그대루 내버려두는 것이 좋겠나?"

"내가 자네 같으면 그만 일은 보구두 못 본 체 들어도 못 들은 체해두겠네."

"이 사람, 남의 집 외아들이 제명에 죽지 못하는 것을 보구 싶은가. 에이 사람."

하고 정첨지가 증을 벌컥 내서 그 늙은이는 다시 말 못하고 얼마 동안 무료하게 앉았다가 일어섰다.

그 늙은이가 정첨지 집에서 나가는 길에 정첨지 아들이 곽오주와 같이 집으로 오는 것을 만났다.

"지금 내가 자네 집에 다녀가는 길일세."

"좋은 소식이 있습니까?"

"자네 귀에 좋은 소식 들려주려다가 공연히 내 코만 떼구 가네."

정첨지 아들이 대번에 오만상을 찡그렸다. 오주가

"좋은 소식이 무슨 소식이오?"

하고 늙은이보고 물으니

"자네가 찬물 속에 들어가서 인명을 구한 상급으루 자네 주인이 이쁜 아내 하나 구해준다는 소식이 있네. 이것은 좋은 소식이 아닌가?"

하고 늙은이는 껄껄 웃었다.

오주가 "예끼" 하고 늙은이에게 삿대질하고서 어서 가자고 젊은 주인의 손을 끌었다.

정첨지 아들이 오주와 같이 오는 길에 그 과부를 도로 보낼 바엔 차라리 오주를 내주어보고 싶은 맘이 생겼다.

과부를 가까이 두고 얼굴이라도 보고 싶은 생각과 과부가 밉살스러워서 욕보이고 싶은 생각과 귓속에 남아 있는 늙은이의 실없는 말이 한데 얼기설기한 중에 이 맘이 생기게 된 것이었다.

"여보게 오주, 과부를 자네 줄 테니 어떤가?"

"나더러 데리구 살란 말이지?"

"그래."

"아내가 있으면 살림할 집이 있어야지."

"그건 염려 말게. 집이나 살림 제구는 내가 다 주선해줌세."

"그러면 좋지, 싫을 것 무어 있어. 그렇지만 주인영감이 아들에게서 뺏어온 것을 나를 줄까?"

"영감쟁이가 내 생각엔 자네는 줄 것 같애. 하여간 지금 가서 말을 비쳐보세."

정첨지의 아들이 집에 와서 아비를 보고 과부를 오주 내주자는 의취로 말을 비쳤다. 정첨지는 과부를 돌려보내면 집에 재앙 있단 말을 꼭 곧이들은 것은 아니나, 맘에 꺼림칙하여 하던 터이라 곧 오주를 불러 세워놓고

"과부가 병 나은 뒤에는 너를 내줄 테니 네가 도루 업어다 주거나 차지를 하거나 맘대루 해라."

하고 말하여 오주는 선뜻

"네."

● 자몽(自懜)
졸릴 때처럼 정신이 흐릿한 상태.

하고 대답하였다.

일시 위중하던 과부의 병이 며칠 뒤에 대세는 돌렸다. 그러나 정신기가 나며부터 죽기를 기쓰고 약이나 미음을 받아먹지 아니하였다. 과부가 자몽˙하여 자는 것같이 누워 있을 때 정첨지 며느리가 미음을 가지고 와서 가만가만 몸을 흔드니 과부는 눈을 잠깐 떠보고 곧 도로 감았다.

"여보, 미음 좀 마시오."

"그렇게 안 먹으면 병이 낫지 않소."

"우리 시아버지 말씀이 임자가 병이 나으면 곧 집으로 보내주신다는데, 얼른 병이 나아야 집에를 가지 않소. 집에 가고 싶지 않소? 왜 아니 먹소."

과부가 눈을 다시 뜨고 정첨지 며느리의 얼굴을 물끄러미 바라보다가 미음을 달래서 마시었다.

과부의 병이 나날이 나아갔다. 대세를 돌린 지 사오일 만에 머리를 들고 일어나서 소세까지 하게 되었다. 과부가 정첨지 며느리를 붙들고 집에 가게 하여달라고 조르니

"신뱃골이 여기서 삼십리라도 사십리나 된다는데 지금 걸어가려면 갈 수 있겠소? 조금 소복된 뒤에 보내주신다니 아무 소리 말고 보내주실 때까지 기다리오."

하고 정첨지 며느리가 말하였다. 과부가 이 말을 믿고 잠자코 다시 수일 지나는 동안 날마다 방안에서 서성거리며 다리에 힘을 올리었다.

"인제는 사십리 아니라 팔십리라도 걸어갈 것 같으니 내일쯤 집에 가도록 해주시오."

"내가 이따 말씀해보리다."

정첨지 며느리가 과부의 청하는 뜻을 정첨지에게 말하여 허락을 받았다.

과부가 내일은 자기 집에 가게 될 줄 믿고 초저녁부터 밤 가기를 졸이고 앉았을 때 밤에 와서 같이 자는 동네 여편네가 빙글빙글 웃으며 들어와서

"잠동무도 고만이요그려."

하고 말하니 과부는 자기가 내일 가게 된 것을 말하는 것이거니 짐작하고

"글쎄, 섭섭하오."
하고 인사치레로 대답하였다.

 그 여편네가 다시 무슨 말을 하려고 할 즈음에 정첨지의 며느리가 와서 정첨지의 말을 전하였다. 그 말은 다른 말이 아니라 같이 데리고 갈 사람을 한 사람 부탁해놓았으니 그 사람의 집에 가서 그 사람을 만나보라는 말이었다.

"그 사람이 같은 여편넨가요?"

"모르겠소. 가보면 아실 테지."

 정첨지가 부탁했으면 그만이지 자기더러 가서 만나보랄 것이 무엇인가. 의심이 더럭 나나 지낸 곡경보다 무슨 더 큰 곡경이 앞에 있으랴 생각하고 과부는 여러 말 않고 곧

"하라시는 대로 하지요."
하고 대답하였다.

"그럼 지금 나하구 같이 갑시다."

 앉아 있던 동네 여편네가 일어서니 과부는 정첨지 며느리에게 곧 다녀오리다 인사하고 동네 여편네의 뒤를 따라 나섰다.

 정첨지 집에서 멀지 아니한 곳에 있는 오두막집이다. 집안은 괴괴하고 방안의 불빛은 희미하였다. 동네 여편네가 과부를 데리고 와서 방문을 열고 들어가라고 말하였다. 방안에 사람도 없고 물건도 없었다. 아랫목 편에 놓인 홑이불 한 채와 벽에 걸린 등잔걸이만 없으면 알뜰한 빈방이었다.

"사람이 없으니 웬일이오?"

"오겠지요."

"다른 데서 온단 말이오?"

"있을 줄 알았드니 어디 잠깐 나간 게요."

"밖에서 기다립시다."

"치운데 어떻게 밖에 서서 기다리나요? 나두 들어갈 테니 들어갑시다."

이 방에 들어가는 데 무슨 곡절이 붙은 줄을 과부가 확실히 짐작하였으나 하회를 두고 볼 작정으로 그 여편네와 같이 방안에 들어왔다. 정첨지 아들놈이 무슨 흉계를 꾸며서 자기를 함정에 몰아넣는 것이 아닌가, 그렇다고 하면 그 아비는 모르지만 그 계집까지 한통이 될 리 있을까, 그 계집은 속아서 모르는가. 이런 생각이 과부의 머릿속에 떠올라서 양미간을 잔뜩 찌푸리고 앉았을 때 방문이 벌컥 열리며 시커먼 쇠도둑놈 같은 사내가 방안에 들어섰다. 동네 여편네가 그 사내를 보고

"곽도령이 어느 틈에 곽서방이 되었어?"

하고 웃으니 그 사내가

"오늘 아무렇게나 끌어올렸소."

하고 역시 웃었다. 그 여편네가 과부를 향하여

"이 사람이 같이 가실 사람이오."

말하고 곧 나가려고 일어서는데 과부가 여편네보다 앞질러 나가려고 하는 것을 그 사내가 덥석 끌어안아서 나가지 못하게 하였다. 과부는 소리개에 채인 병아리같이 꼼짝 못하고 발발 떨었다.

오주가 과부를 방 한중간에 앉히고 자기는 등으로 방문을 가로막고 앉았다. 오주는 숫기 좋은 사람이건만 평생 처음으로 젊은 여편네와 단둘이 한방에 들어앉으니 어째 겸연쩍은 생각이 나서 꿀 먹은 벙어리같이 앉아 있고, 과부는 숨만 쌔근쌔근할 뿐이요, 돌로 새긴 사람같이 앉아 있었다. 오주가 처음 상투 올리는 날 행세로 빌려 쓴 망건이 머리에 테를 메운 것 같아서 훌떡 벗어버리고 머리 뒤를 긁적긁적하였다. 오주가 우선 과부와 성명이나 통하려고 무거운 입을 열었다. 말은 하게를 안 쓰고 끝 없는 반말을 썼다. 오주는 총각 대접으로 하게하는 사람들에게 일쑤 반말질하여 반말을 잘하는 터이었다.

"나는 성은 곽가구 이름은 오주구 나이는 스물다섯이구 고향은 강령인데, 정첨지 집에서 머슴을 살아. 임자는 성은 무어구 이름은 무어구 나이는 얼마여?"

말을 한마디 한마디 줍듯이 말하며 오주가 연해 과부의 얼굴을 바라보는데 과부가 묻는 말에 대답은 고사하고 하는 말을 듣지도 않는 것 같았다.

"우리 주인이 나더러 임자하구 같이 살라는데 내 맘엔 좋지만 임자 맘에 어떤지, 임자가 나하구 같이 살기 싫다면 나두 굳이 같이 살자지 않을 테니 싫거든 싫다구 말해."

오주가 과부의 말을 들으려고 한동안 기다리었다.

"나는 아직두 총각이구 임자는 젊은 과부니까 같이 살기 싫을 것 없겠지. 또 같이 살다가두 언제든지 싫다기만 하면 내가 두말 않구 갈라설 테니 그때 임자가 신뱃골 가서 도루 과부 노릇하면 고만 아니여?"

오주가 또다시 한동안 기다리었으나 과부는 입을 겹겹이 봉한 사람같이 말 한마디 없었다.

오주가 선하품을 하고 기지개를 켜더니 혼잣말하듯

"고만 자보까."

하고 일어나 아랫목에 가서 홑이불쪽을 펼치었다. 그림같이 앉았던 과부가 번개같이 일어나서 방문을 박차고 뛰어나가려다가 한 발도 채 내디디기 전에 오주 손에 붙잡혔다. 오주가 한손으로 열린 방문을 닫은 뒤에

"누구를 또 찬물에 들어가게 할라구."

하고 껄껄 웃으면서 과부를 어린아이같이 번쩍 안아 들고 아랫목 자리로 왔다. 과부는 손이 있어도 손을 놀리지 못하고 발이 있어도 발을 놀리지 못하고 등신이나 다름이 없이 되었다.

남자는 잠이 들며 곧 코를 고는데 여자는 눈만 감고 있었지 잠이 들지 아니하였다. 무서움과 슬픔과 분함이 모두 작이 넘었다. 남자 잠자는 틈에 방문 열고 도망할 생각이 들지 못할 뿐 아니라 손끝 하나 꼼짝하고 싶지 않았다.

여자가 닭을 여러 홰 울린 뒤에 잠 같지도 않게 잠이 잠깐 들었다가 꿈 같지도 않게 꿈을 하나 꾸었다.

어디를 가는지도 모르고 험악한 산길을 걸어가는데 뜻밖에 어린아이 우는 소리가 귀에 들렸다. 소리가 어디서 나나 하고 둘레

둘레 돌아보니 커다란 굴속에 갓난아이 하나가 누워 있었다. 아무 생각도 없이 굴속으로 쫓아들어가서 그 아이를 안고 보니 이때까지 사람의 아이던 것이 곰의 새끼로 변하였다. 깜짝 놀라서 내던지고 한번 살펴보니 여전히 사람의 아이라 다시 안아보려고 할 즈음에 난데없는 시커먼 곰 한 마리가 와서 아이를 빼앗아 안고 굴 밖으로 뛰어나갔다. 곰이 무서워서 얼른 나가지 못하고 굴속에서 있는 중에 굴이 털썩 무너지며 꼼짝 못하게 되었다.

여자가 잠이 깨었는데도 가슴이 답답하여 눈을 뜨고 이불을 들고 보니 꿈에 보던 곰의 다리와 같은 남자의 팔이 가슴 위에 와서 얹혀 있었다. 그 팔에 손을 대고 싶지 않아서 들어 내려놓지 않고 몸을 비키어 이불 밖으로 나가려고 하는데 팔이 움직이는 바람에 팔 임자가 잠이 깨어서 이불 밖에 나간 몸을 그 팔로 끌어들였다. 날이 새며 남자는 곧 일어나고 여자는 머리를 싸고 누워서 일어나지 아니하였다. 이날부터 사흘 되는 날까지는 여자가 먹도 않고 줄곧 누워 있었고, 나흘 되는 날부터는 오주가 주인의 집에서 가지고 온 음식을 우격다짐으로 먹여서 할 수 없이 조금조금 먹고 잠깐잠깐 일어앉기 시작하였고, 십여일 지난 뒤에는 부엌에 내려가서 둘이 먹을 밥을 짓게까지 되었다. 동네 사람들이 이것을 보고 여자를 비웃어 말하는 사람도 적지 않았으나, 연분은 할 수 없는 것이라고 말하는 사람이 더 많았다.

오주가 유복이와 형제를 맺은 뒤로 거의 한 장도막 한번씩 청석골 산속을 들어다니는데 처음에 오주 오는 것을 찐덥지˙ 않게 알던 오가의 식구들도 강가의 풍파를 같이 치른 뒤부터 모두 한 집안 식구같이 정다워져서 오주가 올 때쯤 되면 유복이가 말하지 아니하여도 오가의 식구들이 음식까지 유렴하여 놓고 기다리었다. 새해 된 뒤에도 오주가 정초에 와서 하룻밤 묵어가며 술 먹고 가고 또 보름 전에 와서 하루 종일 놀다 가고 유복이가 양주 껵정이 집에 가서 칠팔일 있다 오는 동안에 한번 와서 다녀갔었다. 그때 와서 말이 계집 하나 생기게 되었으니 생기거든 데리고 오마 하고 갔는데 그 뒤 벌써 두 장도막이 지나도록 다시 오지 아니하였다. 유복이가 날마다 식전이면

"오늘은 이 자식이 오려나."

하고 종일 고대하고 저녁때면

"이거 웬일일까? 오늘두 아니 오네."

하고 성사삼아 말하였다. 유복이가 몇몇번 개래동으로 찾아가려다가

"며칠만 더 기다려보게."

"오늘내일간 올 겔세."

오가의 말을 듣고 고만두고 고만두고 하여 사오일 지낸 끝이다. 이날도 한나절까지 오주 오기를 기다리다가 유복이가 오가를 보고

"이 자식이 무슨 병이 난 거요. 그러기에 이렇게 오래 안 오지. 내가 아무래도 개래동을 가보구 와야 속이 시원하겠소."

하고 말하니 오가는

"가보려거든 가보게만 내 생각엔 병나서 못 오는 게 아니구 노총각 녀석이 계집맛에 반해서 헤나지 못하는 것 같애."
하고 웃었다.

"그렇기만 하면 좋겠소."

"그럼 내 말이 틀리나 두구 보게. 차붓소˚ 같은 사람이 무슨 병이 나겠나."

"장사는 병이 나지 말란 법 어디 있소? 하여튼 내가 가보구 오리다."

유복이가 해질물에나 온다고 가더니 보리밥 한 솥 짓기가 못 되어서 오는데 뒤에 오주가 따라왔다. 마당에서 돌아다니던 오가가 먼저 보고 나서서 유복이를 보고

"길에서 만났네그려. 큰길까지두 채 못 나갔지?"

하고 말한 뒤에 곧 오주를 향하여

"어째 그렇게 오래 아니 왔나? 어디 앓았나?"

하고 물었다.

● 쩐덥다
남을 대하기가 마음에 흐뭇하고 만족스럽다.
● 차붓소
달구지를 끄는 큰 소.

"앓기는 왜?"

"그럼 왜 아니 왔나? 자네 말투루 기집이 생겼나?"

"생겼어."

"내 말이 어떤가, 맞지 않았나?"

하고 오가가 유복이를 돌아보며 웃으니 유복이는 오주에게

"네가 여편네 맛에 반해서 안 온다구 말씀하더라. 참말 반했

니?"

하고 말하며 웃었다.

안방에 들어앉았던 식구들이 어느 틈에 마루 끝에 나섰다.

"어서 올라들 와요."

하고 오가의 마누라가 재촉하여 유복이와 오가가 오주를 중간에 끼고 마루로 올라왔다. 오가의 마누라와 유복이의 아내가 분분히 오주를 향하여 치하 인사들을 마친 뒤에 여러 사람이 모두 안방으로 들어왔다. 자리에 앉으며부터 여러 사람이 오주의 장가든 이야기를 듣고자 하여 구변 없는 오주가 과부 차지하게 된 곡절을 뒤죽박죽 이야기하고 또 오가에게 졸려서 첫날밤 광경까지 대강 이야기하였다.

"지금은 찬 샘물에 뛰어들어갈 염려가 없겠니?"

유복이 묻는 말에

"이젠 그런 염려 없소."

대답하고

"얼른 좀 만나보았으면 좋겠어요."

유복이 아내의 말에

"그러지 않아두 같이 오려구 했더니 오기 싫다구 합디다."

대답하고

"소문난 과부면 얼굴이 이쁘겠소."

오가 마누라 말에

"이쁘구말구. 튼튼했더면 더 좋을 뻔했소."

대답하느라고 오주가 이 사람 돌아보고 저 사람 돌아보고 할 때 이때까지 싱글싱글 웃고만 있던 오가가

"여게, 오주."

하고 불러놓고

"자네는 지금 여편네 맛이 단 줄루 알 테지만 그것이 본맛이 아닐세. 여편네는 오미五味 구존한˙ 것일세. 내 말할게 들어보려나. 혼인 갓 해서 여편네는 달기가 꿀이지. 그렇지만 차차 살림 재미가 나기 시작하면 여편네가 장아찌 무쪽같이 짭짤해지네. 그 대신 단맛은 가시지. 이 짭짤한 맛이 조금만 쇠면 여편네는 시금털털 개살구루 변하느니. 맛이 시어질 고비부터 가끔 매운맛이 나는데 고추 당초 맵다 하나 여편네 매운맛을 당하겠나. 그러나 이 매운맛이 없어지게 되면 쓰기만 하니."

• 구존(具存)하다
빠짐없이 골고루 갖추어져 있다.

하고 오가가 너덜거리는데 오가의 마누라까지도 다른 사람들과 같이 웃었다.

오주가 오래간만에 올 뿐 아니라 장가들고 처음 왔다고 오가는 그 마누라와 유복이 아내에게 말을 일러서 특별히 안주 장만하여 술대접을 하였다. 술상이 들어와서 순배가 도는 사이에 유복이가 오주를 보고

"내가 이번에 양주 가서 술을 많이 먹구 왔다."

하고 말하니 오주가

"형님 술에 많이 먹으면 얼마나 먹었겠소."

하고 웃었다.

"사람 셋이 사흘 안에 술 한 독을 다 들냈으니 무던히 먹지 않았니?"

"형님이 혼자 다 먹었다면 무던할까. 게다가 형님은 제일 적게 먹었겠지."

"적게 먹은 게 다 무어냐. 아마 제일 많이 먹었을 게다. 꺽정이 언니는 술이 고래지만 친환 핑계하구 몸을 사리구, 천왕동이는 술이 나만 못하니까 내가 자연 많이 먹게 될 것 아니냐."

"나두 장˙ 꺽정이란 이가 보구 싶은데 형님 왜 날 안 데리구 가우? 이담 갈 때는 꼭 같이 갑시다."

유복이가 대답하기 전에 오가가 말참례하고 나섰다.

"양주 술을 먹어보구 싶은가?"

"양주 술은 별난 술이오?"

"술 먹은 이야기 끝에 양주를 가구 싶다니 말일세."

"왜 내가 전엔 가구 싶단 말 아니했나? 지난번 형님 갈 때두 내가 알았더면 따라갔을 텐데."

"아닌게아니라 꺽정이, 봉학이 말은 박서방에게 하두 귀따갑게 들어서 나두 보구 싶어. 이담 자네들 갈 때에 나두 한몫 보세."

오가의 말끝에 유복이가 오주를 보고

"꺽정 언니가 너 잘 있느냐구 묻더라."

하고 말하였다.

"내가 보구 싶어한단 말두 했소?"

"했는지 모르겠다. 하여튼 네 말이 많이 났었으니까."

"형님, 대체 걱정이란 이가 내 맘에 들겠소, 어떻겠소? 나는 보구 싶어두 보구 나서 맘에 안 들까 봐 걱정이오."

"그건 만나봐야 알지. 그렇지만 맘에 들구 안 들구 그 앞에선 고개가 절루 숙을 게다."

"형님의 형님이니까 고개 좀 숙여줘두 좋지 뭐."

"그가 이번에 나하구 같이 오려구 하다가 그 아버지 병이 더쳐서 병이 조금 낫는 걸 보구 한번 놀러온다구 했다."

"언제쯤 온다구 했소?"

"오게 되면 그믐초생 온다구 했다."

"두어 장도막만 더 있으면 오겠구려. 오거든 곧 내게 알려주우."

"오기만 하면 알려주다뿐이냐."

"그가 여기 길을 알까?"

"탑고개서 들어오는 길을 자세히 말하구 목표까지 다 가르쳐 주었으니까 오려면 찾아올 수 있겠지."

유복이가 오주와 수작하던 것을 그치고 오가를 돌아보며

"이번 술 해넣을 때는 좀 나우˚ 해넣는 것이 좋지 않겠소?"

하고 말하니

"자네의 약삭빠른 장모가 자네 말을 기다리겠나? 벌써 며칠 전에 청주 술밑˚까지 해넣었다네."

하고 오가가 대답하였다.

● 장 언제나 늘.
● 나우 조금 많이.
● 술밑 누룩을 섞어 버무린 지에밥. 술의 원료가 된다.

"오지 아니하면 낭패로구려."
 "무슨 낭패? 우리가 두구 먹지."
두 사람씩 서로 수작하는 중에도 가끔 세 사람이 함께 어울려 말할 때가 없지 않았지만, 술기운들이 돈 뒤에는 세 사람이 서로 앞을 다투어가며 지껄이어서 방안이 떠들썩하였다. 저녁때가 다 되어서 술상이 끝이 났다. 전 같으면 오주가 저녁까지 눌리먹을 것인데 저녁을 먹지 않고 간다고 일어서니
 "이왕 늦었는데 저녁 먹구 가려무나."
하고 유복이는 붙들고
 "집에 가서 두 내외 재미있게 같이 먹게."
하고 오가는 조롱하였다. 오가의 마누라가
 "여보게 박서방, 나 좀 보게."
하고 유복이를 밖으로 불러내서 몇마디 소곤소곤 말하더니 유복이가 빙그레 웃으며 방으로 들어와서
 "저녁은 안 먹드래두 잠깐 더 앉았거라."
하고 오주에게 말하였다.
 "왜 그러우?"
 "우리 장모가 너를 주어 보낼 게 있다신다."
 "무어요?"
 "네가 새살림에 장건건이 '두 군조로울' 것이라구 간장, 된장을 좀 준다신다."
 "그거 참 고맙소."

오가의 마누라는 자기의 인정도 인정이려니와 유복의 뜻을 살펴서 간장 장군과 된장 동이 이외에도 조금조금한 살림제구까지 주어서 오주는 한짐 짊어지고 돌아갔다.

정첨지가 부모산父母山에 소나무를 가꾸기 겸 숯을 묻으려고 소나무 사이에 선 참나무를 작벌斫伐시키었다. 정첨지 아들은 발매˚터에 나오는 것이 아비의 눈가림이라 공연히 빙빙 돌다가 꾀꾀로 빠져 들어가고 정첨지는 아들과 달라서 소나무 다치지 않게 해라, 우죽 허실 안 되게 해라, 잔소리가 심하지만 칠십 넘은 늙은이라 줄곧 서서 돌아다니지 못하므로 오주가 저의 일을 해가며 틈틈이 남의 일까지 간검하느라고˚ 분주하였다. 저녁때가 되어서 다른 일꾼들이 일을 마치고 각기 돌아간 뒤에도 오주는 떨어져서 한 바퀴 돌아보고 오는 까닭에 해진 뒤에야 돌아오게 되었다.

- 장건건이 간장, 고추장, 된장 따위를 통틀어 이르는 말.
- 군조롭다 '군졸하다'의 속어. 넉넉지 못하다. 궁색하다.
- 발매 나무를 가꾸는 산에서 나무를 한 목 베어냄.
- 간검(看檢)하다 두루 살피어 검사하다.

발매 시작되던 이튿날 저녁때 오주가 발매터에서 돌아와보니 유복이가 정첨지 집 머슴방에 들어앉아 있었다.

"형님 오셨구려. 언제 오셨소?"

"온 제 한참 되었다. 얼른 저녁 먹구 나하구 같이 가자."

"무슨 일이 생겼소?"

"우리 언니가 오늘 왔다."

"같이 갑시다. 그렇지만 나는 내일 새벽 도루 와야겠소."

"왜 내일 새벽에 무슨 일이 있니?"

"주인집에서 엊그제부터 발매를 시작했는데 와서 봐줘야지."

"주인더러 말하구 가자꾸나. 우리 언니두 바쁜 일이 있어서 모레는 간다니 내일 하루 같이 놀다 헤어지면 좋지 않겠니?"

"그렇게 속히 간다우? 내가 주인더러 말하구 나오리다."

오주가 곧 안으로 들어가서 저녁밥 먹는 정첨지 부자를 보고

"내가 의형님한테 갈 일이 생겨서 내일 하루 일 못하겠소. 내일 못하는 오력으루 모레 와서 동값하리다."

하고 말하니 정첨지는 대뜸에

"자네가 없으면 일이 되나?"

하고 상을 찡그렸다.

"젊은 주인이 하루만 잘 돌아보면 되지 않소."

정첨지가 말하기 전에 그 아들이 선뜻

"그렇게 하게."

하고 허락하였다.

"내가 가봐서 내일 밤에 오거나 모레 식전 오리다."

"어둔 밤에 올 거 무어 있나. 모레 오게그려."

"그러면 더욱 좋소."

정첨지는 아들을 흘겨보며

"그 자식, 장히 선선하다."

하고 나무라는데 오주는

"이런 때는 우리 젊은 주인같이 좋은 사람이 없어."

하고 껄껄 웃었다. 오주가 부엌에 가서 저의 밥을 찾아들고 밖으

로 나왔다.

"인제 우리 집에 가서 밥 한술 떠먹고 갑시다."

"나는 시장하지 않지만 잠깐 가서 인사나 하구 갈까."

"암, 인사두 해야지."

오주는 유복이를 끌고 저의 집으로 와서 큰 소리로

"여게, 우리 형님 오셨네."

하고 방문을 왈칵 열었다. 오주의 아내가 누워 있다가 깜짝 놀라서 일어나며 나직한 목소리로

"어디 형님이 오셨소?"

하고 물으니

"어디 형님이 무어여? 늘 말하든 우리 의형님이지."

하고 오주는 곧 뒤를 돌아보며

"들어갑시다."

하고 유복이와 같이 방으로 들어왔다. 오주의 아내가 유복이에게 절인사를 마친 뒤에 곧 밖으로 나가려고 하니 오주가

"어디를 갈라나?"

하고 물었다.

"밥을 지어야지요."

"찬밥 남은 거 없나?"

"찬밥은 있소."

"그러면 지금 내가 가지구 온 더운밥은 형님 드리구 우리는 찬밥 먹세."

"장찌개두 없는데 어떻게 하오?"

"있는 대루 먹지. 얼른 먹구 가야겠네."

"어디를 갈라오?"

"형님하구 같이 갈 테여. 내일모레나 오겠네."

오주의 아내는 방구석에 덮어놓았던 반찬 그릇과 찬밥 그릇을 내놓은 뒤에 부엌으로 물 뜨러 나갔다.

"네겐 과하두룩 얌전하다."

"나는 얌전한 기집 데리구 살면 못쓰우?"

"누가 못쓴다나. 그렇지만 네게 대면 너무 약해 보인다."

"그래 약해서 탈이오."

물까지 떠다 놓고 밥들을 먹게 되었는데 오주의 아내는 오주가

"같이 먹세."

하고 숟갈을 집어줄 뿐 아니라 유복이까지

"나는 조금 먹을 테니 더운밥을 같이 먹읍시다."

하고 권하였건만 나중에 먹는다고 같이 먹지 아니하였다.

캄캄한 어두운 밤이나 발세˚ 익은 길이라 오주와 유복이는 거침없이 걸어서 초경이 지나기 전에 청석골을 들어왔다. 오가의 집에 마당에는 화톳불이요, 마루 끝에는 등롱이요, 안방에는 대심박이 촛불이 밝아서 한다하는 부잣집에서 밤잔치하는 것 같았다. 오가의 마누라는 마루에서 유복이의 아내와 계집아이년을 데리고 주식을 준비하고, 오가는 안방에서 꺽정이와 천왕동이를 대하여 경력을 이야기하는 중이었다. 오가의 마누라가 유복이와 오

주가 대문 안에 들어서는 것을 보고 곧 고개를 방 편으로 돌리며

"인제들 오는구먼요."

하고 소리쳐서 선통하니 오가가 아랫목 외쪽 바라지˙문을 열고 머리를 내어밀며

"어째 이렇게들 늦었나?"

하고 큰 소리로 말하였다. 유복이는 오가의 말에 대답하고 오주는 오가 마누라와 유복이 아내에게 인사말을 마친 뒤에 두 사람이 같이 윗목 지게문으로 안방에를 들어왔다. 지게문 편을 향하고 앉은 총각은 얼굴이 해사하고 아랫목에 오가와 느런히 앉은 사람은 얼굴이 영특하고 수염이 숱하였다.

"저 털보가 꺽정이란 이요그려."

● 발세 산줄기의 형세.
● 바라지
방에 햇빛을 들게 하려고 벽의 위쪽에 낸 작은 창.

하고 오주가 유복이를 돌아보니

"버릇 못 배운 사람이란 할 수 없네. 처음 뵈입는 터수에 면대해서 이름 부르구 게다가 별명까지 짓는단 말인가."

하고 오가가 웃으면서 오주를 책망하였다.

"그래, 내가 꺽정일세."

하고 꺽정이가 웃으니

"형님, 자, 오주의 절을 받으시우."

하고 오주가 너푼 절하였다. 유복이가 바라지 앞으로 모꺾어 앉으며, 옆에 자리를 남기어 오주에게 내주었다. 오주가 자리에 앉은 뒤에 유복이가 맞은편에 앉은 총각을 가리키며

"저 사람이 황천왕동이다. 인사해라."

하고 오주를 돌아보니 오주가 천왕동이를 바라보며

"자네가 걸음을 잘 걷는다지?"

하고 말을 붙였다.

"내게두 절이나 한번 하게. 나두 나이 자네버덤 많아."

하고 천왕동이는 나이를 자세하고

"나는 인제 어른이야."

하고 오주는 어른을 내세우다가 나이와 어른을 비껴버리고 두 사람은 곧 서로 너나들이하였다.

"요전에 들으니까 너두 총각이라더니 언제 상투를 끌어올렸니? 그전 박서방처럼 외자나 아니냐?"

"오죽하니 외자상투를 올릴까?"

"어떤 팔자 험한 여편네가 저런 쇠도둑놈 손에 잡혔을까."

오주가 천왕동이 말에 대꾸하기 전에 오가가

"아닌게아니라 오주 아내가 팔자 험한 사람이야."

하고 말자루를 차지하고 나서서 오주의 아내 얻은 곡절을 한바탕 늘어지게 이야기하였다. 오가의 이야기가 끝난 뒤에 유복이가

"참말루 얌전합디다."

하고 오주 아내를 칭찬하니 오가는

"저 사람하구 같이 앉았는 것이 백로가 까마귀하구 짝지은 것 같든가."

하고 웃고 오가의 말끝에 천왕동이는

"흰 비둘기하구 시커먼 곰새끼하구 같이 앉은 것 같을 테지."

하고 웃었다. 오가와 천왕동이가 받고채기로 오주를 시달리는 판에 꺽정이가

"모처럼 서로 만나서 실없는 소리루 밤을 보낼 테야?"
하고 말하여 천왕동이는 고사하고 오가까지 움찔하여 입을 다물었다. 오주가 꺽정이를 바라보며

"형님이 다르시오."
하고 싱글벙글 웃고 나서

"형님, 작년에 전장에 갔었지요?"
하고 말을 물었다.

"그래."

"전장 이야기 좀 들읍시다."

"나는 구변이 없어서 이야기를 잘 못하네. 이담 이봉학이란 이를 만나게 되거든 이야기를 듣게."

"활 잘 쏘는 봉학이란 이 말이오? 그래 지금 어디 있소?"

"전라도 전주 감영에 있네."

"감영이라니 감사 있는 데지요? 거기서 무엇하우?"

"벼슬 산다네."

"감사 노릇하우?"

"감사 아래 있는 비장이라네."

"난리 친 공으루 그런 벼슬 했소?"

"그런 셈이지."

"형님은 왜 벼슬 안 했소?"

이때 오가가 꺽정이를 돌아보며

"술들 자시며 이야기합시다."

하고 말하여 꺽정이가 고개를 끄덕이니 오가는 곧 바라지문을 열고 밖을 내다보며 술상을 재촉하였다.

술상이 굉장하였다. 집에서 잡은 도야지고기와 사냥해온 노루고기와 벌이해온 어물로 만든 진안주, 마른안주는 상 둘에 가득 놓이고 새로 뜬 독한 청주는 큰 양푼에 가득하였다. 갱지미˚ 하나가 술잔으로 놓였는데 깊은 술잔 두어 곱절이 넉넉히 들건마는 큰 그릇으로 마시기 좋아하는 꺽정이 눈에는 너무 작아 보이었다. 술이 첫순이 끝난 뒤에 꺽정이가 오가를 돌아보며

"대접 하나 가져오라시우."

하고 말하여 계집아이가 놋대접 하나를 가져오게 되었는데 오주가 먼저 받아들고

"이것으루 술을 먹었으면 좋겠소."

하고 그 대접을 꺽정이 앞에 놓으려고 하였다.

"거기 놓지 말구 술을 뜨게."

"자, 받으시우."

"자네 먼저 먹게."

오주가 사양 않고 들어 마신 뒤에 다시 떠서 꺽정이를 주니 꺽정이가 한 대접 술을 한숨에 쭉 들이키었다. 오주가 물끄러미 이것을 바라보더니

"형님 술 먹는 것이 내 비위에 꼭 들어맞소."

하고 좋아하였다. 뒤바뀐 순이 다시 차례로 도는데 다른 사람들 앞에는 갱지미가 돌고 꺽정이와 오주 앞에만 대접이 돌았다. 술 양푼을 연해 갈아 들이는 동안 한방에 가득한 술김은 무지개가 되고 여러 입에서 나오는 이야기는 꽃이 피었다. 밤이 이슥하여 안식구가 아랫방에 가서 잠들 잔 뒤에도 안방의 웃고 떠드는 소리는 그칠 줄을 몰랐다.

강가의 풍파 이야기가 났던 끝에 오가가 홍감을 떨며 청석골 자리를 자랑하였다. 이튿날 아침 뒤에 꺽정이가 오가를 보고 자랑하는 자리를 한번 돌아다니며 구경하자고 청하니, 오가가 두말 않고 허락하고 곧 유복이를 돌아보며 산에 가서 먹게 술병이나 가지고 가자고 말하였다.

● 갱지미 놋쇠로 만든 국그릇.

"산에 갈 바에는 아주 사냥질을 나갑시다."

유복이의 말이 입에서 떨어지자

"좋지, 사냥질 좋지."

천왕동이는 손뼉을 치며 좋아하고 사냥질을 즐기지 않는 오가와 오주도 싫단 말은 아니하여 곧 사냥질 준비를 차리게 되었는데, 오가가 자기 집에 본래 있던 환도들과 강가 패에게서 빼앗은 병장기들을 모두 끄집어내왔다. 꺽정이는 환도를 골라잡고 오가와 천왕동이는 창들을 나눠 잡고 유복이와 오주는 아무것도 잡지 아니하였다. 유복이는 표창이 있지만 오주만은 맨주먹이다. 오주를 시달리기 좋아하는 천왕동이가 가만히 보고 있지 아니하였다.

"너는 주먹으루 사냥할 테냐?"

"나는 몰이꾼 노릇하마."

"너 같은 것이 몰아주기를 바라다가 짐승 다 놓치게."

"싫거든 고만둬라."

"맨주먹 가지구 흔들흔들 따라오기 열적겠다."

"술하구 밥을 짊어지구 갈 테다, 이 자식."

"너두 사람값에 갈라거든 재주 한 가지 배워라."

"나는 왜 재주가 없드냐?"

"무슨 재주냐? 밥먹는 재주냐, 기집 끼구 자는 재주냐."

"이 자식이 되지 못하게 사람만 만만히 보네."

오주의 눈방울이 구를 때 꺽정이가

"오주."

하고 부르며 천왕동이 앞을 막고 나섰다.

"자네가 남버덤 낫거니 생각하는 재주가 무엇인가?"

오주가 머리 뒤를 긁적거리다가 무뚝뚝하게 말하였다.

"씨름 재주."

"또?"

"나무에 오르는 재주."

"또?"

"인제 없소."

"무슨 연장은 남버덤 잘 쓰는 거 없나?"

"도끼."

"또?"

"도리깨. 도리깨질은 나만큼 잘하는 사람 별루 없소. 나는 왼손으루 도리깨를 치는데, 그것두 바른손으루두 치구 왼손으루두 치구 하우."

꺽정이와 오주가 수작을 그친 뒤에 유복이가 사냥 가기를 재촉하여 여러 사람들이 각기 사냥제구를 들고 나서는데 오주는 점심 함통이와 술 두루미를 지게에 지고 나섰다.

사냥 나선 일행 다섯 사람이 한동안 앞뒷산으로 돌아다니고 나서 짐승을 잡으러 두석산 상봉 밑으로 들어왔다. 이 근처에 짐승 붙는 곳을 잘 아는 유복이가 앞을 서서 샅샅이 뒤졌건만, 짐승 그림자 하나 구경하지 못하였다. 오가가 헛쫓아다니기에 싫증이 나서

"오늘이 짐승의 대공망일˚일세. 점심이나 먹구 들어가세."

• 대공망일(大空亡日)
아무 소망도 이루지 못하는 날.

하고 잔디밭에 주저앉으니 유복이도 발을 멈추고 서서

"오늘같이 토끼새끼 하나 구경 못하는 날두 드물게요."

하고 표창을 만지작거리었다. 여러 사람이 다 앉아 쉬는데 천왕동이만 꾸준히 짐승 발자취를 찾아다니다가 여러 사람이 한곳에 앉고 서고 한 것을 보고 늘쩡늘쩡 걸어왔다.

"백두산 일등 사냥꾼이 나오신다구 짐승들에게 선통이 있었던 거야. 그렇기에 이렇게 피신들을 단단히 했지."

하고 오가가 웃으니 다른 사람은 고사하고 꺽정이까지도 빙그레 웃는데, 신명이 풀리지 아니한 천왕동이는 입맛만 쩍쩍 다시다가

유복이를 보고

"사냥 고만둘라우, 어떻게 할라우?"

하고 의향을 물었다.

"공론대루 하세."

"어디 다른 데 가볼 만한 데 없소?"

"가볼 만한 데야 있지. 우선 제석산 줄기를 밟아 들어가면 큰 짐승두 잡을는지 모르네."

"큰 짐승이라니, 호랑이 말이지? 그런 데를 두구 왜 이리 왔소? 그리들 갑시다."

천왕동이가 여러 사람을 돌아보니 오가는

"가드라두 여기서 쉬어가지구 아주 점심을 먹구 가세."

하고 드러눕고 유복이는

"이왕 갈 테면 얼른 갑시다. 점심때 아직 멀었소."

하고 해를 치어다보고 꺽정이는

"여럿이 나왔다가 빈손으루 들어가기 창피하니 가봅시다."

하고 오가를 돌아보고 오주는 말이 없이 앉아 있었다. 천왕동이가 가까이 와서

"너부터 일어나거라."

"저 누운 이부터 일으켜세워라."

"네가 점심 짐을 짊어지구 나서면 가기 싫어두 따라온다."

"그래 보까."

오주가 웃으며 일어나서 여러 사람을 돌아보며

"이애가 몸달았소. 우리 가줍시다."
하고 곧 지게를 짊어졌다.

"독불장군이로군."

오가가 일어나서 창을 집어들고 유복이와 둘이 길라잡이로 앞을 서서 일행을 끌고 북으로 들어갔다. 제석산 높은 봉이 눈앞에 가까이 보이게 되었을 때

"우리가 서루 흩어지드라두 모일 자리를 미리 하나 정해둡시다."

유복이가 오가를 돌아보니

"이 아래 있는 노송나무 밑을 점심 먹구 모이구 할 자리루 정하세그려. 노송나무가 멀리서 목표두 되구 좋지 않은가."

● 종구락
종구라기. 조그만 바가지.

오가는 잔솔밭 옆에 우뚝 섰는 큰 소나무 하나를 가리키고 곧 여러 사람을 끌고 소나무 밑으로 내려왔다. 해도 한낮이 거의 다 되었으니 아주 점심을 먹어치우자는 공론이 나서 오주는 두루미와 함통이를 지게에서 내려놓고 오가는 옷고름에 차고 온 종구락˚을 끌러놓았다. 술은 돌아갈 때 먹을 양으로 한 종구락씩 먹고 남겨두고 밥들을 먹었다. 천왕동이와 유복이가 밥을 먼저 먹고 샘을 찾아가서 물을 먹을 때 샘물에서 멀지 아니한 양달에 노루 한 마리가 엎드렸다가 인기척에 놀라 일어났다. 창을 놓고 간 천왕동이가 한달음에 소나무 밑으로 뛰어와서

"노루, 노루."

하며 황망히 창을 집어들었다. 망아지만 한 놈이 꽁무니에 달린 목화송이를 너털거리며 껑충껑충 건너편 비탈 위로 뛰어올라가는데 천왕동이는 비호같이 뒤쫓아갔다. 유복이는 처음에 노루 뒤를 쫓다가 나중에 천왕동이 쫓는 노루의 가는 목을 앞질러 막아보려고 비탈을 가로질러 뛰어가는 중에 자그만 멧돝 한 마리가 앞에 달아나는 것을 보고 노루목을 버리고 멧돝 뒤를 쫓아가고, 오가는 물 먹고 양치까지 하고 나서 창을 들고 잔솔밭에 올라가서 이리저리 돌아다니다가 토끼 하나를 튀겨놓고 토끼 뒤를 쫓아갔다. 오주는 남은 안줏감과 종구락과 숟가락들을 거두어서 빈 함통에 넣어서 술 두루미와 함께 한옆에 치우고, 앉아 있는 꺽정이 앞에 와서

"형님은 왜 안 가우?"
하고 물었다.
"밥이 자위두 돌기 전에 쫓아다닐 맛 있나."
"나두 혼자 있기 심심한데 나하구 이야기나 합시다."
"나더러 자네 심심풀이해주고 있으란 말인가?"
"아니, 그런 말은 아니오."
"아따, 발명은 고만두구 이리 와 앉게."

꺽정이와 오주 두 사람은 소나무 밑에 느런히 퍼더버리고 앉았다. 꺽정이와 오주가 다같이 말수 적은 사람이라 별로 이야기도 없이 한동안 지났다.

"이 사람들이 멀리 갔나 부다."

"갈 때는 이리들 와서 같이 가겠지."

"그래 우리는 갈 때까지 이렇게 짬짬하니˙ 앉았잔 말인가?"

"형님, 심심하우? 나하구 씨름이나 한번 해볼라우?"

"싫어."

"형님이 아무리 천하장사라두 씨름 묘득을 모르면 내게 지우."

"내가 씨름을 할 줄 모르기루 설마 자네게 지겠나?"

"한번 해봅시다."

"싫어."

"형님이 질 듯하니까 싫다지 뭐."

"그예 한번 해보구 싶은가?"

"심심풀이루 좋지 않소."

"그럼 한번 해보세."

"옳다, 형님을 메꽂아보자."

● 짬짬하다
할 말이 없어 맨송맨송하다.

오주가 껑청 뛰어 일어나자 꺽정이도 벌떡 일어섰다. 오주와 꺽정이가 서로 바지 뒷괴춤을 잡고 마주 구부리고 섰다. 오주가 발을 이리저리 떼어놓으며 꺽정이를 어르는데, 꺽정이는 가만히 보고 있다가 별안간 허리를 펴고 서며 괴춤 잡은 팔을 위로 치켜들었다. 오주의 발이 땅에서 떨어지자 오주의 입에서 애개개 소리가 나왔다. 오주의 육중한 몸을 꺽정이가 위로 치어들었다가 도로 땅에 내려놓으며

"꽤 무거운걸."

하고 웃으니 오주는 열적어하며

"씨름을 법대루 해야지, 그렇게 해서 씨름이 되우?"
하고 머리를 내둘렀다.

"고만두세."

"싱겁기가 짝이 없소."

"나를 한번 메꽂아야 재미나겠나?"

오주가 픽 웃으며 주저앉으니 꺽정이도 다시 앉았다. 두 사람이 한동안 잠자코 있던 끝에 오주가

"형님!"
하고 부르니 꺽정이가 말없이 돌아보았다.

"술 먹구 싶지 않소?"

"왜?"

"저 술을 우리 먹어버립시다."

"이따는 어떡하구?"

"이따는 이따지. 우리 먹읍시다."

오주가 일어나서 두루미와 종구락과 안줏감을 가져왔다. 둘이 권커니 잣거니 먹어서 두루미가 거의 다 들나게 되었을 때 꺽정이가

"이따 와서들 보면 기막히겠네."
하고 껄껄 웃으니 오주도 싱글벙글 웃으면서

"이따들 묻거든 형님이 먹자구 했다구 합시다."
하고 한눈을 찌긋이 감았다.

"왜 나더러 여러 사람의 지청구를 받으란 말인가?"

"형님을 지청구할 사람이 없으니까 말이지."

"자네가 의뭉스럽게 나를 꼬이네그려."

술이 끝난 뒤 오주는 거나하게 취하여 꾸벅꾸벅 졸기 시작하였다. 꺽정이가 이것을 보고

"어젯밤에 잠을 못 자서 졸린 게군. 드러누워 자게. 나는 그동안에 산으루 돌아다니다 옴세."

하고 곧 환도를 가지고 건너편 비탈로 건너갔다. 오주가 한번 드러누우며 곧 잠이 들어서 한숨 곤히 자는 중에 얼굴에 물이 떨어지는 것 같아서 눈을 뜨고 보니 얼룩얼룩한 짐승의 꽁지가 얼굴을 도닥도닥 두드리는데 그 꽁지가 처끈처끈하였다. 호랑이가 술 취해 자는 사람을 깨울 때 의사스럽게* 꽁지에 물을 축여다가 얼굴을 도닥거리는 것은 두메 장꾼

● 의사스럽다 제법 속생각이 깊고 쓸모 있는 생각을 곧잘 해내는 힘이 있다.

들이 혹간 당하는 일이다. 오주가 곁눈으로 보니 중송아지만 한 호랑이가 뒤로 돌아서 있다. 오주는 잠과 술이 일시에 다 깨었다. 손을 홱 내밀어서 두 뒷다리를 붙잡으며 곧 펄떡 뛰어 일어났다. 호랑이도 뜻밖에 놀란 모양이라 대가리를 돌이키며 어흥 소리를 지르고 나서 뒷다리를 가지고 내흔들기도 하고 뻗려 차기도 하고 또 앞으로 끌어당기기도 하였다. 뒷다리를 제 맘대로 놀리지 못할 줄 안 뒤에는 도닥거리던 꽁지로 연해 후려쳤다. 오주가 그 후려치는 꽁지를 막을 수가 없어서 고개를 잔뜩 숙이고 호랑이의 뒷다리를 치켜들고 날쳤다. 호랑이가 용쓰는 대로 기운을 쓰고 호랑이가 뺑뺑 도는 대로 따라 돌았다. 오주 생각에 호랑이를 이

대로 붙잡고 날치기만 하다간 기운만 점점 빠질 것 같아서 뒷다리를 비틀기 시작하였다.

　오주가 호랑이 뒷다리를 바른편으로 비틀면 호랑이의 몸이 바른편으로 돌고 왼편으로 비틀면 왼편으로 돌았다. 호랑이가 늘어지게 어흥 어흥 하지 못하고 입을 딱딱 벌리며 앙앙 하는데 앙 소리에도 산골이 울리었다. 호랑이가 앞발로 땅을 후벼파고 흙에 턱을 들비비었다. 오주가 여러 차례 한편씩 번갈아 비틀어보았으나 다리가 잘 퉁겨지지 아니하여 마침내 양편을 한꺼번에 비틀려고 두 팔에 다같이 힘을 올렸다. 오주가 응 소리를 한번 되게 지르며 두 팔을 밖으로 바짝 내어틀었다. 우지끈하고 두 다리가 일시에 퉁겨지며 호랑이는 묽은 똥을 확 내깔렸다. 오주가 장정 십여명의 힘을 겹치어 가진 사람인데 이 사람이 죽을힘을 다 들여서 비틀었으니 호랑이 다리가 살과 뼈가 아니고 무쇳덩이라고 하더라도 성할 수 없는 일이라 호랑이는 고만 병신이 되었다. 그러나 오주도 힘을 과도하게 쓴 뒤에 전신의 맥이 갑자기 풀려서 퉁겨진 호랑이 뒷다리를 놓는 줄도 모르고 손에서 놓았다. 호랑이가 몇번 데굴데굴 구르다가 곧 주홍 같은 아가리를 벌리고 성한 앞다리로 뛰어서 오주에게 대어들었다. 오주가 새 정신이 번쩍 나서 얼른 몸을 한옆으로 피하였다. 엉겁결에 피한 것이 술 두루미 놓인 곳이라 오주는 두루미를 두 손으로 집어들었다가 뒷다리를 끌며 쫓아오는 호랑이 낯바닥에 내던졌다. 질그릇이 요란스럽게 깨어지며 호랑이는 눈을 감고 대가리를 흔들었다. 이 틈에 오주는 소나무 뒤로 뛰어가서 곧 나무 위로 올라갔다. 땅에서 서너 길이 넘는 가지 위에 오주가 올라앉게 되었을 때, 호랑이는 나무 밑에 와 엎드려서 사람을 치어다보며 으르렁거리었다.

오가는 토끼를 뒤쫓아가는데 토끼가 잡힐 듯 잡힐 듯 하여 정신없이 쫓아가다가 마침내 토끼를 잡지 못하고 놓쳐버리고 나서 분하기도 하려니와 남보기 부끄러운 생각이 나서 다른 토끼라도 한 마리 잡아가지고 가려고 사방으로 헤매었다. 헤매는 중에 토끼는 다시 구경 못하고 여우 한 마리를 튀겼으나 여우를 뒤쫓아갈 가망이 없어서 얼마 쫓지 못하고 고만두었다. 목이 컬컬하여지며 술 한 종구락 먹고 싶은 생각이 긴하여서 그대로 돌아서서 차츰차츰 오는 중에 장등에서 소나무 밑을 내려다보니 사람은 하나도 없고 호랑이 한 마리가 엎드리었다. 가만히 생각하여 보니 꺽정이까지 사냥하러 가고 오주가 혼자 있다가 호랑이를 만난 모양인데 맨주먹밖에 없는 오주가 어찌 되었을까, 죽지 않았을까, 감히 내려가볼 생각은 나지 않고 다른 사람들을 찾아갈 생각이 났다.

오가는 호랑이 눈에 보이지 않도록 장등 너머로 내려서서 천왕동이가 노루 쫓아가던 편을 향하고 가며 좌우쪽을 살펴보았다. 산마루 소나무 사이로 사람 하나가 내려오는 것을 보고 마주 가며 소리를 쳤다. 꺽정이가 짐승 발자국을 살펴보고 다니다가 호랑이 소리가 멀리서 나는 것을 듣고 호랑이를 찾아오는 중이었다. 오가가 꺽정이를 만나서 소나무 밑에 호랑이가 있고 오주는

없더라고 말하니 꺽정이는 깜짝 놀라며

"그래 오주가 죽었단 말이오?"

하고 물었다.

"죽었는지 살았는지 모르겠소."

오가의 말을 꺽정이가 듣자마자 곧 장달음을 놓았다. 꺽정이가 소나무 밑에 가까이 오며 자세히 살펴보았다. 호랑이가 가끔 나무 위를 치어다보며 으르렁거리는 것이 수상해서 나무 위를 바라보니 높은 가지 사이에 흰옷이 보이었다. 꺽정이가 환도를 빼어 들고 호랑이에게 쫓아들어오며

"오주, 나 여기 왔네."

하고 소리를 질렀다. 호랑이가 꺽정이 오는 것을 보고 뛰어나오는데 앞다리만 가지고 뛰는 것이라 병신성스럽기 짝이 없었다.

"이놈의 호랑이가 다리병신이로구나."

"내가 뒷다리를 퉁겨놓았소."

오주가 나무 위에서 꺽정이 말에 대답하였다.

꺽정이가 한 칼에 호랑이를 요정내지 않고 하는 꼴을 두고 보았다. 호랑이가 뛰면 따라 뛰고 호랑이가 가만히 있으면 같이 가만있고 또 호랑이가 대어들면 피하다가 호랑이가 피하면 대어들었다. 호랑이가 내빼는 것을 장사로 생각하였던지 산으로 도망질 치려고 뒷다리를 끌며 뛰어가니 꺽정이가 얼른 앞질러 막아서서 서리 같은 칼날을 내둘렀다. 호랑이가 오도가도 못하고 한 곳에 주저앉는데 뒷몸은 눕히고 앞몸만 세우고 아주 죽이라는 듯이

눈을 딱 감았다. 이동안에 오주가 나무에서 내려와서 빈 함통이를 들어다가 호랑이 대가리에 들씌워서 호랑이가 함통이를 쓰고 한바탕 곤두를 돌았다. 꺽정이가 이 꼴을 보더니

"아서라, 불쌍하다. 얼른 죽여버리자. 아무리 짐승이라두 산중에서 내로라하는 것을 개새끼같이 놀리는 것이 우리의 잘못이다."

하고 곧 칼을 높이 들고 있다가 호랑이가 함통이를 벗어버릴 때 대가리를 겨누고 번개같이 내리쳤다. 호랑이가 앙 소리도 한번 못 지르고 땅에 쓰러져서 앞다리만 몇번 버둥거리었다. 꺽정이가 오주를 바라보며

"자네는 상한 데나 없나?"

하고 묻다가 머리 동인 수건에 무슨 칠갑한 것을 보고

"머릿수건에 그게 다 무언가?"

하고 물었다. 오주가 수건을 끌러 들고

"호랑이놈이 물찌똥을 내깔겼소."

하고 손으로 떨려고 하니 꺽정이가

"물에 빨게. 상투 끈에두 묻었네. 씻어줄게 이리 오게."

하고 오주를 불러서 수건의 정한 끝으로 상투와 머리에 묻은 것을 씻어주며 오주의 이야기를 들을 때

"오주가 죽지 않았네그려."

하고 오가가 떠들며 와서 먼저 오주를 보고

"얼마나 혼이 났나?"

하고 인사하고 다음에 꺽정이더러

"씻어주는 게 무어요?"

하고 물었다. 꺽정이가 고개를 돌이키며

"오주버덤 호랑이가 혼이 났다오. 이것 좀 보우."

하고 수건을 오가의 코밑에 들이미니 오가가

"호랑이똥 아니오?"

하고 뒤로 물러서서

"여게 오주, 자네가 호랑이 밑으루 나왔네그려."

하고 한번 웃고 또

"두구두구 할 이야깃거리가 하나 생겼네. 무섭구두 드러운 이야기, 희한하지 않은가."

하고 다시 웃었다.

오주가 호랑이와 싸우던 것을 대강 이야기한 뒤에 두루미 깨어진 쪽을 집어치우는데 오가가

"남의 아까운 두루미를 깼으니 두루미 값 물어놓아야 하네."

말하고 곧 자기 말에 대답하듯이

"호피 한 장이 두루미 값은 되겠지."

하고 말하였다. 꺽정이가 수건을 오주 주고 나서서

"뱃심이 무던하구려."

하고 오가에게 말하니

"그러기에 도둑놈 아니오."

하고 점잖게 대답하는데, 그 대답보다도 대답하는 모양이 우스워서 꺽정이와 오주가 다같이 껄껄 웃었다.

오주가 샘으로 수건 빨러 간 동안에 천왕동이가 죽은 노루를 끌고 돌아왔다. 천왕동이는 노루를 몇십리 쫓아다니다가 간신히 놓치지 않고 잡았다고 노루 잡은 이야기를 늘어놓다가 호랑이 잡아놓은 것을 보고 뛰어가서 들여다보며

"이거 누가 잡았소? 형님이 잡았구려."

하고 꺽정이를 돌아보니

"오주가 가만히 앉아서 큰 사냥을 했다네."

하고 오가가 대답하였다.

"거짓말 마우, 대가리에 칼을 맞았는데 누가 속겠소."

"아니다. 오주가 잡은 것이다."

하고 꺽정이가 말한 뒤에 오주가 호랑이와 싸운 것을 오가가 이야기하여 들려주었다.

"오주 지금 어디 갔소?"

"똥수건 빨러 갔네."

천왕동이가 묻고 오가가 대답할 즈음에 오주가 수건을 빨아 널고 돌아와서 호랑이똥 먹었다고 조롱하는 천왕동이와 한동안 웃고 떠들었다.

얼마 뒤에 유복이가 멧돝은 놓치고 여우 한 마리를 잡아가지고 와서 사냥들을 마치고 해져서 땅거미 될 때 일행이 청석골로 돌아왔다. 이날 밤도 술타령으로 새우다시피 하고 이튿날 식전에 오주가 꺽정이, 천왕동이와 함께 청석골을 떠나서 같이 오다가 양짓말 앞에서 두 사람을 작별하고 개래동으로 들어왔다. 동네

어귀에서 오주가 젊은 사람 하나를 만났는데
 "이 사람, 이쁜 아내를 혼자 두구 어디 가서 이틀씩 돌아다니나. 어서 집에 가보게."
하고 그 사람이 웃는 것이 오주 눈에도 수상히 보이어서 오주는 정첨지 집에도 가보지 않고 바로 자기 집으로 들어왔다.
 정첨지 아들이 과부를 오주에게 내준 뒤에 죽네 사네 야단치던 과부가 말썽없이 사는 것을 보고 오주 듣지 않는 데서는
 "그년이 오주의 코 큰 것을 좋아하는 거야."
 "멀쩡한 잡년이 수절이나 할 것같이 사람을 속였지."
 "화냥년이 별년인가."
하고 갖은 욕설을 다 하였다. 그러나 밉살스럽고 괘씸한 반면에 끌리는 맘이 끈히' 있어서 오주에게서 도로 뺏고 싶은 생각까지 날 때가 없지 아니하였다. 오주가 청석골 가던 날 정첨지 아들은 오주 가는 것을 보고 혼자 속으로 별 생각을 다 하였다.
 '이년을 한번 욕이라두 잔생이 보여야 속이 시원할 텐데, 나중에 오주가 알면 어떻게 할까. 기집의 맘이 과부로 있을 때와는 딴판 다를 것이니까 잘하면 오주가 알게까지 되지 않을 터이지. 설혹 알게 되더라도 주객간이고 더구나 내가 준 기집이니까 설마 무슨 말썽이 있을까. 오주가 우악스럽기는 하지만 비위만 좀 맞춰주면 뒤가 없이 풀리는 사람이니까 별 염려 없겠지.'
생각을 제게 유리하도록 돌린 뒤에 정첨지 아들은
 '이년, 당장 오늘 밤에 좀 견뎌봐라.'

하고 속으로 벼르면서 밤 되기를 기다리었다.

　이날 밤에 정첨지 아들이 오주의 아내 혼자 자는 방에 뛰어들어갔다. 오주의 아내는 치마도 벗지 않고 동그마니 누워서 잠을 설자던 중이라 방문이 열릴 때 벌써 벌떡 일어앉았다. 오주의 아내가 오주에게는 몸을 버린 길이라 죽지 못하고 그대로 같이 살지만, 이 사내 저 사내 볼 난잡한 여자가 아니라 다른 사내라도 말을 들을 리 없는데 더구나 속에 원수 치부하고 있는 정첨지의 아들이랴. 정첨지 아들이 방에 들어설 때

　"도적이야, 도적이야!"

소리지르고 정첨지 아들이 몸에 손을 댈 때

　"살인이야, 살인이야!"

소리질러서 여편네의 새된 목소리가 고요한 밤에 높이 울렸다. 정첨지 아들이 눈이 뒤집혔다.

● 끈히 끈질기게.
● 아갈잡이
소리를 지르지 못하도록 입을 헝겊이나 솜 따위로 틀어막는 짓.

　"살인? 옳지, 이년 죽어봐라."

하고 식식하며 덤비었다. 여편네가 죽을힘을 다 들여서 막지마는 정첨지 아들이 전과 달라 조금도 사정없이 미친 것같이 날치는 판이라 여편네의 막는 것이 새발의 피 같았다. 정첨지 아들이 여편네 입은 치마폭을 갈가리 찢어서 우선 여편네가 소리 못 지르도록 아갈잡이°하여 놓고, 그다음 여편네가 손짓 발짓 못하도록 손발을 꽁꽁 동여놓았다. 여편네가 치마 밑에 입은 옷은 바지 한 가지뿐이라 정첨지 아들이 그 바지에 손을 대면 여편네가 몸을 이리 뒤치고 저리 뒤치고 하였다. 정첨지 아들이 여편네를 발가

벗기려고 할 때 닫아놓은 방문이 벌떡 열리며 저의 아내가 방문 앞에 와 섰다. 정첨지 아들은 놀라서 일어서고 부끄러워서 고개를 숙이다가 골이 나서 아내를 흘겨보며 비위를 팔았다.

"왜 왔어?"

"왜 왔어? 그래도 뻔뻔하게 말이 입에서 나와!"

"어서 집으루 가."

"누구더러 가래, 누구더러 가래?"

"가라면 가지 무슨 말이야!"

"개새끼 행실하는 꼴을 보지 않고 어딜 가."

"이년이 미쳤나!"

"누가 미쳐? 미친 눈깔에는 성한 사람도 미쳐 보이남."

"죽지 못해 성화냐!"

"그래, 어서 죽여봐!"

"이년아, 악쓰지 마라. 남 듣는다."

"밖을 좀 내다보고 말해. 남 듣는다고 말할 나위가 있나."

아닌 밤중에 '도적이야' 소리와 '살인이야' 소리에 이웃 사람들이 잠이 깨어서 정첨지의 아들이 오주 아내 방에 뛰어들어간 것을 정첨지 며느리까지 알게 된 것이라, 정첨지 며느리가 분김에 뛰어올 때 동네 사람 여편네 사내 오륙명이 구경하러 따라와서 마당 안에 들어섰었다. 정첨지의 아들이 다른 사람들이 섰는 것을 보고는 아내를 떠다박지르고 튀어나와서 머리를 싸안고 여러 사람 사이로 뛰어나갔다.

정첨지 며느리가 오주의 아내를 보호하느니보다 자기의 사내를 금지하려고 동네 여편네 두어 사람을 얻어다가 오주의 아내와 같이 있게 하여 이튿날부터는 오주의 집에 밤낮으로 사람이 떠나지 아니하였다. 오주가 저의 집에 돌아와서 방문을 열어보니 저의 아내는 누워 있고 그 옆에 동네 여편네가 하나 앉아 있었다. 그 여편네가

"곽서방 지금 왔소. 나는 인제 갈라오."

하고 곧 일어서 나오는데 오주가 길을 비켜주고 나서 방안에 들어서니 아내가 그동안 일어나 앉았는데 머리는 쑥바구니 같고 면상에는 큰 생채기가 났고 눈에는 눈물이 듣거니 맺거니 하였다.

　오주가 아내 앞에 와서 펄썩 주저물러앉으며

"나 없는 새 무슨 야단을 냈어? 공연히 울지 말구 말을 해!"

삿대질하고 대드는 품이 곧 조련질할 사람 같으니 오주의 아내가 어이없어서 눈물을 거두고 오주의 얼굴만 빤히 보고 있었다.

"왜 말을 못해!"

"무슨 소리를 어떻게 듣고 왔소?"

"무슨 소리를 들어?"

"그럼 왜 내게 골을 내오?"

"그럼 골이 안 나? 머리는 왜 저 모양이구 얼굴에 생채기는 왜 났어?"

"그러니 어째서 내게 골을 내오?"

"국으로 가만히 못 있구 동네가 왁자하게 할 것이 무어야?"

"아니 여보, 날 화냥질시켜 먹고살 작정이오? 난 죽어도 못하겠소. 진작 죽어야 할 걸 웬수의 목숨이 모질어서 죽지 못하고 살자니까 별 망칙스러운 소리를 다 듣겠소."

"누가 화냥년 노릇하래? 공연히 죽네 사네 할 까닭이 무어냐 말이지."

"죽네 사네 안 하고 순순히 말을 들을 걸 잘못했단 말이오? 아닌 밤중에 사내놈이 여편네 혼자 자는 방에 뛰어들어온 건 잘한 일이고, 죽네 사네 해서 동네 사람 알게 한 건 잘못한 일이란 말이오? 나는 말귀를 못 알아듣겠소. 똑똑히 말 좀 하오."

"죽네 사네 하니까 사내가 자는 방에 들어왔지."

"누가 그럽디까, 그놈이 그럽디까?"

"그놈이 누구야?"

"그럼 뉘게 말을 들었소?"

"무슨 말을 뉘게 들어. 내 생각에 자네가 또 공연히 죽으려구 나 없는 틈에 샘에나 들어갔나 해서 말인데."

"집에 있을 때는 내가 샘에 나갈 틈이 없어서 못 들어간 줄 아오? 부끄러움을 샘물로 씻을 수 있다면 하루 백번이라도 들어가겠소."

"그럼 방에서 목을 맸든가?"

"누가 목을 매어. 사람 귓구녕이 막혀 죽겠네."

"그럼 왜 사내놈이 밤중에 방에 들어온담."

"왜 들어왔겠나 생각해보오. 당치 않은 생각은 잘하면서 그런 생각은 왜 못하오?"

"아니 겁탈하러 들어왔어? 어떤 놈이?"

"그러니까 죽네 사네 야단을 쳤지, 미쳤다구 공연히 죽네 사네 한단 말이오?"

"그놈이 누구야, 그놈이?"

"날 이 꼴 맨든 놈이 누구요?"

"주인의 아들이야?"

"그럼 그놈 아니고 누굴 듯싶소."

"응!"

하고 오주가 눈방울을 굴리더니 두말 없이 뻘떡 일어섰다.

"어디 갈라오? 내 이야기나 듣고 가오."

하고 아내가 붙잡으니

"이야기는 두었다 들어두 좋아. 당장 가서 그놈의 창아리를 터쳐놔야지."

하고 오주는 아내의 붙잡는 손을 뿌리치고 나왔다.

오주가 한달음에 정첨지 집으로 뛰어왔다. 정첨지가 마침 바깥마당에 나섰다가 오주 오는 것을 보고

"인제 오나?"

하고 인사하니 오주는 인사 대답도 없이

"아들 어디 있소?"

하고 불쾌스럽게 물었다. 정첨지도 그 아들이 한 짓을 들어 아는 터이라 오주의 눈치를 알아채었지만 짐짓 모르는 체하고

"왜 그러나?"

하고 도로 물으니 오주가 서슴지 않고

"그 집안 망할 자식 없애버립시다."

하고 말하였다.

"없애다니?"

"내가 창아리를 터쳐놓을 테요."

"사람을 죽이면 죽인 사람은 성할까?"

"자식 원수 갚을 생각이 있으면 나중에 내 목숨을 영감에게 내주리다."

"여게, 안으루 들어가세."

"그 자식이 집에 있소?"

"글쎄 들어가서 이야기 좀 하세."

"이야기는 듣기 싫소. 그 자식만 내주우."

"내줄게 들어가세."

하고 정첨지가 오주의 손목을 잡고 들어와서 자기 거처하는 방으로 들어가려고 하니

"방에 들어갈 거 없소."

하고 오주는 잡힌 손을 빼어가지고 물러섰다.

"내가 내 자식을 불러줄게 염려 말구 방으루 들어가세."

"그럼 일꾼 방에 가서 기다릴 테요."

"아니, 내 방에 들어가서 내 말 한마디만 들어주게."

"할 말 있거든 여기서 말하구려."

"조용히 할 말이니 잠깐만 들어가세."

하고 정첨지는 다시 오주의 손목을 잡고 방으로 들어왔다.

정첨지가 방에 들어와서 오주를 자리에 앉힌 뒤에 오주 앞에 마주 앉아서

"내가 사정할 말이 있으니 좀 들어주게."

하고 말을 붙이니

"아들 두둔하는 말이면 나는 듣지 않겠소."

하고 오주는 머리를 설레설레 흔들었다.

"그까짓 자식의 두둔이 아니라 이 늙은 사람의 사정일세."

"말하우."

"늙은 사람의 말이 혹 귀성스러워서 듣기 싫드래두 주객간 정리를 생각해서 끝까지 들어주게."

• 휘뚝하다
갑자기 넘어질 듯이 한쪽으로 쏠리거나 흔들리다.

하고 정첨지는 오주의 눈치를 살피고

"그러우. 어서 말하우."

하고 오주는 정첨지의 입을 바라보았다.

"집안 망할 자식 하나 까닭에 내가 맘이 편한 날이 없는 것은 자네두 알지?"

"내가 자식더러 진작 죽어버리라구 야단칠 때두 많지만 실상 속으루는 혹시 죽을까 봐 겁을 내네. 자네 생각해보게. 그 자식 하나 휘뚝하면˙ 다른 식구두 살 수 없지만 우선 이 늙은 사람이 의지가 없어 살 수 있겠나?"

"그 자식이 더구나 비명에 죽는다면 나는 곧 그날이 죽는 날일

세. 어미 없는 핏덩이를 외톨루 길러내서 의지삼아 살다가 그 꼴을 보구 어떻게 살겠나."

정첨지가 숨을 돌리느라고 말을 한 끈에 잇대지는 못하나마 오주 말할 틈 없이 혼자 말하다가 끝에 와서 목이 메었다.

"그러니 날더러 고만두란 말이오?"

"아닐세."

"그럼 어떻게 하란 말이오?"

"그 자식이 죽으면 여러 초상이 날 테니까 나를 자식 대신 죽여주게."

"당치 않은 말두 다 하우."

"내가 자식을 잘못 두었으니까 죽어두 원통할 것 없네."

"고만두우. 듣기 싫소."

"듣기 싫드래두 끝까지 들어주마구 하지 않았나."

"왜 두둔 않는다구 하구 두둔하우?"

"자식 두둔인가 내 사정이지."

오주가 입맛을 쩍쩍 다시는 것을 보고 정첨지는 말을 고쳤다.

"당초에 어째 자네같이 직실直實한 사람이 그 자식하구 부동해서 남의 과부를 업어왔나? 나는 지금두 자네를 원망하는 맘이 아주 없지 않아."

오주가 슬쩍 외면하는 것을 보고 정첨지는 말을 한번 더 고쳤다.

"그 자식이 겁탈하러 방에 들어가긴 했지만 겁탈하지는 못했으니까 그것두 분간이 있지 않겠나. 자네두 들어서 알겠지만 내

며느리가 진둥한둥 쫓아가서 그 자식을 붙들어낸 까닭에 자네 아내가 욕은 보지 않았다네."

오주가 고개를 돌이켜서 정첨지를 바라보면서

"이러구저러구 내가 고만둘 테요."

하고 말하니

"자네가 말썽없이 덮어둔다면 작히 고맙겠나. 여보게 고마웨."

하고 정첨지가 오주 앞으로 들어앉으며 오주의 손을 잡았다.

"나는 오늘 영감 집을 하직하구 다른 데루 갈 테요."

하고 오주가 곧 일어서려고 하니 정첨지는 잡은 손을 놓지 않고

"잠깐만 더 앉아 이야기하세."

하고 붙들었다.

"말을 다 들었는데 무슨 이야기가 또 있소?"

"우리 그대루 같이 지내지 다른 데 갈 것 무어 있나? 내가 그 자식을 단속해서 이담에는 그런 일이 없을 게니 염려 말구 같이 지내세."

하고 정첨지는 오주를 달래었다. 오주가 위인이 만만치 않아서 휘어부리기가 어려울 뿐이지 힘이 많은데다가 일에 몸을 아끼지 아니하여 오주 하나면 장정 일꾼 몇사람 폭을 당하는 까닭에 이런 머슴을 놓치지 않으려고 정첨지는 중언부언 만류하여 놓고 나서

"내가 지금 그 자식을 불러다가 자네 앞에서 사과시키구 또 장래 그런 일 못하두룩 맹세시킴세."

하고 곧 안에 와 있는 동네 여편네 하나를 불러다가 발매터에 나

가서 아들을 데리고 오라고 일렀다. 오주가 한동안 더 정첨지 방에 앉아 있다가

"난 고만 집에 좀 가보겠소."
하고 일어서니

"그 자식이 오거든 자네를 부르러 보낼 게니 곧 오게."
하고 정첨지는 더 붙잡지 아니하였다.

오주가 정첨지 아들의 사과를 받고 일을 씻어덮었다. 오주의 아내가 태기가 있어서 그 뒤에 곧 입덧이 났는데, 오주는 처음에 놀란 끝에 병이 났거니 여기다가 나중에 태기인 줄을 알고 남의 없는 일같이 좋아하였다.

꽃 피고 꽃 떨어지고 잎 피고 잎 떨어지는 동안에 세월이 물같이 흘러서 오주 아내의 산삭産朔이 다 되었다. 가냘픈 몸에 배가 유착히 불러서 굼닐기가˙ 가쁜 까닭에 오주의 아내는 만삭 되기 전부터 많이 누워 지내었다. 어느 날 저녁때 오주가 밖에 있다가 들어와서 부엌이 쓸쓸한 것을 보고

"오늘두 저녁 안 해먹구 누워 있나?"
하고 중얼거리며 닫힌 방문을 열고 들여다보니 아내는 누워 있지 않고 아랫배를 부둥켜쥐고 앉아 있었다.

"왜 그래?"
하고 오주가 방으로 들어와서 아내의 머리를 만져보려고 하니 아내는 머리를 오주 가슴에 대고 앓는 소리를 하였다.

"어디가 아픈가?"

몇번 물어야 대답이 없던 아내가 한동안 만에 머리를 들고
"아이구, 죽겠소."
하고 이마의 진땀을 씻었다.
"대체 어디가 아파 그래?"
"배가 아파요."
"아침밥이 체했나?"
"아니오."
"그럼 왜 아파? 옳지 옳지, 애 낳을 때 배가 아프지. 애를 곧 낳을 것 같은가?"
아내가 대답 대신 고개 끄덕이는 것을 보고 오주는 한번 허허 웃고 나서

● 굼닐다
몸을 구부렸다 일으켰다 하다.

"가만히 누워 있어야 애가 잘 나오겠지."
하고 아내를 붙들어 눕히고 곧 윗목 벽에 매인 실경 위에서 쌀과 미역을 내리었다. 산미産米와 산곽産藿은 달 초생에 유복이가 갖다 주고 간 것이다. 오주가 쌀 한 바가지, 미역 한 오리를 들고 밖으로 나가려고 할 때 아내가 누워서
"그건 어디로 가지고 가오?"
하고 물으니 오주는 서서
"주인집에 가서 밥 짓구 국 끓여달랄 테야."
하고 대답하였다.
"애도 낳기 전에 무슨 국밥이오?"
"국 끓이구 밥 짓는 동안에 애 낳겠지 뭐."

"언제 낳을지 누가 아오?"

"곧 낳을 듯하다며 그래."

"그건 거기 놓아두구 얼른 가서 저녁이나 먹구 오."

"나두 첫국밥˚ 같이 먹을라네."

"제발 말 좀 들으우. 첫국밥은 언제 먹게 될지 모르니 어서 가서 저녁 먹으우."

"그럼 밥을 갖다 같이 먹세."

"난 못 먹겠소."

"하라는 대루 할까?"

하고 오주는 쌀과 미역을 방구석에 놓아두고 정첨지 집에 가서 저녁밥을 먹고 왔다. 오주는 저녁 먹을 동안에도 아내가 곧 아이를 낳았을 것 같아서 한 그릇 밥을 네댓 술에 다 떠먹고 부리나케 쫓아왔는데 아내는 배가 아프다고 자반뒤집기할 뿐이라 아내가 조금 진정되기를 기다려서 오주가

"왜 얼른 낳지 않구 고생이여."

하고 나무라듯 말하니 아내는

"나와야 낳지."

하고 톡 쏘아 말대답하였다.

"왜 얼른 나오지 않을까. 그놈이 따뜻한 데 들어앉아서 나오기가 싫은 게로군."

하고 오주가 웃으니

"놈인지 년인지 어찌 알고 놈이래?"

하고 아내도 웃다가 곧

"아이구 배야."

하고 상을 찡그렸다.

그날 밤새도록 오주의 아내는 아이를 비릊기*만 하고 낳지 못하여 오주까지 밤을 해뜩* 새웠다. 동이 터서 밖이 환할 때 기운이 빠져서 늘어진 아내가 목안소리로

"여보, 나 죽겠소. 우리 어머니께 좀 갔다와 주."

하고 청하니 오주가

"그래, 내 가서 뫼시구 오지. 그러나 나 없는 동안에 혼자 어떻게 있나?"

하고 걱정하다가

"걱정 말고 지금 곧 좀 갔다오."

하고 아내가 재촉하는 바람에

"그래그래."

하고 대답하며 곧 일어섰다. 오주의 아내가 본집과 연신 있이 지낸 지 오래다. 오주의 아내는 남의 이목이 부끄럽다고 신뱃골 간 일이 없지마는 오주의 장모는 불쌍한 딸이 못 잊혀서 개래동을 한두 번 왔다가기까지 하였다. 오주가 새벽 나서서 신뱃골로 장모를 데리러 가는데 갈 때는 줄달음을 치다시피 하여 아침 전에 들어가고 올 때도 늙은 장모를 업고 다리 힘 자라는 대로 빨리 온 까닭에 점심때 조금 지나 돌아왔다.

오주가 집에 들어오며

● 첫국밥
아이를 낳은 뒤에 산모가 처음으로 먹는 국과 밥. 주로 미역국과 흰밥을 먹는다.
● 비릊다
임부가 진통을 하면서 아이를 낳으려는 기미를 보이다.
● 해뜩
날이 밝아 환해진 모양.

"장모 뫼셔왔네."

하고 소리지르고 방문을 열어서 장모를 앞서 들여보내는데 그 장모가

"아이구머니."

하고 방문턱에 주저앉으니

"왜 그러우?"

하고 오주는 눈을 휘둥그렇게 뜨고 방안을 들여다보았다.

오주의 아내가 눈을 흡뜨고 누워 있는데 그 눈이 숨지는 사람의 눈과 같았다. 오주가 장모를 떠밀다시피 하고 방으로 들어와서 아내 옆에 가서 펄썩 주저앉으며 곧 어깨를 쥐고 흔들었다.

"여보게, 정신 차리게."

"여보게, 장모님 오셨네."

"장모님 오셨어."

오주가 연거푸 큰 소리를 질러도 오주의 아내는 대답이 없었다. 장모가 이것을 보고 눈자위를 붉히면서

"저리 좀 비켜나게. 나 좀 보세."

하고 오주가 비켜주는 자리에 들어앉아서 입을 딸의 귀에 대다시피 하고

"이애 이애, 정신 좀 차려라. 이애 이애."

하고 목멘 소리로 부르니 대답은 여전히 없으나 바로 섰던 눈동자가 돌기 시작하며 걷어들렸던 눈꺼풀이 내려덮였다. 오주의 아내가 참없이 잦치르는˚ 아픔을 배기다 못하여 까물치듯이 정신

을 잃었다가 귀에 익은 어머니 목소리에 정신이 돌아서 거북스럽게 눈을 뜨고

"어머니!"

하고 손을 잡으려고 더듬었다.

"옳지, 인제 정신이 났구나."

하고 어머니가 딸의 손을 쥐고

"살아났군, 살아났어."

하고 오주가 아내의 얼굴을 들여다볼 때 오주의 아내는

"아이구머니, 아이구머니."

하고 앓는 소리 하다가

"어머니, 물 좀 주."

하고 마른 입속을 벌려 보이었다.

● 잦치르다
자주 겪다. 자주 치르게 되다.

"더운물이 있겠나?"

"찬물은 먹여 못쓰우?"

"찬물 못 먹네."

오주가 장모의 말을 듣고 부엌으로 물 데우러 나가는데 장모는 방바닥에 손을 대어보며

"방이 차니 불 좀 나우 넣게."

하고 부탁하였다. 오주가 물을 한 솥 붓고 불을 때는 중에 장모가 나와서

"물이 그저 안 더웠나?"

하고 솥을 열어보더니

"무슨 물을 이렇게 많이 부었나, 에 사람두."
하고 간신히 거냉된 물을 사발에 조그만치 떠가지고 들어가며
 "어서 불이나 많이 때게."
하고 오주를 돌아보았다. 오주가 불을 더 때는 중에 아내의 앓는 소리가 높아져서 오주가 가서 방문을 열고
 "왜 더 아프다우?"
하고 방으로 들어가려고 하니 장모가 손을 내저으며
 "얼른 문 닫게. 그러구 자네는 들어오라기 전엔 들어올 것 없네."
하고 말을 일러서 오주는 다시 부엌에 와서 잎나무를 아궁이에 그러넣고 앉아 있었다. 한동안 뒤에 아내의 낑낑 애쓰는 소리와 장모의 어차 어차 힘주는 소리가 들리기 시작하여 오주는 궁둥이에 좀이 쑤시어서 가만히 앉아 있지 못하고 여러 차례 방문 밖에 가서 기웃기웃하였다. 해가 거의 다 져갈 때 방안에서
 "으아, 으아."
갓난애의 소리가 났다. 부엌에서 잎나무를 깔고 퍼더버리고 앉았던 오주가 놀란 사람같이 뛰어 일어났다. 방문 밖에 가서는 고지식하게 방문을 열지 않고 방안에 있는 장모에게 말을 물었다.
 "낳았지요?"
 "낳았네."
 "무어요?"
 "딸일세. 섭섭한가?"

"딸이라두 낳았으니 좋지만 딸년이 아들만 하겠소."

"그렇지."

장모의 웃는 소리를 듣고 오주가

"왜 웃소?"

하고 물으니 장모는 그저

"아닐세."

하고 대답하면서도 역시 웃었다.

"인제 좀 들어갑시다."

"조금 더 기다리게."

오주가 장모의 들어오란 말을 기다리다 못하여 나중에

"고만 들어갈라우."

하고 곧 방문을 버썩 여니

"얼른 들어오구 문 닫게."

하고 장모는 바람을 막느라고 갓난애 모자를 몸으로 가리었다.

오주가 황망히 문을 닫고 들어서서 눈 감고 누워 있는 아내를 내려다보다가 장모 옆에 와 앉아서 홑옷가지로 싸 동여놓은 갓난아이를 들여다보았다. 아이가 얼굴이 보기 싫게 생겨서 이쁜 어머니의 모습을 닮은 데가 없어 보이었다.

"못두 생겼소."

"자네 닮았는데."

"기집애가 날 닮아 쓰겠소?"

"기집애로 못 쓰겠거든 사내로 쓰게나."

오주는 장모가 실없는 말 하거니 생각하였다. 말하는 장모와 듣는 오주가 다같이 웃을 때 오주의 아내가 영채˚없는 눈을 뜨고 보았다.

  "어머니."

  "왜?"

  "참말 기집애요?"

  "기집애면 섭섭하겠니?"

  "아니."

  아내가 기운 없는 말을 그치고 다시 눈을 감을 때 오주가 아이 싸놓은 것을 밑으로 걷어치고 들여다보면서

  "자지 달렸네, 멀쩡한 사낼세."

하고 소리쳐서 아내에게 말하고 곧 장모를 돌아보며

  "왜 속였소?"

하고 책망하듯 말하니

  "그러면 명이 길다네."

하고 장모는 웃었다. 오주의 아내는 얼굴에 별로 기쁜 빛이 없었지만 오주는 입이 절로 벌어졌다. 장모가 방구석에 있는 미역과 쌀을 가지고 나가서 국 끓이고 밥 짓는 동안에도 오주는 줄곧 그대로 앉아서 모자를 번갈아 보며 싱글벙글하였다. 장모가 국밥을 퍼가지고 들어온 뒤 오주가 아내를 일으켜 앉히려고 하니 장모가 가만히 뉘어두라고 말리었다.

  "왜 그러우?"

"아직 앉지 못하네."

"앉을 기운이 없으면 장모님이나 내나 안구 앉읍시다."

"아니야, 아파서 못 앉아. 아이가 저렇게 크니 어미가 성할 수 있나."

"어디가 아파서 앉지를 못하우? 앉혀봅시다."

"고만두고 얼른 이거나 받게."

장모가 집어주는 국그릇 밥그릇을 오주가 누운 아내 앞에 받아 놓고 장모와 같이 권하였다. 정작 아이 어머니는 국 한 모금 마시다 말고 오주가 첫국밥을 달게 먹었다.

후산하고 삼 나가고 아이 어머니가 국밥을 조금씩 먹은 뒤에 오주의 장모는 신뱃골로 돌아갔다. 해산에 지위진 ˙오주의 아내가 조금씩 갱생하여 가다가 한이레가 지난 뒤부터 새삼스럽게 부기가 생기고 신열이 생기더니 불과 며칠 안에 수족까지 똥똥 붓고 밤이면 열에 뜨이어서 헛소리까지 하게 되었다.

● 영채(映彩)
환하게 빛나는 고운 빛깔.
● 지위 지다
병으로 몸이 쇠약하여지다.

"여보, 나하고 같이 가잔 말이오?"

"저놈의 늙은이 왜 데리고 왔소?"

"고모부가 다 무어요, 원수지."

이런 똑똑한 말보다 똑똑치 않은 소리가 더 많았다. 밤새도록 신열이 오르고 내리지 않다가 식전이면 조금씩 내리는데, 하루 식전에는 오주의 아내가 정신기가 낫게 돌아서 오주를 보고 평일과 같이 수작하였다.

"나 때문에 여러 날 잠을 못 자서 눈이 부숙부숙하오. 낮잠이라도 좀 자오."

"내 걱정 마라."

"주인집 일이나 밀리지 않았소?"

"그까짓 일은 밀려두 상관없네. 자네 병이나 얼른 낫게."

"나는 아무래두 죽을까 보오. 눈만 감으면 죽은 사람들이 보이오."

"나는 우리 어머니 아버지가 죽은 뒤에 가끔 꿈에 보여두 고뿔 한번 아니 앓네."

"예사때 꿈과 달라요. 내야 죽어도 아까울 것 없지만 핏덩이가 불쌍하오."

하고 말할 때 마침 어린아이가 울기 시작하니 오주의 아내는 곧 우는 아이를 앞으로 끌어다가 젖을 물리고 알아듣는 것에게 말하듯이 말하였다.

"어미 죽기 전에 어미 젖 남기지 말고 다 먹어라. 아모쪼록 병 없이 잘 자라서 수명장수 오래 살고 불쌍한 어미 생각해라. 어미가 세상에 났던 표적이 너 하나뿐이다. 어미 명이 남은 것 있으면 네게 이어주마. 죄 없는 어린것이 어미 없이도 잘 자라도록 도와줍소사, 어미가 죽어 혼만 남더라도 신명께 축수하마. 어미 대신 오래오래 살아라. 그러나 너 같은 없는 사람의 자식을 누가 젖을 먹여주랴. 네가 밥 먹게 되기까지 살다 죽었으면 한이 없겠다만 젖 한번 배불리 못 먹여보니 어미 맘이 어떠하랴. 어미가 죄 많아서 너를 핏덩이루 두고 죽는다."

 오주의 아내가 나중에는 목이 메어 말을 못하고 눈물만 흘리었다.

 의약 없는 두메 형세 없는 집에 약한 몸에 중한 병이 들면 죽을 사람으로 칠 수밖에 없다. 오주의 아내가 약 한 첩 못 얻어먹고 앓는 중에 정신 좋던 날 낮후부터 신열이 훨씬 더하여서 정신 잃은 채 며칠 동안 고통하다가 나중에 고통이 가라앉는 듯 신열이 갑자기 내리고 신열이 내리며 숨이 따라 그치었다. 아들 낳은 뒤 세이레가 겨우 지나고 오주와 같이 산 뒤 일년이 채 못 되어서 오주의 아내는 박명한 미인으로 일생을 마치었다.

 초상 때 동네 인심도 있거니와 정첨지가 도와주고 유복이가 힘을 써서 오주 아내의 초종범절初終凡節은 과히 마련 없지 아니하였다. 유복이 아내와 오가 마누라까지 초종중에 한번씩 넌지시 왔다갔는데 오주의 장모는 장삿날까지 한번 오지 아니하였다. 신뱃골에 마마가 들어서 오주의 처남아이가 걸린 까닭에 오주의 장모는 아들 마마시키느라고 딸의 초종을 와서 보지 못한 것이었다. 오주가 급히 장모보고 할 말이 있어서 바로 장사 이튿날 신뱃골로 장모를 보러 갔다. 오주가 장모의 집 삽작 안에 들어서려고 할 때 봉당 정화수 상 앞에 앉았던 장모가 등겁하여 들어오지 말라고 손짓하였다. 오주가 영문을 몰라서 무춤하고 서자, 장모가 쫓아내려와서 삽작 밖으로 같이 나왔다. 부정하다고 집안에 못 들어서게 한 것을 안 뒤에 오주는 밖에 서서 이야기하는데 일기

좋아 장사 잘 지낸 것부터 대강 이야기하고 나서

"어린것 말 좀 할라구 급히 왔소."

하고 장모를 바라보니

"어린것이 어미의 한세상 났던 표적인데."

하고 장모는 손등으로 눈을 이리 씻고 저리 씻고 하였다.

"죽기 전에 그런 말 합디다. 그런 말이 없더라도 잘 길러야 할 텐데 어떻게 했으면 좋겠소?"

"자네가 형세가 있으니 유모를 대나, 어떻게 하나?"

"아무리 생각해두 장모가 좀 길러주어야겠소."

"내가 젖두 없이 어떻게 기르나?"

"젖을 얻어먹여서라두 길러주시우. 내가 버는 일년 사경은 모두 그놈의 젖값으로 데밀 테요."

"차차 의논해서 좋도록 하세."

"차차가 다 무어요? 지금 참젖˚으루 연명을 시키는데 하루가 급하우."

"이 동네 마마가 끝난 뒤에 내가 데려옴세."

"언제 마마 끝나기를 기다리구 있소. 곧 좀 데려오시우."

"집의 마마 배송˚이나 내야지."

"언제 배송 내우?"

"댓새 후에는 내게 되겠네."

"그럼 댓새 뒤에 내가 어린것을 데리고 오겠소."

"지금 자네가 데리구 있나?"

"어디 맡길 데 있소? 그럼 댓새 뒤에 오리다."
하고 오주는 총총히 장모를 작별하고 돌아섰다.

  오주는 아내 죽은 설움보다 어린애 살릴 걱정이 더 많았다. 낮에는 어린애를 폭 싸서 가로안고 젖 있는 여편네를 찾아다니는데, 한 차례 가고 두 차례 가면 벌써 토심들이 없지 아니하여 오주는 성정을 참고 비위를 부리었다. 낮은 오히려도 낫지만 밤이 큰일이었다. 밤에 어린애가 배고파 울면 오주는 안절부절을 못하였다. 오주가 신뱃골 갔다온 후 사흘 되던 날 밤중에 어린애가 자다 깨어서 울기 시작하여 오주는 어린애를 끼고 누워서 북두갈고리 같은 손으로 뚜덕뚜덕하여 달래도 어린애가 울음을 그치지 아니하여 오주는 일어나서 가로안고 둥둥이를 쳤다. 어린애가 울음을 그칠 듯하다가 그치지 아니하여 오주는 가로안은 채 방안으로 돌아다니며 우애우애 하고 얼러보았다. 전에는 엔간하면 그치던 어린애 울음이 도리어 점점 더 쇠었다.

• 참젖
참참이 얻어먹는 남의 젖.
• 배송(拜送)
해로움이니 괴로움을 끼치는 사람을 건드리지 아니하고 조심스럽게 내보냄.

오주는 젖을 얻어먹이러 나가볼까 하고 생각하다가 이 밤중에 누가 일어나서 젖을 주랴 돌쳐 생각하고 어린애를 다시 눕혀놓고 숭늉 떠다둔 것을 조금씩 입에 흘려넣었다. 어린애가 사레가 들려서 캑캑하다가 다시 울음을 내놓으니 오주는 상을 찡그리면서 숭늉 뜨던 숟갈을 내던지고 손가락 하나를 입에 대어주었다. 어린애가 손가락을 빨아보느라고 잠깐 동안 그쳤다가 또다시 울음을 내놓는데, 불에 데인 것같이 울어서 오주는 다시 가로안고 일어서서 정신없이 들까불었다. 어린애는 악패듯˙ 울고 오주는 미친 사람같이 중얼거리었다. 오주의 이마에 진땀이 솟았다. 오주의 상호가 험하여졌다. 오주의 입에서 제에기 소리가 한마디 나오자마자 어린애가 방바닥에 떨어졌다. 깩 소리 한번에 어린애 울음이 그치었다.

　이튿날 식전 해가 높이 뜬 뒤까지 오주가 집에서 나오지 아니하였다. 정첨지가 아침밥을 먹을 때 며느리를 보고

　"오늘 식전에 오주를 볼 수 없으니 웬일이냐? 밥을 가져갔느냐?"

하고 물어서 며느리가

　"아니요."

하고 대답한 뒤

　"요즈막같이 나무 한 짐 안 해오군 남의 밥 먹기 염체없겠지."

하고 혼잣말하니

　"그 사람이 그런 염체나 차릴 줄 아나."

하고 정첨지 아들이 아내의 말 뒤를 이었다.

　"요새는 어린애 젖 얻어먹이러 다니는 게 일인 모양이야."

　"어린 목숨이 불쌍해서 젖 모금 먹여주는 사람도 한두 번 말이지 누가 번번이 먹여준답디까."

　"그러니까 왼동네를 다 돌아다니게 되지."

　"남에게 간구한 소리 하는 사람이 고분고분이나 해야지요. 아까 돌쇠 어머니가 와서 말하는데 어제 저녁나절 곽서방이 어린애를 안고 와서 젖을 먹여달라는데 한두 번은 잘 먹여주었지만 어

제 저녁때 세번째라나 네번째더라오. 그래서 곽서방네 유모요? 내 자식 먹일 젖도 없소 하고 소리를 좀 질렀드래요. 그랬더니 버쩍 앞으로 대어들며 안 먹여줄 테요? 유모 아니래두 좀 먹여주 하고 어린애를 막 갖다 안기더라오. 안 받으면 곧 주먹다짐을 할 것 같아서 받기는 받아가지고 돌쇠 동생 작은쇠에게 막 다 빨리고 난 빈 젖꼭지를 한동안 빨려서 돌려보냈다고 하고 웃습디다."

"빈 젖인지 부른 젖인지 젖통만 보면 대번 알 테지만 오주같이 데면데면한 군이야 빈 젖꼭지라두 오래만 물려두면 젖을 많이 먹이는 줄루 알구 좋아했을걸."

하고 내외가 받고채어가며 지껄일 때 정첨지가

"어린애는 일간 외가에 갖다 맡긴다드라. 어린애만 맡기구 오면 그동안 일 못한 오럭˚을 낸다구 말하드라."

● 악패듯
사정없이 매우 심하게.
● 오럭
일정한 기준이나 요구를 다 채우지 못한 몫.

하고 오주에게 들은 말을 옮긴 뒤에

"오늘 이때까지 꿈쩍 아니하면 혹 병이 나서 누웠는지두 모르니 밥 먹구 좀 가봐라."

하고 아들에게 말을 일렀다.

"황소 같은 사람이 무슨 병이 나겠소?"

"너무 상심되어서 병이 났는지 누가 아니? 잠깐 가봐라."

"네, 가보지요."

정첨지 아들이 밥 먹은 뒤에 오주의 집에 와서 방문을 열고 보니 어린애를 방 한중간에 눕혀놓고 오주가 그 앞에 앉아서 울지

도 않는 것을 뚜덕거리고 있는데 머리는 상투가 풀려서 범벅이 되었다. 정첨지 아들이 방문 앞에 서서

"일어나 앉았네그려."

하고 소리치며 곧

"왜 밥 안 먹나?"

하고 물으니 오주가 대답도 없이 흘낏 돌아보는데 눈알이 허공에 달린 것 같았다.

"왜 밥 안 먹어? 배고프지 않은가?"

오주가 정첨지 아들이 묻는 말에는 대답 않고 별안간 어린애를 끌어안고 일어서며

"옳지 옳지, 배고프지? 젖 먹으러 가자. 울지 마라, 젖 먹으러 가자."

하고 방문 앞에 와서 정첨지 아들이 문 막고 섰는 것을 보고 말도 없이 발길로 동가슴을 내질렀다. 정첨지 아들이 마당에 나가자 빠졌는데 오주는 이것을 본 체 아니하고 휘황스럽게 걸음을 걸어서 밖으로 나갔다. 정첨지 아들이 어이없는 중에 오주의 행동을 수상히 생각하여 오주의 방을 한번 자세히 둘러보니 어린애 덮개, 오주의 머릿수건, 숭늉 그릇, 숟갈들이 어질더분하게 널려 있는데 오주 앉았던 자리 앞에 뜯어놓은 머리털이 수북이 쌓여 있었다. 정첨지 아들이 집에 돌아와서 그 아비에게 이야기할 때 돌쇠 누이 열댓살 먹은 계집애가 뛰어와서 정첨지를 보고

"영감님, 우리 집에 큰일났어요."

하고 우는 소리를 하였다.

"왜 그러느냐?"

"곽서방이 죽은 어린애를 안고 와서 젖 먹여달라고 야단치는데 우리 어머니 머리채 드는 걸 보구 왔어요. 그동안 어떻게 되었는지 모르겠어요. 영감님, 좀 가서 말려주셔요."

"너의 아버지는 어디 갔느냐?"

"새벽에 나무 갔어요."

"오냐, 너 먼저 가거라."

"같이 좀 가셔요."

하고 계집애가 졸라서 정첨지가 계집애를 앞세우고 돌쇠 집으로 가는데 정첨지 아들도 아비 뒤를 따라갔다.

머리를 풀어 흩뜨린 돌쇠 어머니는 앞서 도망하여 오고 어린애를 한 팔로 껴안은 오주는 뒤를 쫓아오는 중이었다. 돌쇠 어머니가

"미친 사람, 미친 사람."

하고 곧 정첨지 품으로 대어드는데 오주보다도 돌쇠 어머니가 더 미친 사람같이 보이었다. 정첨지가 돌쇠 어머니를 한옆에 비켜세우고 앞으로 나서서

"오주, 이거 웬일인가?"

하고 소리를 지르니 오주는 우뚝 서서 물끄러미 정첨지를 보면서

"어린것 젖 좀 얻어먹일라구 나왔소."

하고 대답하는데 하는 말은 모르겠으되 보는 눈은 성한 사람 같

지 아니하였다.

"우리 집으루 가세."

하고 정첨지가 부드럽게 말하며 오주의 손을 끌려고 하니 오주가 손을 뿌리치고 곧 돌쇠 어머니에게로 가까이 가면서

"안 먹여줄 테야?"

하고 눈알을 부라렸다. 돌쇠 어머니는 간신히 정신을 차리고 머리를 걷어서 틀어얹는 중에 오주 오는 것을 보고 질색하여 정첨지 아들의 뒤로 몸을 피하였다. 오주가 정첨지 아들의 앞으로 대어들며 비켜세우려고 하니 정첨지 아들이

"이 사람이 참말 미쳤나?"

하고 두 손으로 오주를 벌컥 떠다밀었다. 오주가 황소 영각 켜는 소리를 하고 정첨지 아들에게 덤비어서 한손으로 먹살을 쥐고 흔들었다. 정첨지 아들이 머리를 송충이 대가리같이 흔들다가 나중에는 숨이 막혀 캑캑하였다. 정첨지가 보다가 못하여

"여게 오주, 고만 놓게."

하고 말리니 오주가 정첨지를 보며 한번 싱끗 웃고 두어 번 고개를 끄덕끄덕하고 먹살 쥐었던 손을 탁 놓았다. 정첨지가 이것을 보고 곧

"옳지, 인제 우리 집으루 가세. 젖을 먹이드라두 길에서야 먹이는 수 있나. 돌쇠 어머니하구 같이 우리 집으루 가세."

하고 오주의 눈치를 살피고

"잠깐만 우리 집으루 같이 갑시다."

하고 돌쇠 어머니를 돌아보았다. 오주가 정첨지의 말을 거역하지 아니하여 정첨지 집으로 같이 오게 되었는데 돌쇠 어머니는 치마꼬리에 달라붙어 섰는 딸을 작은쇠 보아주라고 집으로 보내고 정첨지 뒤를 따라왔다.

　오주가 공연히 혼자 중얼중얼하며 정첨지 집을 향하고 오다가 홀제 돌아서서 뒤에 오는 정첨지를 보고

　"이 애가 어디 병이 났나 좀 보아주시우."

하고 어린애를 앞으로 내밀었다. 정첨지가 어린애를 보고 눈살을 찌푸리다가 오주를 덧들이지 아니하려고

　"우리 집에 가서 보세."

하고 달래어서 집에까지 데리고 왔다.

　오주가 어린애를 돌쇠 어머니에게 안겨주려고 하는데 정첨지가 가로 나서서

　"거기 놓게. 무슨 병이 났나 어디 좀 보세."

하고 말하여 오주가 곱게 내려놓는 어린애를 구부리고 들여다보는 체하다가

　"어린애 병이 급한 병일세. 지금 시각이 위태한걸."

하고 섰는 오주를 치어다보았다. 오주가 말을 뇌듯이

　"급한 병, 급한 병."

하고 중얼거리며 어린애 옆에 주저앉았다가 별안간 정첨지의 소매를 잡고 매어달리며

　"영감, 내 아들 살려주시우."

하고 전신을 불불불 떨었다. 정첨지가 한동안 미간에 주름을 잡고 생각하다가

"오주, 나 하라는 대루 할 텐가? 그러면 내가 자네 아들을 살려줌세."

하고 말하니 오주는 정첨지의 얼굴을 빤히 치어다보면서 고개를 끄덕거리었다.

"지금부터 자네 아들을 내게 맡기구 자네는 다시 아랑곳 말게. 내가 자네 아들을 살려서 이 돌쇠 어머니더러 신뱃골 외조모에게 데려다 두라고 할 텔세. 어떤가, 그렇게 할 텐가? 여기 있는 동안 자네가 보자든지 외조모에게 보낼 때 자네가 같이 가자든지 하면 자네 아들을 살릴 수 없네."

하고 정첨지가 소리를 꽥꽥 질러 말하는데 오주는 멍하고 있었다.

정첨지가

"내 말대루 할 테면 어린애는 여기 두구 자네는 저 방에 들어가 있게."

하고 일변 오주에게 말하며 일변 옆에 섰는 자기 아들에게 눈짓하였다. 정첨지 아들이 오주를 앞세우고 머슴방에 들어가서 슬슬 달래어 쓰러눕히고 나온 뒤에 정첨지는 급히 사람을 불러서 죽은 어린애를 갖다 묻게 하고, 또 늙은이의 다심多心으로 오주 장모에게 사람을 보내서 어린애 죽고 오주 상성한 것을 자세히 기별하고 이다음 혹시 오주가 가서 어린애를 보자고 하더라도 말을 잘 꾸며서 속이라고 하였다.

오주가 병이 났다. 물 한 모금 입에 넣지 않고 인사정신을 못 차리고 앓는 중에

"우네."

"아이구, 또 우네."

하고 가끔 앞을 더듬을 뿐 아니라

"자꾸 우네. 젖 얻어먹이러 가야겠다."

하고 여러 차례 뛰어 일어나기까지 하였다. 십여일 동안 오주가 되게 앓고 머리를 들고 일어난 뒤에도 오주의 귓속에는 가끔 어린애 울음소리가 징하게 울려서 남이 보기 괴상하도록 오만상을 찡그렸다. 다른 사람은 이것을 보고 오주의 병이 아직 다 낫지 아니했거니 생각하였다. 그러나 오주는 병후에 본정신이 완구히 돌아서 정첨지보고 어린애 말을 묻지 않을뿐더러 신뱃골 장모를 보러 가서도 어린애 이야기는 입 밖에도 내지 아니하였다. 오주의 언어와 동작은 성한 사람이 다 되었으나 전에 없던 성미가 한 가지 새로 생겨서 어린애를 좋아 아니하고 더욱이 우는 어린애를 싫어하였다. 어린애 우는 소리가 멀리 들릴 때는 상을 찡그리고 귀를 막을 뿐이지만, 어린애 우는 것을 눈앞에 볼 때는 곧 상열上烈이 되어가지고 눈이 뒤집혔다. 어린애를 태기치려고 팔이 절로 움직움직하였다. 오주 자기도 흉악한 일로 알고 억제하려고 맘을 먹건만 어린애 우는 소리가 귀에 들리지 않을 때 말이지 들리기만 해도 맘이 수상스러워지는데, 더구나 우는 상호가 눈앞에 보이기까지 하면 오주의 먹은 맘은 홍로점설˚같이 사라지고 미친

맘이 왈칵 나왔다. 오주는 우는 어린애를 멀찍이 서서 보면 휘황스럽게 달음박질을 쳐서 다른 데로 피하였다.

어느 날 다저녁때 오주가 산더미 같은 나뭇짐을 지고 정첨지 집 못미처 있는 우물 옆을 지나오는데 물동이를 내려놓고 섰는 여편네들과 쌀을 씻고 앉았는 여편네들이 참새같이 지저굴거리던 중에 여편네 하나가 내달아서

"곽서방, 마침 잘 오는구려. 여보, 나뭇짐 버티어놓고 두루박 좀 건져주오."

하고 오주를 붙잡았다.

"여보, 귀찮소."

"이녁 주인네 집 두루박을 내가 얻어가지고 왔다가 우물에 빠뜨렸소. 좀 건져내오."

"빠뜨린 사람이 건지구려."

"내가 건져낼 수 있으면 이렇게 청할라구. 여보, 그러지 말고 좀 건져주구려."

"성가시어 못살겠네. 내가 나뭇짐 갖다 두구 바지랑대 가지구 오리다."

"바지랑대 저기 있소."

오주가 그 여편네에게 붙잡혀서 나뭇짐을 버티어놓고 바지랑대로 두레박줄을 건지는 중에 우물 가까이 사는 동네 소임의 아내가 돌 전 어린애를 업고 물을 길러 나왔다. 여러 여편네 중에 채신 없는 젊은 여편네 하나가 어린애를 귀애한답시고 하다가 도

리어 울려놓았다. 오주는 우물 속을 들여다보며 두레박줄을 끌어올리느라고 애 업은 여편네가 온 줄을 몰랐다가 뜻밖에 애 우는 소리를 듣고 깜짝 놀라서 거의 손에 잡히게 되었던 두레박줄을 도로 떨어뜨리었다. 오주가 바지랑대를 내던지고 돌쳐서서 소임의 아내를 흘겨보다가 우르르 쫓아가서 옆에 섰는 다른 여편네들을 잡아제치고 우는 애를 어머니 등에서 빼앗으러 들었다. 애어머니는 질겁하여 새된 소리를 지르고 여러 여편네들은 혹 덩달아서 소리를 지르고 혹 오주를 붙잡고 날치었다. 오주가 제에미 소리를 지르며 곧 우는 애를 애어머니가 업은 채 번쩍 들고 우물에 가서 텀벙 집어넣고 속이 시원한 듯이 껄껄 웃고 나뭇짐도 내던지고 정첨지 집으로 뛰어갔다.

동네 사람들이 모여 와서 우물 속의 여편네를 건져냈다. 물이 깊지 않고 빠질 때 별로 다친 데가 없어서 다행히 애 어른 다 목숨을 보전하였으나, 그 여편네의 친정과 시집에서 오주를 때려죽인다고 들고 나섰다. 정첨지가 동네의 유력한 사람이라 소임을 불러다가 오주의 미친병을 말하고

● 홍로점설(紅爐點雪) 빨갛게 달아오른 화로 위에 눈을 조금 뿌린 것과 같다는 뜻으로 큰일을 함에 있어 작은 힘으로는 아무 도움이 되지 아니함을 이르는 말.

"병이 죄지 사람이 무슨 죈가? 천행으루 이왕 모자가 다 무사했으니 요란스럽게 굴지들 말게. 오주를 섣불리 건드리면 여러 인명을 상할 테니 동네에 큰일일세. 나두 오주를 집에 두었다가 무슨 누를 받을는지 모르니까 차차 봐가며 내보낼 작정일세."
하고 타일러서 오주가 저지른 일을 무사타첩시키었다.

오주가 앓고 나서 신뱃골 갈 때 청석골을 들렀지만 유복이를 만나보지 못하였다. 유복이는 양주 꺽정이와 같이 칠장사 선생에게 새해 세배하러 가고 집에 있지 아니하였다. 소임 떨거지의 말썽이 끝이 나서 오주가 소임과 화해하던 날 저녁때 정첨지 아들이 밖에 있다 안으로 들어오는 길에 쇠죽 쑤는 오주를 보고

"여게 오주, 자네가 형님이라구 하는 사람 밖에 와 있네."

하고 일러주었다. 오주가 쇠죽을 쑤다 말고 뛰어나와서 삽작 밖을 둘러보다가 유복이 없는 것을 보고

"형님, 어디 있소?"

하고 큰 소리를 질러서 찾으니

"나 여기 들어앉았다."

하고 유복이가 머슴방 문을 열고 머리를 내밀었다. 오주가 한달음에 방문 앞에까지 뛰어와서

"형님, 오래 못 봤소. 벌써 왔소?"

하고 유복이를 들여다보니 유복이는 벌써 왔다는 대답으로 고개를 끄덕이며

"어서 들어오너라."

하고 문길을 비키어주었다. 오주가 방안에 들어와서 유복이와 마주 앉으면서

"죽산 갔다 언제 왔소?"

하고 물으니 유복이가

"어제 왔다."

대답하고 곧

"너 그동안 몹시 앓았다지?"

하고 물었다.

"그랬소."

"집에 와서 네가 앓았단 말은 들었지만 무슨 병으로 앓았는지 몰랐드니 지금 너의 젊은 주인에게 말을 들어보니 병이 괴상하구나."

"지금 다 나았으니까 괜찮소."

"아직두 다 낫지 않았다며?"

"아니, 다 나았소."

"병이 다 나은 사람이 공연히 남의 집 여편네나 어린애를 우물에다 집어넣는단 말이냐?"

"내가 앓구 난 뒤부터는 당초에 어린애가 보기 싫소. 더구나 우는 애는 박살을 해놓구 싶소. 남의 집 어린애를 우물에 집어넣은 것이 잘못한 일인 줄 알지만 이담에 다시 그런 일을 안 하게 될지 내 일이라두 내가 장담 못하겠소."

"병 꼬투리가 남아 있어 그런 것 아니냐?"

"그런지 모르겠소."

"너 이 집 머슴살이 고만두구 청석골 내게 와서 같이 있자."

"산중에 어린애가 없어 좋기는 하지만 이 집 첨지 영감이 잘 들어줄는지 모르겠소."

"아까 그 아들의 말눈치는 그럴 것 같지 않드라. 또 설혹 붙잡드래두 네가 떼치구 가면 고만 아니냐."

"그는 그렇지요. 그러나 내가 청석골 가서 무어하우?"

"무어하다니. 나하구 사냥이나 다니자꾸나. 꺽정 언니가 너 준다구 굵은 쇠도리깨를 일부러 만들었드라. 이번에 내가 갖다 청석골 집에 두었다. 그 도리깨 가지구 사냥질 다니면 좋지 않겠니?"

"그렇게 하겠소."

"그럼 속히 머슴살이 고만두두룩 해라."

"오늘 고만두구 같이 갑시다."

"여러 해포 있던 집을 그렇게 졸창간에˚ 떠날 수 있겠니?"

"간다구 말하구 사경이나 찾으면 고만 아니오. 잠깐만 여기서 기다리시우."

오주가 곧 안에 들어가서 정첨지와 정첨지 식구에게 머슴살이 고만두고 나갈 뜻을 말하니 정첨지의 아들과 며느리는 말할 것도 없고 정첨지까지 힘지게 만류하지 아니하였다. 오주는 그날로 정첨지 집을 하직하고 유복이를 따라가서 청석골 오가 집의 한식구가 되었다.

수삭 지난 뒤부터 탑고개에 쇠도리깨 가진 도적이 나타나기 시작하여 흉악하기로 소문이 났다. 댓가지 도적이 나온 뒤에 오가가 여차˚가 되고 쇠도리깨 도적이 나온 뒤에 댓가지 도적이 여차가 되었다. 댓가지 도적은 물건이나 빼앗고 말지마는 쇠도리깨 도적은 사람의 팔뚝이나 정강이를 장난삼아 분질렀다. 그래도 어

378

른은 대개 다 목숨을 보전하여 보내지만 어린애는 보기만 하면 곧 박살하여 죽이었다. 쇠도리깨 도적이 다른 사람이 아니고 개래동 정첨지 집에서 머슴 살던 곽오주인 것은 다시 말할 것 없고 곽오주가 청석골 두령 한 사람으로 화적질할 때 각처에서 어린애들을 무지스럽게 죽여서

"곽오주 온다."

소리 한마디가 우는 어린애의 울음을 그치게 하도록 무서운 사람이 된 것은 뒷날 이야기다. 오늘날까지도 지각 없는 부녀자들이 우는 어린애를 흔동할 때

"곽쥐 온다, 곽쥐 온다."

하는 것을 보면 곽오주 이름이 당시에 어떻게 무서웠던 것을 짐작할 수 있다. 망우당忘憂堂 곽재우郭再祐의 아버지 곽월郭越이가 오형제인데, 그 오형제 이름이 모두 달아날 주走 변이라 곽쥐란 말이 곽월 오형제로부터 났단 말이 있으나 이것은 억설이다.

● 졸창간(卒倉間)에 미처 어찌할 수 없이 매우 급작스러운 사이에.
● 여차(餘次) 그다음으로 나은 편.

임꺽정 ❹ 의형제편 1

1985년 8월 31일	1판	1쇄
1991년 11월 30일	2판	1쇄
1995년 12월 25일	3판	1쇄
2007년 8월 15일	3판	15쇄
2008년 1월 15일	4판	1쇄
2024년 7월 20일	4판	10쇄

지은이	홍명희
편집	김태희, 박찬석, 조소정, 이은경
디자인	오진경
제작	박흥기
마케팅	이병규, 김수진, 강효원
홍보	조민희
출력	블루엔
인쇄	천일문화사
제책	J&D바인텍
펴낸이	강맑실
펴낸곳	(주)사계절출판사
등록	제406-2003-034호
주소	(우)10881 경기도 파주시 회동길 252
전화	031)955-8588, 8558
전송	마케팅부 031)955-8595 ｜ 편집부 031)955-8596
홈페이지	www.sakyejul.net
전자우편	literature@sakyejul.com
블로그	blog.naver.com/skjmail
페이스북	facebook.com/sakyejul
인스타그램	instagram.com/sakyejul

ⓒ 홍석중 2008

값은 뒤표지에 적혀 있습니다. 잘못 만든 책은 구입하신 서점에서 바꾸어 드립니다.
사계절출판사는 성장의 의미를 생각합니다. 사계절출판사는 독자 여러분의 의견에 늘 귀 기울이고 있습니다.
이 책은 저작권법에 따라 보호받는 저작물이므로 무단 전재와 복제를 금합니다.

ISBN 978-89-5828-264-8 04810
978-89-5828-260-0 (세트)